KB013090

야미

〈야미〉는 kocca 한국콘텐츠진흥원 에서 주관한 '2014 스토리작가 데뷔프로그램'에 선정되어
Joara Story Novel eBook 와 손안의책 에서 공동 진행한 작품입니다.

야미

류현재 지음

손안의책

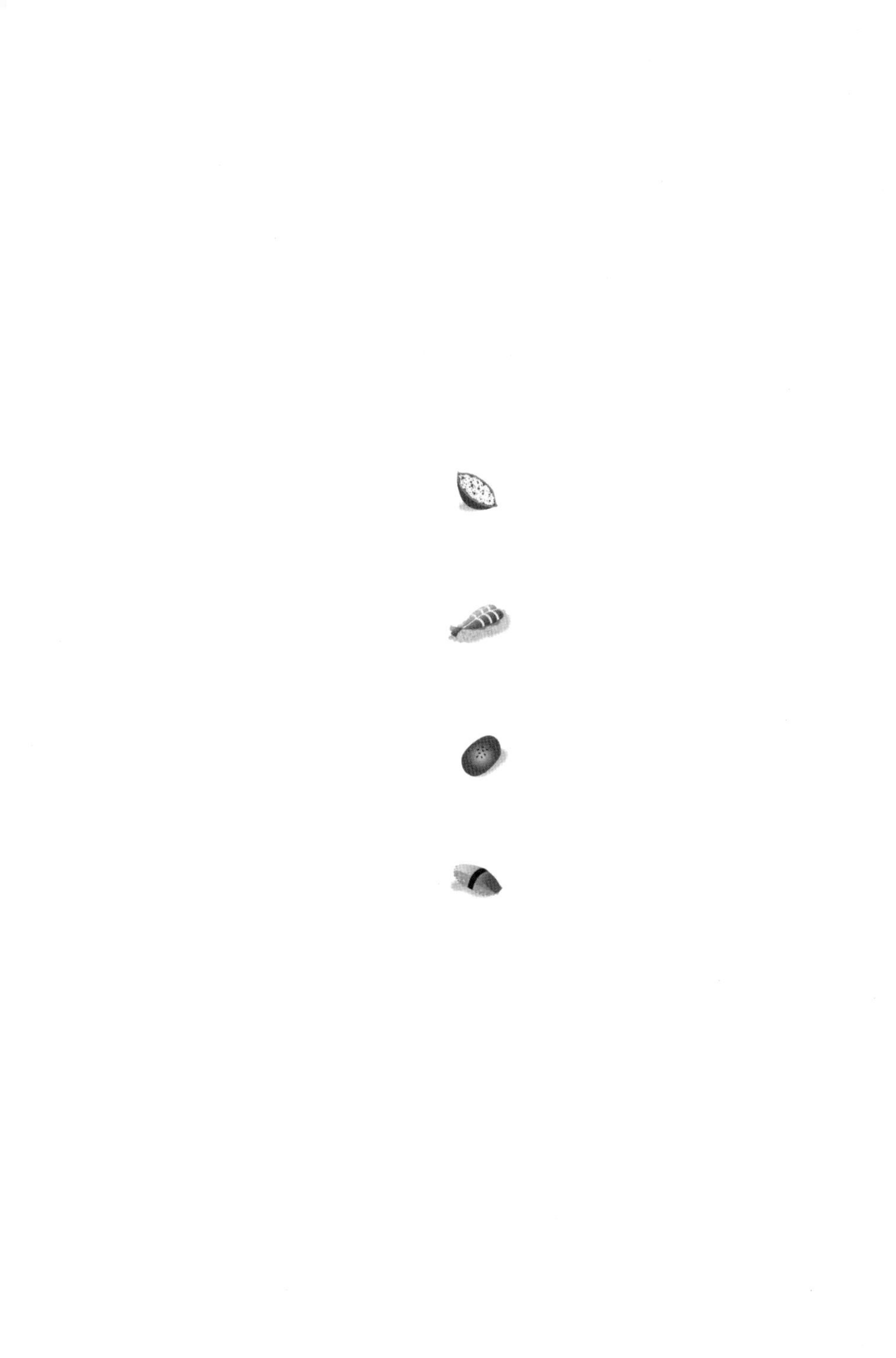

차 례

야미

나는 시다다.
주방장 보조라서가 아니라 레몬과 자두, 식초처럼 신맛이 나서
사람들은 나를 시다라고 부른다.
나는 시다.

1. 지철

"시다! 시다! 너 이 새끼, 내 사시미칼 어쨌어?"

지철이 수족관 청소를 하다 말고 성곤의 찢어질 듯한 고함 소리에 주방으로 뛰어 들어간 건 오전 열한 시 무렵이었다. 지철은 손에 끼고 있던 고무장갑을 벗으며 허둥지둥 성곤의 안색을 살폈다.

"주방장님, 뭐 찾으세요?"

"내 미즈노탄렌조 미나모토아키타다[水野鍛錬所 原昭忠] 어쨌냐고?"

이 긴 이름의 주인공은 고급 사시미칼이다. 굳이 요리사가 아니더라도 남자라면 갖고 싶어 할 만큼 날렵하면서도 명품의 아우라를 풍기는 세련된 몸체의 통 쇠칼이다.

성곤은 그 칼을 손에 쥘 때마다 자신의 자식이라도 된다는 듯 뿌듯해하고 자랑스러워했다.

"그 칼, 소독기 속에 없어요?"

"없으니까 이러는 거 아냐!"

성곤의 눈이 데구르 굴러떨어질 듯 툭 튀어나왔다.

지철은 자외선소독기 속에 들어있는 대여섯 자루의 칼을 꺼내 살펴보았지만, 성곤이 애지중지하는 그 칼은 보이지 않았다.

“진짜 안 보이네요.”

“뭐? 안 보여? 이 뻔뻔한 새끼!”

성곤이 말을 마침과 동시에 도마 위에 있던 우럭을 집어 던졌다.

지철이 소독기에서 꺼냈던 칼을 다시 집어넣다 이상한 느낌에 뒤돌아봤을 때는 이미 우럭이 전방 1미터 앞까지 날아온 상황. 갑자기 하늘로 던져져 잔뜩 놀란 우럭이 등지느러미를 바짝 세우고 지철의 가슴에 부딪힌 뒤, 아래로 떨어졌다. 그러면서 성난 등지느러미의 가시를 지철의 발등에 푹 쑤셔 박았다.

지철은 자기 발등에 불이라도 붙은 줄 알고 화들짝 놀랐다. 벌에 쏘인 것보다 수십 배나 더 화끈거리고, 뱀에 물린 것보다 몇 배 더 얼얼한 통증이 혈관을 타고 온몸으로 전해지며 곳곳에서 스파크를 일으켰다.

아, 이게 바로 엄마가 말했던 우럭 독가시의 고통이구나.

지철은 어쩔 줄 모른 채, 눈앞이 하얘지는 아픔을 참을 수가 없어 왼발을 붙잡고 팔짝팔짝 뛰었다.

그런 지철의 귀에 성곤의 싸늘한 목소리가 들렸다.

“시다! 난 도둑놈이랑 같이 일 못 하니까 당장 짐 싸라.”

지철은 화가 나고 억울해 항변하려고 했지만, 우럭 독이 뇌까지 퍼졌는지 혀가 잘 움직이지 않았다. 입속에서는 하고 싶은 말 대신 침만 질질 흘러나왔다. 더 이상 서 있을 수도 없어, 퍼렇게 부어오른 왼발을 싸쥐고 바닥을 데굴데굴 굴렀다.

성곤이 다가와 무표정한 얼굴로 지철의 머리부터 발끝까지를 훑었다. 그러는 동안 오른손에 쥐고 있던 데바칼(자르기 어려운 식재료나 생선의 목을 자를 때 쓰는 칼)을 대롱대롱 흔들었다. 그건 회를 뜨기 전 물고기를 도마 위에 올려놓고 미리 어림짐작할 때 성곤이 늘 하는 행동이었다. 성곤은 이제 어디서부터 손을 댈지 결정했다는 표정으로 칼날을 흘끔 확인하고 지철의 머리 쪽으로 발을 옮겼다.

지철은 머리칼이 곤두섰다.

이 인간, 우럭 대신 날 잡을 생각인가?

설마…….

하지만 성곤의 눈빛과 미소는 분명 살아있는 물고기를 회 치기 직전에 짓는 표정이었다. 넌 이제 나한테 죽었다는 신호. 그 미소가 사라지고 나면, 살아있는 물고기의 살과 뼈가 분리되는 건 순식간이다. 칼을 쥔 성곤의 손은 언제나 재빠르고 멈추는 법이 없었다.

지철은 성곤의 칼질에 자신의 몸이 척추를 중심으로 좌우, 앞뒤, 네 장으로 포 떠져 나란히 놓여있는 광경을 떠올리자 식은땀이 흘렀다.

성곤은 바닥에 누워있는 지철의 얼굴 앞에서 무릎을 구부리고 칼을 쥔 손에 힘을 주었다. 포를 뜨기 전, 목의 동맥에 칼을 넣어 피를 뺄 모양이었다. 우럭 독보다 수백 배나 더 치명적이고 살벌한 독 기운이 성곤의 몸에서 풍겨 나왔다.

지철은 온몸을 엄습하는 공포심에 우럭 독가시의 고통은 잊어버렸다. 살기 위해서는 당장 바닥에서 일어나 도망가야 된다고 생각하지만, 몸은 가위에 눌린 듯 말을 듣지 않았고, 뒤로 물러서는 것마저 쉽지 않았다.

이런 신세가 되고 보니 도마 위에서 활기차게 버둥거리던 물고기들이 존경스러울 지경이다. 그나마 움직일 수 있는 건 눈꺼풀뿐이었다. 지철은 성곤의 칼날이 자신의 목에 박히는 광경을 보고 싶지 않아 눈을 질끈 감았다.

그때 구원의 목소리가 들려왔다.

"주방장님, 무슨 일이에요?"

아, 사장님!

지철이 살았다는 안도감에 번쩍 눈을 뜨자 그새 성곤의 표정은 노골적인 실망으로 바뀌어 있었다.

"시다, 넌 거기서 뭐 하는 거야?"

부드럽고 달콤한 소혜의 향기와 목소리에 죽은 듯이 처져있던 지철의 몸이 먼저 반응했다. 덩치 큰 아이 앞에서 쩔쩔매다가 자기 엄마가 나타나자 큰소리를 빵빵 쳐대는 아이처럼 마비됐던 지철의 혀가 제일 먼저 기력을 되찾고 움직였다.

"우럭 가시에 찔려서……. 아악!"

성곤에 대한 공포심이 사라지자 잊고 있던 우럭 독의 통증이 되살아났다.

소혜가 다가와 퍼렇게 부어오른 지철의 발을 발견하고 눈을 휘둥그레 뜨며 성곤을 돌아보았다.

"소독하고 진통제부터 먹여야지 이러고 있으면 어떡해요? 우럭 가시에 찔리면 곪는 거 뻔히 알면서."

"이 시다 새끼가 내 칼을 훔쳐가서……."

"아니에요. 전 훔치지 않았어요."

"이 새끼가 진짜 죽을라고……."

"우선 치료부터 하세요!"

어쩔 수 없지만, 그래도 이대로는 아쉬워서 칼을 내려놓을 수 없다는 듯 성곤은 바닥에 나뒹굴고 있던 우럭을 집어다 도마에 올려놓고 신경질적으로 칼을 꽂았다. 얼마나 칼을 세게 내려쳤는지 우럭의 대가리가 댕강 잘리고도 칼은 나무 도마에 깊숙이 박혔다.

지철은 하마터면 자신이 저 칼 밑에 있을 뻔했다는 생각에 간담이 서늘해졌다.

이곳 야미에 온 게 후회스러웠다.

야미는 식당이다. 그중에서도 일식집. 정통 일식보다는 횟집에 가까운. 아니, 뭐 꼭 그렇다고도 할 수 없는.

횟집과 일식집의 차이는 생(生)과 사(死), 그중 어떤 맛을 추구하느냐에 있다.

횟집은 팔딱팔딱 살아있는 '활어'를 쓰고, 일식은 물고기를 죽여 몇 시간에서 며칠간 숙성시킨 '선어'를 쓴다.

과학적으로도 물고기가 죽은 뒤 시간이 지나면 단백질 성분인 이노신산이 많아져 맛이 훨씬 좋아진다고 하지만 우리나라 사람들은 '살아있는' 맛을 포기하지 못한다. 그 집착이 만들어낸 요리가 바로 '통사시미'다.

온몸을 난자당한 채 접시 위에 올려져 있으면서도 아가미를 벌렁거리고 꼬리지느러미를 움직이는 물고기. 사람들은 그 뼈다귀 위에 올려진 살점을 집어 먹으며 '살아있는 육체의 맛'을 음미한다. 그러면서 스스로의 살아있음을 실감하고 기뻐한다.

'통사시미'가 전문이니 그런 점에서 보면 야미는 분명 횟집이다.

하지만 스키다시가 한꺼번에 나오는 보통의 횟집과 달리 야미의 요리들은 일식집처럼 코스별로 나온다. 그러면서도 일식집처럼 개인별 식대를 받지는 않고, 테이블당 식대를 계산한다.

차완무시(달걀찜), 고노와다(해삼 내장)에 가자미식해, 홍어애탕이 짬뽕된 퓨전 일식집이라고 해야 하나?

지철이 야미의 정체성을 물었을 때 홀 서빙 담당인 하라는 '퓨전 음식점'이 아니라 '휴전 음식점'이라고 말했었다. 혀가 짧아 그런 것이 아니라 말 그대로 전쟁을 벌이다 잠깐 쉬고 있는 일식집. 그게 더 야미랑 어울린다고.

지철은 하라의 말이 무슨 뜻인지 이해할 수 없었다. 하라가 하는 대부분의 이야기가 그렇지만.

어쨌든 야미는 그렇게 횟집과 일식집 사이에 어중간하게 걸쳐있는, 혹은 횟집과 일식집을 폭넓게 아우르는 그런 식당이다.

그렇다고 흔하디흔한 그런 식당으로 상상해서는 안 된다.

우선 야미는 양평 인근에서 가장 크다는 대평저수지를 전망으로 두고, 고래 모양 능선을 가진 고래산을 배경으로 독보적인 위치를 선점하고 있으면서도 낚시터나 등산로 쪽에서는 쉽게 발견할 수가 없다. 우거진 버드나무들이 주렴처럼 정면의 시선을 가리고 뒤편으로는 지름 10미터가 넘는 거대한 이태리포플러 나무가 우산처럼 2층짜리 대리석 건물을 감싸고 있기 때문이다. 일부러 사람들이 못 찾도록 숨겨놓은 듯한 식당.

게다가 야미는 간판도 내걸지 않는다. 하루에 딱 한 팀만을 예약으로 받기에 간판은 필요가 없다. 메뉴판 역시 없다. 모든 건 예약 손님과 여사장인 소혜 사이의 전화 통화로 정해지므로.

처음 이곳에 왔을 때 지철은 야미의 영업 방식을 도저히 이해할 수가 없었다. 왜 더 많은 손님을 받지 않고 공간을 낭비하는지. 왜 낮에는 장사를 안 하고 밤에만 장사를 해 아까운 시간을 낭비하는지. 그렇게 장사를 해서 어떻게 이 큰 식당을 유지하는지.

그러다 시간이 지나면서 알게 되었다.

야미에 오는 손님들은 보통 사람들이 아니고, 그들이 지불하는 돈도 식대만이 아니라는 것을.

여사장 소혜는 검찰계의 실력자인 여현수의 정부(情婦)고, 여현수는 야미의 실소유주다. 사람들은 여현수에게 부탁이나 로비를 하기 위해 야미에 예약 전화를 걸고, 수천만 원의 현금다발을 싸 들고 온다.

그 외의 손님들은 야미의 은밀함과 철저한 비밀 보장을 필요로 하는 자들이다. 타인들의 시선 속에서 자유롭지 못한 삶을 살아가는 고위층과 부자들이 '휴식'과 '치유'의 목적으로 야미를 찾는다.

남들이나 피를 나눈 가족들조차 알아서는 안 될 자신들의 본모습을 야미에서는 마음껏 드러내 놓고, 꽉 조여 놓았던 본능도 방출한다. 야미에는 그들을 감시하고 비판할 세상의 이목이 없기에. 그 어떤 짓을 해도 밖으로 새어 나갈 염려가 없기에.

겨우 그것을 위해 그렇게 큰 비용을 치를까 싶겠지만 이미 내년까지 예약이 다 차 있을 정도로 야미를 필요로 하는 사람들은 넘쳐났고, 매일 소혜는 혹시 예약 취소가 없는지 문의하는 수십 명의 고객들을 상대하느라 골머리를 썩였다. 그중에서도 '특별'과 '긴급'을 강조하는 사람들에게는 이런 사태를 대비해 미리 비워 놓은 비공식적인 휴일을 분배해 주었다.

혹자들은 그들이 여현수에게 도움이 되는 사람들과 호의적인 사람들뿐이라 주장하지만, 지철이 지금까지 지켜본 바에 의하면 꼭 그런 것도 아니다.

여현수에 대한 비판 칼럼으로 유명한 언론인 변 모 씨도 얼마 전에 다녀갔다. 소혜는 다른 손님들을 대하는 것과 똑같이 그 손님에게도 친절했고 다정했다.

지철은 그 일로 야미의 실소유주는 여현수이지만, 야미의 경영권은 전적으로 소혜에게 있다는 것을 알게 되었다.

소혜의 부축을 받아 지철이 룸에 누운 사이, 소독약을 가지고 온 성곤은 직접 지철의 발목을 소독해 주었다. 하고 싶지 않지만 자신이 하지 않으면 소혜가 해 줄지도 모른다는 생각에 어쩔 수 없이 대충대충, 마지못해 하는 짓이라는 것을 지철도 알 수 있게 건성건성.

그러면서 작지만 단호한 목소리로 못을 박았다.

"시다, 당장 짐 싸서 나가는 게 좋을 거다."

"전 진짜 아니에요, 주방장님. 제가 왜 그걸 훔치……."

"비싼 칼이니까. 중고로 팔아도 백만 원은 받겠지."

"전 그 정도 칼인지도 몰랐……. 아아악!"

붕대의 매듭을 묶고 있던 성곤이 지철의 발등뼈를 부러뜨릴 기세로 붕대를 잡아당겼다. 발이 끊어질 듯한 고통에 지철이 붕대를 쥐고 있는 성곤을 밀어버리고 발을 빼자 성곤은 사나운 표정으로 바닥에 놓인 붕대와 지철을 번갈아 보았다.

지철은 그제야 성곤이 필요 이상으로 많은 붕대를 가지고 왔다는 생각을 했다. 사람 하나쯤은 미라로 만들기에 충분해 보이는 양. 더 이상 붕대는 붕대로 보이지 않았다.

이곳에 있는 1년 동안 지철은 온갖 다양한 물건으로 주방장 성곤에게 맞고 당했다. 그것이 조리 기구든, 요리 재료든, 옷이든, 신발이든, 성곤은 종류와 품목을 가리지 않고 무기로 이용했다. 때문에 지철의 몸에는 멍 자국이 가실 날이 없었다. 노란색부터 검은색까지 각양각색의 멍들이 보디페인팅이라도 한 듯 지철의 몸을 구석구석, 365일 물들였다.

그리고 그때마다 지철이 빠짐없이 들었던 말.

――시다, 죽을래?

'죽을래?'라는 말보다 시다라는 말이 지철은 더 기분 나빴다.

쇳덩어리 칼한테는 마사히로니, 미즈노탄렌조니, 옥삼랑이니 꼬박꼬박 제 이름을 불러주면서 사람인 자신의 이름은 한 번도 불러주지 않고 매번 시다라고 하니 자존심도 상하고 모욕감도 들었다. 그래서인지 소혜나 하라가 시다라고 부를 땐 괜찮다가도 유독 성곤이 시다라고 부르면 욕을 듣는 것처럼 감정이 거슬리고 욱하는 반감이 치밀어 올랐다.

그래서 이름을 부르거나 '박 군'으로 불러달라 정중하게 부탁했지만 성곤은 늘 무시했다. 그럼 그냥 '시다'만 빼고 아무거나 다른 이름으로 불러달라고 사정하고, 호소도 해봤지만 성곤은 계속 '시다'라고 불렀다. 앞으로도 그렇게 부를 것이 분명했다.

그렇다면 시다를 때려치우고 이곳을 떠나는 게 가장 좋은 해결책이라는 걸 지철도 안다. 그랬다면 왜 그런 대접을 받으며 병신같이 이곳에 남아 있느냐는 하라의 질문을 날마다 받지 않아도 됐을 것이다.

하지만 지철에겐 이곳을 떠날 수 없는 이유가 있다. 아직은 아무에게도 말할 수 없지만.

그래서 지철이 차선책으로 선택한 게 이 상황에 자신을 맞추는 것이었다. 대학교수이자 베스트셀러 작가인 아버지의 충고를 받아들인 것이다.

——네가 현실을 바꿀 수 있는 힘이 없다면 우선은 현실에 맞춰 너를 바꿔라.

지철은 '시다'라는 말에 거부감을 느끼는 자신의 의식을 바꾸기 위해 '시다'라는 단어에 다른 의미를 부여하고 스스로를 세뇌하기로 했다.

나는 시다다.

주방장 보조라서가 아니라 레몬과 자두, 식초처럼 신맛이 나서 사람들은 나를 시다라고 부른다.

나는 시다.

몇 개월 그렇게 반복하니 성곤이 시다라고 부를 때마다 속에서 올라오던 불쾌감이 사라지고 대신 입안에 침이 고였다. 정말 자기 몸에서 신맛이 나는 것만 같았다. 언젠가는 샤워를 하다가 핥아보니 정말 신맛이 났다. 비누 때문인지는 모르겠지만.

역시 교수 아버지의 충고는 현명했다.

하지만 그렇게 훌륭한 아버지도 이렇게 아무 잘못도 없이 도둑놈으로 몰릴 땐 어떻게 처신해야 하는지는 알려준 적이 없다. 아니, 있다.

——혼자 부딪쳐보고 깨지고, 그래도 다시 일어나 부딪치고, 그래도 안 될 때는 주위에 도움을 요청해라.

지철은 붕대를 이용해 자신을 어떻게 요리할까 궁리 중인 성곤의 덫에서 빠져나가기 위해 소혜를 불렀다.

"사장님, 죄송하지만 물 좀 주세요!"

소혜는 달다. 진득한 단맛을 품고 있는 농익은 과일은 먹어보지 않아도 그 향기만으로도 알 수 있는 법이다. 지철은 소혜의 달콤한 향기를 음미하며 소혜가 가져온 냉수를 아껴 마셨다. 냉수마저 꿀물처럼 달았다.

"시다, 병원에 안 가봐도 괜찮겠어?"

"네. 진통제 먹었더니 괜찮아요."

"다행이네."

"사장님, 제 칼이 없어졌다니까요. 그게 한두 푼짜리도 아니고 시가 이백만 원이 넘는 건데……. 이 시다 새끼 아니면 훔쳐갈 사람도 없고……."

맛보나 마나 성곤에게서는 짠맛이 날 것이다. 지독히 짜고 인색해서 주변의 물기까지 모두 빨아들이고야 마는 최강 짠맛. 인간에게 가장 해로운 것도, 지철이 가장 싫어하는 맛도 바로 이 짠맛이다.

"전 안 훔쳤어요, 사장님."

"네놈이 나 몰래 내 칼에 손대는 거 내가 몰랐을 줄 알아?"

"그건……."

그건 회 치는 연습을 해보기 위해서였다.

지철은 모두가 잠든 밤, 주방으로 내려와 뼈 가시 양동이에 버려진 생선뼈를 주워 사시미칼을 대고 상상 속에서 오로시(생선의 살을 떠내는 것)하는 연습을 하고 밀가루 반죽을 생선살 삼아 회를 쳤었다.

하지만 어제는 너무 피곤해 그냥 잠이 들고 말았다.

CCTV라도 설치돼 있었다면 그것을 증명할 수 있었을 텐데, 야미의 그 어느 곳에도 그런 건 없다. 철저한 비밀 보장과 무기록, 그것이 야미에 오는 사람들이 원하는 것이니까.

지철이 그 칼을 마지막으로 본 건 어젯밤 성곤이 회를 썰 때였다.

먹는 사람들은 귀한 다금바리라고 좋아했지만, 사실 그건 능성어였다. 다금바리는 이빨이 크고 날카롭지만, 능성어의 이빨은 가지런하다.

어제 온 손님들은 법조계 출신 초선 국회의원들이라고 했다.

소혜는 성곤에게 다금바리를 준비하라고 했지만 성곤은 수족관에 남아있던 능성어를 꺼내 들었다. 그것이 다금바리가 아니라는 것을 알아챈 사람은 지철뿐이었다.

지철은 성곤이 실수한 줄 알고 그 사실을 즉시 알렸다. 하지만 지철에게 돌아온 건 매서운 팔꿈치 공격뿐이었다.

"시다, 입 처닫고 죽은 듯이 있어라……."

주방장의 협박에 지철은 입을 꾹 다물고 숨소리도 내지 않았지만, 하라가 통사시미를 들고 룸으로 가는 순간만큼은 긴장이 돼 침을 꿀꺽 삼켰다.

회만 보고 다금바리와 능성어를 구분하긴 어렵지만 머리를 보면 알 수도 있다. 그렇게 되면 무슨 일이 벌어질까, 지철은 조금 긴장도 되고 설레기도 했었다.

그동안 성곤은 이런 식으로 손님과 소혜를 속이고 식자재값을 가로채 왔다. 물고기를 공급하는 업자와 짜고 허위 영수증을 발급받았다. 냉동식품을 공급하는 식자재상하고도 마찬가지였다. 지철이 이곳에 오기 전부터 그랬을 터이니 성곤이 소혜 몰래 삥땅 친 돈이 꽤 될 것이다.

지철은 사장 앞에서는 그렇게 충성스러운 척하면서 뒤로는 이런 짓을 하는 성곤이 한심하다는 생각이 들었다. 커다란 덩치와 마초적인 행동과는 너무나도 어울리지 않는 쪼잔한 짓이었다. 교수이자 베스트셀러 작가인 아버지도 그렇게 말했다.

——모든 재앙의 시작은 딱 한 입 더 먹겠다는 탐욕에서 시작된다. 자기한테는 딱 한 입이지만, 모두가 덤벼들면 어떤 나라든 뼈도 못 추린다.

지철은 이번 기회에 모든 것이 탄로 나 성곤이 변할 수 있기를 바랐다. 이 나라를 위해서라도.

그러나 지철의 예상은 빗나갔다.

손님들은 제주도에서 먹었던 것보다 훨씬 맛 좋은 다금바리라고 주방까지 찾아와 성곤을 칭찬했다.

지철이 속으로 그들을 바보라고 욕하며 룸에서 나온 그릇들을 설거지하고 잔반들을 처리하는 동안 성곤은 본인의 사시미칼을 마른 수건으로 잘 닦아 자외선소독기 속에 넣었다고 주장했다. 평소처럼.

성곤의 말이 사실인지 아닌지는 모르지만, 지철은 성곤이 숙소로 돌아간 뒤에도 홀로 남아 뒷정리를 했다. 평소처럼.

그리고 문을 닫고 2층 숙소로 올라간 게 새벽 세 시.

칼 도둑이 들었다면 그 이후란 얘긴데, 그 시간에 야미의 문은 모두 잠겨있었다.

그 문을 잠근 사람이 바로 지철이었다.

오늘 아침 야미의 문을 처음 연 사람도 지철……. 아니, 의외로 소혜였다.

공식적으로는 야미의 식구가 아니지만 본질적으로는 야미의 뿌리나 마찬가지인 여현수는 일주일에 두세 번 들러 별채에서 자고 간다. 그리고 그런 날은 소혜가 평소보다 일찍 퇴근해 별채로 들어가고 다음 날엔 열두 시가 넘어서야 출근한다. 그럼 지철이 소혜를 대신해 아로와나에게 아침을 주어야 한다.

오늘이 바로 그날이라 지철은 평소보다 일찍 일어났다. 서둘러 샤워하고 1층으로 내려갔을 때가 오전 아홉 시쯤. 그런데 아직 별채에 있을 거라는 지철의 예상과 달리 소혜가 카운터에 있었다.

말이 카운터지 1층 홀 한쪽에 자리 잡은 클래식하고 육중한 책상과 수많은 책이 빼곡히 꽂힌 책장은 여느 재벌의 서재 못지않은 위엄을 내뿜었다. 소혜가 그 가운데 앉아 신문을 보고 있는 모습은 근사했다.

새가 날개를 접고 살짝 내려앉은 듯한 눈과 아직도 수많은 성형외과에서 견본으로 고객들에게 보여준다는 반듯하고 날렵한 코, 시원하게 큰 입술, 그 아래 가녀린 턱선. 오늘 하루가 지나면 사라질 듯 보는 사람의 눈길을 돌릴 수 없게 만드는 최절정의 아름다움에 지철은 넋을 놓고 한참 동안 소혜를 바라보았다.

야미에서 유일하게 지철과 대화가 통하고 지적 수준이 맞는 사람이 소혜였다. 지철은 시간이 날 때마다 책을 보는 소혜를 흠모했다. 풍부한 상식과 세련된 유머로 고위급 손님들을 꼼짝 못 하게 만드는 소혜가 자랑스러웠고, 그 어떤 여자보다 섹시했다. 골똘한 표정으로 신문을 넘기는 손길마저 고혹적이었다.

지철은 그 모습을 보며 소혜가 수화(手話)를 배웠다면 자신의 엄마와는 달리 엄청 우아했을 거라는 생각을 했다.

사람들의 목소리와 말투가 제각각이듯 청각 장애인들이 쓰는 수화 역시 마찬가지다. 성격이 느긋한 사람은 손을 움직이는 속도도 느리고, 소심하고 내성적인 사람의 수화는 동작의 크기도 작다.

성격이 급하고 활달한 지철의 엄마, 해순의 수화는 정신없을 정도로 빠르고, 크고, 한 마디로 요란했다. 거기다 사투리에, 자기만의 독창적인 표현까지 곁들이니 같이 수화를 쓰는 사람들조차도 해순의 수화를 제대로 이해하지 못했다.

이 세상에서 해순의 수화를 완벽하게 이해하는 사람은 지철뿐이었다. 그래서 해순은 언제 어디서든 지철이 옆에 있길 원했다. 그것이 힘들지는 않았다. 지철을 고통스럽게 하는 것은 오히려 엄마의 '소리'였다.

엄마가 선천적인 청각 장애인이라고 이야기하면 지철의 친구들은 한결같은 말을 한다.

'네 엄마는 잔소리도 안 하고 시끄럽지 않아 좋겠다.'

그건 실상을 몰라도 너무나 모르고 하는 말이었다.

청각 장애인이라고 소리를 내지 못하는 게 아니다. 그들도 청각이 정상인 사람들처럼 몸속에 발성기관을 가지고 있고, 그곳을 통해 소리가 흘러나온다. 단지 언어의 옷을 입지 않아 말이 되지 않을 뿐이다.

사람들은 자신들의 인식능력으로 이름 붙일 수 없는 물체들을 싸잡아 '괴물'이라 하듯이, 다듬어지지 않아 거칠고 투박한 그 벌거숭이 소리에도 '괴성'이란 이름을 붙였다.

해순은 수화를 하면서도 입으로는 그 괴성을 음향효과처럼 내뿜었다. 그런 해순과 대화를 한다는 건, 시설이 후진 영화관에서 전혀 모르는 언어의 외국영화를 보는 것과 같았다. 자막과 소리는 따로따로 놀고 성량 조절이 고장 난 스테레오 돌비시스템 스피커를 통해서는 귀를 쨍쨍 울리는 소리들이 제멋대로 흘러나온다.

차이가 있다면 그런 영화는 길어봐야 두 시간이면 끝나지만 해순과의 대화는 매일매일, 그것도 아주 오랫동안 이어진다는 것이다.

해순은 엄청난 수다쟁이였다.

빠르고 현란한 수화에 격렬한 얼굴 표정, 괴성까지 동반한 해순의 이야기를 듣다 보면 지철은 눈알이 빠지고 고막이 찢어질 것 같았다. 절대 과장이 아니다. 지철이 찾아갔던 이비인후과의 의사도 걱정했을 정도였다.

'어디 시끄러운 공사장에서 일해요? 귀 상태가 아주 지랄 맞네. 젊은 사람이 계속 그런 데 있으믄 귀먹어!'

지철이 의사의 말을 전하며 앞으로는 수화로만 얘기하라고 부탁했지만, 정작 공사장 소음의 근원지인 해순은 말도 안 된다는 표정으로 지철을 향해 걸쭉한 욕설을 퍼부었다.

'이 시벌 놈이 어디 사기 칠 데가 없어서 지 에미한테 사기를 쳐야!'

'아, 진짜라니까!'

'니 에미는 태어날 때부터 벙어리였어, 이놈아! 근디 뭐 나 때문에 시끄러워서 고막이 헐어야?'

'아씨! 엄마는 귀가 먹어 모르지만, 엄마 진짜 엄청 시끄럽다니까.'

'지랄 옘병한다. 꼴갑호래기만도 못한 놈. 밖에 나가 세상 사람들헌티 한번 물어봐야. 어느 누가 네놈 말을 믿어주나.'

물론 세상 사람들은 모두 해순의 편이었다.

해순은 다른 사람들 앞에서는 입을 꾹 다물고 아무 소리도 내지 않았으니까.

오로지 지철과 대화를 나눌 때만 자신의 몸속에 갇혀있는 소리들을 방출했다. 해순과 함께했던 20여 년의 시간 덕에 지철은 그 '괴성'에도 다양한 색깔과 음조가 있고, 희로애락의 감정이 담겨있다는 것을 알게 되었다.

지금까지 그 속에서 인간이 찾아낸 건 '신음'과 '비명'뿐이지만, 신음과 비명 사이에는 아직 이름 붙여지지 않은 무수한 원시음(原始音)이 있고, 그건 동물들의 소리와도 비슷했다.

나중에 동물학자 아버지가 생기면 이 부분을 좀 더 물어봐야겠다고 생각하며 지철은 소혜에게 아침 인사를 건넸다.

"사장님, 일찍, 일찍 나오셨네요."

소혜는 검찰총장 후보에 여현수 서울중앙지검장이 거론되고 있다는 기사에 시선을 박은 채 돌아보지 않았다.

지철이 소혜 쪽으로 서너 걸음 다가가다 신문에 실린 기사를 발견하고 눈을 동그랗게 떴다.

"와우, 경사스러운 소식이네요. 축하드려요, 사장님!"

그제야 소혜가 신문에서 눈을 떼며 정색하고 지철을 바라보았다.

"무슨 경사?"

"거기, 지검장님이 검찰총장 후보에 오르셨다고……."

"그게 나랑 무슨 상관인데?"

"……."

지철은 뒤늦게야 자신이 큰 실수를 했다는 걸 깨달았다.

소혜가 여현수의 정부이고, 야미의 실소유주는 여현수라는 것을 야미의 식구들이라면 모두가 알고 있었지만, 그 사실을 아는 척하거나 발설해서는 안 된다. 그것이 이곳 야미에 들어오기 위해 면접을 볼 때 소혜가 가장 중요하게 꼽은 조건이었다.

야미에 있는 동안은 보고도 못 본 듯이, 들어도 못 들은 듯이, 입이 있어도 말하지 않고 그렇게 지내야 하는데 할 수 있겠느냐고.

지철은 엄마가 청각 장애를 가진 벙어리였다는 이야기를 하며 그거라면 그 누구보다 자신 있다고 대답했었다.

'저는 말보다는 수화가 익숙한 사람입니다. 원하신다면 평생 말을 하지 않고도 살 수 있어요.'

그런데 이렇게 방정맞게 입을 놀리고 만 것이다.

지철은 자기도 모르게 엄지와 검지를 붙여 동그랗게 만든 다음 자기 이마를 쳤다가 손가락을 펼쳐 내렸다. 미안하다는 뜻의 수화였다.

소혜가 그 의미를 알아들은 듯 고개를 끄덕이고 신문으로 다시 시선을 돌렸다. 지철은 그 모습을 지켜보며 소혜의 얼굴이 왠지 어둡다고 느껴졌다. 말과 함께 나오는 숨소리에도 작은 한숨들이 섞여 있었다.

"탱크 피쉬렛 청소해야겠더라. 금용 먹이도 아직 안 줬으니까 주고."

탱크 피쉬렛이란 아로와나가 있는 수족관의 똥 단지를 말한다.

야미에는 두 개의 수족관이 있다.

보통 일반 횟집에서 광어나 우럭, 낙지, 조개 따위들을 넣어두는 2단짜리 수족관과 1미터에 육박하는 아로와나가 살고 있는 대형 탱크 수족관.

재물을 가져오는 물고기라는 속설 때문에 중국이나 일본의 부자들이 많이들 키운다는 아로와나다. 그 아로와나가 한국에도 유행하면서 야미의 손님들 중 집에서 키운다는 이들이 꽤 생기게 되었다. 그들은 이곳에 올 때마다 아는 척을 했다.

'안구 하락도 없고 아주 훌륭한 과배금용이야.'

용을 닮아 용어라고 불리는 아시아 아로와나는 커가면서 금빛으로 물드는데, 바로 그 금빛이 등을 타고 넘었다는 뜻이다.

말레이시아에서 양식돼 고유 번호가 적힌 칩을 머리에 박고 수입된 이 금용은 시가 1억이 넘는다. 저쪽 수족관을 가득 채운 물고기들을 다 합쳐도 이 아로와나의 꼬리지느러미만큼도 안 되는 것이다. 그들 때문에 금용의 몸값과 화려한 색감이 더 돋보였다.

애초부터 그것을 노리고 이들을 마주 보게 놓은 사람은 소혜였다. 야미의 현관으로 들어서는 사람들은 소혜의 의도대로 두 개의 수족관을 보고 다들 한마디씩 했다.

'이건 보신탕집에서 애완견 키우는 것도 아니고 잔인하네.'

이렇게 말하는 사람들은 야당 계열이나 진보 쪽 인사들이다.

'역시 물고기나 사람이나 출신 성분이 중요하단 말이야. 이거 봐, 이거. 헤엄치는 자태나 카리스마부터가 저쪽 애들이랑은 완전 차원이 다르잖아.'

이렇게 말하는 사람들은 스스로 이 사회의 주류라고 생각하는 사람들이다.

지철은 아무리 몸값이 차이 나도 두 개의 수족관을 차별해선 안 된다고 생각했다. 그래서 똑같은 정성과 관심을 쏟았다. 하지만 지철이 아무리 그런 마음을 가지고 있다 하더라도 어쩔 수 없이 다른 대접을 해야 할 때가 있다. 그건 바로 먹이와 배설의 문제다.

아로와나에게는 하루에 두 번씩 먹이를 준다. 대형어이다 보니 많이 먹기도 하고 많이 싸기도 한다. 그에 반해 광어나 우럭 등등의 횟감용 물고기들에겐 먹이를 주지 않는다. 따라서 배설물도 적다.

그러니 아로와나가 있는 탱크에 더 손이 가고 신경을 쓸 수밖에.

먹지도 싸지도 않고 그저 손님상에 오를 때까지 살아있는 것, 뼈와 살이 분리되어서도 끝까지 두 눈 부릅뜨고 살아있는 것. 그것이 횟감용 수족관에 있는 물고기들의 운명이자 의무였다.

지철이 피쉬렛을 청소해 다시 끼우고 돌아섰을 때 소혜는 보이지 않았다. 소혜가 보던 신문만 그대로 놓여있었다.

갑작스레 성곤의 이단 옆차기 공격이 들어온 것은 그때였다.

"이 시다 새끼, 수족관 관리를 어떻게 했길래!"

지철이 무방비 상태에서 얻어맞고 카운터의 책상 쪽으로 나가떨어졌다가 다시 일어서자 성곤은 비릿한 수컷 냄새를 풀풀 풍기며 지철의 앞을 지나쳐 2단짜리 수족관 앞에 섰다.

"아주 도미가 배영을 하고 난리가 났구먼."

지철이 그 말에 흠칫 놀라 시선을 옮기니 수족관 수면으로 배를 뒤집고 떠오른 도미 한 마리가 보였다.

수온이 너무 낮거나 공기를 먹으면 이렇게 도미가 배를 뒤집곤 하는데 수온은 15도, 도미에게 딱 적당한 온도였다.

"아, 요즘 진짜 왜 이러지……."

며칠 전에도 이런 일이 있었다. 그때 성곤에게 맞은 자리의 멍이 아직 풀리지도 않았는데.

"어제 청소도 하고, 온도도 잘 맞춰놨는데……."

"그런데 왜 죽어, 왜? 관리를 잘하는데 왜 사흘에 한 번씩 물고기들이 죽어 나자빠지느냐고!"

성곤이 지철의 머리를 향해 주먹을 힘차게 날렸지만 지철이 먼저 피하는 바람에 성곤의 오른팔은 맥없이 허공을 가르며 툭 떨어졌다.

그에 대한 반작용으로 성곤의 눈이 위로 휙 솟구치며 분노의 수위가 급상승했다. 지철은 다시 올 공격에 대비해 경계 자세를 취하며 최대한 성곤의 비위를 건드리지 않으려고 노력했다.

"아무래도, 제 생각에는 스트레스 때문인 거 같은데……."

"뭐?"

"애들도 눈이 있는데, 이렇게 서로 마주 보게 해놓으니까……. 이참에 이쪽 수족관을 주방으로 옮기면……."

"지가 잘못해 놓고 뭐, 스트레스? 이 시다 새끼, 도미처럼 뱃가죽이 뒤집어지게 혼쭐나 봐야……."

말이 끝나기도 전에 성곤은 잽싸게 지철의 목을 낚아챘다. 닭 모가지를 비틀듯 확 비틀어 버리겠다는 표정이었다.

지철이 사색이 돼 뒤로 물러서다 책상 위에 놓인 신문에 손이 닿은 건 하늘에 있는 해순이 보살핀 덕이었다. 지철의 뇌리에 이 급박한 위기 상황에서 성곤의 관심을 돌릴 만한 아이디어가 퍼뜩 떠올랐던 것이다.

지철은 목이 조여 나오지 않는 소리를 최대한 비틀어 짜냈다.

"지…검…장…님…이…검…찰…총…장…이…된…다…고……."

성곤이 지철의 목을 확 내팽개치고 신문을 덥석 움켜쥔 건 눈 깜짝할 만한 사이였다.

성곤은 굳은 표정으로 신문을 뚫어지라 바라보다 책상 위 빨간 볼펜을 집어 들고 신문에 실린 여현수의 사진에 죽죽 그어 댔다.

지철은 질식할 뻔한 몸속으로 황급히 산소를 밀어 넣느라 성곤이 신문을 버리고 주방으로 들어가고 나서야 성곤이 낙서해 놓은 신문을 발견했다. 빨갛게 뭉개져 형체를 알아볼 수 없는 여현수의 얼굴 사진은 섬뜩했다.

사시미칼이 없어졌다며 성곤의 성난 고함 소리가 들려온 건 그로부터 불과 30분이 지나지 않았을 때였다.

"난 야미에서는 신문만 보고 다시 별채로 건너가 얼굴에 팩을 했는데……."

"아이고, 제가 사장님을 의심하겠습니까?"

지철은 소혜를 바라보고 이야기할 때와 자신을 바라보고 이야기할 때 성곤의 표정이 너무나 달라지는 게 신기했다. 한순간에 얼굴 가면을 바꿔버리는 중국의 변검 묘기를 눈앞에서 보고 있는 것처럼.

"시다, 경찰 부르기 전에 자백해라."

"저는 아니에요."

"이 새끼가……."

"시다는 아니라잖아요."

"도둑놈이 자기가 훔쳤다고 하는 것 봤습니까?"

"하라에게도 한 번 물어보죠. 혹시 다른 곳에 치워 두었을지도 모르니까. 시다, 네가 한 번 가봐."

지철이 소혜의 말에 2층으로 올라갔다.

복도를 중심으로 양쪽에 나뉘어 있는 네 개의 방. 왼쪽에 나란히 늘어서 있는 세 개의 방은 야미 직원들의 숙소이고, 복도 오른쪽에 있는 커다란 방은 손님들이 머물다 가는 게스트룸이다.

지철은 그 방들 중 왼쪽 가운데 방문 앞에 서서 노크를 했지만 아무 반응이 없었다. 아직 하라는 깊은 잠에 빠져있을 시간이었다.

이럴 때는 방법이 있다. 지철은 하라의 옆방인 첫 번째 방문을 열고 들어갔다. 지철이 쓰는 작은 방으로 작은 책상과 침대, 옷장이 놓여있다.

지철은 바로 방 옆에 붙어있는 화장실로 들어갔다. 샤워기를 틀면 변기까지 흠뻑 젖는 이 좁은 공간은 옆방의 화장실과 허름한 벽만 사이에 두고 있어 옆에서 누가 샤워를 하는지 볼일을 보는지 다 알 수 있다. 그것이 불편하지만 급하게 하라와 연락할 때는 요긴하게 쓰이기도 한다.

지철은 하라를 깨우기 위해 화장실 벽을 두드리려다가 하라의 방에서 들려오는 소리에 멈칫하고 귀를 기울였다. 꺽꺽 우는 것도 같고 가래가 끓는 소리 같기도 한 괴성이 들렸다. 그것은 닭장 속의 병아리들이 족제비나 오소리의 침입을 받았을 때 내지르는 겁에 질린 소리랑 비슷했다.

하라가 또 악몽을 꾸는 모양이었다. 며칠에 한 번씩 하라는 이랬다. 어떨 때는 애절한 소리로 누군가에게 애원하기도 했다.

"제발… 제발… 살려주세요……."

지철은 큰 소리로 '해피 버스데이 투 유'를 불렀다. 하라가 가장 좋아하는 노래다. 하라는 언제 어디서든 이 노래만 들으면 행복해진다고 했다. 그 덕분인지 더 이상 하라의 방에서는 공포에 억눌린 소리는 들리지 않았다.

지철은 그제야 화장실 벽을 손으로 두드렸다.

"하라야! 하라야, 좀 일어나봐!"

다음 순간, 좀 전의 소리와는 백팔십도 완전 다른, 짜증과 신경질로 뒤범벅된 목소리가 벽을 뚫고 나왔다.

"시다, 잠도 못 자게 뭐야!"

"주방장이 사시미칼을 잃어버렸대."

"사시미든 니미든 그걸 왜 나한테 묻는데!"

"비싼 칼이래."

"그래서!"

"난 건드리지도 않았는데 주방장은 내가 훔쳤다고 생각……."

"잘됐네. 이참에 확 때려치우고 나가버려!"

예상치 못한 반응이었다.

칼의 행방은 몰라도 성곤에 맞서 편은 들어줄 줄 알고 왔는데…….

지철이 실망감을 안고 1층으로 내려오자 성곤은 기다렸다는 듯이 경찰서에 전화를 걸었다.

"거기 경찰서죠? 내 사시미칼이 없어졌는데……. 이 사람이 장난 전화는, 내가 지금 장난하는 거로 보여?"

"주방장님……."

"사장님, 가만있어 보세요. 도둑놈이 누군지 범인을 잡아야 될 거 아닙니까."

"저 배고프다니까요. 우선 밥부터 먹자고요."

성곤은 아무리 그래도 자신의 분신인 미나모토아키타다를 찾기 전에는 요리고 나발이고 할 수 없다며 주방에 들어가지 않으려 했다.

지철은 어이가 없었다. 자신의 엄마, 해순은 평생 여수 서시장 앞에서 한 마리에 천 원씩 받고 생선 회 쳐주는 일을 했다. 손님들이 사온 수백, 수천 마리의 생선을 손가락만 한 작은 창칼로 다 껍질을 벗기고 회를 쳤다. 그런데 성곤은 말도 안 되는 칼 타령을 하며 파업 시위를 벌이고 있는 것이다.

지철은 맘대로 하라는 심정으로 성곤을 대신해 식사를 준비하러 주방에 들어갔다. 도마에는 대가리만 잘린 우럭이 그대로 놓여있었다.

지철은 기다란 비닐 앞치마를 입고 도마에 박힌 데바칼을 빼내 대가리만 잘린 채 놓여있던 우럭을 손질했다. 자신에게 아픔을 준 등지느러미를 잘라낼 때는 복수심에 칼을 더 힘차게 내리쳤다. 싹둑 잘려나간 등지느러미를 보자 통쾌했다.

그때 샤워를 하고 아직 머리도 말리지 않은 하라가 주방으로 들어왔다.

어깨까지 훤히 드러나는 티셔츠에 짧은 미니스커트를 입은 하라의 맨살이 갓 지은 초대리를 섞어놓은 초밥처럼 윤기가 자르르 흘렀다. 불룩 튀어나온 가슴과 엉덩이가 방금 간 생와사비처럼 맵싸하고도 신선한 향을 내뿜었다. 왜 남자들이 하라만 보면 침을 삼키는지 그 이유를 알 것 같았다.

하라는 맵다. 먹고 나면 속을 훑는 고춧가루의 빨간 매운맛이 아니라 입에 넣는 순간 코를 뚫고 뇌까지 그 맛을 각인시키는 초록의 매운맛, 그게 바로 하라다.

"시다, 저 똘주방 뭐 잘못 먹었니?"

하라는 성곤을 또라이 주방장이라는 의미로 똘주방이라 불렀다. '시다'라는 소리만큼이나 그 말도 처음에는 지철의 신경에 거슬렸었지만, 이제는 익숙해져 아무렇지도 않았다.

"왜?"

"똘주방이 사장 말 안 듣는 건 처음 봐. 내가 여기 온 지 2년 됐지만 저런 일은 한 번도 없었는데."

지철이 홀 쪽을 내다보니 소혜가 못마땅하다는 표정으로 성곤에게 눈을 흘기고 있는데도 성곤은 기어코 전화기를 들고 누군가에게 야미 오는 길을 반복해 알려주고 있었다.

"아 참, 거기 가기 전에 좌회전하라니까요. 좌회전해서 삼백 미터 직진, 그다음에 저수지 가는 표지판이 나오면……."

"주방장님, 꼭 그렇게까지 하셔야겠어요?"

"네!"

야미에 들어온 지 1년 됐지만 지철도 성곤이 소혜의 말을 거역하는 것은 본 적이 없었다.

성곤에게겐 그 칼이 정말 소중하긴 한가 보다.

지평파출소의 홍 경사와 고 순경이 야미에 온 것은 그로부터 30분이 지난 후였다.

40대의 배불뚝이 홍 경사는 들어오면서부터 무슨 식당이 간판도 안 달았느냐고 투덜거렸다. 그것으로도 모자라 이러다가는 중국집 단무지까지 찾아주러 다니게 생겼다고 푸념했다.

그러는 동안에도 눈과 코는 일식집에 대한 기대로 재빠르게 움직이며 몇 번이나 침을 삼켰다.

그러다 야미가 점심 장사를 하지 않는다는 것을 알고 홍 경사는 노골적으로 인상을 찡그렸다.

"무슨 식당이 밤에만 장사를 해? 그게 식당이야? 술집이지."

"그래서 야미인가 봐요. 밤 야에 맛 미. 맞죠?"

고 순경의 질문에 야미의 사람들은 아무도 대답하지 않았다.

지철은 고 순경의 생각과 같았지만 사실 야미의 뜻이 무엇인지는 야미의 구성원들마다 생각이 다 다르고, 오는 손님들도 달랐다.

그중 가장 많은 사람들의 의견은 들 '야(野)'에 맛 '미(味)'라는 의견과 밤 '야(夜)'에 맛 '미(味)'라는 두 가지였다.

전자를 지지하는 사람들은 평소 신사적인 이미지와 고위 신분으로 감춰둔 야성을 야미에서만큼은 주저 없이 폭발시키는 자들이었다. 별것 아닌 것에도 핏대를 세우고 싸우며 쌍욕과 주먹질을 했고, 온몸으로 엉겨 붙어 육탄전을 벌이기도 일쑤였다.

하라는 그들을 상대로 그들보다 더 심한 쌍욕을 퍼붓고 발길질을 했다. 사회에서는 감히 말대꾸하거나 거역할 수 없는 높은 분들이었건만, 하라는 제 기분 내키는 대로 했다.

고등학교는 중퇴고 재학 중일 때도 학교에 간 날보다 안 간 날이 더 많은 하라는 교육과 훈련으로 길들여진 사람이 아니었다. 윤리니 명예니 예의니 그런 말이 무슨 뜻인지도 몰랐고, 어렴풋한 개념조차도 없었다.

회장님이니 의원님이니 어깨에 잔뜩 힘 들어간 사람들은 하라가 내뱉는 '개새끼, 씨발 놈들'이라는 말에 카타르시스를 느꼈다. 하라가 거칠게 그들의 엉덩이를 후려갈길수록, 온갖 모욕과 수치심을 안겨줄수록 기뻐하며 개처럼 방바닥을 기어 다니기도 했다.

인간에겐 남을 지배하고 싶은 욕망만큼이나 지배받고 싶다는 욕망 또한 강했다. 그리고 아무나 지배할 수 있는 사람일수록 아무에게나 지배당할 수는 없기에 그 대상을 찾기가 힘들었다.

채워지지 않는 욕망은 항상 허기와 갈증을 일으켰다. 그 때문에 자신이 지배하는 사람들을 가학적으로 괴롭히기도 했다. 내가 괴로우니까 너희들도 편안하면 안 돼. 그런 심리로.

그런데 하라가 나타난 것이다. 인간보다는 길들여지지 않은 짐승에 가까운 존재. 그렇기에 하라에겐 아무리 지배당하고 무릎을 꿇어도 굴욕감이 남거나 부끄럽지 않았다. 들짐승과 재밌게 장난을 치고 놀다 가는 기분. 한마디로 뒤끝이 없었다.

후자를 지지하는 사람들은 야미에 오자마자 허리띠부터 풀고 앉아 노골적으로 원초적인 본능을 드러냈다. 그들이 식사 시간 내내 하는 이야기의 99프로는 음담패설, 그리고 그 음담패설의 주인공은 당연히 하라였다.

타의 추종을 불허하는 육감적인 몸매와 수컷의 본능적인 스킨십을 성희롱이라고 생각지 않고 오히려 즐기는 적극성까지, 그들에게 하라는 요즘 세상에 보기 힘든 '국보'였고 결코 문제 생길 일이 없는 안전지대였다.

하라가 코스별로 요리를 내올 때마다 그들의 스킨십 코스도 점점 진해졌다. 엉덩이를 툭 치고 볼을 꼬집는 건 그야말로 젠사이(간단한 밑반찬). 사시미가 나오고 야키모노(구이), 무시모노(찜)가 차려질 즈음이면 하라가 일행 중 누구에게 오늘의 디저트를 줄 것인가가 그들의 가장 큰 관심사가 되었다.

하라는 사람들이 자신의 몸을 만지는 건 자기를 좋아해서라고 주장했다. 사람들이 연예인의 머리카락이라도 만지고 싶어 하고, 입었던 옷이라도 간직하고 싶어 하는 것과 똑같은 거라고.

하라는 그들에게 스타였고, 그들은 하라에게 열성 팬일 뿐이었다.

하라는 자신을 사랑하는 팬 관리 차원에서 그날의 손님 중 한 사람을 지목해 2층의 게스트룸에서 특별한 디저트를 선물했다.

그 디저트의 정체가 무엇인지는 디저트를 맛본 사람이라면 누구나 알고 있었지만, 그들은 그 내용을 남들 앞에서는 발설하지 않았다.

그저 그 디저트가 엄청나게 맛있고 감동적이었다고만 표현했다. 평소 강골로 유명한 어느 정치인은 하라의 디저트를 먹고 삼십 년 만에 눈물을 흘렸다고도 했다.

단연코 그들에게 야미의 가장 신선한 회는 하라였고, 아무리 먹고 먹어도 질리지 않는 맛이었다.

그 외 야미에 대한 소수 의견으로 영어 yummy(맛있는)에서 따왔다, 우리나라에서는 '야매'로 잘못 알려진 뒷거래라는 뜻의 일본어 야미(闇)가 출처다 등등이 있었다.

거한 일식으로 점심을 먹을 것이라 잔뜩 기대했다가 실망한 홍 경사는 스키다시를 찾아 주방의 냉장고를 뒤지기 시작했다. 그러다 냉동실에서 어란을 발견하고는 침을 질질 흘리며 성곤에게 애원의 눈빛을 보냈다. 그래도 한 덩어리에 수십만 원을 호가하는 숭어 어란을 일개 파출소의 경사에게 냉큼 내줄 성곤이 아니었다.

성곤은 홍 경사가 위장을 채우기 전에는 일을 시작하지 않으리라는 것을 알고 귀찮다는 듯이 지철에게 우동을 끓여주라고 지시했다.

홍 경사는 그 우동을 게 눈 감추듯 먹어 치우고는 아직 먹고 있는 고 순경의 몫까지 넘겨다보았다. 지철은 마지못해 자신의 우동 그릇을 밀어주는 고 순경이 불쌍했다.

저 여자도 저 경찰의 시다인가.

저 여자도 나처럼 신맛이 날까.

홍 경사가 고 순경의 우동까지 다 먹어 치우고도 트림만 꺽꺽 해대고 앉아있자 성곤의 인내심이 폭발했다.

"도둑놈 잡으라고 불렀더니 언제까지 이러고 있을 거요?"

"거참, 소화도 안 되게 성화는. 한 시까지는 우리도 점심시간이요."

"이 사람이 뭐, 점심시간? 그러고도 당신이 경찰이야?"

"지금 누구한테 반말이야? 겨우 주방 칼 하나 없어진 걸 가지고. 대한민국 경찰이 그렇게 한가한 줄 알아?"

"주방 칼? 일본 장인이 만든 명품 칼이라니까!"

"그래 봤자 사시미가 사시미지……."

보다 못한 고 순경이 그만하라는 눈치를 주자 홍 경사는 마지못한 표정으로 시선을 돌려 야미를 빙 둘러보았다.

"이렇게 외진 곳에 겨우 칼 하나 훔치자고 도둑놈이 올 것 같지도 않고, 그럼 결국 내부자의 소행이란 건데……."

"내 말이!"

성곤이 금세 표정을 바꾸며 맞장구쳤다.

"여기서 그 칼 훔칠 놈은 이놈밖에 없다니까."

성곤이 지철을 노려보자 홍 경사와 고 순경의 시선도 지철 쪽을 향했다.

"저는 아니에요."

"이 새끼가 경찰 앞에서까지 발뺌을!"

성곤의 주먹이 지철의 얼굴 정중앙을 향해 날아가는 것과 동시에 지철의 코에서 붉은 피가 흘러나왔다. 고 순경이 놀라 얼른 냅킨을 뽑아 들고 지철에게 다가가며 성곤을 향해 차갑게 쏘아붙였다.

"아직 확실하지도 않은데 이러시면 안 되죠!"

"확실하지 않기는. 너, 이 새끼가 범인이면 나한테 죽을래?"

성곤의 험악한 눈길에 고 순경이 움찔하자 자신의 부하가 기죽는 걸 볼 수 없다는 듯이 홍 경사가 다시 앞으로 나섰다.

"사시미칼이랑 친하게 지내 그런가 어째 하는 짓이 꼭 조폭이야?"
"뭐? 당신 진짜 사시미칼 맛 한번 볼래?"
"사시미칼 도둑맞았다고 신고하더니 당신 허위 신고한 거야? 허위 신고면 공무집행방해로 벌금 내야 되는데……."
"그 칼 말고 다른 칼은 없겠냐?"
"그럼 그 칼 쓰면 되겠네! 사내가 쪼잔하게 칼 한 자루 가지고 호들갑은."
"이 사람이 진짜. 그게 그냥 칼 한 자루가 아니라니까! 미즈노탄렌조 미나모토아키타다! 시가 이 백이 넘는다고!"
이 어처구니없는 상황을 보다 못한 소혜가 상황을 정리했다.
"됐습니다. 신고는 없었던 것으로 할 테니 그만 가보세요."
"사장님!"
성곤이 강하게 반발하며 소혜를 보았지만, 성곤을 바라보는 소혜의 얼굴에서는 좀처럼 보기 힘든 냉기가 흘렀다.
"주방장님, 잠깐 저 좀 봐요."
성곤은 잘못을 저지르고 담임선생님을 따라 교무실에 가는 아이처럼 풀이 푹 죽어 소혜를 따라 나갔다.
지철은 코피를 막고 있던 냅킨이 붉게 다 젖은 것을 보고 화장실을 향해 뛰어갔다. 걱정스러운 표정으로 고 순경이 그 뒤를 따르자, 아까부터 말없이 구경만 하고 있던 하라가 눈썹을 치켜세우며 그 모습을 쏘아보았다.
홍 경사는 아직도 배가 차지 않은 듯 아쉬운 표정으로 주방 쪽을 넘겨보다 옆에 있는 하라에게 중요한 비밀이라도 알려준다는 듯 소곤거렸다.

"내 딱 보니까 이 집 곧 망하게 생겼어. 그러니까 아가씨도 다른 데 일자리 알아봐."

하라가 화장실 쪽으로 향했던 시선을 돌려 피식 웃었다.

"아저씨 일 년 버는 돈 다 털어도 여기서 한 끼 못 먹어요."

"뭐?"

"그리고 쫄따구 교육 좀 똑바로 시키세요. 어디서 짭새가 남의 남자한테 빼꾸기를 날려?"

홍 경사가 어이없다는 표정으로 하라를 바라보다 헛웃음을 지었다.

"아직 젖 냄새도 안 가신 어린놈이 어디서 어른한테……."

"그러는 아저씨한테서는 좆 냄새나요!"

충격으로 홍 경사의 몸이 굳었다. 그는 평생 이런 말은 들어본 적이 없었기에 뭐라고 대꾸해야 하는지도, 어떻게 반응해야 하는지도 몰라 머릿속이 하얘졌다.

그렇게 몇 초가 지나서야 멈췄던 뇌가 다시 작동했다. 혹시 아까 소변 보고 손을 씻지 않았을지도 모른다는 생각이 겨우 떠올라, 그 생각에 대한 행동 반응으로 자기 손을 가져다 킁킁거렸다.

지철이 세면대에서 피 묻은 얼굴을 씻어내는 동안 고 순경은 뒤에서 그 모습을 물끄러미 지켜보았다.

"주방장한테 평소에도 자주 폭행당해요?"

지철이 대답 없이 얼굴의 물기를 손으로 닦아내며 뒤돌아섰다.

"그래서 복수하려고 칼을 훔친 거 아니냐고요?"

고 순경은 자신의 속마음을 들켰다는 듯이 머쓱해하며 웃었다. 보조개가 귀엽게 패었다.

"난 그 칼 훔치지 않았어요."

"나도 그렇게 믿고 싶지만……, 경찰은 사실과 증거로만 판단해야 해서……."

지철은 자신의 결백을 증명하기 위해 고 순경을 데리고 2층으로 올라가 나란히 있는 세 개의 방 중 첫 번째 방문을 열었다.

고 순경은 남자의 방치고 깔끔하고 깨끗하다는 표정으로 선뜻 따라 들어와 방 안을 꼼꼼히 살폈다. 책상 서랍도 열어보고 옷장 속, 위와 아래도. 그러다 책상 위에 놓인 레시피북을 발견했다.

"색이 바랜 게 좀 오래된 노트네요?"

"네. 엄마한테 받은 거예요, 레시피북."

"와! 엄마도 요리사예요?"

"그건 아니고……."

"좀 봐도 돼요?"

"네……."

호기심 어린 표정으로 노트를 넘겨보던 고 순경이 의아한 표정으로 지철을 돌아보았다.

"레시피만 있는 게 아니고 일기도 있네요?"

"네?"

"여기 한글 레시피 밑에 일본어로 쓰여 있는 거요."

"일본어 알아요?"

"일문과 나왔으니까."

"그럼 좀 알려주세요. 거기 뭐라고 쓰여 있는 거예요?"

"음, 이걸 다요?"

"지금 어려우면 시간 나실 때라도……."

고 순경은 노트를 후루룩 넘겨보며 고개를 끄덕였다.

"대신 공짜는 없는 거 알죠?"

"……"

"아까 우동 무진장 맛있던데. 음, 여기 레시피에 있는 요리들도 궁금하고……."

"좋아요."

지철은 선뜻 대답해 놓고 뒤늦게 후회했다.

이제 레시피북의 내용마저 알게 되면 지철로서는 더 이상 물러설 데가 없다.

말기 유방암 판정을 받고 3년 만에 지철의 엄마는 저세상으로 떠나며 '네 아버지에게 이 레시피북을 전해주라'는 유언을 남겼다.

'아버지? 어떤 아버지?'

'네 진짜 아버지.'

진짜 아버지?

지철은 당혹스러웠다.

태어났을 때부터 엄마와 단둘이었던 지철이 다른 아이들은 자신과 달리 '아빠'라는 존재가 있다는 것을 알고 우리 아빠는 어딨느냐고 물었을 때, 지철의 엄마 해순은 티브이에 나오는 멋진 남자를 가리켰다. 저 사람이 네 아빠라고.

그 남자는 어떨 때는 탤런트였고, 어떨 때는 뉴스 앵커였고, 어떨 때는 정치인이기도 했다. 왜 아빠가 이렇게 자주 바뀌느냐고 물으면 어쨌든 다 똑똑하고 훌륭한 사람들 아니냐고, 네 아빠도 그렇게 훌륭한 사람이라고 해순은 눙쳤었다.

그때부터 지철에게 아빠는 티브이 속에 있는 존재였다. 티브이에 나오는 남자들은 수를 헤아릴 수 없을 정도로 많았고, 직업도 각기 다양했다.

지철은 그 속에서 자기 마음에 드는 사람을 하나 골라 아버지로 여기면 됐다. 올림픽 마라톤 금메달리스트, 자동차 회사 회장님, 우주 과학자, 대통령, 심리학자, 교수이자 베스트셀러 작가…….

지금까지 지철이 아버지로 삼았던 유명인들의 목록이다. 지철은 그들에 관한 기사나 책은 모조리 읽었고, 남들은 모르는 깊은 대화도 나누었다. 그의 아버지들은 지철이 힘들어할 땐 용기를 북돋아 주었고, 세상과 트러블을 빚을 때는 좋은 충고도 해주었다.

덕분에 지철은 아빠가 곁에 있는 친구들이 부럽지 않았다. 술을 마시고 가족들을 두들겨 패거나 도박을 해 집을 날리는 친구들의 아빠보다는 차라리 티브이 속에만 있는 아빠들이 훨씬 낫다고 생각했다. 간혹 친구들의 아버지 중 좋은 아버지도 있었지만, 그런 아버지들은 병에 걸리거나 사기를 당해 자식들의 마음을 아프게 했다.

지철의 아버지들은 절대 그럴 일이 없었다. 지철은 자신이 원하는 아버지를 언제든지 선택할 수 있었고, 그들이 문제를 일으키면 가차 없이 아버지의 신분을 박탈하면 그만이었다. 죄책감을 느낄 필요도, 효에 대한 의무도 없었다.

나이를 먹을수록 지철은 자신처럼 아버지를 선택할 수 없는 사람들이 오히려 안쓰러웠다. 자기가 원해서 그의 자식으로 태어난 것도 아닌데 왜 아버지의 운명에 지배받고, 종속되어야 하는지. 그 때문에 벌어지는 부자간의 갈등이나 참극을 볼 때마다 선택할 수 없는 아버지에 대한 지철의 부정적인 생각은 더 확고해졌다.

그래서 해순이 '네 진짜 아버지를 찾아가라'고 했을 때 지철은 내키지 않았다. 자신은 진짜 아버지가 필요 없다고, 자기에게 유전자를 물려줬다고 왜 그가 자신의 진짜 아버지냐고 반항했다.

하지만 해순은 지철이 그러겠다고 대답할 때까지 기다렸다. 병마에 시달려 피골이 상접한 얼굴로 단말마의 고통을 내지르면서도 죽지 않고 끝까지 버텼다. 아버지를 찾아 이 레시피북을 전해 주겠다고 약속하라며 혼수상태 속에서도 괴성을 질렀다.

다른 사람들은 그 괴성의 의미를 몰랐지만, 지철은 너무나 잘 알아들을 수 있었기에 괴로웠다. 결국 엄마에게 그러겠다고 약속하며 새끼손가락을 걸었다. 그제야 엄마는 조용히 입을 닫고 세상을 떠났다.

해순이 그렇게 세상을 떠난 지 2년째.

엄마와의 약속을 지켜야 한다고 생각하면서도 지철은 아직 진짜 아버지를 받아들일 준비가 되지 않았다. 그래서 엄마와 언제까지라고 기한을 정한 것은 아니니 괜찮다고, 약속을 지키지 않고 있는 스스로를 합리화했다.

해순이 꿈속에 나타나 약속을 빨리 지키라고 다그치면, 아직 이 레시피북의 내용을 몰라서 연구 중이라고 둘러댔다. 여기에 무슨 내용이 있는지 다 알고 나면 그때는 약속대로 아버지에게 전달해 줄 거라고.

하지만 실제로는 별로 연구하지도, 노력하지도 않았다. 지철이 레시피북에 대해 아는 건, 각종 일본요리와 한국요리의 레시피가 짬뽕으로 섞여 있는 노트 중간중간에 일본어로 된 짧은 글들이 끼어있고, 노트의 중간부터는 다른 사람이 쓴 듯 글씨체가 다르다는 것뿐이다.

때로는 그 일본어로 된 내용이 궁금하기도 했지만, 또 한편으로는 영원히 알고 싶지 않았다.

'그래야 엄마와의 약속을 지키지 않은 핑곗거리를 계속 가질 수 있으니까.'

'그래야 지금까지처럼 원하는 대로 아버지를 선택하며 살 수 있으니까.'

지철은 문득 해순이 그 꼼수를 알아채고 고 순경을 자신에게 보냈고, 자기 입으로 고 순경에게 일기 내용을 번역해 달라고 부탁하게 조종한 건 아닐까 의심스러웠다. 철두철미하고 계략에 능한 엄마라면 하늘나라에서도 그 정도쯤은 쉽게 할 수 있을 것 같았다.

방심하고 있다가 엄마에게 당한 게 후회스러웠지만, 그렇다고 이제 와서 고 순경에게 없던 일로 하자는 것도 내키지 않았다. 안 그래도 칼 도둑이라는 의심을 받고 있는 상황인데, 괜히 신뢰에 금만 가게 할 것 같았다.

지철은 레시피북을 복사해 고 순경에게 넘겨주겠다고 약속했다.

홍 경사와 고 순경은 '야미'에 들어온 지 삼십 분 만에 떠났다.

소혜와 단독 회담을 마치고 주방으로 돌아온 성곤은 더 이상 사시미칼에 대해 말하지 않았지만, 상처 입은 짐승처럼 처연한 눈빛을 하고 잔뜩 예민해 있었다.

지철은 아무 일 없었다는 듯이 그 옆에서 성곤을 도왔다. 그럴수록 성곤은 더 신경질적이 되어갔지만, 지철은 대학교수이자 베스트셀러 작가인 아버지의 충고를 다시 한 번 되새겼다.

——세상엔 백 퍼센트 나쁜 사람도, 나쁜 일도 없다. 그런데 그렇게 생각된다면 그건 네가 게을러 그 사람과 그 일의 장점을 찾아보지 않은 것이다.

교수 아버지의 말대로라면 성곤에게도 분명 좋은 점이 있을 것이다. 그리고 지철은 드디어 찾아냈다.

첫째, 성곤은 변덕 부리지 않고 일관성 있게 나를 혼낸다. 이랬다저랬다 하면 더 적응하기가 힘들었을지도 모르니 참 감사한 일이다.

둘째, 성곤이 언제 어떤 부위를 가격해 올지 모르기 때문에 나의 운동신경이 날로 좋아진다. 이러다간 매트릭스 주인공 뺨치는 유연성을 갖게 될 것이다.

방금도 당근을 씻어놓지 않았다고 자신의 발을 내리찍으려고 다가오는 성곤의 발을 잽싸게 피했다.

그런데 그것이 성곤의 날카로운 신경을 건드린 모양이다.

"재수 없는 시다 새끼. 내 언젠가 네놈을 통사시미로 회 쳐주지. 네놈의 대가리부터 내장까지 모조리 질겅질겅 씹어 먹어주겠어."

말을 참 살벌하게 하는 것도 장점으로 봐야 하는지 궁금해하며 지철은 자기도 모르게 내뱉고 말았다.

"근데 그때 꼭 주의하세요. 제 핏속에는 독이 있어 날로 먹었다가는 주방장님도 같이 저세상으로 갈 수 있다는 거."

성곤의 얼굴이 해쓱해졌다.

자신의 수용치를 넘어서는 분노에 스스로도 당황한 것이다. 300밀리 사시미칼을 쥔 성곤의 손이 부들부들 떨렸다.

지철은 성곤의 살기(殺氣)에 지지 않으려고 눈도 깜빡거리지 않은 채 힘을 주었다. 그렇게 3분쯤, 눈이 시려 더 이상 못 참을 것 같은 순간, 성곤이 칼을 내려놓고 담배를 들고 밖으로 나갔다.

그제야 긴장이 풀려 지철은 다리가 후들거렸다.

그래도 어쨌든 성곤과의 기 싸움에서 처음으로 지지 않았다.

지철은 스스로가 기특해 물을 벌컥벌컥 마셨다.

두 컵째의 물을 마시는데 누군가 컵을 툭 치는 바람에 물이 콧구멍으로 들어갔다.

일본 기모노를 개량한 유니폼으로 갈아입은 하라였다.

지철은 그래도 성곤이 아닌 것에 안도했다.

"시다, 너 보기보다 참 헤프더라."

"그게 무슨 소리야?"

"처음 본 여자를 방까지 데려가고."

"그건 내 방을 조사해 보라고."

"뻥 까네. 그 뻔한 수작질 누가 모를 줄 알고."

"그런 거 아냐."

"그럼, 진짜 그 사시미칼 때문에 그런 거라고?"

"그래."

"그래? 그럼 그 칼 내가 어디 있는지 가르쳐줄 테니까, 다시는 그 계집애랑 만나지도 말도 섞지도 마."

"그게 무슨 소리야?"

"대답부터 해!"

지철은 이렇게 하라가 막무가내로 나올 때마다 당황스러웠다.

자기보다 어린 것 같은데도 누나라고 우기기에 그럼 신분증 보여달라 그랬더니, 꼭 그런 걸 봐야 믿느냐고 화를 낼 때도 이런 기분이었다.

지철은 고 순경보다 사시미칼이 더 궁금해서 그러겠다고 약속했다.

그러자 하라는 자신이 믿을 수 있게 자기 볼에 뽀뽀하라고 요구했다. 지철은 망설였다.

"시다, 너 진짜 웃긴다. 다들 하고 싶어도 못 하는데."
"이렇게까지는 하지 않아도 되잖아."
"너 내가 그렇게 싫어?"
"그런 건 아니고……."
"그럼 뭔데?"
"……그냥 내키지가 않아서……."
하라의 눈꼬리가 사납게 올라가는 듯싶더니 꿈틀했다.
"나를 좋아하지도 않으면서, 그럼 해피 버스데이 투 유는 왜 불러준 거야?"
하라와 이야기할 때는 문맥이 어디로 튈지 모르니 늘 긴장해야 한다.
"해피 버스데이 투 유? 아, 그건 네가 악몽을 꾸는 거 같아서……."
"그러니까, 그러니까 날 좋아해서 그런 거 아냐!"
지철이 어떻게 대답해야 할지 몰라 망설이는 사이 하라가 자기 멋대로 결론을 내렸다.
"너는 나를 좋아해. 그래서 주방장이 괴롭혀도 여기를 떠나지 않는 거야!"
"그건 아닌데……."
"그럼 뭔데? 뭔데?"
아직은, 아직은 이야기할 수가 없다.
"거봐, 맞으니까 말 못 하잖아."
"그게 아니고……."
"네가 뭐라고 하든, 넌 나를 좋아하는 게 확실해."
설마. 매운 것은 질색인데.

“그러니까 넌 앞으로 다른 계집애들을 만나거나 관심을 가져서도 안 돼. 네가 그렇게 하겠다고 약속했다 믿고 말해 주는데, 그 칼 똘주방 방에 있을 거야.”

“그게 무슨 소리야?”

“똘주방이 잃어버렸다고 쇼한 거라고.”

“왜?”

“시다, 너 바보야?”

“…….”

“당근 너를 쫓아내려고 그런 거지. 주방장이 너를 못 잡아먹어서 난린데 그것도 몰랐어?”

지철도 그건 알고 있었다. 그렇지만 설마 그런 자작극까지 꾸며 자신을 쫓아내려고 했을까.

“내 장담한다. 똘주방이 잃어버렸다는 그 사시미칼 분명 저 위에 있다는 거.”

하라의 손이 조리실 바로 위편에 있는 성곤의 방을 가리켰다.

그 이후로 하라의 말이 계속 귀속을 맴돌아 지철은 일에 집중할 수가 없었다. 1번 다시(육수)를 만들다 다시마를 제때 꺼내지 못하는 실수도 저질렀다. 평소라면 성곤에게 맞아 죽을 뻔한 일이었지만, 성곤은 소혜에게 무슨 말을 듣고 왔는지 일절 지철은 무시하고 자기 할 일만 했다.

그 와중에 오늘의 손님들이 도착했다.

하라는 그들이 차에서 내리는 모습을 보자마자 비쩍 마른 K에게는 노가리라는 별명을, 두꺼비처럼 눈을 끔뻑끔뻑하는 O에게는 두꺼비란 별명을 붙였다.

그러면서 소혜가 그들을 수석님이라고 부르는데 수석이 뭐냐고 지철에게 물었다.

"수석? 글쎄, 1등한 사람들을 그렇게 부르기도 하던데……."

"그럼 청와대에 1등으로 들어갔다는 말이야?"

"그럼 둘 다 수석인 게 이상하잖아?"

"노가리랑 두꺼비랑 동점이었나 보지. 근데 청와대가 서울대보다 더 좋은 대야?"

"뭐?"

"왜?"

"야, 너 청와대도 몰라?"

"그러는 너는 수석이 뭔지도 모르면서!"

지철은 하라와 말싸움을 해봤자 이길 수 없다는 것을 알기에 거기서 그만뒀다. 사실 수석이 뭔지는 모르지만, 꽤 높은 사람들이라는 건 야미의 분위기로도 느낄 수 있었다.

소혜는 다른 때보다 화장과 옷차림에 더 신경을 쓰고 나왔고, 수족관에서 가장 큰 참돔을 오늘의 메뉴로 하라고 일렀다. 성곤도 홍어간, 아귀 간과 함께 바다의 3대 간이라 불리는 쥐치 간을 준비했다.

하라는 새로운 음식을 가지고 들어간 후 빈 접시를 가지고 나올 때마다 룸에서 있었던 일을 실감 나게 전했다.

"노가리는 먹는 거엔 관심 없는 척하면서도 은근슬쩍 맛있는 건 죄다 골라 먹고, 두꺼비는 그런 줄도 모르고 양으로만 얼마나 많이 처먹는지, 접시까지 핥아 먹다 내 손까지 먹으려고 하더라니까. 크크크, 그 대학에는 식당도 없나 봐?"

"대학 아니라니까. 청와대는 대통령이 있는 곳이야. 기와가 푸른색이라 청와대라 부르는 거고."

"그래? 어쩐지 대학생들치곤 너무 늙었다 했다."

지철은 그 말에 웃다가 성곤이 살벌한 표정으로 참돔을 통사시미해 접시 위에 올리는 걸 보았다.

하얀 천사채를 밑에 받쳐 머리와 꼬리를 곧추세운 담홍빛 참돔은 붉게 달아오른 성곤만큼이나 성나 보였다. 성곤은 그곳에 꽃 장식 대신 당근을 용 모양으로 카빙해 데커레이션을 마쳤다.

그러고는 뾰족한 참돔 이빨들 사이로 빨간 앵두 같은 것을 쏙.

지철이 궁금한 표정으로 다가가자 성곤은 지철이 보이지 않는 양 무시하고 하라에게 서둘러 통사시미를 가져가라고 소리쳤다.

하라는 접시를 집어 들며 눈살을 찌푸렸다.

"똘주방, 도대체 애한테 무슨 짓을 한 거야?"

순간, 성곤의 얼굴이 굳으며 눈빛이 퀭해졌다. 지철은 성곤의 손이 앞에 놓여있는 묵직한 도마로 향해 가는 것을 바라보며 성곤과 가까이 서 있는 하라를 걱정했다.

"눈깔이 완전 썩었잖아. 입맛 떨어지게."

하라의 말대로 바다에서 이곳까지 오는 동안 여기저기 부딪치고 스트레스를 많이 받았는지 참돔의 눈이 탁했다.

도마를 움켜쥐려던 성곤의 손이 멈칫하고는 방향을 틀어 작은 창칼을 집어 들었다. 성곤은 하라와 참돔을 번갈아 보다 별거 아니라는 표정으로 참돔의 눈알에서 표피를 한 꺼풀 벗겨내고, 그 위로 레몬 한 방울을 톡 떨어뜨렸다. 순식간에 라식 수술이라도 받은 것처럼 참돔의 눈이 아까와 달리 초롱초롱해졌다. 그 때문에 아가미의 헐떡임이 더 생동적으로 보였다.

주요리인 통사시미가 나가고 나면 다음 구이 요리까진 잠깐의 짬이 생긴다. 성곤이 담배를 피우러 밖으로 나간 사이 지철은 2층으로 올라갔다.

일을 하는 내내 성곤이 자신을 쫓아내기 위해 사시미칼 도난 자작극을 벌인 것이라는 하라의 말이 지워지지 않았다.

성곤은 왜 그렇게 날 미워하는 걸까.

정치가인 전 아버지는 말했었다.

——피는 물보다 진하고, 부모는 본능적으로 제 자식을 알아본다.

그 말을 믿었었는데, 모든 부모가 그런 것은 아니었다.

지철이 이곳에 들어온 지 1년이 넘었지만 성곤은 제 자식을 알아보기는커녕 날마다 구박에, 폭행에, 이젠 그것으로도 모자라 도둑놈으로 몰아 내쫓기까지 하려 한다.

티브이 속 아버지들은 절대로 한 적이 없는 몰상식한 짓들이다.

자신에게 선택권이 주어졌다면 절대로 아버지로는 삼지 않았을 사람.

그런데도 그를 진짜 아버지라고 무조건 받아들여야 하나?

지철은 스스로에게 너무 성급히 결론 내리지 말자고 타일렀다.

그래, 대학교수이자 베스트셀러 작가인 아버지도 그랬지 않은가.

——세상에 백 퍼센트 나쁜 놈은 없다.

어쩌면 하라의 생각은 틀렸을지도 모른다.

지철은 그것을 확인하기 위해 성곤의 방문 앞에 섰다.

처음 성곤의 방에 몰래 들어가려고 이 앞에 섰을 때처럼 지철의 가슴이 두근거렸다. 그때는 엄마가 말했던 똑똑하고 훌륭한 아버지와 자기가 날마다 보는 무식하고 폭력적인 성곤이 도대체 어떻게 같은 사람인지 확인해 보고 싶었다. 자기가 보지 못한 성곤의 다른 면을 찾고도 싶었다.

성곤의 방문을 여는 것은 생각했던 것보다 쉬웠다. 엄마와 함께 해마다 주인공도 없는 미역국을 끓여 먹었던 성곤의 생일날과 같은 숫자를 입력했을 때 도어록의 자물쇠는 경쾌하게 해제됐다. 그것으로 성곤이 엄마가 말한 진짜 아버지라는 건 입증된 셈이었다.

하지만 자신이 보지 못한 다른 점을 방 안에서 발견할지도 모른다는 기대감은 매번 실망감으로 바뀌었다. 그러다 더 이상 이 방을 찾지 않은 지 벌써 두 달도 넘었다.

그사이에 비밀번호가 바뀌었을지 모른다는 지철의 걱정이 우습다는 듯, 0715를 입력하자마자 성곤의 방문이 스르르 열렸다.

지철의 방보다 두 배는 넓은 성곤의 방은 지난번에 들어왔을 때처럼 난장판으로 어지럽혀져 있었다. 아령과 각종 운동기구가 여기저기 널브러져 있고, 빨지 않은 속옷들이 퀴퀴한 냄새를 풍기며 쌓여있었다.

지철은 지난번처럼 코를 싸쥐고 도망치는 대신 그것들을 요리조리 피해 들어가 조심스레 방 안을 뒤졌다.

그러다 발견한 옷장 위 기다란 목판 칼집 하나.

지철은 제발 아니길 바라는 마음으로 칼집을 꺼내 열었다.

날렵한 300밀리 야나기칼 뒷면에 음각된 세 개의 한문이 첫눈에 들어왔다.

原昭忠

성곤이 도둑맞았다던 바로 그 사시미칼이 거기에 들어있었다.

실망과 충격, 원망, 분노, 증오의 감정들이 차례차례 지철의 가슴을 메웠다.

창밖에서는 갑자기 눈이 내리기 시작했다.

4월 6일, 봄을 맞아 잔뜩 움을 내밀고 있던 연둣빛 새싹들이 얼음집 속에 갇혀버렸다.

지철은 거울처럼 잘 닦인 칼날에 반사된 자신의 얼어붙은 눈동자를 보고 움찔했다.

그 눈은 자신을 죽일 듯이 바라보던 성곤의 눈과 똑 닮아있었다.

2. 사건 I

봄은 열흘 만에 끝나버렸다.

4월에 내린 눈에 이어 꽃샘추위라고 하기에는 혹독한 영하의 날씨가 이어지다가 잠깐의 봄볕, 그리고 바로 여름으로 넘어갔다.

줄넘기 앞에서 초조하게 제 순서를 기다리다 막상 줄 안에 들어가서는 몇 번 뛰어보지도 못하고 줄에 걸려 넘어진 아이들처럼 벚꽃, 철쭉, 아카시아, 라일락이 꽃을 피우자마자 황망히 바닥으로 떨어졌다. 제대로 뿌리를 내릴 틈도 없이 성장기를 맞이한 식물들은 기형적으로 쑥쑥 자랐고, 불볕의 더위 속에 간신히 제 몸을 지탱한다.

고 순경, 고진아가 문제의 전화를 받은 것은 유월의 마지막 날이었다.

이제 슬슬 농산물 절도범들이 기승을 부릴 때라 진아는 지평면 일대의 마을을 순회하며 농민들에게 절도 예방 교육을 진행하고 돌아오는 길이었다. 여덟 시부터 인근 초등학교 등굣길 안전 지도를 하느라 아침도 거른 데다 한 시가 넘도록 점심도 먹지 못해 속은 텅텅 비고 머릿속에는 온갖 음식들이 둥둥 떠다녔다.

그중에서도 진아의 침샘을 자극하는 건 지철이 만들어 왔던 요리들이었다. 카스텔라처럼 촉촉하고 달콤했던 다마고야끼(계란말이)와 입에서 사르르 녹던 아게다시도후(연두부 튀김)의 부드러움을 잊지 못하는 혀가 입안에서 요동을 친다.

지철이 첫 번째 요리와 레시피북 복사본을 가지고 지평파출소로 찾아온 건 진아가 사시미칼 도난 신고 때문에 야미에 다녀온 다음 날이었다.

레시피북 첫 장에 기록된 레시피대로 만들었다는 부타니(돼지고기 간장조림) 도시락은 말 그대로 감동이었다. 진아는 그 대가로 맨 앞쪽의 일기를 번역해 주었다. 기억나지 않는 한자가 있어 오랜만에 일어사전까지 뒤져가며 알아낸 그 문장들은 짠하면서도 안타까운 내용이었다.

남편은 오늘도 돌아오지 않았다.

일자리도 구하지 못했다.

어렵게 우동집 설거지 일자리를 구하게 됐지만, 등에 업혀있는 아기가 시끄럽게 우는 바람에 결국 쫓겨났다.

밤에 아기가 또 울어 월셋집에서도 쫓겨날까 봐 집에도 들어가지 못하고 지금까지 쿠시다 신사 앞을 서성거리고 있다.

가와바타 상점가의 스시가게엔 손님이 많다.

그 후로도 진아는 시간이 날 때마다 레시피북의 일기들을 번역해 지철의 이메일로 보내주었다.

대부분은 일본에서 남편 없이 홀로 아이를 키우는 한 여자가 먹고 살기 위해 고군분투하는 내용으로 그날그날 별 큰 사건은 없었다.

이 일기의 주인공들이랑 지철이 무슨 사이인지, 왜 지철이 이 레시피북을 가지고 있는지 물었지만 지철은 대답해 주지 않았다. 그저 맛있는 요리들을 만들어서 일주일에 한 번씩 파출소를 다녀가기만 했다.

매주 그렇게 하지 않아도 된다고 말했지만, 지철은 자기도 레시피를 익히는 게 좋다며 파출소에 오는 것을 거르지 않았다.

파출소의 선배들은 그런 지철을 보며 진아를 좋아하는 모양이라고 놀렸다. 자기들도 맛있는 요리 좀 계속 얻어먹을 수 있게 지철과 잘해 보라고 부추겼다.

진아는 자기보다 어린 남자는 관심 없다고 딱 잘라 말했지만, 매주 꼬박꼬박 오던 지철이 지난주에 나타나지 않자 신경이 쓰였다. 엇그제는 이메일로 일기의 다음 내용을 번역해 보내면서 무슨 일이 있느냐고 물었지만 답장도 없었다. 확인해 보니 메일은 열어보지도 않은 채였다.

어디 다치기라도 했나? 아픈가? 오늘 한번 찾아가 볼까? 그럼 좀 이상해 보이려나?

진아는 자기 안에서 부딪치는 상념들을 지우기 위해 자동차의 액셀러레이터를 힘주어 밟았다. 이 고민 저 고민 안 해도 되게 지철이 맛있는 음식을 가지고 파출소에서 자신을 기다리고 있으면 좋겠다고 생각했다. 어쩌면 정말 그럴지도 모른다는 기대감에 파출소 앞에 차를 세우자마자 사무실 안으로 뛰어 들어갔다.

그곳엔 지철 대신 다급한 전화벨이 진아를 기다리고 있었다.

"네. 지평파출소입니다."

—여기 야산에 사람이 죽어있어요!

이웃 간 소소한 싸움이나 폭행, 절도, 기껏해야 교통사고 처리가 전부인 지평파출소에 보기 드문 사건이 신고된 것이다.

사람이 죽어있다는 말에 진아를 사로잡고 있던 공복감과 허기도 화들짝 놀라 달아났다. 초복이라 삼계탕집에서 단체 회식을 하고 있던 파출소 사람들도 진아의 연락을 받고 서둘러 돌아왔다.

사람이 죽어있다는 장소는 고래산 우측 중턱 계곡. 이쪽은 골프장 소유지라 입산이 금지된 곳이었다. 사람들의 발길이 닿지 않아 무성하게 자란 풀들 사이로 암녹색 얼룩이 멍석처럼 펼쳐져 있고, 그 위에 한 남자가 대자로 누워있었다. 멍석처럼 보인 것은 남자의 몸에서 흘러나온 피가 초록의 풀들을 물들여 만들어낸 조화였다.

"칼에 찔렸나 봐요. 와이셔츠가 피에 다 젖었어요."

날카로운 칼에 엑스 자로 찢어진 와이셔츠의 양어깨와 앞쪽 부분. 왼쪽 팔 겨드랑이 구석에 조금 남은 하얀색이 없었으면 애초에 붉은 와이셔츠라고 생각할 만큼 옷은 피로 빨갛게 물들어 있었다.

"워매, 골치 아프게 생겼네. 고 순경, 살인사건 났다고 본서에 전화부터 넣고. 처음 신고한 목격자는?"

"바쁜 일이 있어서 기다릴 수 없다고, 전화번호는 받아놨어요."

양평경찰서의 경찰서장과 형사과장이 도착하기까지 40분. 그때까지 진아와 홍 경사가 한 일은 시체를 향해 날아드는 날벌레 떼를 쫓는 것뿐이었다.

현장이 조금이라도 훼손되면 안 된다며 홍 경사는 진아에게 발자국어지럽히지 말고 가만히 서 있으라고 명령했다.

눈을 뜬 채 죽어있는 남자의 얼굴만 꼼짝없이 바라보고 있어야 하는 신세가 되었다.

진아는 남자의 얼굴을 어디선가 본 듯하다고 말했지만, 홍 경사는 시체의 발끝에 서서 파출소장과 통화하느라 대꾸도 하지 않았다.

"본서에서 오고 있는 중이고요. 죽은 지 얼마 안 됐는지 얼굴 색깔도 그렇고 피도 그렇고 깨끗합니다. 자살한 건 아닌 거 같습니다. 칼을 배에 대고 쿡 찌른 게 아니라 어깨부터 배까지 칼자국 두 개가 가위표로 쭉 그려져 있다니까요. 등산객 차림은 아닌데. 골프 치러 왔다 당한 건지, 구두도 아주 비싸 보이는데……."

그 비싼 구두의 주인이 누구인지는 양평경찰서의 형사들이 오고 나서 바로 밝혀졌다. 구두 주인의 바지 호주머니에서 수거한 지갑 속 신분증은 그가 바로 두 달 전 검찰총장에 취임한 여현수라는 사실을 말해 주었다.

야산에서 발견된 변사체의 정체를 알고 홍 경사는 입을 쩍 벌렸다가 다물면서 한숨을 길게 내쉬었다. 사망사건이 살인사건으로 커진 것만도 성가시고 부담스러운데, 그 피해자가 보통 사람이 아니라 현직 검찰총장이라니.

놀란 건 진아도 마찬가지였다. 키는 작지만 카리스마 있고, 추진력이 강해 나폴레옹이란 별명까지 가진 사람이었다. 검찰총장에 취임하면서 우리 사회 곳곳에 뿌리내린 조폭들을 척결하겠다고 힘주어 말하던 그가 여기 이렇게 죽어 쉬파리의 공격을 당하고 있다니.

시신을 채 수습하기도 전에 비가 쏟아지기 시작했다. 장마의 시작을 알리는 비였다.

검찰총장 여현수의 사망이 알려지면서 포털 사이트엔 '검찰총장 사망'이 실시간 검색어 1위를 차지하고 티브이에선 연속 속보가 떴다.

〈여현수 신임 검찰총장 양평군 고래산 일대에서 사체로 발견!〉

사망 시간을 추정하기 위해 여현수의 직장(直腸) 온도를 재본 검시관은 차트에 32도라고 기록했다. 직장 온도 측정법으로 계산하면 다섯 시간 전에 사망한 것으로 추정된다. 그렇다면 오전 아홉 시에서 열 시 사이.

그런데 위장에는 남아있는 음식물이 없었다. 두세 시간은 오차 범위이기에 아침을 먹기 전인 여덟 시 이전으로 사망 시간을 조정해야 한다는 내부 의견이 나왔지만, 여현수가 며칠 전부터 1일 1식을 한다는 검찰 관계자의 말이 전해지면서 사망 시간은 오전 아홉 시부터 열 시까지로 확정됐다.

문밖에서 대기 중인 기자들이 즉각 본사로 기사를 송신했다.

〈검찰총장 여현수, 오늘 오전 열 시 경 양평군 고래산에서 피살!〉

해발 543미터짜리 고래산이 대한민국을 집어삼켰다. 평소 인근의 골프장과 맛집을 드나들면서도 무관심했던 사람들도 그 산이 유명세를 떨치자 하루아침에 하늘에서 뚝 떨어진 산이라도 되는 듯 관심을 보이며 일부러 찾아오기까지 했다.

산의 능선이 고래를 닮아 이름 붙여진 고래산. 왼편 꼬리에서 서서히 올라가 오른쪽 봉우리를 머리로 이고 있는 이 산은 주변에 세 개의 골프장이 건설되면서 작살을 맞은 고래처럼 피폐해졌다. 여현수는 그 골프장들 사이, 고래로 치자면 배꼽 지점에서 발견되었다.

검찰총장 대신 여현수라는 이름이 곧 검색어에 오르고 대한민국 인구의 90프로가 검찰총장의 이름이 여현수란 것을 알게 되었다. 기다렸다는 듯이 여현수에 대한 온갖 기사가 쏟아져 나왔다.

1959년 부산의 막노동꾼 집안에서 태어나 S대학 재학 중 사법시험에 합격하고, 그 후 공안검사로 이름을 날리다 1992년 전국적인 거대간첩단을 발굴, 검거한 그의 공식적인 이력은 특별한 주의를 끌지 못했다. 그런 경력을 가진 사람들이라면 집권 여당 국회의원들 중에도 꽤 있었다.

오히려 사람들은 그의 장인에 대해 관심을 보였다. 큰 배를 몇 개나 소유한 부산에서 제일 부자라고 소문난 엄 회장은 두 달 전에 외동딸을 교통사고로 잃고, 그 후에는 국세청 세무조사에 시달리다 뇌졸중으로 쓰러진 상태였다. 그 와중에 여현수까지 죽자 희망의 끈을 놓은 엄 회장은 하루하루 쇠락해 갔고, 의료진들은 그가 언제 죽을지 모른다고 했다.

만약 그가 죽으면 그가 가진 엄청난 재산은 어떻게 되는지 사람들은 그것이 더욱 궁금했다. 뇌성마비인 여현수의 딸이 유일한 상속자가 되면 그 많은 재산을 어떻게 관리할까를 내 일처럼 걱정했다.

수사본부가 차려진 양평경찰서는 경찰청 간부들과 검찰청 간부들로 연일 발 디딜 틈이 없었고, 여현수가 발견된 고래산 일대에는 수백 명의 경찰들이 동원돼 장맛비 속에서 정밀 조사를 벌였다. 그 과정에서 여현수의 살해 도구로 의심되는 사시미칼 한 자루가 시체와 10미터 정도 떨어진 웅덩이에서 발견됐다. 지문은 남아있지 않았다.

〈조폭 척결 앞장서 온 검찰총장 살해 현장에서 사시미칼 발견!〉
〈앙심을 품은 조폭들, 검찰총장 살해?〉

언론을 비롯한 많은 사람들이 여현수를 살해한 범인은 조폭이라고 확신했다. 청진기 하면 의사가 떠오르고, 카메라 하면 기자가 떠오르는 것처럼 사시미칼은 조폭들의 도구라고 수십 편의 영화를 통해 학습된 연상 작용 때문이었다.

총장을 잃은 검찰 수뇌부는 이 기회에 이 나라의 조폭들은 씨를 말려 버리겠다고 엄포를 놓았고, 경기지방경찰청은 양평경찰서에 차려진 수사본부에 조폭 전담 수사과장을 지휘관으로 내려보냈다.

평소 시기와 경쟁, 알력 관계를 형성하고 있던 조폭들은 이 기회에 자신의 경쟁자들을 축출하기 위해 서로를 여현수의 살해범으로 몰아 투서하고 조작했다.

그 때문에 조폭들 간 전쟁이 벌어져 강남 일대에서는 혈투가 벌어졌고, 술을 마시다 말고 쇼킹한 현장을 목격하게 된 시민들은 그 광경을 찍어 SNS에 올렸다.

지하철이나 회사에서 동영상을 내려받아 그 살벌한 장면을 생생하게 목격한 사람들은 검찰총장을 죽인 조폭들이 이제는 세상 무서운 게 없어 고삐 풀린 망아지처럼 날뛴다며, 그놈들을 처단하지 않으면 이 나라가 망한다고 댓글을 달았다.

사람들은 조폭 없는 대한민국을 만들자는 서명운동을 벌이고 인터넷 카페를 만들었다. 남녀노소 가리지 않고 수백만의 사람들이 호응하고 회원 가입을 했다.

해방 이후, 양쪽으로 나뉘어 모든 사안마다 상반된 의견을 피력하던 사람들이 처음으로 한목소리를 낸 것이다.

덕분에 날마다 줄줄이 몸에 문신을 한 조폭들이 검거되었다. 그들은 각자 자신들은 여현수의 죽음과 관련이 없다고 주장했다. 그렇지만 조폭이기 때문에 일개의 개인으로 취급받지 못했고, 조폭이란 단체에 통째로 씌워진 대중적인 혐오와 적의에서도 벗어날 수 없었다.

그 와중에 고 순경, 진아는 다른 사람들과 달리 여현수를 죽인 범인은 조폭이 아닐지도 모른다고 생각했다. 여현수를 처음 발견하고 신고한 남자는 그 이후 전화를 받지 않았고, 그 전화는 소유주를 알 수 없는 대포폰이었다. 그것만으로도 수상했다. 그 사람이 여현수의 살해범이 아니었을까.

—여기 야산에 사람이 죽어있어요!

지금도 귓가에 선명한 그 말투는 조폭이라기보다는 성우의 말투와 가까웠다. 부드럽고 세련된 목소리에 담긴 약간의 흥분. 조폭이라고 모두 사투리를 쓰거나 거친 말투를 쓰진 않았을 거로 생각하면서도 진아는 온 나라 사람들이 똘똘 뭉쳐 조폭들을 범인으로 단정하는 이 상황에 선뜻 동조할 마음이 들지 않았다.

사고 발생 5일째 되던 날 파출소장이 사진 하나를 가져왔다. 고래산에서 발견된 사시미칼을 찍은 것이었다. 사건 발생지의 관할 경찰서 소속이지만, 워낙 거물급 사건이라 수사본부에서 배제된 지평파출소장은 날마다 궁금증을 참지 못해 수사본부가 차려진 양평경찰서를 기웃거리며 알게 된 소식들을 어미 새처럼 지평파출소 직원들에게로 주워 날랐다.

이번에 가져온 사진도 그중 하나였는데, 손잡이 가까운 쪽 칼의 뒷면에 한문인 듯 보이는 글자들이 쓰여 있었다. 다른 글자들은 작아서 알아볼 수 없었고, 그나마 맨 마지막에 좀 크게 쓰인 한문은 세 글자였다.

原昭忠

파출소장은 그 글자들을 직접 종이에 따라 써보며 고개를 갸웃했다.

"원소충……. 이거 사람 이름인가?"

"사람 이름보다는 기생충 이름 같은데요."

홍 경사가 낄낄 웃으며 사진을 진아 쪽으로 건넸다.

"우리 고 순경이 한문은 잘 아니께."

"보통 우리나라의 원 씨들은 으뜸 원(元) 자를 쓰는데, 이 원 자는……. 아, 일본에서 미나모토라는 이름들이 이 한자를 써요. 그리고 밝은 소(昭) 자는 아키……."

그 순간, 야미 주방장의 성난 목소리가 진아의 뇌리를 날카롭게 갈랐다.

"그게 그냥 주방 칼이 아니라니까. 일본 장인이 만든 명품 칼이라고. 시가 이 백이 넘는 미즈노탄렌조 미나모토아키타다!"

'原昭忠'을 일본어로 읽으면 '미나모토아키타다'다.

그제야 진아는 여현수가 발견된 고래산 중턱이 야미의 뒷산이라는 생각이 퍼뜩 떠올랐다. 여현수가 누워있던 위치가 고래의 배꼽이라면 야미는 고래의 자궁쯤이었다.

진아는 이상해하는 파출소장에게 자세한 설명은 나중에 하겠다며 사진을 들고 다짜고짜 야미로 향했다.

사시미칼 도난 신고를 받고 홍 경사와 함께 야미에 간 지 근 석 달만이었다. 지철을 못 본 지도 2주째였다.

야미 앞엔 커다란 수조차가 서 있었다.

호스를 연결해 홀의 수족관으로 바닷물을 옮기고 있던 지철을 발견한 진아는 반가움에 손을 흔들었지만, 지철은 무표정한 얼굴로 흘끗 보고는 자기 일만 했다. 그 모습을 본 진아는 그동안 지철을 걱정했던 것이 무안하고, 자존심도 상해 더 이상 아는 척하지 않고 주방장을 찾아 야미로 들어갔다.

진아가 내민 사진을 바라보던 주방장이 이상하다는 표정으로 고개를 갸웃거렸다.

"이게, 이게 거기서 발견된 칼이라고?"

"네. 그때 잃어버렸다고 했던 칼도 이거랑 같은 거죠? 미나모토아키타다?"

주방장은 대답 없이 사진 속 칼만 뚫어지라 바라보았다. 그러다 갑자기 무언가를 깨달은 사람처럼 눈빛이 흔들렸다. 그걸 놓치지 않고 진아가 재빨리 되물었다.

"혹시 이 칼, 주방장님 칼이에요?"

주방장은 고개를 돌려 홀로 들어서는 지철을 쏘아보며 냉기를 가득 품고 대답했다.

"저 자식한테 한 번 물어봐."

진아가 의아해하며 사진을 가지고 지철에게 다가가자 지철은 주방장이 그랬던 것처럼 아무런 말도 없이 사진만 바라보다 주방장 쪽을 돌아보았다.

"이 칼……, 왜 그때 주방장이 잃어버렸다고 했던 그 칼 아냐?"

"주방장이 알겠죠. 자기 칼이면."

지철은 더 이상 할 말이 없다는 표정으로 수족관에 넣었던 호스를 꺼내 들고 밖으로 나가버렸다. 진아가 두 사람의 석연치 않은 반응에 답답함을 느끼며 다시 주방으로 갔을 때 주방장이 옆에 놓인 달걀을 진아의 앞으로 집어 던지며 버럭 화를 냈다.

"그러니까 그때 그 도둑놈을 제대로 잡았으면 됐잖아!"

그게 도대체 무슨 소리인지, 이 칼이 그때 잃어버린 그 칼이 맞다는 얘기인지 물어볼 새도 없이 주방장은 밖으로 나가버렸다.

진아의 머리보다는 심장이 먼저 자신이 큰 건을 했다고 알려왔다. 사시미칼 사진을 보았을 때 진아를 사로잡았던 서늘한 예감이 틀리지 않았던 것이다.

진아는 쿵쾅거리는 심장박동을 들으면서 머리로도 확실한 결론을 짓기 위해 주방장을 뒤쫓아 가려고 발을 옮겼다. 그러다 홀에서 이상한 느낌을 받고 멈칫했다.

뭔가 지난번에 왔을 때와는 공기가 달랐다. 고급스러운 가구와 장식들로 꽉 차 보였던 실내가 왠지 휑하고, 수족관의 물고기들도 활기가 없었다. 맞은편의 대형 탱크 수족관은……, 그러고 보니 텅 비어있었다.

찬란한 금빛으로 유유히 헤엄치던 아로와나의 공백, 그것이 이 휑한 느낌의 실체였나.

진아가 텅 빈 탱크 수족관을 바라보는 사이 2층에서 하라가 내려왔다. 금빛 찬란한 스팽글 티셔츠를 입고서.

진아가 가볍게 눈인사를 하자 하라는 눈을 치뜨며 쏘아붙였다.

"남의 남자 살살 꼬드겨 밖으로 불러내는 것으로도 모자라 이젠 뻔뻔하게 여기까지 드나들겠다?"

"무슨 소린지는 모르겠는데 나는 조사할 게 있어서……."

"조사 같은 소리 하고 있네. 누가 네 속셈 모를 줄 알아?"

진아가 뭐라 대꾸하기도 전에 하라는 기습적으로 진아의 머리칼을 움켜쥐고 흔들었고, 그 때문에 진아는 균형을 잃고 홀에 나자빠졌다.

그 충격에 화끈 달아오른 건 두피만이 아니었다. 이미 펌프질이 되어있던 심장이 머리에 불을 붙이면 화르르 타들어 가는 성냥처럼 진아의 몸을 머리부터 발끝까지 순식간에 점화시켰다.

진아가 벌떡 일어나는 것과 동시에 하라를 향해 달려드는데, 지철이 언제 들어왔는지 뒤에서 허리를 끌어안으며 제지했다. 진아가 말리지 말라고 화를 낼 찰나, 하라가 먼저 선수를 치고 지철에게 달려들었다.

"허! 이젠 내 눈앞에서 백허그까지 해? 야, 이 새끼, 너 그년한테서 안 떨어져? 너 진짜 죽을래?"

"그만해, 좀!"

지철이 진아를 구석으로 떼어놓고 하라를 막아서자 하라가 표독스럽게 지철의 뺨을 때렸다.

"네가 먼저 약속 어겼잖아! 저년이랑 만나지도 않고 말도 안 섞겠다고 했으면서 나 몰래 그동안 저년 만났잖아!"

"……."

"넌 나만 배반한 게 아니고 너 자신을 배반한 거야. 알아?"

이건 도대체 뭐야? 둘이 사귀는 사이?

진아는 자기도 모르게 실망감이 들어 애써 건조한 말투로 끼어들었다.

"저기, 오해하고 있는 거 같은데, 지철이랑 나는 다른 일 때문에 만난 거야. 그리고 나는 둘이 그런 사이인지도 몰랐어."

지철이 하라에게 등을 돌리며 재빨리 말했다.

"그런 사이 아니니까 순경님이나 오해하지 마세요."

응? 그럼 도대체 뭐야?

진아의 물음에 답하듯 하라가 바락바락 악을 쓰며 소리쳤다.

"개새끼, 시발 놈, 너 나 사랑하잖아! 그런데 왜 아니라고 그래! 남들 앞에서 말하기 쪽팔리냐! 그래서 나 안 좋아한다고 그렇게 생까는 거냐! 이 비겁한 새꺄!"

지철이 한숨을 푹 내쉬고 밖으로 다시 나가버렸다.

지철이 멀어지는 것만큼 하라의 목소리는 더 커졌다.

"저 새끼가 날 얼마나 좋아하는데. 사람들 없을 땐 물고 빨고 난리도 아니라니까!"

진아는 얼굴이 화끈 달아올랐다. 지철과 자신은 아무 사이가 아닌데도 지철이 자기 몰래 바람이라도 피운 듯 속이 상하고 화가 나는 자신이 당혹스러웠다.

진아는 자신이 지금 느끼는 감정은 지철을 좋아해서가 아니라, 지철을 순진하고 착하다고 생각했던 자신의 판단이 완전히 뒤집힌 데 대한 배신감 때문이라고 스스로 정리했다. 그러면서도 아무 사이 아니라고 했던 지철의 말을 떠올렸다. 그 말을 믿고 싶었다.

하라는 그런 진아를 비웃듯이 지철이 자신을 얼마나 사랑하는지 미주알고주알 늘어놓다가 자신의 사랑에 도취된 듯 이상한 춤을 추기 시작했다. 두 팔을 뒤로 뻗고 너울너울, 그러다 폴짝폴짝 온몸으로 웨이브를 타며 야미의 구석구석을 헤집고 다녔다.

진아는 무아지경의 표정으로 춤을 추며 탱크 수족관 주위를 도는 하라를 보다가 하라가 흉내 내고 있는 것이 수족관 속에 들어있던 관상용 물고기라는 것을 깨달았다. 금빛 찬란한 아로와나 대신 금빛 스팽글을 반짝이며 헤엄치는 하라.

하라는 진아와 시선이 마주치자 먹이를 발견한 아로와나처럼 잽싸게 달려들며 소리쳤다.

"다시는 여기 오지 마. 경고했다!"

양평경찰서에 차려진 수사본부와는 별도로 여현수의 사건을 조사 중이던 서울중앙지검 형사 1부는 검시관으로부터 고래산에서 발견된 사시미칼이 조폭들이 쓰는 막칼이 아니라 전문 요리사들이 쓰는 고급 칼이라는 분석을 전해 듣고 긴급회의를 열었다.

팀장인 부장검사는 여현수 총장의 살해범이 조폭이 아닐 경우를 가정하고 수사를 진행한다면 어디서부터 시작해야 하는지 부원들에게 의견을 물었다. 배탈이 났다며 회의 내내 화장실을 들락날락하던 송 검사가 다른 사람들의 대화를 자르고 끼어들었다.

"근데 총장님은 왜 갑자기 식성이 바뀌신 거예요? 원래 대식가라고 알고 있었는데, 얼마 전부터 하루 한 끼만 드셨다고……."

"송 검, 지금 한가하게 그런 이야기 할 때가 아니잖아?"

그러거나 말거나 송 검사는 자기 하고 싶은 말을 계속했다.

"그 한 끼도 꼭 한식으로만 드셨다면서요? 그렇게 좋아하시던 일식은 딱 끊으시고."

뭐라고 잔소리를 하려던 부장검사가 송 검사의 그 말에 멈칫하고 생각에 잠겼다.

아내의 초상을 치르고 나서 여현수는 모두가 알아볼 정도로 살이 많이 빠졌다. 먹는 거라면 가리지 않던 여현수가 1일 1식을 선언하고 야미에 발길을 끊은 것도 그 무렵이었다.

아무것도 모르는 사람들은 여현수가 아내를 잃은 슬픔에 식욕을 잃은 거라고 걱정했지만, 여현수와 소혜의 관계를 알고 있던 사람들은 여현수가 쇼한다고 코웃음을 쳤다. 아내가 죽자마자 신이 나서 오랫동안 숨겨온 정부(情婦)와 결혼하는 건 그림이 좋지 않으니 불쌍한 홀아비 코스프레를 잠시 하려는 거라고.

부장검사 역시 그렇게 생각했었다.

그런데 만약 그게 아니었다면?

여현수 총장과 정부 사이에 뭔가 일이 있어 두 사람의 관계가 끝난 거라면?

거기다 살해 도구로 의심되는 사시미칼은 요리사의 칼?

부장검사는 송 검사의 말에 힌트를 얻었다는 내색은 하지 않고 애초부터 자신이 생각했던 계획인 양 힘주어 말했다.

"살인사건이 발생하면 피해자의 가장 가까운 사람들부터 조사하는 것이 기본이니까 기본대로 하자고. 총장님의 사생활이라는 민감한 사안이니까 우선은 은밀하게……."

"부장님, 죄송합니다."

송 검사가 또다시 배를 움켜쥐고 화장실로 가버리자 남은 검사들은 노골적으로 싫은 티를 냈다.

"우리 지검 화장실은 저놈이 다 쓴다니까. 도대체 뭘 처먹기에 허구한 날……."

"촌구석에서 처박혀 똥이나 싸게 놔두지 총장님은 뭐하러 저런 놈을……."

송 검사를 서울중앙지검이란 요직으로 불러들인 건 여현수였다.

개교 이래 처음으로 사법고시 합격생을 배출한 지방대 출신의 송 검사를 주류 중의 주류인 여현수가 아끼고 챙기는 건 모두에게 의외였다. 스폰서 해줄 만한 집안도, 인맥도 없는 송 검사는 품행마저 세련되지 못해 항상 양말은 짝짝이로 신고 다니고, 와이셔츠는 허리춤에서 반쯤 비어져 나온 채로 돌아다녀 다른 검사들로부터 눈총을 받았다.

송 검사가 손에 묻은 물기도 다 닦지 않은 채 자리에 와서 앉자 부장검사는 눈살을 찌푸리며 회의를 정리했다.

이미 조폭들의 소행으로 단정하고 수백 명의 조폭들을 잡아들인 상황이니 밖에 새어 나가지 않게 비밀리에 야미를 조사할 것. 그 말 속에는 검찰총장의 사생활은 곧 검찰의 명예와 관련된 것이니 경쟁 관계인 경찰은 절대로 몰라야 한다는 내용을 포함하고 있었다.

형사 1부 소속 검사들은 소혜를 검찰로 언제 소환할지 머리를 맞대고 상의했다. 피의자를 불러 조사한다기보다 소풍을 앞두고 신이 나 계획을 짜는 사람들처럼 그들의 얼굴에서 소문으로만 듣던 소혜를 직접 볼 수 있다는 흥분이 새어 나왔다.

송 검사는 그들과는 다른 생각으로 소혜에 대한 자료조사를 시작했다. 인터넷을 통해 알 수 있는 건 딱 한 줄이었다.

진소혜. 1965년생. 1986년 미스코리아 미.

소혜가 사는 별채는 야미의 건물에서 고래산 쪽으로 50미터 정도 더 들어간 곳에 있다.

붉은색 벽돌로 지어진 아담한 건물, 그곳에서 검은 시스루 원피스를 입은 소혜가 걸어 나왔다.

진아는 하라를 피해 밖으로 나오다가 수조차가 없어진 자리에 대각선 방향으로 서 있는 지철과 주방장을 발견했다. 두 사람은 말없이 한쪽을 바라보고 있었고, 그들의 시선을 따라가니 그곳에 검은 원피스를 입은 소혜가 보였다.

소혜는 고개를 숙인 채 초록의 나무들 사이로 나타났다 사라지기를 반복하며 별채 앞에 주차된 벤츠를 향해 다가가고 있었다. 주방장과 지철의 시선도 그녀를 따라 움직였다.

아지랑이가 피어오를 만큼 햇빛 쨍쨍한 한낮에 아무 소리도 내지 않고 시선만 움직이는 두 사람의 묘한 광경을 바라보며 진아는 오래전 보았던 흑백 무성영화를 떠올렸다. 검은 옷차림의 소혜와 흰색 옷을 입은 주방장과 지철 때문에 더 그랬는지도 모른다. 소리가 안 들리는 대신 그들의 작은 움직임 하나하나가 무슨 의미를 가진 것처럼 크게 다가왔다.

소혜는 벤츠에 타기 직전 고개를 돌려 주방장과 시선을 교환했다. 둘 사이에 어떤 대화가 오갔는지는 모르겠지만, 주방장이 고개를 작게 끄덕이자 소혜는 차에 탔다. 지철은 그 모든 대화를 다 알아들었다는 듯 눈을 크게 뜨고 두 사람을 번갈아 보았다.

곧 소혜가 탄 검은 벤츠가 방향을 틀어 나왔다. 다른 부분은 모두 검은 차에 흡수된 듯 유난히 하얀 소혜의 얼굴과 붉은 입술이 목 잘린 사람의 두상만 차 안에 들어있는 듯한 착시 효과를 일으켜 진아는 움찔 놀랐다.

그사이 반대 방향으로 돌아선 지철과 주방장은 집요할 정도로 뚫어져라, 종교적인 경건함까지 느껴지는 자세로 입을 꾹 다문 채 말없이 검은 벤츠의 꽁무니를 응시했다. 세 사람이 만들어내는 삼각 대형은 점점 길어지다가 마침내 소혜의 차가 두 사람의 시선을 뚫고 밖으로 사라지면서 무너졌다. 삼각형의 꼭짓점 하나를 잃은 주방장과 지철의 시선이 위태롭게 흔들리다 서로를 향했다.

그것이 신호라도 되는 양 주방장이 정원 바닥에 깔아놓은 자갈을 주워 지철을 향해 던졌고, 지철은 잽싸게 나무 뒤로 숨었다. 주방장은 지철이 숨은 나무까지 쓰러뜨리겠다는 기세로 돌팔매질을 계속했고, 지철은 이 나무 저 나무 사이로 옮겨 다니며 용케도 피했다.

진아는 두 사람의 갑작스러운 투석전을 황당하게 바라보다 중간에 끼어들었다.

"두 사람 지금 뭐 하는 거예요?"

주방장은 진아를 무시한 채 한쪽에 놓인 커다란 정원석을 뽑아 들려고 온 힘을 쏟았다. 진아는 이러다 지철이 바위에 맞아 죽을지도 모른다는 생각에 뛰어가 주방장이 들어 올리려는 정원석에 엉덩이를 대고 주저앉았다.

"그만해요."

주방장이 분에 못 이기는 표정으로 진아를 노려보며 포효했다.

"아으윽!"

그 성난 소리와 폭발할 듯 무서운 표정에 질려 눈을 질끈 감으며 진아는 두 손으로 귀를 막았다. 그러자 주방장은 하늘을 향해 시선을 돌리며 원한에 찬 감정을 쏟아냈다.

"씨발 좆도!"

욕만으로는 성에 차지 않는지 바닥에 있는 자갈을 주워 하늘을 향해 돌팔매질을 했다. 연거푸 두 번.

진아는 그런 주방장에게 사진 속 칼이 주방장의 것인지 다시 한 번 확인해 볼 엄두가 나지 않았다. 주방장은 무섭게 하늘을 노려보다 침을 뱉고는 야미로 들어가 버렸다. 그 뒷모습을 난감하게 바라보다 진아는 나무 뒤에 숨어있는 지철에게 다가가 말을 걸었다.

"주방장 왜 저래?"

"……."

"여사장은 어디 가는 거야? 오늘 장사 안 해?"

"……."

"큰 수족관에 있던 관상용 물고기도 안 보이던데?"

"……."

"너 그새 벙어리 됐니?"

지철은 아무 말도 하지 않았다.

"이거 중요한 문제니까 확실히 대답해 줘. 이 사진 속 칼, 몇 달 전에 주방장이 잃어버렸다고 했던 그 칼 맞아? 아니야?"

지철은 사진 속의 칼을 복잡한 표정으로 바라보다 오른손으로 자기 어깨를 툭툭 두 번 치고는 손바닥을 하늘로 향해 벌리고 건물 안으로 들어갔다.

그게 모른다는 뜻의 수화라는 것을 진아는 알지 못했다. 그래도 갑자기 벙어리라도 된 듯 입을 굳게 다물어버린 지철과 터질 듯한 증오심으로 하늘을 향해 돌팔매질하는 주방장, 이상한 춤을 추는 하라가 정상이 아니라는 건 알 수 있었다. 마네킹 같은 표정으로 차를 몰고 나가던 여사장도.

진아는 손에 들고 있는 사시미칼 사진을 다시 바라보았다.

여현수의 죽음과 이 칼은 분명 이곳 사람들과 연관이 있다는 직감이 진아의 마음 깊은 곳에서부터 우러나왔다.

서울중앙지검에 소혜가 도착했다.

검사들은 두 달 전 아내를 잃은 여현수의 실질적인 유가족 대표로서 소혜를 불러들였다는 듯한 뉘앙스로 정중하게 인사를 건넸고, 소혜도 다른 사람들 앞에서처럼 정색하고 여현수와의 관계를 부인하진 않았다.

여현수가 다지고 장악한 검찰 바닥. 그들에게 보스의 여자는 당연히 자기들 패밀리였고, 여자에겐 그들이 모두 시동생들이었다. 속으로는 어떻든 겉으로는 양쪽 다 그렇게 친밀한 척 행동했다.

형사 1부 팀장인 부장검사가 위로의 말을 건네며 소혜를 VIP 조사실로 안내했다. 본론에 들어가기에 앞서 형식적인 질문이라며 여현수의 원한 관계를 물었다.

소혜는 그런 건 당신들이 더 잘 알지 않느냐는 표정으로 보다가 그래도 남편의 부하들이니 성의를 보인다는 표정으로 입을 열었다.

"그 사람한테 원한을 가질 만한 사람은 아주 많죠. 그 사람이 공안 검사로 감옥에 보낸 대학생들과 일반인들이 수백 명, 조사를 받다가 죽은 사람이 제가 아는 것만 해도 세 명, 자신은 간첩이 아니라며 유서를 쓰고 자살한 사람들도……. 정확히 몇 명이죠?"

당황한 부장검사가 머쓱한 표정으로 서둘러 말을 잘랐다.

"그런 일적인 원한 말고 개인적인 원한 관계에 대해서 알고 계신 게 있는지 물은 것입니다."

"글쎄요. 일적인 것과 개인적인 것이 어떻게 분리되는지 잘 모르겠군요. 검사님이야 정육업자처럼 살과 뼈를 정확히 가를 수 있으시겠지만, 저한테는 그냥 한 덩어리거든요."

두 사람 사이 오가는 눈빛에 각이 섰다.

이제는 거추장스러운 옷은 벗어 던지고 당신의 급소를 찾아 찌르겠다는 부장검사의 날 선 시선에 소혜는 얼마든지 해보라는 배짱으로 맞섰다.

"총장님이 변을 당하신 곳이 야미와 멀지 않은 곳인데 6월 30일에도 야미에 계셨었나요?"

"아뇨. 그날은 한 달에 한 번 야미가 쉬는 날이었어요. 그래서 서울에 갔었죠."

소혜는 부장검사가 다음 질문을 하기도 전에 그날 서울 어디에서 뭘 했는지를 구체적으로 털어놓았다.

"강남에 있는 성형외과를 찾아가 의사와 유방 확대 수술에 대한 상담을 받고 수술 예약을 했어요."

하늘 같은 선배의 여자로, 형수뻘인 소혜의 입에서 그런 말이 나오자, 부장검사와 부하들은 당황스럽기도 하고 민망스럽기도 해 소혜의 눈을 제대로 쳐다보지 못했다. 그럴수록 소혜는 철없는 시동생들에게 재밌는 이야기라도 들려주겠다는 듯 여유로운 미소를 지으며 우아한 말투로, 그 말투에 어울리지 않는 내용들을 천연덕스럽게 말했다.

"원래 큰 가슴도 아니었지만, 나이가 들면서 여성호르몬이 줄어들어 그런지 전보다 더 작아졌어요. 그래도 뭐, 이 나이에 새삼스럽게 가슴에 이물질을 넣을 생각은 없었는데……. 남자들이 좀 웃기더라고요. 젊었을 땐 그렇게 하반신에만 몰두하더니 자신들의 아랫도리가 시들해져서 그런지 여자의 몸도 하반신보다는 상반신에만 더 집착을……."

이제는 고인이 된 선배에 대한 명예훼손만은 참을 수 없다는 듯 검사들이 연달아 헛기침을 하며 소혜의 말을 중단시켰다. 부장검사는 소혜가 계속 말할까 봐 두렵다는 듯이 부하 검사에게 소혜가 말해준 병원으로 서둘러 확인을 지시했다.

우리나라에서 유방 성형을 제일 잘한다고 소문나 일 년에 평균 100건, 도합 200개의 유방을 창조하고 있다는 의사는 소혜의 말이 모두 사실이라고 인정했다. 그날 오전 소혜가 병원에 온 것을 증명할 간호사들과 병원 CCTV도 존재한다고.

검사가 통화를 끝내려 하자 소혜는 잠깐 전화를 바꿔달라고 해 성형외과 의사에게 직접 수술 예약을 취소했다.

"이젠 수술할 필요가 없어져서요."

소혜의 목소리에 깃든 슬픔과 무게가 자기들의 의례적인 그것과는 차원이 다르다고 깨닫는 순간 검사들은 숙연해졌다.

사랑 하나로 20여 년 동안이나 남들에게 인정받지 못한 그림자의 삶을 감수한 여자를 의심하다니……. 이렇게 아름다운 여자의 사랑과 희생을 평생 독차지한 여현수가 부러우면서도 여현수가 그렇게 성공할 수 있었던 건 이 여자 때문이라는 시기심까지, 공통된 죄의식과 질투가 그곳에 있던 검사들을 사로잡았다.

예외적으로 단 한 사람, 수첩에 코를 박고만 있던 송 검사가 처음으로 고개를 들고 소혜에게 질문했다.

"총장님의 핸드폰 통화 내역에 오하라가 있던데……."

소혜는 전혀 몰랐다는 듯이 눈을 크게 떴다.

"우리 야미에서 홀 서빙하는 애 말하는 거예요?"

"네. 총장님과 오하라, 두 사람이 몇 달 전부터 꽤 자주 통화를 한 것으로 나오더군요."

소혜가 어떤 반응을 보일지, 여현수의 배신이 소혜에게 어떤 고통을 줄지 검사들은 호기심 어린 표정으로 소혜를 지켜보았다. 소혜는 말없이 허공을 응시하다가 다리를 꼬며 별거 아니라는 듯이 툭 내뱉었다.

"젊었을 땐 미인을 옆에 데리고 다니는 것으로 만족감을 느끼던 남자들이 나이를 먹으면 자기보다 덩치 큰 애완견을 데리고 다니는 거로 자신들의 프라이드를 유지하죠. 그 사람, 그레이트 피레니즈를 좋아할 줄 알았는데 의외로 마스티프를 골랐네요."

송 검사가 고개를 갸웃하고 물었다.

"그레이트 피레니즈와 마스티프가 누구예요? 할리우드 여배우인가요?"

옆에 있던 차장검사가 창피하다는 듯 송 검사를 툭 쳤다.

"배우가 아니고 개야. 왜 있잖아, 예능 프로그램에 나왔던 상근이. 그 큰 개가 그레이트 피레니즈 종이야. 마스티프는 사자처럼 생긴 개고."

소혜가 그 말에 덧붙였다.

"사자 개라 불리는 마스티프엔 투견의 피가 흐르죠."

소혜에게 투견으로 취급받은 하라가 소혜 다음으로 검찰에 소환돼 조사를 받았다.

하라는 소혜의 말을 비웃듯이 여현수가 소혜보다 자기를 더 좋아했다고 말했다.

"아저씨들도 남자니까 알 거 아니에요? 보기에 좋은 여자랑 안기 좋은 여자는 다르다는 거. 그 아저씨 와이프 죽고 되게 힘들어했어요. 밤에 잠도 못 잔다고 만날 징징거리고……. 근데 내 품에서는 아주 잘 잤거든요. 그 아저씨가 그러더라고요. 이상하게 나만 안고 있으면 잠이 잘 온다고, 그래서 내가 필요하다고, 밤마다 나랑 자고 싶다고 그랬어요."

조사관 중에 하라의 디저트를 맛본 적이 있는 차장검사가 이해할 수 있다는 표정으로 고개를 끄덕이다가 다른 사람들이 이상하게 바라보자 얼른 정색했다.

"사건 전날인 6월 29일에는 당신이 먼저 총장님께 전화했던데?"

"그 아저씨가 다음 날 가게 휴일이니까 밖에서 만나자고 했었는데 안 나가겠다고 전화했었어요."

"왜?"

"생각해 보니 야미 사람들은 다 쉬는데 나 혼자 일하는 거잖아요?"

"일?"

"당연히 일이죠. 갓난아기 재우는 것도 힘든데 늙탱이 영감을 재우는 건 얼마나 중노동이겠어요?"

자신이 존경하는 상사를 늙탱이 영감이라고 표현한 하라에게 화가 난 평검사 하나가 하라를 한 대 칠 듯 다가가자 차장검사가 말렸다.

"원래 이런 애야."

하라를 향해서도 눈을 치뜨며 무섭게 못 박았다.

"너도 입조심해. 여긴 야미가 아니야."

하라가 그래 봤자 하나도 안 무섭다는 표정으로 혀를 날름 내밀었다.

"같이 일하는 박지철하고는 무슨 사이야?"

"서로 사랑하는 사이죠. 걔가 날 더 좋아하지만."

"그럼 박지철도 네가 총장님을 만나는 거 알고 있었어?"

"아뇨! 아저씨들도 걔한테는 절대 말하면 안 돼요! 약속 꼭 지켜야 돼요!"

하라의 부탁은 아무도 신경 쓰지 않았다.

검사들은 지철을 부르자마자 여현수와 하라의 관계를 알고 있었는지부터 물었다. 지철은 그리 놀라지는 않고 모르고 있었다고만 했다. 바로 옆방인데 어떻게 하라가 새벽에 나가고 들어오는 것을 모를 수 있느냐고 묻자 지철은 자기 귀가 안 좋아서 작은 소리를 잘 듣지 못한다고 했다. 이비인후과에서 발급한 청각 능력 검사서도 지철의 말을 뒷받침했다.

"그럼 6월 29일 총장님 댁엔 왜 찾아갔었어?"

지철은 그때부터 입을 꾹 다물어 버렸다.

어르거나 협박해도 지철이 입을 열지 않자 검사들은 답답해 뻑뻑 담배만 피워댔다. 지철 때문에 몸속에 니코틴이 쌓이고 생명이 줄어든다고 화를 냈다.

사실, 검사들은 사건 당일 지철의 알리바이는 이미 하라를 통해 확보하고 있었다. 그날 하라와 지철은 같이 숙소에 있었다고 했다. 그곳에서 둘이 뭐 했느냐는 질문에 하라는 킥 웃고는 한심하다는 투로 대답했다.

"사랑하는 젊은 남녀가 모처럼 노는 날 뭘 했겠어요?"

성곤은 형식적인 질문 몇 개만 받고 바로 풀려났다.

여현수가 죽은 6월 30일. 성곤은 서울의 미장원에 가서 머리를 염색하고 쇼핑을 했다고 진술했다. 미장원과 옷가게에서는 성곤의 알리바이를 증명해 주었다.

진아는 자신의 직감을 혼자 감당하기가 벅차 다음 날, 홍 경사에게 털어놓았다.

여현수의 살해 현장에서 발견된 사시미칼이 야미의 주방장 칼일지 모른다고.

홍 경사는 괜히 귀찮은 일 만들지 말라는 표정으로 퉁명스레 대꾸했다.

"그런 것 같다, 그럴지도 모른다……, 그런 말은 안 하느니만 못하다는 거 몰라?"

"여현수 검찰총장이 죽은 곳도 야미에서 가깝잖아요."

"그래서?"

"거기 분위기도 그렇고 사람들도 그렇고, 확실히 뭔가 있다니까요.

직접 한 번 가보시면 제 직감이 틀리지 않았다는 걸…….”

“직감과 억측이 뭔 차이가 있는 줄 알아?”

“…….”

“결과에 일치하느냐 안 하느냐. 결과론적으로 맞아떨어지면 직감이고, 아니면 억측이야. 직감이 별 칭찬도 못 듣는 데 반해 억측을 한 대가는 무시무시한 책임으로 돌아온다고.”

“주방장은 이 칼이 자기 칼이라고는 확실히 말하지 않았지만, 말의 맥락으로 봐서는 충분히 그렇다고 볼 수 있다니까요. 팀장님도 지난번에 조폭들 난동 부리는 화면 보셨잖아요. 걔네들이 들고 있는 사시미칼은 이런 게 아니었어요.”

“수사본부에서 알아서 하겠지.”

“그쪽 사람들은 사시미칼 도난 사건은 모르잖아요. 그 일을 아는 건 우리뿐인데…….”

그 말에 홍 경사가 매서운 표정으로 진아의 입을 손으로 막으며 나직이 속삭였다.

“고 순경, 무덤 파서 들어가고 싶으면 너 혼자 들어가라.”

“네?”

“만약에 진짜로 그 칼이 주방장 놈이 도둑맞은 그 칼이면 그땐 어찌하려고? 제대로 도둑놈 안 잡아서 검찰총장을 죽게 만들었다고 전 국민이 우리를 못 잡아먹어 안달할 텐데 그것을 어떻게 감당할 거야?”

“…….”

“그 일은 그날 없었던 일로 정리됐어. 그러면 없었던 거야.”

진아가 더는 말하지 못하고 자기 자리로 돌아가려는데, 본서에서 또 무슨 이야기를 듣고 왔는지 파출소장이 문을 열고 들어오며 들뜬 목소리로 떠벌리기 시작했다.

"사람 인생 참 새옹지마야. 젊었을 때부터 승승장구해 검찰총장까지 된 사람이 몇 달 만에 마누라 잃어, 집안 망해, 결국 자기 목숨까지 잃고."

진아가 귀를 쫑긋하자 파출소장은 신이 나서 진아와 눈을 맞추며 뒷말을 이었다.

"누구는 총장이 불륜을 저질러 벌 받은 거라고도 하는데, 그렇다고 해도 이건 너무 심하지."

"무슨 불륜요?"

"검찰총장한테 정부가 있었대. 그 여자가 우리 군에 있는 일식집 여사장이라던데? 야미 어쩌고저쩌고하는 게 그게 그 여자 이름인지 식당 이름인지……."

진아는 자기도 모르게 '그것 보세요, 야미랑 그 살인사건은 확실히 관련 있다니까요'라는 시선으로 홍 경사를 돌아보았다.

홍 경사가 진아의 시선을 짓뭉개고 파출소장을 보며 말을 돌렸다.

"소장님, 내일부터 예정된 학교 폭력 예방 캠페인에 고 순경도 참여하면 좋을 것 같은데요. 아무래도 여학생들도 있고 하니까……."

홍 경사는 진아가 자신의 뜻을 거스르기라도 할까 봐 감시의 고삐를 바짝 죄려는 것이다. 평소 홍 경사에 대해 게으르고 몸속엔 식탐밖에 없다고 생각했던 진아의 생각은 예상외로 빗나갔다. 홍 경사는 그 누구보다도 뛰어난 자기 보호 본능을 갖추고, 필요할 땐 남다른 순발력을 발휘했다.

진아는 야미의 여사장이 여현수의 정부라는 사실에 자신의 직감을 두 배 더 확신하게 되었지만 홍 경사의 충고도 신경 쓰였다.

만약 밖으로 알렸다 잘못되면 17대 1의 경쟁률을 뚫고 순경이 된 지금의 현실도 물거품이 될 것이다. 취업하기 위해 노량진 학원가에서 보냈던 지긋지긋한 시간들과 도서관 식당의 부실한 식판이 떠오르자 진아는 선뜻 수사본부를 찾아갈 수가 없었다.

그렇다고 홍 경사의 말대로 없었던 일이라고 무시할 수도 없었다. 이러지도 저러지도 못하는 사이 스트레스성 폭식을 했고 역류성 식도염에 걸렸다. 더는 이렇게 살 수 없다는 생각으로 밤을 지새우는 끝장 고민 끝에 진아는 결론을 내렸다.

사건을 맡고 있는 서울중앙지검 형사 1부로 익명의 편지를 보내기로 한 것이다. 자기가 근무하는 곳에서 가깝고, 자기 얼굴도 알고 있는 양평경찰서의 수사본부보다는, 멀리 떨어져 있고 자기를 모르는 검찰 쪽이 더 안전할 거라는 판단에서였다.

진아는 4월 6일 야미에서 있었던 사시미칼 도난 사건과 고래산에서 발견된 사시미칼의 연관 가능성을 피력하는 내용으로 편지를 썼다.

칼을 잃어버렸다는 주방장이 지철을 범인으로 의심했었다는 이야기는 쓸까 말까 고민하다가 결국 쓰지 않았다. 그 말을 쓰고 나면 자신이 지철에게 실망해 치졸하게 복수하는 것처럼 보일 것 같았다.

서울중앙지검 형사 1부는 익명의 제보에 즉각 성곤을 재소환해 사시미칼 도난 사고가 있었는지를 확인했다.

성곤은 편지의 내용을 인정했고, 자기 앞에 놓인 사시미칼을 유심히 보다가 고개를 끄덕였다.

"우라(칼 뒷면)의 물결무늬 하몬(칼을 담금질하는 과정에서 생기는 무늬)이 처음에는 이 위로 다 있지만 오래 쓸수록 닳아 없어지거든요. 경면의 넓이나 날의 각도도 주인에 따라 다 다르고. 그래서 내 칼인지 아닌지는 딱 보면 알아요. 이것은 내가 그때 잃어버린 칼 맞습니다. 이 칼을 훔쳐간 놈이 이번 사건을 저지른 게 분명해요."

"누가 훔쳐갔을 거라고 생각합니까?"

"내가 그때도 몇 번이나 말했는데, 그런 짓을 할 놈은 그 시다 새끼밖에 없다니까요."

"그 이유는?"

"그거야……, 아니, 야미에 그놈 빼면 홀 서빙 계집애랑 여사장님뿐인데 그 두 사람이 그럼 그랬겠습니까?"

그 때문에 지철이 집중 조사를 받았다.

지철은 그 사건은 성곤의 자작극이었다고 주장했다. 성곤의 방에 그 칼이 있는 것을 확인했다며 그날 밤 핸드폰으로 찍어놓았던 사진을 보여주었다.

성곤은 자기가 벗어놓은 속옷들을 배경으로 찍힌 그 사진을 보고 흥분해 펄쩍 뛰었다.

그 전날 밤, 칼을 갈고 동백기름을 바르느라 방에 가져다 놓은 걸 깜빡하고 칼을 잃어버렸다고 소동을 피웠다. 일이 다 끝나고 방에 들어가서야 자신이 실수한 걸 깨달았는데 어떻게 된 일인지 칼집 속에 칼이 없었다. 하지만 이미 잃어버렸다고 했던 거라 또다시 소동을 피울 수 없어 조용히 넘어갔다. 근데 이 칼 사진이 나타났다. 그러니 결국 자기가 의심했던 대로 지철이 범인이었던 거다. 잠가둔 방문을 몰래 열고 들어온 것부터가 수상하고, 기껏 칼을 찾아 이렇게 사진까지 찍어놓고 칼을 그냥 두고 나갔을 리는 없지 않느냐.

이것이 성곤의 주장이었다.

지철은 왜 몰래 성곤의 방에 들어갔는지, 비밀번호는 어떻게 알아냈는지는 대답하지 않았다. 6월 29일 여현수를 찾아간 이유를 물었을 때처럼 또다시 벙어리가 되었다.

검사들은 거짓말하는 용의자들보다 침묵을 지키는 용의자를 더욱 싫어하기에 굳게 입을 닫아버린 지철을 강하게 압박했다.

"지금 입을 열고 제대로 대답하지 않으면 너를 총장님의 살해범으로 의심할 수밖에 없어. 총장님이 네 여자 친구와 만나는 걸 알고 분개해 복수한 거라고 하면 살해 동기도 확실해. 그러니까 검찰총장을 죽인 살인범이 되고 싶지 않으면 말을 해, 말을!"

지철은 그래도 입을 열지 않았다.

검사들은 지철을 괴롭히기 위해 계속 이런 식이면 지철의 알리바이를 제공해 준 하라까지 의심할 수밖에 없다고 다그쳤다. 실제로 하라를 불러 두 사람이 함께 있었다는 알리바이는 거짓말 아니냐고 추궁했다.

"너희가 그 시각 숙소에 같이 있었다는 걸 증명해 줄 건 아무것도 없어. 증거가 없다고."

"증거, 있어요."

하라는 갑자기 자신의 티셔츠를 걷어 올리고 앞에 있던 검사의 손을 자신의 아랫배에 가져다 댔다.

"그때 생긴 아기가 이 안에 있는 게 증거예요. 증인이기도 하고."

사건 발생일인 6월 30일로부터 겨우 13일이 지났을 뿐이란 것을 알고 검사들은 황당하게 하라를 보았다.

"아직 한 달도 안됐는데 네가 어떻게 임신했는지 알아?"

"아이를 갖고 싶어 배란일을 딱 맞춰 했으니까 알죠. 못 믿겠으면 두고 봐요. 내 말이 맞는지, 틀리는지."

검사들은 머리를 맞대고 어떻게 할 것인지 상의했다.

지철이 여현수를 죽인 범인이라면 하라도 공범이라는 의견이 나왔다. 둘이 같이 여현수를 죽인 거라고.

송 검사는 고개를 갸웃했다.

"내 눈에는 박지철이 오하라를 그렇게 좋아하는 것처럼 보이지 않는데요."

"무슨 소리야? 여자애는 아이까지 가졌다고 난린데."

"그게 다 오하라의 입에서 나온 얘기잖아요. 박지철의 입에서는 오하라에 대한 이야기는 한 번도 나오지 않았어요. 네가 입을 안 열면 오하라까지 곤란해진다고 해도 눈 하나 깜짝 안 했고요. 그런데 그런 녀석이 질투심에 살인까지 했다? 이건 좀……."

"그럼 뭐야? 송 검사는 그 칼을 다른 사람이 훔쳐갔다고 생각하는 거야?"

"그랬을 가능성도 있죠. 박지철이 마성곤의 방에서 칼이 있다는 걸 확인하고 나간 후 누군가 들어와 그 칼을 손에 넣었을 수도……."

"다른 사람이라면 오하라와 진소혜인데……."

"마성곤도 끼워 넣어야죠. 칼이 방 안에 그대로 있었을 수도 있으니까요."

"그렇지만 진소혜와 마성곤의 알리바이는 확실하잖아?"

"자신들의 알리바이를 만들어놓고 다른 사람을 사주해서 일을 저질렀을 가능성도 있죠."

"만약 진소혜가 총장님과 오하라의 관계를 알고 있었다면……."

"아, 그러고 보니 오하라를 애완견에 빗대 얘기할 때 진소혜의 눈빛 살벌하지 않았어요?"

형사 1부 검사들은 야미의 네 사람을 모두 용의 선상에 올려놓고 처음부터 조사를 다시 시작하기로 결론을 내렸다.

총지휘관인 중앙지검장은 부장검사로부터 보고를 받고 만약 진짜 치정 살인극으로 밝혀질 경우 검찰 조직 전체의 명예가 바닥에 떨어질 수 있는 문제이니 모든 것이 확실해질 때까지 극비로 진행하라고 강조했다.

그런데 그날 오후 뜻밖의 손님이 중앙지검을 방문했다. 대통령의 오른팔이라 불리는 청와대 정무수석 O.

O는 진행 상황을 어떻게 알았는지 성난 두꺼비처럼 눈을 부라리며 다짜고짜 중앙지검장을 질책했다.

"모처럼 조폭 척결로 국론이 통일돼 한창 분위기가 좋은데 당신들, 왜 찬물을 끼얹으려고 그래?"

"검찰청장을 살해한 진범은 조폭이 아닐 수도 있습니다. 그러니까 우리 검찰은……."

"이 사람아, 누가 진범인 것이 중요한 게 아니야."

"하지만 다른 사람도 아니고 검찰총장을……."

"그러니까 더더욱 하지 말아야지. 지금 국민들이 뭐라 그러는지 몰라? 죽은 검찰총장이 살아있는 조폭들을 소탕하고 있다고 여 총장을 제갈공명이라고 그래. 그런데 이제 와서 진짜 범인은 따로 있다고 해봐. 지금까지 아까운 세금 낭비하면서 헛발질했다고 당신들이나 우리들을 욕할 거고, 조폭 비호 세력의 방해다 조작이다 이런저런 음모론이 퍼질 거고, 내 생각이 맞다 네 생각이 틀리다 또다시 이편저편 나뉘어 서로 멱살잡이해댈 텐데!"

"……."

"국론 분열, 국력 낭비! 지검장, 당신이 책임질 거야?"

"……."

"잘 생각하라고. 어떤 게 나라를 위하는 길인지……."

"……."

형사 1부 팀장에게 당장 야미에 대한 수사를 중단하라는 지시가 떨어졌다. 그 대가로 지검장이 여현수의 자리를 이어받아 새 검찰총장이 될 거라는 소문이 뒤따랐다.

부장검사는 배신감을 느끼며 절대 받아들일 수 없다고 반발했지만, 지검장은 검사동일체의 원칙을 내세웠다.

전국 검사는 검찰총장을 정점으로 상부의 명령을 받는 관계를 유지하며 전원이 일체가 되어 행동해야 한다.

공식적으로는 2004년에 폐지된 조항이지만, 검사들 사이에서는 여전히 건재하고 있는 절대 가치. 보스에게 맞서다가 조직의 칼을 맞는 건 조폭들만의 이야기는 아니었다. 조직을 배신한 놈이라는 낙인 역시, 검사라는 옷을 입은 사람들이 가장 두려워하는 것이었다.

형사 1부 부장검사는 하극상을 일으킬 만한 배포나 용기가 없었다. 그가 할 수 있는 건 그저 자기 부하들에게 폭탄주를 사주는 것뿐이었다. 형사 1부 검사들은 그날 17년산 양주 다섯 병을 비웠고, 2차로 옮겨간 곱창집에서 여현수의 애창곡을 목이 터지라 불렀다.

남들도 모르게 서성이다 울었지 지나온 일들이 가슴에 사무쳐

텅 빈 하늘 밑 불빛들 켜져 가면 옛사랑 그 이름 아껴 불러보네
이제 그리운 것은 그리운 대로 내 맘에 둘 거야
그대 생각이 나면 생각난 대로 내버려두듯이……

여현수는 이문세도 자기와 같은 59년생 돼지띠라며 그의 노래를 즐겨 불렀었다. 그리고 종종 그의 인생과 자신의 인생이 바뀌었다면 얼마나 좋았을까, 라고 말했었다. 다시 태어난다면 이문세처럼 가수가 돼 평생 노래를 부르며 살고 싶다고.

형사 1부 검사들은 그런 여현수가 이렇게 비극적으로 생을 마친 건 다 정부 때문이라고 소리쳤다. 그들이 말하는 정부가 나라를 말하는 정부(政府)인지 소혜를 말하는 정부(情婦)인지는 불분명했다.

2차를 끝으로 여현수에 대한 충성과 의리 의식은 종결하고, 3차로 옮긴 술자리에서는 어떻게 여현수는 정부를 둘씩이나 그것도 같은 업소에 둘 수 있느냐고, 뒷소리를 했다. 그러다 자기라면 소혜를 택하겠다, 하라가 더 낫다며 목에 핏대를 세웠다.

그들 사이에서 언제부턴가 송 검사는 보이지 않았다. 검사들은 또 어디 화장실에서 똥이나 싸고 있을 거라며, 여현수의 시대가 끝났으니 송 검사의 서울살이도 이제 곧 마감되고 시골 검찰청으로 내쫓길 거라고 입을 모았다. 그 거지 같은 놈을 이제 안 봐도 된다고 생각하니 속이 다 시원하다고 축하의 건배를 했다.

그 시각, 송 검사는 자기 방에서 직소 퍼즐을 맞추고 있었다. 회식 자리는 재미없어 언제나 화장실을 핑계로 슬그머니 빠져나오는 게 습관이 됐다. 그렇게 해도 사람들은 눈치채지 못하거나, 알면서도 모르는 척했다.

자신에게 도움이 되지도, 그렇다고 경쟁자도 아닌 송 검사는 그들에게는 있어도 눈에 보이지 않는 공기나 먼지 같은 존재였다.

송 검사는 가장자리부터 퍼즐 조각들을 재빠르게 끼워나갔다. 직소 퍼즐 조각의 뒤에는 이미 번호가 매겨져 있어 순서대로 끼우기만 하면 되는 것이다. 이건 여현수의 방에서 가지고 온 유품이었다. 송 검사가 왜 퍼즐에 숫자를 써 놓았느냐고 묻자 여현수는 시큰둥하게 대답했었다.

"만날 하는 일이 퍼즐 맞추기고 수수께끼 풀긴데, 이런 오락까지 골치 썩을 게 뭐 있어? 이렇게 처음부터 미리 다 써놓고 맞추면 되지."

"그럼 재미가 없잖아요?"

"왜 없어? 할 때마다 시간 단축되는 재미가 얼마나 쏠쏠한 데."

송 검사는 퍼즐 조각 뒤편에 쓰인 숫자를 보다가 자기 머릿속에 복잡하게 엉켜있는 생각들에 번호를 매겨가며 수첩에 적기 시작했다.

1. 여현수 아내, 엄민경의 교통사고

여현수는 두 달 전, 아내의 장례식을 치른 직후 자신을 따로 불러 아내의 사고를 은밀히 조사해 줄 것을 부탁했었다. 고속도로 곳곳에 설치된 CCTV를 확인하고 엄민경과 같은 시간에 고속도로를 질주하던 차량 소유주들을 탐문한 결과 단순 과속 사고가 아니라는 생각이 들었지만, 그 사실을 보고하기도 전에 여현수는 저세상으로 가버렸다.

2. 여현수의 피살

처음 여현수의 사망 소식을 들었을 때 송 검사는 여현수가 죽은 시점이 절묘하다는 생각을 했다. 차기 대권 주자인 황 의원의 비리를 포착, 구속 수사를 앞두고 있던 시점이었기 때문이다. 그래서 처음에는 송 검사도 황 의원의 사주를 받은 조폭의 소행이 아닐까 의심했었다. 그런데 그 칼이 야미의 주방장이 잃어버린 칼인 듯하다는 제보가 들어왔다.

3. 야미

야미에서 일하는 네 사람을 불러 조사하면서 송 검사는 그들의 공통점을 발견했다. 네 사람 다 성격이나 사고방식들은 제각각이었지만, 음습하다는 점은 똑같았다. 큰 소리로 웃고 있어도 어두워 보였고, 눈빛은 축축했다. 그 눈빛은 순간순간 앞에 있는 사람들을 오싹하게 했다.

송 검사는 '4'라고 쓰려다 지금까지 쓴 것들 위에 볼펜으로 두 줄을 그어 모두 지우고 여현수가 했던 말을 골똘히 생각했다.

"뒤에 이렇게 번호가 쓰여 있어 아무나 다 맞출 거 같지만 내가 어디를 1번 기준점으로 잡았는지를 모르는 사람들은 절대 못 맞춰."

그래, 문제는 어떤 조각을 1번으로 할 것이냐이다.
송 검사는 한참을 생각한 끝에 '1. 야미'라고 썼다.

진아는 여현수의 시체를 처음 발견하고 신고했던 남자를 어렵게 찾아내 양평경찰서의 수사본부에 알렸다. 직업 없이 놀고먹는 20대의 남자 이름은 김모였다. 이름을 밝히지 않으려고 얼버무린 것이 아니라 본명이 바로 '모'인 남자였다. 그래서인지 그의 실체를 파헤쳐도 그의 정체가 무엇인지 뚜렷이 드러나지 않았다.

대형 교회의 목사 아들인 그는 유학을 갔다 휴학하고 국내에서 놀고 지낸 지 5년째였다. 하는 일도 없었지만 고급 외제차인 포르쉐 911을 타고 다녔고, 옷차림도 사치스러웠다.

여현수의 시체를 발견한 그날은 등산을 갔던 거라고 주장했다. 우두산을 출발해 고래산을 거쳐 옥녀봉으로 내려올 계획이었는데, 중간에 지겨워져서 등산로가 아닌 길을 무작정 내려오다가 시체를 발견한 거라고.

그날 경찰을 기다릴 수 없었던 이유는 오후에 친구들과 게임을 같이하기로 약속했기 때문이라고 했다. 게임에 지거나 참가하지 않으면 삼백만 원의 벌금을 내야해서 어쩔 수 없었다고. 그날 신고 전화를 한 대포폰은 등산하다가 주운 것이라고 했다.

김모의 말은 신뢰감이 안 가고 이것저것 의심스러운 것투성이였지만, 그가 조폭이 아니라는 점은 확실했고 특별한 증거도 없었다. 그런 그를 붙잡아 두기엔 김모 아버지의 영향력이 너무 세다며 수사본부는 그를 곧바로 풀어주었다

진아는 기가 막혔다. 그가 검찰총장을 죽인 범인일지도 모르는데 어떻게 그럴 수가 있느냐고, 수사본부의 처사에 반발해 항의하다 상사들로부터 야단을 맞고 쫓겨났다.

"고 순경은 이 사건에 관심 끊고 자기 할 일이나 하라고! 마을 순찰 안 나가?"

자기들이 잘하고 있으면 이렇게 관심 가질까? 고심 끝에 제보까지 했는데 검찰들은 야미를 제대로 수사하는지 마는지 통 알 수도 없고, 수사본부는 사시미칼이 일본 장인이 만든 명품 칼이라는 근거로 일본 야쿠자와 연계된 조폭들로 수사 방향을 맞추고 있으니. 이건 뭐 코미디도 아니고…….

진아는 혼자 툴툴거리며 순찰차를 몰고 파출소로 돌아오다가 웅덩이 옆에 서 있던 한 남자에게 흙탕물을 뒤집어씌웠다. 차에서 내려 미안하다고 사과하자 남자는 보상으로 천만 원을 내놓으라고 했다. 기가 막혀 고 순경이 입을 쩍 벌리자 천만 원을 내놓기 싫으면 야미에서 밥을 사달라고 한다. 진아는 이건 또 무슨 소린가 싶어 빤히 바라보았다.

"혹시, 지금 나한테 수작 부리는 거예요?"

"예?"

"그렇잖아요. 옷을 더럽힌 건 미안하지만, 그 옷들 그리 비싸 보이지도 않는데 천만 원을 내놓으라 그러지를 않나, 야미에서 밥을 사달라 그러지 않나……."

"수작 맞아요. 저 한 시간이나 여기서 진아 씨 기다렸습니다."

"에? 나를 기다렸다고요? 왜요? 근데 내 이름은 어떻게 알아요?"

남자가 지갑 속의 신분증을 꺼내 내밀었다.

서울중앙지검 송준명 검사

진아는 서울중앙지검이라는 말에 내심 흥분했다. 자신의 제보 때문에 검찰에서 드디어 조사를 시작한 것이라 여겼다.

진아가 기꺼이 송 검사를 태우고 야미에 갔을 때 야미의 문은 닫혀 있었다.

"아 참, 여긴 밤에만 장사하는데……."

송 검사가 이미 알고 있었다는 듯 야미의 주변을 두리번거렸다. 그러다 뒤편의 고래산을 향해 성큼성큼 걸어갔다. 몇 번 와본 듯 익숙한 걸음새였다. 진아는 그 뒤를 총총 따랐다. 준명은 여현수가 누워있던 장소에 다다라서야 시계를 보고 주위를 살폈다.

진아는 자신이 익명의 제보자라는 것을 들키지 않으려고 아무것도 모르는 척 물었다.

"검찰총장 살인사건이랑 야미랑 무슨 연관이 있는 거예요?"

송 검사가 그런 진아를 한 번 쓱 보고 이야기했다.

"여기서 발견된 사시미칼이 야미 주방장이 잃어버린 칼이래요."

"그래요? 세상에……."

"내 개인적인 생각이지만, 주방장 시다로 있는 청년이 그 칼을 훔쳐서 총장님을 살해한 게 아닌가……."

진아는 화들짝 놀라 목소리를 높였다.

"걔가요? 설마……, 왜요?"

송 검사가 그런 진아를 보며 눈을 빛냈다.

"박지철이랑 잘 알아요?"

"네? 아, 아뇨! 그냥 조금……."

송 검사가 가방에서 편지 하나를 꺼냈다. 진아가 서울중앙지검에 보냈던 편지였다.

"이거 당신이 보낸 거 맞죠?"

진아가 놀라 부인하지도 못하고 눈만 끔뻑거렸다. 자신인 줄 모르게 하려고 컴퓨터로 인쇄해 보낸 건데, 어떻게…….

준명이 진아의 마음을 읽었다는 듯이 말했다.

"사시미칼 도난 사건을 알고 있는 사람은 야미의 네 사람과 그날 출동했던 경찰 두 사람밖에 없다고 박지철이 그러더군요. 파출소에 가보니 홍 경사라는 분은 그런 제보를 할 사람으로는 절대 보이지 않았고……. 고 순경은 그날 직접 박지철의 방까지 수색했다면서요?"

진아는 사냥꾼이 나타나면 몸은 드러내 놓은 채 제 머리만 숨겨 비웃음을 받는 꿩이 떠올랐다. 자신이 바로 그 꿩과 똑같은 짓을 했다는 생각에 얼굴부터 발가락 끝까지 붉어졌다.

송 검사는 올라왔던 길과는 다른 곳으로 방향을 잡아 걸어갔다. 진아는 불안하고 걱정스러운 마음으로 그 뒤를 졸졸 따랐다. 송 검사는 야미를 우회해 등산로 입구의 주차장에 도착하자 다시 시간을 확인하고 수첩에 적었다.

"뭐 하시는 거예요?"

"저 산에서 처음 신고를 받은 게 한 시 무렵이라고 그랬죠?"

"네."

"그럼 바로 여기로 내려왔으면 한 시 이십오 분쯤. 저 앞 삼거리에서 CCTV에 찍힌 게 삼십오 분이니까 얼추 들어맞네요."

"뭐가요?"

송 검사는 CCTV 화면을 인쇄한 사진을 보여주었다.

삼거리 앞에서 찍힌 검은색 포르쉐 911. 낯익은 김모의 차였다.

언제 김모에 대한 조사까지?

송 검사가 그런 진아에게 다른 사진을 하나 더 보여주었다.

고속도로에서 찍힌 같은 차의 모습이었다.

"내가 개인적으로 조사하고 있는 교통사고가 있는데 이 차가 거기에도 있었거든요."

"교통사고요?"

진아는 고개를 갸웃하며 되물었다.

"검사님이 교통사고 조사까지 해요?"

"개인적으로 부탁을 받은 거라……."

"어머, 검사님! 보기보다 되게 착하신가 봐요. 남의 부탁도 잘 들어주시고……."

진아는 자기도 모르게 콧소리를 섞어 말하고 얼굴이 화끈거렸다.

"고 순경이야말로 보기보다 되게 애교 있네요. 근데 뭐 저한테 부탁할 거라도?"

"그게……, 제가 그 제보자인 거요, 다른 사람들도 알고 있어요?"

"뭐, 그렇지 않을 거예요. 알아도 관심 없을 거고."

"그럼 뭐 징계나 불이익 같은 건 없는 거죠?"

"……."

"그때 제대로 조사 안 했다고……. 저야 그래도 괜찮지만, 그때 저랑 같이 갔던 홍 경사님은 가정도 있으시고 해서……."

"음, 무슨 말인지는 알겠는데, 그건 고 순경이 하는 거 봐서 결정할게요."

"네?"

"고 순경 도움이 필요할지도 모르고……."

“그거야, 언제든지 말씀만 하시면 도울게요.”

“그럼 먼저 불편하니까 말부터 정리할게요. 내가 더 나이 많은 것 같은데 반말해도 되지?”

“그럼요, 얼마든지. 근데 아까부터 묻고 싶었는데요, 검사님은 왜 지철이가 범인이라고 생각하세요?”

송 검사는 대답은 하지 않고 물끄러미 진아를 바라보았다.

“고 순경, 박지철 좋아해?”

“에? 아뇨! 무슨 말도 안 되는 소리를…….”

“근데 왜 그렇게 근심 어린 표정으로 물어?”

“그거야, 그냥……, 그런 일을 저지를 애로는 안 보이니까…….”

송 검사가 그 말에 호주머니에 접어두었던 인쇄물을 꺼냈다. 검찰총장에게 혼외 아들이 있다는 기사가 실린 지라시였다.

고 순경도 그런 소문을 들었던 기억이 있다.

검찰총장이 죽기 얼마 전에 있었던 일이고, 검찰총장은 직접 기자회견을 자청해 사실무근 백 퍼센트 헛소문이라고 주장했다. 뇌성마비 딸을 데리고 나와 그 앞에서 맹세했다. 그 때문에 소문은 잠잠해졌는데, 송 검사가 준 지라시에는 검찰총장의 혼외 아들 사진과 99프로 부자 관계가 확실하다는 유전자 검사서까지 실려 있었다.

진아는 놀라 송 검사를 바라봤다.

“이거 사실이에요? 절대 아니라고 하더니…….”

“그게 중요한 게 아니고 거기 실린 청년의 사진 잘 봐. 누구랑 닮지 않았어?”

사진은 흐릿했지만 누구인지 알아볼 수 있었다.

지철이었다.

세상에, 지철이…….

"이 기사가 사실이라면, 자기를 버린 아버지를 찾아가 응징했다는 동기가 성립되니까. 그것이 내가 박지철을 의심하는 이유야."

삼거리에 도착해 송 검사가 서울행 버스를 타고 떠나자 진아는 차를 세워둔 야미로 혼자 돌아갔다. 야미로 걸어가는 내내 송 검사의 말이 머릿속에서 빙빙 돌고 혼란스러웠다. 김모가 교통사고 현장에도 있었다는 건 뭐고, 뜬금없이 지철이 검찰총장의 혼외 아들이라는 건 또 뭔가…….

직접 지철에게 물어보고 싶었다.

혹시나 싶어 야미의 현관문을 밀어보니 열렸다.

하지만 내부는 썰렁했다.

아로와나가 들어있던 탱크 수족관뿐만 아니라 횟감용 물고기들이 들어있던 2단 수족관마저 텅 빈 상태. 가게는 휴업 상태로 보였다.

홀에도 주방에도 사람은 보이지 않았다.

진아가 2층으로 올라가려고 계단을 밟았을 때 빵, 하는 총소리와 함께 매캐한 최루가스가 진아의 얼굴을 덮쳤다. 진아는 계단에 엎어져 눈물, 콧물, 침을 질질 흘리며 기침을 했다. 하라가 가스총을 들고 계단 위에서 송곳니를 드러내며 무섭게 말했다.

"내가 여기 오지 말라고 경고했잖아!"

진아가 눈도 뜨지 못하고 허우적거리며 일어서자 다시 빵 소리가 났다. 진아는 최루가스 공격에 속까지 메스꺼워 밖으로 나가 배 속에 있던 것을 모두 게워냈다. 하라가 마스크를 쓴 채 그런 진아를 의기양양하게 바라보며 현관문을 잠갔다.

진아는 하라에게 일방적으로 또 당한 것이 너무나 분하고 억울해 문을 열라고 소리쳤다. 그때 2층의 창문으로 지철이 보였다. 진아는 지철을 향해 소리쳤다.

"이 문 좀 열어줘!"

하지만 지철은 그 자리에 그대로 선 채 움직이지 않았다.

"나 너한테 할 말 있어!"

"난 아무 말도 하고 싶지 않아요."

"부탁할게. 나도 네 부탁 들어줬잖아. 그 일기 번역, 너 문 안 열어주면 이제 그거 안 해준다!"

"이제 필요 없어요."

"뭐?"

"더 이상 번역 안 해줘도 된다고요. 그거 그냥 태워버려요."

그 말을 끝으로 창문은 매몰차게 닫혔다.

진아는 다시 또 실망스러웠다.

뭐야, 제 맘대로. 살인자로 의심받는 줄도 모르고……. 그러든 말든 나랑 뭔 상관이람!

진아는 더 이상 지철에게 신경 쓰지 않겠다고 결심하며 씩씩거리고 차로 가다가 우편함에 꽂힌 봉투를 발견했다.

마성곤 앞으로 온 카드 명세서.

진아는 어디서 많이 본 이름이라는 생각에 고개를 갸웃하고 차에 탔다. 그러다 생각해 냈다. 지철이 복사해 준 레시피북 일기 속에 나오는 아기의 이름이 바로 성곤이라는 것을.

그 울보 아기가 여기서 산다고? 지철과 하라, 여사장을 빼면 나머지는 주방장 한 사람……. 일기를 읽으며 머릿속에서 상상했던 아기랑 험상궂은 주방장 사이에는 너무나 큰 괴리감이 존재했다. 진아는 동명이인일지도 모른다고 생각했지만, 자꾸만 송 검사의 말이 마음에 걸렸다.

'그리고 박지철을 의심하는 또 한 가지 이유. 박지철이 그 칼을 훔쳤는지는 모르겠지만, 주방장의 방에 몰래 들어간 건 확실해. 본인의 입으로 그렇게 말했으니까.'

'그 애가 직접 그렇게 말했어요?'

'응. 그것도 한 번이 아니라 여러 번. 왜 그랬는지는 말하지 않았지만…….'

지철은 일기 속의 사람들에 관해 물었을 때도 입을 굳게 다물고 대답하지 않았었다. 진아는 주방장에게 주먹으로 맞아 코피를 흘리던 지철을 떠올렸다.

그래! 그때도 분명 성곤을 바라보던 지철의 눈빛에서는 타인에게 폭행을 당해 분한 감정, 그 이상의 것이 있었다.

송 검사, 송준명은 서울로 돌아오는 길에 수첩을 꺼내 다시 퍼즐의 순서를 정하기 시작했다.

1. 야미.

2. 여현수 아내 엄민경의 교통사고.

3. 여현수의 피살…….

그러다 고 순경이 한 말을 떠올렸다.

'사시미칼 도난 신고를 받고 갔을 때랑 지금이랑 야미의 달라진 점이요? 음……, 가장 처음 느낀 건 아로와나가 없다는 거였어요.'

'아로와나?'

'야미 홀에 수족관이 두 개 있는데, 거기 하나에는 커다란 관상용 물고기가 살고 있었거든요. 그런데 이번에 갔을 때 보니까 없더라고요. 수족관에는 물도 없고…….'

준명은 '4. 아로와나?'라고 쓰고 차창 밖으로 시선을 돌렸다.

해가 지고 어둠이 내리고 있었다.

야미가 시작되는 시간.

사시미칼 도난 사건이 일어났던 4월 6일, 그날 밤 야미에서는 무슨 일이 있었는지 준명은 하늘을 가득 메운 어둠에게 묻고 싶었다.

세상엔 두 종류의 물고기가 있다.
사람들이 먹는 물고기와 먹지 않는 물고기.
그 둘을 가르는 기준은 '아름다움'이다.
사람들은 색감이 화려하고 아름다운 물고기는 먹지 않는다.
반면 그렇지 않은 것들은 설사 독을 품고 있더라도 먹는다.

3. 소혜

어둠 속으로 헤드라이트를 밝힌 자동차 두 대가 들어왔다.

오늘 오기로 한 청와대 손님들이 같은 차를 타고 올 거라 생각했던 소혜의 예상은 빗나갔다. 그들이 그리 친한 사이가 아니라는 것은 알고 있었지만, 같은 장소로 이동하면서 각자의 차를 타고 올 정도면 소혜가 생각했던 것보다 더 껄끄러운 사이임이 분명했다.

두 명의 손님이 각자의 차에서 내리자 각각 차를 운전하고 온 기사들은 차를 돌려 나갔다. 그들은 근처 식당가에서 저녁을 먹고 쉬다가 손님들이 돌아갈 때쯤 다시 돌아올 것이다. 소혜는 시다에게 근처 매운탕집을 알려주라고 미리 일러두었다. 넉넉한 식비가 든 봉투 하나씩도 그들에게 건네주라고 했다.

야미를 찾는 고객들은 대부분 기사가 운전하는 차를 타고 왔다. 고위급일수록 그들을 수발하는 사람들도 많아졌다. 기사, 비서, 코디네이터, 보좌관, 스폰서 등등. 소혜는 고객들뿐만 아니라 그들의 수족들에게도 각별한 정성을 쏟았다. 그것이 소혜가 가진 정보력의 비결이자 원천이었다.

오늘의 손님은 민정수석 K와 정무수석 O.

바지의 엉덩이 부위가 힘없이 펄럭일 정도로 바짝 마른 K는 마중 나온 소혜에게 예의 바른 인사를 건네는 데 반해 두꺼비처럼 생긴 O는 어디서 싸우다 온 사람처럼 뿌루퉁한 표정으로 고개만 까딱하고 야미로 먼저 들어갔다.

K가 민망한 표정으로 변명했다.

"우리 정무수석님이 워낙 배고픈 걸 잘 못 참는 성격이시라……. 저 때문에 오늘 좀 늦게 출발했거든요."

그래서인지 O는 현관에 있는 금용의 모습에는 시선도 주지 않고 오로지 활어와 해산물이 가득 들어있는 수족관만 바라보며 입맛을 다실뿐이었다.

그에 반해 K는 먹는 것에는 관심 없다는 듯이 금용만 바라보며 사진을 찍고 온갖 지식을 동원해 칭송했다.

"이야, 황금 옷을 입은 여왕! 구스타프 클림트가 좋아하는 바로 그 빛깔이네. 도도한 자태에서 흐르는 관능미도 그렇고 완전 여전사 유디트야, 유디트!"

같은 곳에 서 있지만 두 사람이 바라보는 곳은 너무나 달랐다.

소혜는 마주 놓은 수족관만큼이나 극적인 대조를 보여주는 K와 O를 흥미롭게 관상(觀賞)하고, 그들을 룸으로 안내했다.

두 사람은 처음 온 손님들답게 20평이 넘는 넓은 룸에 자기들만 있는 것이 꽤 어색한 듯 주위를 두리번거렸다. 소혜가 K에게 방석을 두 개 깔아 내밀자 K가 고맙다는 눈빛으로 잇몸을 드러내며 웃었다.

그에 반해 O는 누구를 기다리는 사람처럼 문 쪽만 기웃거렸다. 미리 하라의 이야기를 듣고 온 게 뻔했다. 자신을 앞에 두고 노골적으로 다른 여자를 찾는 O의 태도가 심히 불쾌하고 괘씸했지만, 오늘은 그런 사소한 일에 신경 쓰면 안 된다는 생각으로 소혜는 자신의 감정을 추슬렀다.

지금부터는 2대 1의 싸움이다. 이 싸움에서 지면 자신의 꿈은 물거품이 된다. 여현수는 소혜를 숨겨진 여자로 살게 하면서 검찰총장이라는 자신의 목표를 이루고 나면 그때는 소혜를 세상 밖으로 데리고 나가겠다고 약속했다. 당당하게 소혜를 아내로 맞이하겠노라고.

그 목표가 바로 코앞에 있었고, 이제 이 관문만 통과하면 소혜는 정부라는 꼬리표를 떼고 아내로 승격하게 된다. 어떤 사람들은 정부가 아내보다 더 편하고 자유롭다 생각하겠지만, 정부로 반평생을 보낸 소혜의 생각은 달랐다.

아내가 정규직 사원이라면 정부는 비정규직 노동자다. 평생직장이라는 안정감이나 퇴직연금은 기대할 수도 없고, 보스의 눈 밖에 나 퇴출당하지 않으려면 24시간 365일 다이어트와 운동, 각종 시술로 몸매를 관리해야 한다. 뿐만 아니라 얼굴에 있는 스물두 개의 근육들이 주름살을 만들어내지 않고 탄력을 유지하도록 고군분투해야 한다.

그것은 시간과 돈뿐만 아니라 엄청난 고통과 위험이 따르는 일이기도 했다. 이 말이 피부에 와 닿지 않는다는 사람들에게 소혜는 자신이 받았던 레이저 시술을 권해주고 싶다. 그걸 받고 나면 손맛 매운 여자한테 양쪽으로 싸대기를 수천 대 얻어맞은 듯한 통증을 맛보게 될 것이다.

고통은 그렇다 쳐도 위험은 아니지 않느냐고?

사실 보톡스의 원료인 보톨리눔톡신은 지구 상에서 가장 강한 맹독성 물질이다. 복어에 있는 테트로도톡신보다 수만 배나 독하고 중독성이 있어 잘못 주사되면 근육마비를 일으켜 사망에 이르게 한다. 우리나라에서는 그에 대한 조사가 없지만, 미녀들로 유명한 베네수엘라에서는 연간 17명이 사망한다는 통계가 나와 있다.

그럼에도 불구하고 육 개월에 한 번씩 주기적으로 소혜가 피부과 순례에 나서는 건 얼굴이 안 예뻐도 살림만 잘하면, 살림을 못 해도 애들 엄마니까 같은 그런 아량과 배려를 기대할 수 없는 정부이기 때문이다. 아내가 예쁜 건 옵션 사항이지만, 정부는 나이가 몇이든 항상 예뻐야 하고 늙지 않아야 하는 게 기본이자 숙명이니까.

20여 년의 서러운 비정규직에서 해방될 수 있는 결전을 앞두고 소혜는 양 볼의 대광대근을 움직여 환한 미소를 지었다.

"우리 집에 오시면 술은 제가 추천해 드리는 게 관례인데……."

"그렇게 하세요."

소혜가 K의 선선한 대답에 술을 가지러 가려고 일어서자 하라가 마즙과 샐러드를 가지고 들어왔다. 두꺼비의 눈이 순간 커지며 옆에 앉은 K의 허벅지를 손으로 툭 쳤다. 바로 저 아이야, 하는 표정.

하라가 접시를 올려놓기 위해 테이블 옆에 무릎을 꿇고 앉자 옆쪽으로 터진 치마 사이로 하얀 허벅지가 드러났다. K는 점잖은 척 시선을 돌렸지만, O는 마즙을 입에 넣으면서도 하라의 다리에서 시선을 떼지 못해 입가에서 마즙이 질질 흘렀다.

하라가 그 모습을 보고 자기 혀로 입 주변을 핥았다. 입가에 마즙이 묻었으니 그렇게 핥으라는 뜻이었지만 두꺼비는 하라의 신호를 알아듣지 못하고 멍하니 하라의 붉은 혀를 바라보기만 했다.

“이 오빠 말귀 되게 못 알아듣네.”

K가 뜨악한 표정으로 하라를 바라보다 O의 입에 묻은 마즙을 발견하고는 물수건을 O에게 건넸다. O는 그 물수건을 집어 목덜미에 난 땀을 닦았다. K가 어이없는 표정을 짓는 것과 동시에 하라가 웃음을 터뜨렸다. 천박하면서도 원색적인 하라의 웃음소리에 O의 몸은 더 뜨거워졌고 귀까지 빨개졌다.

K가 눈살을 찌푸리며 O의 입가에 묻은 마즙을 대신 닦아주는 걸 흘끗 보고는 소혜는 밖으로 나가 술병을 들고 들어오며, 아직까지 O의 옆에서 웃고 있는 하라에게 얼른 나가라고 눈짓했다. 애피타이저로 즐기기엔 하라는 너무 자극적이다.

“두 분을 위해서 제가 준비한 술은 이강주예요. 이 술에는 울금이 들어있어 취해도 정신을 맑게 하니 아무 걱정 없이 편안한 마음으로 즐기시라고 가져왔어요.”

말은 그렇게 했지만 사실은 전라도 출신인 K를 위해 선택한 술이었다. 이 자리의 주빈은 O가 아닌 K라는 것을 알려주기 위해서였다.

눈치 빠른 K가 놀란 표정을 지었다. O는 대통령이 국회의원이던 시절 첫 보좌관으로 만나 근 20년이 넘도록 함께하며 대통령의 오른팔로 불리는 사람이다. 하지만 최근 들어 두 사람의 관계는 삐걱거렸고, 그 틈바구니로 K가 치고 올라가 대통령의 신임을 받고 있었다.

그 사실을 알고 있는 사람은 청와대에 있는 몇 사람뿐이었다. K는 소혜가 그 깊숙한 정보까지 알고 있을 리는 없다는 눈빛으로 소혜를 살폈다.

소혜가 그 생각마저 다 읽었다는 표정으로 눈을 살짝 내리뜨며 술을 따랐다.

"고종 때 한미통상조약을 체결할 당시에도 이 술이 사용되었다는 기록이 있지요. 이번에 미국에 가신 일은 어떻게……."

소혜는 K가 대통령을 모시고 FTA에 대한 추가 협상을 위해 미국에 갔었던 일을 물었다. 성과가 그리 좋지 않았다는 것은 협상 자리에 동석했던 통역관을 통해 이미 알고 있었지만, K가 대통령의 최측근이 되어 어디든 동행한다는 것을 치켜세워 주는 한편, O의 질투심을 자극하고자 일부러 질문한 것이다.

예상대로 그때 대통령을 수행하지 않고 국내에 남아있었던 O가 불쾌하다는 표정으로 두꺼비눈을 끔뻑거리며 끼어들었다.

"주제넘게 당신이 그런 데까지 참견할 건 없소."

기름지게 늘어진 볼 아래로 소광대근이 움직이면서 윗입술을 아래로 잡아당기는 바람에 O의 얼굴은 잔뜩 못마땅하다는 표정을 지었다. 소혜의 의도대로 감정이 상한 것이다. 싸움에서 감정이 먼저 흔들리면 그 사람은 지게 되어있다. 소혜는 O가 금세 삐쳐 가버릴까 봐 이쯤에서 한 발 뒤로 물러서기로 했다.

"아, 죄송해요. 전 그냥 관심을 표한 건데……."

O가 새쭉한 눈길로 K의 허벅지를 다시 툭 쳤다.

"그만 본론으로 들어가지? 아, 근데 그 전에."

O가 가방에서 무언가를 꺼내 들었다.

"기분 나빠하진 마쇼. 혹시 몰라서……."

O가 들고 있는 것은 핸드폰만 한 도청 탐지기였다.

소품을 이용해 기선 제압을 하겠다?

소혜는 O의 발상이 귀여워 빙그레 웃으며 일어섰다. 그러고는 사뿐히 O의 옆으로 다가가 자기 팔을 활짝 펼쳤다.

"우선 제 몸부터 검사하시죠?"

K가 난감한 표정으로 O를 보며 그만하라고 눈짓했지만, O는 보라색 민소매 드레스를 입은 소혜의 몸을 구석구석 훑었다. 좀 전에 자신이 받은 불쾌감을 복수하고자 소혜의 가슴 주변에서는 일부러 몸에 닿을 듯 가깝게 탐지기를 대고 여러 번 맴돌았다.

소혜는 아무렇지 않다는 표정으로 빙그르르 360도 회전까지 해 O가 자신의 날씬한 허리 라인과 탐스럽게 업 되어 있는 엉덩이 라인도 충분히 감상할 수 있게 해주었다. O는 자신의 의도대로 소혜가 겁을 먹지도, 긴장하지도 않자 하릴없이 테이블 위와 아래, 방 안의 장식장 곳곳을 훑는 시늉을 한 후 탐지기를 가방에 집어넣었다.

소혜는 자기 자리로 돌아와 앉으며 시선을 깊이 깔고 K와 O를 번갈아 보며 말했다.

"두 분만 조심하시면 여기서 있었던 이야기는 절대 다른 데로 새어 나가지 않습니다."

K의 얼굴에 순간 O에 대한 불신의 눈빛이 떠올랐다. O는 그런 K를 보며 포커페이스도 유지할 줄 모르는 정치 초년생이라고 조소하듯 흠흠 목청을 다듬었다.

소혜의 이간질 작전은 그렇게 시작되었다.

혼자서 다수의 적들을 상대하는 싸움에서 이간질은 필수적인 요소다. 소혜는 두 사람이 연합 공격을 하지 못하도록 분리해 놓고, 한 사람 한 사람씩 격파해 나갈 계획인양 노골적으로 K에게만 눈을 맞추며 이야기를 했다.

O는 그 소외감을 술로 풀었다. 문어 초회와 쥐치 간을 안주로 이강주 세 병을 혼자 다 마시다시피 하고 대합탕을 테이블에 내려놓는

하라의 엉덩이를 슬그머니 움켜쥐었다.

하라가 그에 대한 답례라는 듯이 자리에서 일어서며 발끝으로 O의 엉덩이골을 비벼주고 나가자 O의 본능이 발동했다. 바지 앞섶이 불룩 튀어나왔다. 그때부터 O는 불붙은 시한폭탄이라도 되듯이 엉덩이를 제대로 바닥에 붙이고 있질 못하고 자꾸만 시계를 보았다.

그 옆에서 K가 오늘 이곳에 온 본론을 꺼내놓았다.

여현수를 검찰총장으로 결정하기 전 마지막 점검 차원에서 소문으로 떠도는 사생활을 소혜에게 직접 확인하기 위해 온 것이라고.

K는 기습이나 후방 공격을 선택하지 않고 전면전을 선택했다. 이럴 땐 이쪽에서도 똑같은 방식으로 맞서는 수밖에 없다.

소혜는 자신과 여현수의 사이는 소문과 다르다고 잡아뗐다.

여현수보다는 여현수의 아내 엄민경을 더 먼저 알았고, 그래서 여현수를 형부라고 부른다며 핸드폰에 '형부'라는 이름으로 입력된 여현수의 전화번호를 보여주었다. 자기가 지금 목에 걸고 있는 진주목걸이도 엄민경이 생일 선물로 준 것이라고 자랑했다.

그건 사실이었다.

소혜의 엄마는 재벌가 사모님들의 요리 선생으로 유명한 방배동 조 선생으로 여현수와 결혼한 엄민경도 그 집에서 요리를 배웠다. 소혜가 대학 입학 후 미스코리아 대회에 나가 '미'에 막 당선됐을 무렵이었고, 엄민경은 소혜를 자신의 친동생처럼 예뻐했다. 소혜는 그런 엄민경에게 자신의 고민과 비밀을 모두 털어놓았다. 첫사랑에 대한 것도.

그때가 1986년.

대학가는 연일 데모대의 시위로 최루가스가 가실 날이 없었지만,

소혜는 그들과 전혀 다른 세상에서 살고 있었다. 학교에 나가는 것보다는 방송국에 나가는 날이 더 많았고, 사건이 벌어졌던 그날도 화보 촬영이 있어 서둘러 학교를 빠져나가는 중이었다. 그런데 전경들이 교문 앞을 막고 있어 매니저의 자동차가 움직이질 못하는 상황이었다. 그 안쪽에서는 2천여 명의 학생들이 거리로 나가기 위해 시위를 벌이고 있었다.

이러다간 펑크 내게 생겼다는 매니저의 말에 소혜는 가만히 있을 수 없어 차 밖으로 나갔다. 자신은 데모대가 아니니 밖으로 나가게 해달라고 경찰들에게 직접 요구할 참이었다.

15센티 빨간 하이힐을 신고 몸에 딱 달라붙는 노란색 튜브톱을 입은 소혜의 등장에 스크럼을 짜고 있던 데모대의 시선이 일제히 그녀에게 쏠렸다. 그 장소와 어울리지 않는 너무나 이질적인 패션이었고, 엄중한 시대에 맞지 않게 소혜는 너무나 밝고 섹시했다. 어디선가 소혜를 향한 비난의 목소리가 터져 나왔다.

"재, 자기 엄마 돈으로 음대 들어온 애야."

그건 사실이었다.

"머리에 똥만 든 백치!"

그 말은 사실이 아니었기에 그냥 넘어갈 수 없었다. 그래서 소혜는 걸음을 멈추고 대꾸했다.

"그래, 넌 좋겠다. 엉덩이에 똥 들어서!"

"뭐?"

"난 머리에 똥 든 대신 엉덩이는 향긋하다고. 네 엉덩이와 달리."

예상치 못한 소혜의 맞대응에 2천 명이 파도를 타듯 술렁거렸다.

"부끄럽다. 같은 학교 학생인 게 창피하니 물러가라!"

누군가의 선창에 2천 명의 학생들이 한목소리로 구호를 외쳤다.

"물러가라! 물러가라!"

그래도 소혜는 기죽지 않았다. 2천 명이 다 들을 수 있도록 목청이 터지라 맞섰다.

"거지 같은 너희들 때문에 내가 더 부끄럽다! 쪽팔린다!"

앙칼진 소혜의 목소리에 시위대의 야유는 더 높아지고 시선들은 더 따가워졌다.

그러거나 말거나 소혜는 미스코리아 대회를 나가면서 수없이 연습한 걸음걸이로 그들의 앞을 지나갔다. 향긋한 엉덩이를 도도하게 치켜들고 전경들을 향해 다가갔다.

검은 헬멧을 쓰고 방패를 들고 있던 전경들은 낯선 소혜의 등장에 어찌 대응해야 하는지를 몰라 무전기로 상관을 찾았다. 2천 명의 데모대가 그때를 이용해 벌떼처럼 우르르 교문 밖으로 밀려 나왔다.

그와 동시에 펑 하는 대포 소리가 들리고 하늘을 날아온 지랄탄이 소혜의 눈앞에서 터졌다. 소혜는 눈을 뜨고 싶었지만 눈을 뜰 수 없었고, 고함과 비명 소리만 들을 수 있었다. 서로 때리고 부딪치는 아비규환의 현장에서 소혜는 정신을 잃었다.

소혜가 정신을 차리고 눈을 뜬 곳은 병원이었다. 다행히 몸은 다친 데가 없는데 눈이 충혈돼 촬영은 할 수 없었다. 뒤늦게 온 매니저는 데모대의 맨 앞에 서 있던 남학생이 쓰러진 소혜를 업고 병원으로 옮긴 것 같다고 말했다.

그 말에 소혜는 의식을 잃기 직전 들었던 남학생의 목소리를 기억해 냈다. 눈에 불이 난 것처럼 쓰라려 볼 순 없었지만, 누군가 자신을 등에 업고 있다는 것은 느끼고 있었다. 당연히 매니저일 거라고 생각했었는데 처음 들어본 목소리였다.

'괜찮아요?'

'내 구두……, 구두가 없어졌어요.'

'걱정 말아요. 그건 내가 찾아줄게요.'

소혜가 입원한 병실엔 구두가 없었다.

자신이 애지중지하는 하이힐이었기에 소혜는 퇴원한 후, 그걸 누가 가져갔는지 수소문했지만 찾을 수 없었다.

그러다 몇 달 후, 한 남자가 소혜의 집 앞으로 찾아왔다. 소혜가 그날 잃어버렸던 빨간색 하이힐을 들고.

"진작 찾아와 줬어야 했는데 수배 중이라 움직이는 게 여의치 않아서……."

그날 데모대의 맨 앞에 서 있던 골수 운동권 선배였다. 소혜는 학생회 간부로 경찰들에게 쫓기는 몸이면서도 자신의 하이힐을 간직했다 가지고 온 그에게 감동했다.

"네 덕분에 그날 가두시위는 성공했어. 너 진짜 용기 있던데?"

예상 밖 칭찬에 소혜의 감동은 고조됐다.

모두가 적이라고 생각했던 2천 명 중에 자기편도 있었던 것이다. 그것도 가장 잘생기고 멋진 남자가!

소혜는 자신의 생명을 구한 은인이라며 집으로 그를 끌어들였다. 그러고는 재벌가의 사모님들이 요리를 배우러 오는 방배동 조 선생의 집만큼 경찰들을 따돌리기 좋은 곳은 없으니 우리 집에서 머물라고 그를 집요하게 설득했다. 그가 거절하고 밖으로 나가자 그 뒤를 미행해 자기의 말대로 하지 않으면 그의 은신처를 경찰에 알리겠다고 고집을 부렸다.

그가 결국 자기 집으로 들어오자 앞으로 사위가 될 사람이니 진수성찬을 대접하라고 엄마인 방배동 조 선생을 닦달했다. 방배동 조 선생이 소혜의 성화에 못 이겨 12첩 반상 궁중요리를 선보였지만 그는 밥과 국, 김치만 먹고 다른 반찬에는 손도 대지 않았다. 앞으로 공장에 들어갈 거라며 소혜가 사다 주는 비싼 옷들도 입지 않았다.

소혜는 어렵게 들어간 대학을 때려치우고 제 발로 공장에 들어간다는 것도 이상했지만, 공장에 들어가기 위해 학원까지 가서 용접을 배운다는 것을 도저히 이해할 수 없었다. 그런 소혜에게 그는 사랑하기 때문이라고 말했다. 사랑은 그 사람과 함께하기 위해 모든 어려움을 감수하고 이겨내는 것이라고.

소혜는 그가 공장에서 일하는 여자를 좋아한다고 생각했다.

'그 공순이 여자가 나보다 예뻐?'

'응. 만날 무시당하고 인간 대접도 못 받고 살지만, 내 눈에는 참 예쁜 사람들이야.'

'사람들? 그럼 여자가 하나도 아니고 여러 명이야?'

'응, 엄청 많지. 꼭 여자만도 아니고…….'

'뭐? 그럼 남자들까지? 선배 양성애자야? 뭐 이렇게 문란해?'

그 말에 그는 픗사과 같은 웃음을 터뜨리고 설명했다. 자신이 사랑하는 사람은 남자, 여자 상관없이 이 땅의 모든 노동자들이라고.

재벌가의 남자에게 다이아몬드 반지를 받으며 프러포즈를 받는 게 사랑이라고 생각했던 소혜는 충격을 받았다. 그의 사랑은 소혜가 생각하는 사랑하고는 너무나 다른 사랑이었다. 소혜는 그러지 말고 자기를 사랑해 달라고 매달렸다. 자기를 사랑하면 힘들게 노동할 필요도 없고, 일 못 한다고 구박받을 일도 없다고.

하지만 그는 소혜를 버리고 홀연히 사라졌다. 소혜는 태어나 처음으로 열패감을 느꼈다. 그를 찾아 공단 거리를 헤매면서 자신의 라이벌들을 목격하고 질투에 가득 찬 시선으로 그들을 노려봤다.

자기보다 하나도 안 예쁘고, 옷도 못 입는 인간들이 그의 마음을 빼앗은 게 분했다. 하지만 그는 곧 정신을 차리고 자기에게 돌아올 것이라고 확신했다. 그보다 잘생기고 옷도 잘 입는 남자들이 비싼 선물을 하며 대시해 와도 오로지 그만 기다렸다. 그래도 그가 오지 않자 시위가 벌어지는 거리마다 그를 찾으러 다녔다.

그러다 그다음 해인 87년, 시청 앞에서 그를 다시 만났다. 그는 노동자들과 함께 환한 미소를 지으며 승리의 행진을 하고 있었고, 소혜는 그 모습에 상처를 받았다. 자신의 적들은 예상외로 막강했다. 이번에는 2천대 1이 아니라 2만, 20만, 200만대 1의 싸움이었다. 이 싸움에서 이기려면 묘수가 필요했다.

엄민경이 아이디어를 제공했다. 검사인 자기 남편에게 도움을 요청하라고. 소혜는 엄민경을 통해 여현수를 만나 자신이 그의 사랑을 얻어낼 때까지 그를 자신의 라이벌들로부터 격리시켜 달라고 부탁했다.

그는 위장 취업으로 검거되었다. 학생회 간부로 시위를 주도했던 전력까지 더해져 3년형을 선고받았다. 그 사이에 소련은 해체됐고 그의 동지들은 그를 잊어갔다. 그동안 소혜는 한결같이 그를 면회 가고, 날마다 향수를 뿌린 편지지에 편지를 써 보냈다.

면회도 거부하던 그는 차차 마음을 열었고, 답장도 보내 주었다. 언제부턴가 '사랑하는 당신'이라는 호칭도 썼다. 그렇게 두 사람은 서로 사랑하는 연인이 되었고 한마음으로 애타게 출소일을 기다렸다.

그사이 여현수는 간첩 혐의로 수사하던 피의자가 화장실에서 자살하는 바람에 광주지검 순천지청으로 좌천됐다가 전국적인 대형 간첩단을 발굴, 기사회생해 2년 만에 다시 서울로 돌아왔다. 그의 출소일이 며칠 남지 않았을 때였다.

소혜가 여현수 덕분에 자기 사랑을 이루게 되었다며 감사 인사를 하러 찾아가자 여현수는 뜻밖의 말을 했다.

그는 이번에 검거된 간첩단의 일원이라고. 그를 추가 기소할 것이라고.

사랑하는 그 선배 덕분에 운동권에 대해서 꽤 많이 알게 된 소혜는 여현수의 말이 거짓임을 알고 있었다. 이번에 검거했다는 간첩단과 그는 완전히 다른 운동권 계열이었고 서로 왕래도 안 하는 사이였다. 하지만 여현수가 그를 간첩으로 만들려고 마음만 먹으면 얼마든지 가능하다는 것도 알고 있었다.

소혜는 엄마의 금고에서 돈뭉치를 훔쳐서 여현수에게 건넸다. 여현수는 돈을 밀어냈다.

'내가 원하는 건 이런 게 아니야.'

'그럼 도대체 뭔데요?'

'너.'

'네?'

'너를 사랑해. 그런데 너는 그놈을 사랑하니까. 아무리 생각해 봐도 그놈한테서 너를 떼어 놓으려면 이 방법밖에 없어.'

이런 것을 자업자득이라고 하는 건가…….

소혜는 여현수를 비난할 수만은 없었다. 그렇다고 자신이 한 일을 후회하지도 않았다.

과거를 후회할 시간이 있으면 그 시간에 마사지라도 한 번 더 하자는 게 그때나 지금이나 변하지 않는 소혜의 좌우명이었다.

소혜는 어렵게 얻게 된 사랑을 또다시 놓치느니 자신의 사랑과 여현수의 사랑을 다 품고 가자고 결론을 내렸다. 그를 출소시키기 위해 여현수에게 몸을 주었다. 자신이 사랑하는 남자는 눈에 보이는 육체보다는 고결한 정신을 더 높이 쳐주는 사람이니 이해해 줄 것이라고 여겼다. 하지만 예상외로 그 남자는 그 사실을 알고 소혜를 격렬하게 비난했다.

'나를 위해 그런 더러운 뒷거래를 한 거라고? 그게 진짜 나를 위하는 길이라고 생각했어?'

'그래. 당신이 그랬잖아. 사랑은 그 사람과 함께하기 위해 그 어떤 어려움도 감수하고 극복해 내는 거라고. 그래서 나도 감수하고 극복해 낸 거야.'

'그걸 말이라고…….'

'도대체 뭐가 문제인데? 내가 사랑하는 사람은 당신인 거 당신도 알고 나도 아는데. 마음에도 없는 섹스, 그깟 게 우리 사랑에 무슨 문제인데?'

'넌 참 단순해서 좋겠다. 그렇지만 난 너하고 달라.'

그 말이 소혜를 미치게 만들었다.

그와 같아지기 위해 그 좋아하는 하이힐도 버리고 운동화만 신으며, 지루하고 재미없는 책들을 수백 권이나 읽었는데. 그와 같아지기 위해 부르주아에 기생해서 살아가는 엄마의 집에서도 나와 비싼 소고기도 안 먹고 택시도 안 탔는데.

그 보답이 겨우 '난 너와 다르다'는 말이라니. 그 당시 소혜에겐 그 말이 '난 너를 사랑하지 않아'라는 말보다 더 잔인하게 들렸다. 그와 다르다는 것을 죽어도 인정하기 싫었다. 그래서 소리쳤다.

'너만 순수한 척하지 마! 우린 뒷거래한 거 아니야. 우린 서로 사랑해. 그래서 그런 거야!'

그리고 그때부터 여현수를 정말로 사랑하기로 했다.

그래야 자신이 그에게 거짓말을 하지 않은 것이 되니까.

그래야 자신이 그에게 차이지 않은 것이 되니까.

하지만 여현수를 사랑하는 건 생각만큼 쉽지 않았다.

그중에서도 가장 큰 걸림돌은 엄민경에 대한 죄책감이었다. 자신을 친동생처럼 여기는 엄민경을 속이고 여현수를 만난다는 것이 마음에 걸렸다.

여현수는 그런 소혜에게 사랑은 기본적으로 세상과 적이 되는 것이라고 주장했다. 이 세상 모두를 적으로 돌리고 너와 나만 한편이 되는 것, 그것이 사랑이라고. 이제는 2백만대 1의 싸움이 아니라 5천만대 2, 70억대 2의 싸움이었다.

적들은 우리의 사랑을 공격하기 위해 무수한 간첩들을 보낼 거고, 그 간첩들을 우리가 먼저 발본색원해 우리 편으로 만들어야만 우리의 사랑을 지킬 수 있다고 여현수는 주장했다.

북에서 넘어온 사람만 간첩인 줄 알았던 소혜는 그 말에 놀랐다. 여현수는 그런 소혜에게 간첩의 정의부터 다시 가르쳤다.

"나한테 도움이 안 되면 다 간첩인 거야. 왜냐, 나한테 도움이 안 된다는 말은 내 적들한테 도움이 된다는 말이고, 적을 돕는 건 바로 간첩 행위니까."

소혜는 기꺼이 여현수와 같은 편이 되었다. 적이 된 엄민경이 자기 아버지의 재산과 인맥으로 공격해 올 것에 대비해 야미를 차려 여현수를 위한 뇌물 창구를 마련하고 정, 재계의 거물급들과 친분을 쌓았다. 그들과 힘을 합쳐 여현수를 승승장구하게 하고 검찰총장의 자리에까지 올라서게 했다.

소혜는 오늘의 적들인 K와 O에게 이런 과거를 각색, 편집해 들려주었다.

철없는 첫사랑으로 인생을 망칠 뻔했는데 엄민경과 여현수가 도움을 주었다고. 그때부터 두 사람을 친언니처럼, 형부처럼 여기고 존경한다고.

완벽한 사기꾼은 백 퍼센트 거짓말이 아니라 구십 퍼센트의 진실에 십 퍼센트만 거짓을 섞는다. 그것이 사기꾼들의 성공 전략이었고, K와 O도 그 전략에 넘어갔다. 과거의 회한에 젖어 때로는 안타까워했다가, 때로는 눈물까지 글썽이며 감동을 전하는 소혜의 능수능란한 표정 연기에 그들은 넋을 잃고 고개를 끄덕거렸다.

애초부터 그들이 확인하러 온 것은 진실이 아니라 소혜가 얼마만큼 그럴듯한 연기를 하는가를 보기 위해서였다. 그들이 사는 세계에선 진실보다 더 중요한 것은 자기에게 주어진 배역을 소화할 수 있는 연기력이었고, 그것이 자신들의 연기와도 합이 잘 맞아야 했다.

세상이 어떤 꼬투리를 잡고 비난해도 의연하게 부인하고 당당하게 카메라를 바라볼 수 있는 배포, 진심 없이도 눈물 흘리고 사과할 수 있는 고난도의 몰입, 남들은 물론 자기 자신까지도 속일 수 있는 고도의 집중력은 아무나 가질 수 있는 게 아니었고, 하루아침에 배울 수 있는 것도 아니었다.

그런 점에서 보면 소혜는 합격점이었다. 소혜가 들려주는 사연도 그럴듯했지만 엄민경을 친언니처럼 따르고 사랑한다는 그 말은 대중들에게 먹히기 좋은 포인트를 가지고 있었다.

대중들은 부패하고 타락한 권력자들의 말을 믿을 수 없다고 하면서도 그들이 끝까지 아니라고 부인하면, 정말 아닐지도 모른다고 권력자들의 말에 동조하게 된다. '그렇지 않다면 설마 저렇게까지 했을까?' 하고 느낄 때 그 기세를 끝까지 몰아갈 수 있는 미끼 하나만 던져주면 게임은 끝난다. 그런데 소혜는 바로 그 좋은 미끼를 가지고 있었다.

친언니 같은 여자의 남편이랑 설마 그 짓을? 인간이라면 그럴 수는 없겠지…….

그 '인간이라면 그럴 수 없지'라는 것이 바로 반전의 포인트다. 그 지점만 넘어서면 모든 의혹과 비난은 내리막길을 타고 결국 없던 일이 된다.

소혜는 K와 O의 이마 근육에 자리 잡고 있던 주름살이 펴지는 것을 보면서 자신이 적들을 포로로 사로잡았음을 직감했다. 이제부터는 말발이 아니라 눈치와 행동으로 두 사람을 내 편으로 전향시켜야 한다.

소혜는 테이블 아래의 버저를 눌러 다음 요리를 들여오게 했다.

곧 하라가 통사시미 접시를 들고 들어왔다.

K가 살아서 팔딱거리는 참돔을 보며 감탄하는 사이 스키다시로 성급히 배를 채운 O의 눈빛은 살아있는 하라의 몸을 맛보고 싶어 번들거렸다.

소혜는 그런 O를 보며 여현수가 가르쳐준 테크닉을 상기했다.

"고도로 훈련받은 간첩들일수록 말이야. 아무리 머리통을 물에 담그고, 전기로 계속 지져봤자 입을 열지 않아. 그럴 때는 그럼 어떻게 하느냐. 매서운 고문으로 바짝 조여줬다가 중간에 한 번씩 담배나, 짜장면, 치킨 같은 거로 풀어주는 거야. 추운 데서 벌벌 떨다가 따뜻한 온탕에 들어가면 얼마나 노곤해져. 바로 정신을 그렇게 노곤하게 만들어놓고 슬슬 내 편이 되면 얼마나 좋은지를 설득시키는 거지. 그럼 다 넘어오게 돼 있어."

소혜는 O에게 치킨 대신 하라를 던져주고 빈 술병을 핑계로 자리에서 일어났다. 이제 O의 정신이 노곤노곤해질 때까지 기다리기만 하면 된다. 소혜가 문을 닫자마자 하라의 날카로운 비명이 터져 나왔다.

"손도 안 닦고 집어넣으면 어떡해!"

소혜는 2차전을 위해 화장실로 가 화장을 고쳤다.

마흔아홉, 마사지와 각종 시술로 노화를 지연시키는 것도 한계에 이른 나이. 벌써 그 조짐은 여기저기에서 나타나고 있다. 자신 앞에서 아름답다고 칭찬을 늘어놓는 사람들의 수도 많이 줄었고, 그 줄어든 사람들의 칭찬에서도 전과 같은 진심은 보이지 않았다. 칭찬하고 있는 입과 달리 그들의 눈에서는 다른 생각이 읽힌다.

'얼굴이 주먹만 한 미인들이 나이 들면 더 늙어 보인다더니 딱 맞는 말이네.'

조금 전 자신이 따라주는 술을 받던 O의 표정에서도 읽은 것이다.

여현수 때문에 잠을 설쳤더니 피부가 거칠어진 모양이다.

어젯밤 여현수는 뜬금없이 소혜의 첫사랑 선배 이야기를 꺼냈다.

S 자동차의 파업을 선동한 혐의로 소혜의 첫사랑 선배가 검거되었는데, 그는 아직까지 독신이더라고.

그게 뭐 어쨌다는 거냐고 묻자 여현수는 그가 소혜를 아직 사랑하고 있다며 그가 쓴 시집을 꺼내 기소문 읽듯 시 하나를 읽어나갔다.

"잠이 오지 않는 새벽이면, 이제야 하루를 마치고 잠자리에 누울 당신을 떠올립니다. 눈에 보이지 않는 당신을 향해 나직이 자장가를 부릅니다."

소혜는 시집을 낚아채 손수 읽었다.

야근이라는 제목의 시였다.

"여기서 말하는 당신은 내가 아니라 그가 사랑하는 노동자들인 거 몰라?"

"아니, 겉으로는 그런 척 위장하고 있지만, 이놈이 맘속으로 생각하는 당신은 너야."

"뭐?"

"가증스러운 놈. 세상은 속여도 나는 못 속이지."

"지금 농담하는 거지?"

"아니, 진지하게 얘기하는 거야."

"말도 안 돼. 그 사람이랑 나 얼굴 안 본 지 20년도 넘었어."

"그거야 모르는 거고."

"뭐? 설마 당신 나도 의심하는 거야?"

"간첩들 중에는 자신이 간첩인지 모르는 간첩들도 꽤 있지."

"그게 무슨 말이야? 그러니까 내가 그렇다는 거야?"

"……."

여현수는 대답하지 않고 평소보다 일찍 돌아갔다.

소혜는 그런 여현수가 섭섭했다.

당신을 사랑한다는 이유 하나만으로 내가 어떤 희생들을 감수해왔는지…….

미래의 목표가 확실한 여현수는 젊었을 때부터 완벽하고 철두철미했다.

소혜를 만나러 올 때는 항상 기사 없이 혼자 왔고, 두 사람의 관계가 노출될까 봐 소혜의 집에는 사람들이 드나들지 못하도록 했다. 가사도우미도 못쓰게 했고, 방송 활동도 막았다.

소혜는 여현수를 위해 그 모든 것을 받아들였다. 하고 싶은 일을 접고 손에 물 한 번 묻혀본 적 없는 손으로 직접 빨래하고 청소를 했다. 혹시 꿈속에서 잠꼬대라도 할까 봐 친구들하고 여행도 가지 않았다. 발이 넓은 엄마를 통해 비밀이 새어 나갈까 봐 엄마인 조선생에게도 여현수와의 관계를 비밀로 했다.

그렇게 세상과 바꾼 사랑이었다.

그런데 자신을 간첩이라 의심하다니…….

평생 꿈꿔온 검찰총장이란 목표가 바로 코앞에 있는 상황이라 예민해져서 그런 것이라고 소혜는 애써 여현수를 이해하려 했다. 그런데도 거미줄처럼 마음속에 드리워진 불안감은 아무리 걷어내도 깨끗이 제거되지 않았다.

소혜는 컨실러를 꺼내 눈 밑에 생긴 다크서클을 감췄다.

마음속에 남은 찝찝함도 이렇게 덮어버릴 수만 있다면 얼마나 좋을까…….

소혜는 입을 크게 벌려 아에이오우를 서너 번 반복했다. 이래야 입꼬리 옆에 세로로 생기는 마리오네트 주름을 예방할 수 있다.

소혜가 자주 가는 피부 관리 숍의 원장은 늘 말했다.

'우리의 적은 중력이에요. 뭐든지 땅으로 끌어당기려는 그놈들에게 맞서려면 뭐든 거꾸로 해야 해요. 뱃살이나 힙이 처지지 않도록 물구나무를 서듯이 얼굴도 밑으로 늘어지지 않도록 항상 하늘을 향해 쭉쭉쭉!'

소혜는 그 원장이 가르쳐준 대로 눈가의 측두근을 양손으로 눌러 쭉쭉 위로 올려준 후 주방으로 갔다. K가 좋아한다는 홍어찜을 넉넉히 준비하라고 할 참이었다.

그런데 주방은 텅 비어있었다.

지금까지 룸에서 나온 그릇들은 그릇들대로 그대로 개수대에 쌓여 있고, 다음 코스인 구이 요리는 준비도 되지 않은 상태로 주방장도 시다도 보이지 않았다.

통사시미를 다 먹을 때까지는 시간이 좀 걸린다는 것은 알겠지만, 오늘같이 중요한 비상 상황에서 제자리를 지키지 않고 이탈한 것이 소혜는 언짢았다. 낮에 자신이 잔소리 좀 했다고 성곤이 이런 식으로 복수하는 건가 싶어 소혜는 굳은 얼굴로 2층으로 올라갔다.

소혜가 2층에 도착하자마자 지철이 막 자기 방에서 나오다가 뭔가를 저지르다 들킨 사람처럼 화들짝 놀랐다.

"주방 비워놓고 다들 뭐 하는 거야?"

"죄송해요. 뭣 좀 찾아볼 게 있어서……."

"일하다 말고 뭘?"

"그게……."

어쩔 줄 모르겠다는 표정으로 지철은 시선을 떨궜다.

소혜는 지철이 그렇게 당황하는 모습을 처음 보았다. 도대체 방 안에서 뭘 했는지 수상스럽기까지 했다. 낮에 성곤이 지철을 칼 도둑으로 의심할 때만 해도 성실하고 착한 지철에게 왜 그런 누명을 씌우는지 이해가 안 됐었는데, 지금 보니 지철에게도 자기가 알지 못하는 어두운 얼굴이 있었다.

"주방장은?"

지철은 모르겠다는 표정으로 고개를 젓고는 도망치듯 황급히 아래층으로 내려갔다.

소혜는 서둘러 내려가는 지철을 의심스러운 표정으로 일별하고 맨 끝 방으로 가서 문을 두드렸다. 아무 반응이 없었다. 문도 잠겨있었다.

소혜는 다시 한 번 더 노크하고 돌아서다 복도 끝의 창문을 통해 성곤이 정원에서 담배를 피우고 있는 것을 발견했다.

담배를 끊지는 못해도 손님들 있을 때는 피우지 말라고 그렇게 주의를 시켰는데.

오늘따라 자신의 신경을 거스르는 성곤 때문에 와락 짜증이 치밀었다. 소혜는 서둘러 계단을 내려갔다.

성곤이 막 야미로 들어서다 잔뜩 화가 난 소혜와 마주치자 시선을 피했다.

소혜는 성곤이 손에 들고 있는 담뱃갑을 째려보며 툭 내뱉었다.

"손에 담배 냄새 안 나게 여러 번 씻고 요리하세요!"

성곤이 서글픈 눈빛으로 소혜를 바라보다 화장실을 향해 걸어갔다.

소혜는 주방 옆 창고에서 이강주를 한 병 더 꺼내 들고 룸으로 갔다. 이 정도 시간이면 통사시미도 어느 정도 비워지고 O의 성욕도 해갈은 됐을 거라고 여겼다.

그런데 룸에는 하라가 없었다.

바지의 허리띠를 푼 채로 문 열리는 소리에 눈을 반짝 떴던 O가

하라가 아닌 소혜의 등장에 노골적으로 실망한 표정을 지으며 허리띠를 수습했다.

"우리 애한테 다 드실 때까지 옆에서 도와 드리라고 했는데……."

"화장실에 다녀오겠다고 나가더니 벌써 십 분이 넘도록……."

O가 기다림에 지쳐 화가 났는지 술을 벌컥 들이켰다.

소혜는 처음으로 O와 눈을 맞추고 미소를 지으며 넌지시 말했다.

"정무수석님, 조금 피곤해 보이시는데 잠깐 게스트룸에서 눈 좀 붙이세요."

'게스트룸'이라는 말에 O의 목울대가 꿀렁했다.

소혜를 바라보는 눈빛이 급 호감으로 바뀌었다.

"그럼 그럴까……. 오늘따라 이상하게 빨리 취하네."

O가 과장되게 비틀거리며 밖으로 나갔다.

소혜는 그 모습을 미소 짓고 바라보다 열심히 회만 먹고 있는 K에게로 눈길을 돌렸다.

"민정수석님은 괜찮으세요?"

그 말에 K가 자신은 저질스런 O와는 수준이 다른 남자라는 것을 보여 주겠다는 듯이 창밖으로 시선을 돌리며 4월에 내리는 눈을 지그시 바라보았다.

"참 이상해요. 왜 하늘에서 비나 눈이 오면 가슴이 싸해지는지. 첫사랑도 생각나고. 여자들도 그래요?"

소혜가 할 수 있는 대답은 여러 가지였지만 K가 듣고 싶어 하는 대답이 하나라는 것을 알기에 순발력 있게 정답을 말했다.

"수석님, 의외로 순정남이신가 보다."

"어떻게 알았어요? 내가 그래서 친구 놈들한테 욕도 많이 먹어요.

사내자식이 재미없게 논다고. 젊었을 때부터 다른 놈들은 치마 입은 여자만 봐도 들이대는데 나는 그런 쪽으로는 전혀…….”

그다음부터는 듣지 않아도 뻔한 얘기였다. 자기는 다른 남자들과는 달리 육체보다는 마음, 쾌락보다는 사랑에 움직이는 남자다.

좌와 우, 진보와 보수를 막론하고 남자들이 눈앞에 있는 여자를 꼬시고 싶을 때 하는 수작질 중 하나였다.

K는 아련한 눈빛으로 술잔을 들여다보며 중얼거렸다.

“내가 참 나쁜 놈이지. 그 추운 겨울날 맨발로 뛰어나온 여자를 그냥 두고 돌아섰으니……. 내가 정말 나쁜 놈이야…….”

야심 있고 출세 지향적인 사람들의 사랑 이야기엔 공통점이 있다.

모두 자신들이 상대방을 먼저 버렸다고 말한다는 거.

그들은 배신했다는 도덕적인 비난보다는 누군가에게 버려지는 걸 두려워했다.

K는 은근슬쩍 자신의 첫사랑 이야기를 소혜에 대한 관심으로 연결시켰다.

“남들은 진 사장을 도도하고 강하다고 하지만, 난 그렇게 안 봐. 내 첫사랑도 진 사장과 똑같았거든. 남들 앞에서는 센 척했지만, 그 속이 얼마나 여리고 여린지……. 그래서 이렇게 내 속이 아린가 봐. 진 사장을 오늘 처음 봤는데도 아주아주 오랫동안 알아온 사람처럼 내 가슴이 이렇게 싸하면서도 두근두근…….”

야미를 찾아오는 사람들 중에는 이렇게 소혜와 정신적인 연애질을 원하는 사람들도 꽤 있었다. 그럴 때마다 맞장구를 쳐주면서 소혜는 차라리 하라가 부럽다는 생각을 하기도 했다. 육탄전은 그래도 솔직하고 짧으니까.

그 육탄전의 시작을 알리듯 천장 위에서 문이 쾅 닫히는 소리가 들려왔다.

2층의 게스트룸과 아래층의 룸은 같은 위치였다.

O가 드디어 하라를 데리고 게스트룸에 입성한 모양이었다.

그 방에서 무슨 일이 벌어질지는 안 봐도 훤했다.

배고픈 걸 못 참는 O 같은 타입들은 음식이 앞에 놓이면 허겁지겁 먹다가 자기 배가 차면 나 몰라라 벌러덩 눕는다. 남들 보기에는 엄청나게 식성이 좋고 많이 먹은 것처럼 보이지만 사실 은근슬쩍 조금씩 조금씩 먹는 K 같은 타입이 오히려 더 실속 있었다.

성욕도 마찬가지. O 같은 타입은 화르르 타오르기만 잘 타올랐지 금방 꺼지는 성냥개비다. 그에 반해 K는 한 번 붙으면 오래가는 연탄불이라고 할까.

O는 소혜의 예상대로 방으로 들어가자마자 언제 취했느냐는 듯 눈을 똑바로 뜨고 하라를 끌어안았다.

"먼저 와서 오빠 기다리고 있었던 거야?"

"졸라, 아니거든!"

"아니기는."

"비켜. 나 지금 나가봐야 한단 말이야!"

"가긴 어딜 가! 디저트 기다리느라 죽는 줄 알았는데……."

O가 하라의 가슴을 움켜쥐고 침대로 밀고 가려 하자 하라가 O의 사타구니를 꽉 움켜쥐었다.

"좆만 한 게 썅! 디저트는 내가 주고 싶은 사람한테 내 삘이 꽂힐 때 주는 거거든! 당장 이 손 안 치워?"

O의 얼굴이 벌겋게 달아올랐다. 화가 난 건지, 흥분한 건지 스스로도 헛갈렸다.

그런데 그 순간, 혀 짧은소리가 입안에서 흘러나왔다.

"한 번만 주라. 엉? 나 진짜 먹고 싶어……."

하라가 가만있자 O는 그것을 긍정의 신호로 받아들이고 침대로 직진해 벌러덩 누웠다. 발정이 난 강아지처럼 빨리 오라고 하라를 향해 양팔과 양다리를 흔들었다.

그 아래층에서 K는 다른 방식으로 소혜를 공략했다.

"난 사람들이 뭐라 그래도 진 사장의 말을 믿어. 여 선배 같은 사람, 진 사장한텐 안 어울리지. 케미로 보나 코드로 보나 진 사장은 나 같은 타입이야."

검찰 출신인 K는 소혜와 여현수의 관계를 알면서도 이렇게 심리전을 걸어오고 있었다. 네가 여현수와 아무 사이 아니라고 했으니 그럼 나와 사귀자. 이제 어쩔래?

소혜는 K의 기분을 상하지 않게 하면서도 거절할 수 있는 방법을 찾기 위해 고심했다. 고등학교 시절 소혜의 과외 선생이었던 족집게 강사는 귀에 못이 박히도록 말했었다.

'야, 이 가시나야. 모든 문제의 답은 지문에 있다고 내가 몇 번이나 말했노? 국어는 수학처럼 대가리가 안 돌아가도 지문만 꼼꼼히 잘 읽으면 다 풀 수 있다니까.'

소혜는 지금까지 K가 한 말을 꼼꼼히 살펴 해답을 찾았다.

"사실, 제가 지금까지 결혼하지 않고 혼자 사는 이유는……."

"이유는?"

"다른 사람들한테는 한 번도 안 해본 이야기예요. 하지만 민정수석님은 저와 같은 감성을 소유하고 계시니 이해하실 거라 믿고 털어놓을게요. 저와 수석님만의 비밀이니까 꼭 지켜주셔야 돼요?"

"그럼. 약속하지."

"사실은……, 아직도 저는 그 첫사랑을 못 잊고 있어요."

"잉?"

"남들 다 떠난 현장에서 아직까지 남아있는 어리석고 미련한 사람이죠. 그런 걸 알면서도, 아니, 그래서 더 애틋하고 마음 쓰인다고 해야 하나……."

K가 믿을 수 없다는 표정으로 빤히 소혜를 보았다.

그런 K의 바로 위층에서 O는 어서 빨리 날 좀 살려 달라는, 아니, 죽여 달라는 표정으로 간절하게 하라를 바라보았다.

하라가 귀찮아서 준다는 표정으로 다가가 O의 와이셔츠 단추를 일일이 따지 않고 죽 뜯어 내렸다. O는 흥분해 자기 손으로 러닝셔츠까지 한꺼번에 벗어 던졌다. O의 핸드폰이 바지 주머니 속에서 부르르 떤 건 그때였다.

"어머, 벌써 싼 줄 알았네."

"나를 뭐로 보고……."

O는 팬티와 바지를 통째 벗어 던지며 핸드폰을 무시했지만, 핸드폰의 진동은 계속됐다.

"졸라 신경 쓰이잖아! 꺼버리든가."

O가 미안하다는 표정으로 바지에서 핸드폰을 꺼내 전원을 끄려다가 멈칫하고 얼른 자세를 바로 하며 통화 버튼을 눌렀다.

"네, 각하."

하라는 발가벗고 예의를 차리는 그 모습이 우스워 까르르 웃음을 터뜨렸다.

O가 당황해 화장실로 들어가 문을 쾅 닫았다. 문틈 사이로 O의 목소리만 새어 나왔다.

"제 딸입니다, 각하."

하라는 그 말에 장난기가 발동해 큰 소리로 소리쳤다.

"아빠, 아빠, 빨리 나와! 나 급하단 말이야앙!"

"아닙니다. 집에 화장실이 하나라……. 아니, 원래는 두 갠데 하나가 고장 나서……. 아니, 집 맞습니다. 좀 전에 도착했습니다. 네, 지금 바로 가겠습니다."

O는 화장실에서 나오자마자 하라를 무섭게 노려봤다.

"야, 이년아. 통화하는데 예의도 없이 그게 뭐야?"

"딸이라며? 넌 그럼 집에서 딸이랑 이러고 놀아?"

"뭐?"

O가 시간이 없어서 참는다는 투로 핸드폰을 통해 시간을 확인하고는 서둘러 옷을 입기 시작했다. 그러다 와이셔츠의 단추가 다 떨어진 것을 발견하고 다시 하라를 향해 눈꼬리를 사납게 치켜떴다.

"이년, 그냥 확……."

"개새끼, 좋아할 땐 언제고!"

"호치키스라도 가져와, 이년아!"

"새끼, 다 박아버린다!"

"저게 진짜……."

"개 쌍놈. 딴 놈한테 열 받은 걸 왜 나한테 풀고 지랄이야!"

그 말이 O의 정곡을 찔렀다.

사실 O는 하라가 아니라, 하필 이 시간에 전화해 흥을 깬 그 사람 때문에 기분이 상한 거였다.

"오늘 못 먹은 디저트까지 다음엔 두 배로 먹을 거야앙."

O가 다시 혀 짧은소리를 내며 아쉬운 마음으로 하라의 가슴을 움켜쥐었다.

하라가 아프다고 소리를 빽 지르는 것과 동시에 아래층 룸에 앉아 있던 K가 자기 머리를 테이블에 쿵 내리찍었다.

소혜가 뜨악하게 보자 K는 울상으로 말했다.

"진 사장은 나를 거절하려고 그런 말을 지어낸 거야!"

"아니에요, 수석님."

"어디서 아이큐 백오십의 날 속이려고……. 나 대학 들어갈 때도 전국 수석, 사법 고시도 1등으로 붙은 사람이야. 왜 이래!"

K는 다시 더 세게 자기 머리를 박았다.

소혜가 옆자리로 가 하지 말라고 머리를 붙잡고 말리자 K는 금방이라도 눈물을 쏟을 듯한 눈망울로 소혜를 보았다.

"이까짓 건 하나도 안 아파. 왠 줄 알아?"

"……."

"당신한테 거절당한 내 가슴이, 이 심장이 아픈 거에 비하면 이까짓 거는 아무것도 아니니까."

그때 K의 전화벨이 울렸다.

K는 절절한 눈으로 소혜를 보면서 곁눈질로 핸드폰의 발신인을 확인했다. 그러고는 천천히 물을 한 모금 마시고 흠흠 목을 가다듬고는 벗어두었던 옷을 챙겨 들고 밖으로 나가며 통화를 했다.

"네, 접니다."

청와대에 무슨 일이 있는 모양이었다.

소혜는 황급히 돌아가는 K와 O를 배웅하고 궁금증을 해결하기 위해 방배동 조 선생에게 전화를 걸었다. 소혜의 엄마, 조 선생은 이제 집에서가 아니라 고급 요리학원을 차려놓고 돈 많은 사람들에게 요리 수업을 했다.

평생 돈독한 관계를 유지하는 재벌가와 그의 사돈에 팔촌들인 정치권, 고위급 관료들의 딸과 며느리들은 모두 조 선생의 제자였다. 그들을 통해 조 선생은 이 나라 상류층에서 일어나는 일들이란 일은 훤히 꿰고 있었다. 게다가 그 제자 중에는 청와대 부속실에서 근무하는 찬모(饌母)들도 있었다.

"엄마, 청와대에 무슨 일 있어?"

—저녁에 황 의원이 밥 먹으러 온다고 그래서 그 사람 좋아하는 갱시기국 끓여놨는데 황 의원이 부아가 잔뜩 나서는 한 숟가락도 안 뜨고 갔다더라.

황 의원이라면 여당의 차기 대권 주자로 거론되는 인물이었다. 레임덕이 시작되면서 현재의 대통령보다 차기 권력자인 황 의원의 일거수일투족에 사람들의 관심이 쏠렸다.

그런 황 의원이 대통령 관저에 식사하러 와서는 식사를 하나도 하지 않고 돌아갔다고 한다. 그 때문에 대통령이 수석들을 긴급 소집했다면 뭔가 심각한 일이 벌어진 게 틀림없었다.

더 자세한 사정은 청와대 춘추관 지하 목욕탕에서 일하는 왕 씨를 통해 알 수 있었다. 왕 씨는 청와대 상주 기자들이 목욕하며 주고받은 이야기들을 기억했다가 소혜에게 전해줬다.

—기자들 말로는 검찰이 황 의원의 뒷조사를 하고 있었답니다. 황 의원이 그걸 알고 발끈해 대통령을 찾아가 항의했더니 대통령은 자기가 시킨 일이 아니라고 했다네요. 황 의원은 믿을 수 없다며 진짜 그렇다면 자신의 뒷조사를 지시한 여현수를 검찰총장에 임명하지 말라고 요구하고 갔나 봐요.

까딱하면 지금까지 들인 공이 모두 물거품이 될 위기였다. 소혜는 그 사실을 전하려고 여현수에게 전화를 걸었다. 여현수와 자신만이 아는 번호로.

그런데 여현수는 전화를 받지 않았다. 소혜는 초조해하며 메시지를 남겼다.

〈긴급 사항. 연락 바람〉

한 시간이나 채 지나고서야 여현수로부터 전화가 왔다. 들뜬 목소리였다.

—오늘 수고했어.

"그럼 잘된 거예요?"

—응. 청와대에서 결정 내렸다고 조금 전에 비서실장한테 연락받았어.

아직 국회 청문회가 남아 있었지만, 그쪽은 이미 포섭이 끝난 상태였다.

소혜에게 나른한 행복감이 밀려왔다.

20여 년의 고생이 이제야 끝나는구나! 이제 정부라는 말도, 내연의 관계라는 말하고도 안녕이다.

갑자기 딱딱해진 여현수의 목소리가 소혜의 행복을 방해했다.

—이제 이 전화는 없앨 거야.

그거야 당연하지. 이제 공식적인 부부가 되면 이런 비밀 라인은 필요가 없으니까.

—나 이제 명실상부 사회 지도층이 됐으니 정리할 건 정리하고 진짜 모범 국민이 될 생각이야.

"정리? 무슨 정리?"

—야미도, 되도록 빨리 정리해. 내가 정리하기 전에.

소혜가 뭐라고 말하기 전에 전화는 뚝 끊겼다.

다시 통화를 시도하자 전원이 꺼져있었다.

느낌이 좋지 않았다.

어제부터 가슴속에 똬리를 튼 불안감이 점점 더 커져 목구멍으로 삐어 나오는지 갑자기 욕지기가 느껴졌다. 소혜는 고개를 돌리고 헛구역질을 하다가 별채 앞에 세워진 자동차를 발견했다. 자기가 불을 꺼놓고 나온 별채는 환하게 불을 밝히고 있었다.

별채의 열쇠를 가진 사람은 자신과 여현수뿐이라는 생각이 떠오르자 금방이라도 뒤집어질 듯하던 속이 언제 그랬느냐는 듯이 가라앉았다.

여현수가 별채에 있을지 모른다는 생각에, 일부러 자기를 놀래주려고 그런 말을 한 것이라는 생각에, 소혜는 얼굴에 홍조를 머금고 서둘러 별채로 뛰어갔다.

실평수 38평, 거실과 욕실, 주방, 침실 사이에 벽이 없어 커다란 원룸 형태를 하고 있는 소혜의 생활공간. 소혜는 그곳에 들어가면 나체로 생활했다. 여현수도 마찬가지였다. 그곳은 두 사람만의 에덴동산이었다.

그 에덴동산에 무장이라도 한 듯 트렌치코트를 입고 서 있는 침입자가 있었다.

여현수의 아내, 엄민경이었다.

소혜는 그대로 굳어버렸다.

쇼핑백에 여현수의 물건들을 담고 있던 엄민경이 무덤덤하게 돌아보며 인사를 건넸다.

"오랜만이다. 그때 보고 처음이지?"

엄민경이 말한 그때란 5년 전 이맘때였다. 그날, 소혜가 여현수의 정부라는 소문을 들은 주간지의 기자들이 한밤중에 별채를 급습했다. 여현수의 차는 별채 뒤에 주차돼 있었고, 여현수의 몸은 소혜의 몸속에서 급발진하고 있는 상황이었다.

뒤늦게 사태를 알아챈 소혜는 당황스러우면서도 또 한편 차라리 잘됐다는 생각도 들었다. 이렇게 숨겨져 사느니 차라리 세상에 발각돼 밖으로 나가고 싶었다. 지긋지긋한 청소와 빨래도 그만하고 싶었다.

그런데 여현수는 소혜를 밖으로 나가지 못하게 하고 어디론가 전화를 걸었다. 30분 만에 여현수의 아내, 엄민경이 골프복 차림으로 나타나 여현수의 차를 자신이 타고 와 이곳에 세워둔 것이라고 기자들에게 둘러댔다. 기자들이 한밤중까지 골프를 쳤느냐고 묻자 얼굴을 붉히며 같이 골프 친 동료와 저녁을 먹느라 늦었다고 했다. 그 때문에 기자들은 엄민경이 바람을 피우는 게 아닌가 의심했다.

소혜는 샤워를 하지도 못하고 여현수에게 등 떠밀려 나가 엄민경과 다정한 포즈를 잡았다. 엄민경은 소혜와 오래전부터 친자매처럼 지내는 사이라며 스스럼없이 소혜의 어깨를 안았다.

기자들이 돌아가고 나자 소혜는 자신을 동생처럼 아껴준 엄민경을 속였다는 미안함과 죄스러움에 고개를 떨궜다. 엄민경은 이미 다 알고 있었다는 듯, 질투가 아닌 연민의 표정으로 소혜에게 수고하라는 말만 남기고 돌아갔다.

엄민경은 그때와 같은 표정으로 물끄러미 소혜를 보았다.

"그 사람이 자기 물건들 가져오라고 해서……."

소혜는 집 안 곳곳에 있던 여현수의 물건들이 엄민경이 들고 있는 쇼핑백에 들어있는 것을 보고 가슴이 쿵 내려앉았다.

이제 여현수는 이곳에 오지 않을 거란 얘기였다.

그럼 좀 전에 말한 주변 정리가 자기를 정리한다는 뜻?

세상에, 기가 막혔다.

사냥이 끝나면 사냥개는 삶아 먹는다지만 어떻게 네가……. 그것도 적이었던 엄민경을 시켜 같은 편이었던 나를 잡아먹게 한단 말인가! 아무리 권력이 사람 눈을 멀게 한다고 해도 이렇게 빨리 변심할 줄이야.

소혜는 화가 나 어젯밤 여현수가 들고 왔던 시집도 엄민경이 들고 있는 쇼핑백에 집어 던졌다.

엄민경이 그 시집을 흘끔 보고 차갑게 소혜를 보았다.

"얘기 들었어. 생각했던 거보다 너 고단수더라. 우리 남편 같은 사람을 속여먹고 그렇게 오랫동안 다른 사람을 마음속에 품고 있었다니……."

"다 그 인간이 꾸며낸 거짓말이야."

"거짓말?"

엄민경은 코웃음을 치더니 자신의 핸드백에서 핸드폰을 꺼내 녹음 파일을 재생시켰다.

소혜가 좀 전에 K와 나누었던 대화들이 핸드폰 스피커를 통해 흘러나왔다.

—사실은……, 아직도 저는 그 첫사랑을 못 잊고 있어요.

"아!"

—남들 다 떠난 현장에서 아직까지 남아있는 어리석고 미련한 사람이죠. 그런 걸 알면서도, 아니, 그래서 더 애틋하고 마음 쓰인다고 해야 하나…….

K를 내 편으로 만들었다고 생각했는데, 그 전에 이미 K는 여현수의 간첩이었다. 어쩌면 엄민경의, 아니, 두 사람은 처음부터 지금까지 쭉 한편이었는지도 모른다.

"그동안 수고했다. 덕분에 나도 편하고 좋았는데. 뭐 나도 즐길 만큼 즐겼으니까."

고상한 엄민경의 얼굴에 붉은 홍조와 함께 야릇한 미소가 걸렸다.

그 순간, 애초에 엄민경이 의도적으로 자신을 여현수와 만나게 했는지도 모른다는 의심이 들었다.

"너, 내가 그 사람이랑 이혼할 줄 알고 웨딩드레스 보러 다녔다며? 푸하하!"

소혜는 얼굴이 화끈 달아오르는 수치심에 온몸이 부들부들 떨렸다.

"우린 절대 이혼 같은 거 안 해. 왜인 줄 알아?"

"……."

"우리 부부가 즐기는 재미 중 하나가 이혼한 부부들 씹는 거거든. 이혼 같은 거 안 해도 다 누릴 수 있는데 왜 그 재미를 포기하고 이혼해? 바보 같이."

형식적인 부부일 뿐이라던 여현수의 말은 모두 거짓이었다. 두 사람은 뼛속까지 같은 성분으로 이루어진 혼연일체 부부였다. 자신의 욕망을 채우기 위해서는 수단 방법 안 가린 채 다른 사람을 이용하고, 필요가 없어지면 가차 없이 정리하는.

그런 줄도 모르고 여현수의 성공을 자기 일처럼 기뻐하며 몸과 마음을 다해 여현수를 검찰총장으로까지 만든 자신이 원망스러웠다. 가끔 엄민경을 떠올릴 때마다 미안하고 죄스러웠던 자신이 한심스러웠다.

무참한 패배.

소혜는 떠나가는 엄민경의 차 소리를 들으며 이제라도 모든 사실을 폭로할 것인가를 진지하게 고민했다.

자신이 전해준 뇌물을 여현수는 안 받았다고 잡아뗄 것이다. 그 돈들은 이미 엄민경을 통해 엄민경의 아버지 재산으로 둔갑해 있을 것이고, 야미에 와서 자신에게 돈을 준 사람들도 부인할 것이다. 야미가 아무런 증거나 자료를 남기지 않는다는 것을 알기에.

자신이 여현수의 정부였다는 것도 그리 큰 폭발력은 없다. 권력자들 중 애인 하나쯤 없는 사람은 드물었고, 대중들도 혼외 자식이나 폭행, 납치 등 패륜적인 요소가 옵션으로 붙어줘야만 흥미를 가졌다.

지금은 아니라는 결론이 나왔다.

우선은 연달아 당한 배신의 충격과 이 허탈감을 극복하는 것, 그것이 급선무였다.

소혜는 뒷정리를 하고 있는 야미로 돌아갔다.

오늘 손님들이 일찍 돌아갔으니 모처럼 회식하자고 이야기했다.

화려한 파티를 위해 친한 친구들도 불렀다.

한물간 가수와 배우, 모델들이 야미로 달려왔다. 그들 사이에 낯선 얼굴이 따라왔다. 한물간 가수와 같이 술을 마시고 있던 김모였다. 한물간 가수는 김모를 자기가 다니는 교회의 목사님 아들이라고 소개했다.

눈이 내리는 야밤에 야미의 식구들과 초대 손님들이 취해갔다.

소혜는 다양한 술이 있는 창고 문을 개방해 놓고 맘껏 마시라고 부추겼다. 사람들은 함께 어울려 기타를 치고 노래를 부르다가 수족관에 들어있던 낙지를 꺼내 다리 하나씩을 뜯어 먹고 춤을 췄다.

소혜는 바다 내음이 물씬 나는 멍게를 들고 노래를 불렀다. 엄마의 돈으로 대학에 들어갔지만 그래도 명색이 음대생이었다.

그 사람 나를 보아도
나는 그 사람을 몰라요
두근거리는 마음은 아파도
이젠 그대를 몰라요
그대 나를 알아도
나는 기억을 못 합니다……

다시 태어나면 이문세처럼 살고 싶다는 여현수를 위해 소혜가 마스터한 노래 중 하나였다. 여현수는 소혜가 이 노래를 부르면 가슴이 찢어질 듯 아프다며 눈물을 글썽이곤 했다. 소혜는 진정으로 그 눈물을 사랑했다. 남들 앞에서는 강하고 카리스마 넘치는 남자지만, 소혜 앞에서는 어린아이처럼 구는 한 남자를.

그는 세상 모든 사랑이 지나가도 자신의 사랑은 지나가지 않는다고 장담했었다. 소혜를 보지 못하고 살아가야 한다면 차라리 자신의 두 눈을 찌르겠다고 맹세했었다. 그랬던 그가 두 눈 멀쩡히 뜬 채 자신을 버렸다는 슬픔에 소혜는 노래를 부르며 눈물을 떨궜다.

목이 메어와 눈물이 흘러도 사랑이 지나가면……

그래 이제 사랑은 지나갔다.

원하던 목표를 손에 넣자마자 변심한 여현수는 야미를 폐쇄하고 자신을 정리할 공작에 착수할 것이다. 아니, 치밀하고 계획적인 여현수의 특성상 작전은 이미 시작되었을 것이고 분명 야미에도 간첩을 심어놓았을 것이다. 그렇다면 그 스파이가 누구인지를 먼저 알아내야 한다.

소혜는 아직도 뿌루퉁해 있는 성곤에게 다가가 술을 따랐다.

"내가 항상 고마워하는 성곤 씨……. 당신이 없었으면 우리 야미도 없었을 거예요. 앞으로도 저와 야미를 지켜줄 거죠?"

성곤의 얼굴이 감동으로 휩싸였다.

"언제까지나……. 사장님을 위해서라면……."

성격은 나쁘지만, 자신에게는 참 충직하고 순종적인 사람이다. 그가 자신을 좋아한다는 것도 알고 있다. 하지만 성곤의 끈적끈적한 눈길을 받고 있으면 옷을 다 입고 있어도 발가벗고 서 있는 듯한 기분이 들었다.

얼마 전에는 실제로 발가벗은 모습을 성곤에게 들키기도 했다. 한밤중 성곤이 별채를 엿보고 있었던 것이다. 그날 이후 소혜는 성곤이 밤마다 상습적으로 자신을 훔쳐보고 있다는 것을 알고 그를 쫓아낼까 고민했었다. 하지만 성곤만 한 실력을 가진 주방장을 구하는 것은 쉽지 않았다. 그래서 대신 성곤의 못된 버릇을 고치기로 작정하고 지철을 이용했다.

성곤이 나무 위에서 별채를 훔쳐보고 있던 시각, 홀에 있는 책을 별채로 가져다 달라고 지철을 불렀다. 그날, 지철에게 들킨 성곤은 별채를 훔쳐보는 짓을 그만두었다. 대신 지철을 전보다 더 괴롭혔다. 호시탐탐 지철을 내쫓을 기회를 노렸다. 오늘 낮에도 그래서 그렇게 호들갑을 떨었을 것이다. 그깟 사시미칼 하나가 없어졌다고.

지철이 사라지고 나면 성곤은 다시 또 별채를 훔쳐볼 것이다. 그것이 수컷으로서의 호기심이나 욕정이라고만 생각했었는데 그게 다는 아니었는지도 모른다.

소혜는 찝찝한 마음으로 성곤을 뒤로하고 한쪽에서 손님들 뒤치다꺼리하느라 바쁜 지철을 향해 갔다.

"시다, 오늘은 서빙 안 해도 되니까 너도 맘껏 즐겨!"

소혜는 직접 맥주를 따라 지철에게 건네주었다.

지철은 맥주가 잔을 다 채우기도 전에 물었다.

"사장님, 무슨 일 있으세요?"

성곤이 자신의 옷을 벗기고 알몸을 훔쳐보는 시선이라면 지철은 맥주병을 들고 있는 손가락, 그 위로 돋아나 있는 푸른 정맥까지 한순간에 스캔해 소혜의 발가벗은 마음을 포착했다. 전에는 장점이라고 생각했던 지철의 남다른 섬세함이 이제는 불편하고 거슬렸다. 소혜는 정색하고 잡아뗐다.

"무슨 일?"

"아뇨. 그냥……."

"우리 건배하자."

지철이 술을 쭉 마시자 소혜는 그 잔에 다시 또 맥주를 따라주었다.

"다들 한 달도 못 버티고 나가는데……. 벌써 1년 넘었지?"

"네."

"비결이 뭐야?"

"네?"

지철의 얼굴 근육이 부자연스럽게 굳었다. 저녁때 2층에서 만났을 때처럼.

소혜는 그때 느꼈던 수상함을 다시 느끼며 지철을 빤히 보았다.

"우리 주방장님 밑에서 일하는 게 쉽지 않다는 거 나도 알거든. 그런데 어떻게 그리 잘 참고 견디느냐 말이야. 무슨 의지로?"

"그래도……, 그래도 장점도 있어요."

"응?"

"세상에 단점만 있는 사람은 없으니까요. 그러니까 우리 주방장님도……. 물론 무섭고 좀 거칠긴 하지만……."

지철은 평소답지 않게 횡설수설했다.

소혜는 그럴수록 바짝 신경을 곤두세웠다.

"지철이 너 여기 오기 전에 어디 있었다고 그랬지?"

"여수요."

여수!

여현수가 자기 고향인 부산보다 더 좋아하는 곳이 여수다. 가족과 나라를 위해 젊은 날을 바쳤지만 아무런 보람도 없이 광주지검 순천지청으로 유배당한 후 그는 극심한 충격과 혼란 속에서 지냈다고 했다. 그런데 여수가 자신을 도와줬다고, 그곳에서 자신은 다시 태어났다고 말하곤 했다. 해마다 7월이면 제2의 탄생을 자축하며 혼자 여수를 다녀오기도 했다. 그럴 때마다 소혜가 농담처럼 말했었다.

여수에 또 하나의 정부가 있는 것 아니냐고.

그럴 때면 여현수는 아무런 말없이 웃기만 했다.

그런데 지철이 그곳에 살았었다고?

소혜는 야미의 명함을 들고 1년 전 야미를 찾아왔던 지철의 모습을 떠올렸다. 주방장 밑에 있던 시다가 말도 없이 사라지는 바람에 마침 잘됐다 싶어 별생각 없이 받아들였는데 이제 와 생각하니 좀 이상했다.

쭉 여수에서 살았다는 애가 야미를 어찌 알고 찾아왔을까? 것도 달랑 명함 한 장만 들고 고향에서 짐을 싸 들고 온다?

소혜는 폭풍처럼 커지는 의구심을 감추며 지철의 빈 잔에 술을 다시 따라주었다.

"어쨌든 고마워."

"제가 고맙죠. 사장님한테 늘……."

순수하고 따뜻하다고 생각했던 지철의 눈빛이 오늘은 어두운 동공 속에 불순물이 가득 가라앉아 있는 듯 보였다.

"하라는?"

지철이 홀 한쪽을 가리켰다.

한물간 가수가 하라와 기타를 동시에 안고 기타를 연주하는지 하라를 연주하는지 한 몸이 되어 놀고 있었다. 그 옆으로 남자 손님들이 죄다 모여 있었다. 김모만 빼고.

그 광경을 보는 순간, 하라가 여현수의 간첩일 거라는 의심보다 저 자리는 자신의 자리였다는 상실감이 먼저 엄습했다.

새로운 얼굴과 젊음은 세상에서 가장 강력한 적이다. 그 누구도 그것들을 이길 수는 없다. 그래서 하라를 볼 때마다 소혜는 자기도 모르게 울적해지곤 한다. 때로는 하라가 가진 천박한 웃음소리마저 부러웠다.

천박함은 섹시하다. 아무리 연습하고 노력한다고 해서 얻을 수 있는 게 아니다. 세상 여자들이 점점 더 세련되어지고 시크해질수록 하라의 원초적인 천박함의 값어치는 높아갈 것이고, 세상 남자들은 그 매력에 빠져들 것이다.

여현수도 거기서 예외란 법은 없다. 아니, 여현수가 야미에 간첩을 심기로 작정하고 야미의 사람들에게 접근했다면 하라가 가장 먼저 넘어갔을 것이다. 어쩌면 이미 여현수의 지령을 받고 있는지도 모른다. 그래서인지 오늘따라 하라의 웃음소리가 평소보다 더 높고 크게 들렸다.

소혜는 하라를 둘러싼 군상들의 얼굴을 일일이 확인하고는 다시 또 열패감을 느끼고 싶지 않아 금용 앞에 홀로 서 있는 김모에게로 갔다.

"같이 안 놀고 뭐 해? 다들 저기 몰려있는데."

김모는 하라 쪽은 관심 없다는 듯이 금용만 주시하며 소혜에게 물었다.

"왜 얘는 안 먹어요?"

"지금은 먹이 줄 시간이 아니니까."

"그게 아니고 왜 얘는 안 잡아먹느냐고요, 사람들이."

금용을 이곳에 키운 후 처음 들어보는 질문이었다.

시가 1억짜리 물고기를 바라보며 감히 그런 생각을 품는 사람들은 없었다. 대부분 자기 몸값보다 높다며 상전처럼 대했다. 그러지 않는 김모를 보자 자신에 대한 욕이라도 들은 것처럼 소혜는 불쾌했다.

"아름답잖아. 이렇게 아름다운 물고기를 어떻게 먹니?"

김모가 이해할 수 없다는 표정으로 소혜를 빤히 보다가 다른 곳으로 가버렸다.

소혜는 자리를 뜨지 않고 그 자리에 서서 물끄러미 두 개의 수족관을 바라보았다. 사람들의 입을 만족시키는 먹이용 물고기들과 사람들의 눈을 만족시키는 관상용 물고기.

소혜가 이 두 개의 수족관을 마주 보게 놓은 것은 아로와나를 더 돋보이게 하려는 의도였다. 아로와나는 자신의 분신이었고, 사람들이 아로와나를 보며 감탄할 때마다 소혜는 자신이 칭찬을 듣는 것처럼 기분이 좋았다.

그런데 오늘따라 큰 탱크 수족관을 유유히 헤엄치는 아로와나가 외롭고 초라해 보였다. 그에 반해 먹이용 수족관의 물고기들은 북적북적 활기차 보였다.

그 이유를 곰곰이 생각해 보다가 소혜는 전혀 생각지 못한 진실과 마주쳤다.

세상엔 두 종류의 물고기가 있다.

사람들이 먹는 물고기와 먹지 않는 물고기.

그 둘을 가르는 기준은 '아름다움'이다.

사람들은 색감이 화려하고 아름다운 물고기들은 먹지 않는다.

반면 그렇지 않은 것들은 설사 독을 품고 있더라도 먹는다.

스무 살의 나이에 미스코리아 대회에 나가 '미'라는 타이틀을 획득했을 때부터 지금까지 소혜는 사람들이 '아름다움'을 숭배하고 찬양

한다고 생각했었다.

그런데 그게 아니었다.

사람들이 거무튀튀하고 회색빛의 물고기들은 아무렇지 않게 먹으면서 화려하고 아름다운 빛깔의 물고기들을 자기 목구멍 속으로 밀어넣기 꺼림칙해 하는 이유, 그건 자기와 다른 종족에 대한 배타성과 불신 때문이었다.

젊은 시절 소혜가 여현수의 아이를 낳고 싶다고 말했을 때 여현수는 딱 잘라 말했었다.

"너는 그런 여자가 아니야."

그땐 그 말이 좋은 뜻이라고 여겼다.

여현수와 아이를 낳고 같이 사는 사람은 엄민경이지만, 그녀가 가진 건 껍데기고 진짜는 자신이 가지고 있다고. 자신은 그런 여자들과는 다른 특별한 존재라고.

그래서 아이를 낳으면 몸매가 망가진다며 불임수술을 강요하는 여현수의 뜻에 순순히 따랐다. 사랑하는 사람의 아이를 낳고 그 아이한테 '엄마'라는 말을 듣고 싶다는 여자로서의 본능도 거세했다.

하지만 여현수는 애초에 자신을 수족관에 넣어두고 관상용으로만 보고 싶었던 것이다. 이제 관상용으로서의 가치가 떨어지자 미련 없이 폐기 처분하려는 것, 그것이 지금 이 상황의 핵심이자 본질이었다.

아무도 바라봐주지 않는 관상용 물고기는 존재 이유가 없다.

그것이 금용이 초라하고 쓸쓸해 보이는 까닭이었다.

소혜는 동병상련의 심정으로 수족관에 기댔다.

여현수에게 20여 년 동안 철저하고도 완벽하게 기만당했다는 아픔에 다리가 후들거렸다.

노화와 중력에 맞서 치열한 전쟁을 벌여온 소혜의 피부와 근육들이 전의를 상실하고 허무함에 쭈그러들었다.

항상 소혜의 통제 아래에 있던 스물두 개의 얼굴 근육들이 제멋대로 움직여 기괴한 표정을 만들어냈다.

그 모습에 아로와나가 놀라 다른 곳으로 달아난다.

소혜는 이대로 패배할 수 없다고 이를 악물었다.

자신의 인생을 농락하고, 이제 와 자신을 생매장시켜 은폐하려는 여현수를 용서할 수 없다는 분노가 한 번도 생명을 품어보지 못한 소혜의 자궁에 착상했다.

새로운 생명의 에너지를 수혈받은 소혜의 피부와 근육들이 전보다 더 팽팽해졌다.

이제부터 새로운 전쟁이 시작된다.

세상엔 나와 내 적인 여현수, 그리고 간첩들이 있을 뿐이다.

소혜는 비장한 눈길로 간첩을 색출하기 위해 야미를 둘러보았다.

4. 사건 Ⅱ

여현수 검찰총장이 남긴 직소 퍼즐은 한 개의 조각이 유실된 상태였다. 여현수가 어디를 1번으로 정했는지 겨우 찾아 퍼즐을 다 맞춰놓은 후에야 준명은 그 사실을 알았다. 499개의 조각을 다 맞췄지만 1개의 조각이 없는 바람에 직소 퍼즐은 영원히 미완성이었고, 퍼즐 위에 프린트된 클림트의 '유디트'는 눈 한쪽이 없었다.

그 때문에 원래 그림 속에서는 적장의 머리를 베어 들고 관능적인 표정을 지었던 것과 달리 퍼즐 속의 유디트는 총에라도 맞은 듯 퀭하고 음산한 느낌을 주었다.

나머지 조각을 찾기 위해 퍼즐이 들어 있던 여현수의 책상을 뒤져볼까 했지만 이미 여현수가 근무하던 총장실은 새로 부임한 총장이 차지했고, 여현수의 물건들은 모두 치워진 상태였다.

오늘로 여현수 검찰총장이 고래산에서 사체로 발견된 지 21일째였다.

준명은 사라진 유디트의 눈 한쪽을 찾는 대신 도통 다른 그림들과 맞춰지지 않는 하나의 퍼즐 조각, 김모에 대해 고민했다.

준명이 처음 김모에 대해 알게 된 건 여현수의 아내, 엄민경의 교통사고를 조사하면서부터였다. 4월 23일 여현수의 아내 엄민경은 경부고속도로 칠곡 부근에서 고속도로 분리대를 들이받고 즉사했다. 다음 날 여현수의 검찰총장 취임식이 있어 부산에 있는 시어머니를 모시러 가던 길이었다.

경찰들은 시속 150킬로미터로 달리다 찍힌 CCTV 화면을 근거로 엄민경이 과속 운전을 하다 사고를 당했다고 결론 내렸다.

아내가 평소 과속 운전을 하지 않는다는 것을 알고 있던 여현수는 경찰 조사에 의문을 품고 장례식을 치르자마자 준명에게 은밀히 재수사를 지시했다. 왜 하필 자기에게 그런 일을 시키느냐는 질문에 여현수는 시큰둥하게 내뱉었었다.

"네놈은 왕따니까."

"네?"

"그래서 믿을 수 있어. 어느 라인에도, 어느 패밀리에도 속해있지 않으니까."

"실망이네요. 저는 제 능력을 인정해 주셔서 저를 서울로 불러들이신 줄 알았는데……."

"능력 같은 소리 하고 있네. 너 빚 있어?"

"아뇨."

"그러니까 넌 능력 없는 거야. 능력 있는 사람들은 여기저기, 이놈 저놈한테 다 빚이 있어."

"그게 무슨 뜻이에요?"

"저 혼자, 제힘만으로 가질 수 있는 능력이라는 건 존재하지 않는다는 말이지. 빚쟁이는 언젠가 반드시 빚을 갚아야만 하고……."

"총장님도 그럼 빚쟁이세요?"

"그럼, 엄청난 빚쟁이지. 그래서 마누라 목숨도 팔아버린 거 아냐?"

"네?"

"그렇지만 난 절대 빚쟁이들한테 휘둘리지 않아. 빠져나갈 방법을 이미 생각해 두었으니까."

그때 준명은 여현수가 하는 말을 이해할 수 없었다. 어쨌든 그다음 날부터 바로 엄민경의 사고 조사에 착수했다.

가장 먼저, 경부선이 시작되는 서울에서부터 사고가 난 지점까지의 모든 고속도로 CCTV를 분석해 엄민경이 언제부터 과속했는지, 또 그 이유가 무엇인지 살폈다. 그러다 포르쉐 911을 발견했다. 추풍령 부근에서 찍힌 CCTV에 엄민경이 운전하고 있던 하얀 벤틀리가 검은 포르쉐와 속도 경쟁이라도 벌이듯 질주하고 있었다.

포르쉐 911의 차량 번호를 조회해 차주가 김모라는 것을 알아냈다. 준명이 이태원의 고급 빌라로 그를 찾아가 그날 혹시 엄민경과 레이스를 벌였느냐고 묻자 김모는 졸려 죽겠다는 듯이 하품을 하며 일축했다.

"내가 토끼예요? 그런 거북이 아줌마랑 달리기하게?"

두 사람 주변에 있던 차들을 확인해 목격자 증언을 받아보니 김모의 말대로 엄민경의 하얀 벤틀리는 초반 시속 90킬로미터를 유지했고, 그 때문에 뒤를 따르던 차들이 여러 번 클랙슨을 울리고, 앞지르기한 것은 맞았다. 그런데 엄민경과 같은 목적지인 부산을 가는 길이라 여러 번 엄민경의 차와 조우했던 운전자는 이상한 이야기를 했다.

검은 포르쉐와 국산 차 두 대가 서로 번갈아가며 엄민경의 하얀 벤틀리 주위를 포위했다는 것. 하얀 벤틀리가 속도를 높이거나 늦춰도 그 세 대의 차량은 떠나가지 않고 따라붙었기에, 목격자는 하얀 벤틀리에 엄청 높은 사람이 타고 있고 수행원들이 그 주위에 붙어가나 생각했다고 한다.

그 말을 듣고 CCTV를 다시 보니 유독 포르쉐 911과 국산 차 두 대가 엄민경의 차 주변에서 자주 발견되는 것을 알 수 있었다. 하얀 벤틀리가 우측 깜빡이를 켜고 휴게소로 들어가려고 할 때도 국산 차 두 대가 입구를 막는 바람에 하얀 벤틀리는 휴게소로 들어가지 못하고 그대로 달렸다. 하지만 그 두 대의 차 중에 김모의 포르쉐는 없었다.

그러다 다시 김모의 포르쉐 911이 엄민경의 벤틀리 근처에 나타난 건 이십 분 후. 추풍령 IC를 지난 지점에서 검은 포르쉐는 하얀 벤틀리를 뒤에서 몰고 오던 두 대의 차량 중 하나와 바통 터치를 하고 속도를 높였다.

엄민경의 벤틀리가 시속 130킬로미터를 넘기며 과속한 것도 그때부터였다. 엄민경이 포르쉐를 피해 차선을 옮기면 뒤에서 따라오던 국산 차들이 클랙슨을 울리며 엄민경이 속도를 줄이지 못하도록 압박했다.

엄민경이 김천 IC에서 밖으로 빠져나가려 했지만 국산 차 두 대가 둘러싸며 입구를 봉쇄했다. 그 때문에 엄민경은 멈추지도 밖으로 나가지도 못한 채 계속 앞으로 달려야만 했다. 그러다 한 시간도 못 돼 고속도로 분리대를 들이받고 전복되었다.

준명은 CCTV를 반복해 보면서 어렸을 때 시골에서 했던 토끼몰이가 떠올랐다. 앞발이 짧아 경사진 곳을 잘 내려가지 못하는 토끼의 특성을 이용해 토끼를 잡을 땐 산 위에서부터 아래로 토끼를 몬다.

눈이 하얗게 내린 겨울이면 준명은 친구들과 우르르 서서 토끼를 몰고 산을 내달렸었다. 잡히지 않겠다는 필사적인 생명력으로 아이들보다 빨리 달리던 토끼는 얼마 못 가 결국 나동그라졌고, 준명과 친구들은 제풀에 지쳐 쓰러진 토끼의 기다란 귀를 묶어 들고 좋아했었다.

CCTV 화면 속 엄민경의 하얀 벤틀리가 그때의 그 토끼라고 가정한다면 앞서거니 뒤서거니 하며 그 주변을 따르고 있던 검은 포르쉐와 국산 차 두 대는 토끼몰이꾼들이었다. 엄민경은 그들을 피해 달아나다 그때의 그 토끼처럼 나동그라진 것이 아닐까.

이 가정이 성립하려면 그들이 모두 한패라는 증거가 있어야 한다. 하지만 김모의 포르쉐와 국산 차 두 대의 운전자들은 서로 전혀 모르는 사이라고 잡아뗐다. 그날 경부고속도로로 들어간 지점도, 빠져나간 지점도 세 차가 모두 달랐다. 그래도 혹시 모른다는 생각에 조사해 봤지만, 그 세 사람은 학연도 지연도 전혀 관계없는 데다 나이도 제각각이어서 연관성을 찾을 수가 없었다.

그래서 준명은 여현수에게 엄민경이 단순한 교통사고로 죽은 게 아니라고 자신 있게 말할 수가 없었다. 하지만 마음속으로는 엄민경이 뒤따르던 무리 때문에 죽은 것으로 의심하고 있었다.

비록 그들이 직접적으로 부딪치거나 사고를 일으키진 않았지만, 엄민경의 정신을 압박했고 사고를 유도했다. 그러지 않았다면 엄민경이 죽었는데 어떤 심정이냐는 질문에 김모가 미안함이라고는 눈곱

만큼도 없는 표정으로 그런 말을 할 순 없었을 것이다.

"그렇게 멘탈이 약해서야 이 나라에서 어떻게 살아? 그 아줌마 잘 죽었네."

보통 사람들하고는 다른 고약한 비정함이 김모에게는 있었다. 그래서 여현수의 사체를 처음 발견하고 경찰에 신고한 사람이 김모라는 것을 알았을 때 준명의 의심은 확신으로 바뀌었다. 엄민경의 죽음 현장에 우연히 있었던 사람이, 그녀의 남편 사체를 처음 발견할 수 있는 가능성은 로또 1등에 당첨될 확률만큼이나 희박했기에.

준명은 김모의 주변을 샅샅이 뒤져 여현수 부부와의 관련성을 파헤쳤지만 아무것도 얻지 못했다. 그러다 김모가 자주 간다는 카페의 사장으로부터 야미에 대한 이야기를 들었다. 평소 늘 의욕 없고 무기력하던 김모가 활기를 되찾은 건 야미에 다녀온 후부터라고 했다.

"그 녀석은 미국에서도 비싸다는 식당은 다 가봤다는데, 야미만큼 자기 마음에 딱 드는 곳은 없다고 얼마나 침을 튀기며 칭찬을 하던지. 거기에 무슨 1억짜리 물고기도 있다나……. 세상에 그런 일식집이 어디냐고 내가 그랬었죠."

"실제로 있어요."

"그래요?"

"네. 김모가 그런 얘길 한 게 언제죠?"

"봄이었어요. 정확한 날짜는 기억 안 나지만 벚꽃이 흐드러지게 피었던 봄밤인 건 기억해요. 꽃이 너무 좋아 저기 저 앞에 있는 테라스에 앉아 그 녀석이랑 둘이 맥주 마시다가 들은 얘기니까."

올해는 유난히 벚꽃이 빨리 떨어졌다. 준명은 기상청에 문의해 서울에 벚꽃이 진 시기가 언제인지를 문의했다. 4월 19일, 봄비치고는 꽤 많은 양의 비가 내리면서 서울 시내의 웬만한 벚꽃들은 모두 떨어졌을 거라는 대답이 돌아왔다. 그렇다면 카페 사장이 김모에게 야미의 이야기를 들은 건 최소한 4월 19일 전이다. 그리고 그때는 엄민경의 교통사고가 일어나기 전이다.

준명이 엄민경의 교통사고와 여현수 피살 사건의 처음 시작점을 야미로 정한 것은 그 때문이었다. 모든 음모는 사건보다 앞서 벌어지기 때문이다.

김모는 4월 19일 이전에 야미에 갔었고, 그곳에서 야미의 네 사람 중 누군가와 접선했을 것이다. 그 누군가가 엄민경과 여현수의 살인을 교사하고 김모는 그 대가로 무언가를 받았다는 것이 준명의 추측.

하지만 아무리 조사해 봐도 김모는 야미의 네 사람 중 어느 누구와도 통장 거래를 하거나 전화 통화를 한 적이 없었다. 야미의 어느 그림하고도 김모가 들어맞는 부분이 없었다. 아니, 야미의 그림을 파악하는 것부터가 불가능했다.

야미에는 그 흔한 CCTV도 없어 누가 왔다 갔는지, 누가 누구와 만났는지를 전혀 알 수 없었다. 모든 것을 야미에서 일하는 네 사람의 말에 의존해야 했지만 여사장 소혜는 손님에 대한 기록도, 기억도 보존하지 않는 게 야미의 원칙이라며 준명이 본론을 꺼내기도 전에 굳게 입을 닫아버렸다.

주방장 성곤은 자신은 주방에서 요리만 할 뿐, 누가 손님으로 왔는지 무슨 일이 있었는지 애초에 알지 못한다며 발뺌했다. 홀 서빙 하라는 김모를 본 적 없다고 단호히 고개를 저었다. 주방장의 시다인 박지철은 만날 수조차 없었다.

야미를 찾아간 게 대낮이었는데도 불구하고 준명은 칠흑 같은 어둠

속에 있는 듯한 기분이 들었다. 어디가 길인지도 문인지도 알 수 없는 아득함. 그래서 야미를 나오자마자 지평파출소로 고 순경을 찾아갔는지도 모른다.

준명은 진아를 보자마자 덥석 손을 잡고 말했다.

"고 순경, 전에 날 도와주겠다고 약속했지?"

"네? 네……."

"안내자가 필요해. 나를 야미로 들어갈 수 있게 고 순경이 안내해주었으면 해."

진아는 준명을 돕고 싶었지만, 자신도 야미에 대해 알고 있는 것이 없었다. 지난번 야미를 찾아갔다가 가스총 봉변을 당한 이후, 지철에 대한 관심도 마음속 깊이 묻어버린 상태였다.

그런데 준명은 진아에게 지철을 회유해 볼 것을 부탁해 왔다. 야미의 네 사람 중 그나마 상식적이고 진아와도 친분이 있는 사람이 지철이니 그를 통해 야미로 들어가는 게 가장 빠를 것 같다고.

진아가 불만스레 입술을 씰룩거렸다.

"지철이 여현수 검찰총장을 죽였다고 의심하면서 나보고 살인자를 만나 도움을 받으라는 거예요?"

"그렇지만 고 순경은 박지철이 살인자라 생각하지 않잖아?"

"그야 너무 안 닮았으니까……."

진아는 준명에게 지철이 여현수의 혼외 자식일지 모른다는 이야기를 듣고 인터넷을 뒤져 여현수의 사진 수십 장을 찾아보았지만 지철과 닮은 구석을 하나도 찾을 수가 없었다. 한눈에 딱 봐도 작고 다부진 체형의 여현수와 180센티미터가 훌쩍 넘는 키에 호리호리한 지철은 부자지간으로는 보이지 않았다.

그래서 진아는 지철이 자신을 버린 것에 대한 복수로 생부인 여현수를 죽였을 거라는 준명의 추론에 동의할 수가 없었다.

"나도 꼭 그렇게 생각하는 건 아니야. 그저 그럴 가능성도 있다는 거지. 그런데……, 박지철이 야미에서 없어진 거 알아?"

"지철이가요?"

"그래. 어느 날 밤에 갑자기 사라져버려 야미에 있는 사람들도 어디로 갔는지 모른다고 하더라고. 이상하지 않아?"

"그러니까 송 검사님은 지철이가 범인이니까 도망을 간 거다. 그런 얘기예요?"

"그렇게 생각할 수밖에 없잖아? 갑자기 아무 말도 없이 사라지고 전화도 안 되니……."

"……."

"혹시 박지철과 연락할 방법 있어? 뭐 이메일이나 두 사람만의 은밀한 방법 같은 거."

"은밀한 방법은 무슨……. 나 걔랑 아무 사이도 아니에요!"

진아는 버럭 소리를 지르고 나서야 자기가 괜히 오버했다는 생각에 후회했다. 그 때문에 준명이 두 사람 사이를 더 의심할 것만 같았다.

진아의 걱정대로 준명은 같이 중국집에 가서도 짜장면을 먹다 말고 빤히 진아를 바라보곤 했다. 진아가 왜 그렇게 보느냐고 물으면 아무것도 아니라면서 어느 순간 코를 킁킁거리기도 했다. 진아에게서 지철의 냄새를 맡기라도 하려는 듯이.

준명이 그럴수록 진아의 마음은 지철의 편으로 기울었다. 지철이 살인자일지 모른다는 생각보다 지철이 이러다 꼼짝없이 살인 누명을 쓰는 건 아닌지 걱정됐고, 자기라도 지철을 도와줘야 할 것만 같은 의무감이 샘솟았다.

그래서 준명이 떠나자마자 지철에게 전화했지만 지철의 전화기는 준명의 말대로 꺼져있었다. 초조해하며 전화 좀 꼭 해달라는 문자 메시지를 남기고 밤늦게까지 기다렸지만, 전화는 오지 않았다. 대신 허기가 밀려왔다. 화가 날 때도, 슬플 때도, 외로울 때도, 즐거울 때도, 지루할 때도 왜 모든 감정이 식탐으로 귀결되는지 진아는 스스로의 생체 메커니즘이 한심했다.

역류성 식도염에 걸려 고생하면서도 어쩜 이렇게 미련스러울 수 있을까.

진아는 냉장고를 향해 가려는 다리를 결연히 꿇어앉히고 지철에게 받은 레시피북 복사본을 펼쳐 들었다.

지난번에 번역하다 만 일기를 번역하면서 머릿속을 가득 채운 식욕을 잊어볼 생각이었는데 눈동자는 애초의 의도를 배신하고 레시피북 윗부분에 쓰여 있는 한글 레시피를 더듬었다. 요리 이름을 보자마자 자동판매기처럼 지철이 해주었던 그 요리들의 맛이 떠오르며, 공복의 위장이 당장 음식을 넣어달라고 아우성을 쳐댔다.

진아는 더 이상 못 참고 냉장고를 향해 성큼성큼 걸어가 냉장고 문을 활짝 열어놓고 레시피북을 뒤져 자신이 가진 재료로 할 수 있는 요리를 재빠르게 찾았다. 가능한 요리가 딱 하나 있었다.

지철이 만들어 온 그 요리는 너무나 부드럽고 촉촉해 입에 넣자마자 녹는 맛이었다. 그래서 치즈나 계란이 재료일 거라 생각했는데 연두부라고 해서 놀랐었다.

아게다시도후(두부 튀김)의 레시피는 간단했다.

1. 연두부를 4등분한 후 전분에 묻혀 튀긴다.

2. 다시 국물에 간장, 설탕, 미림을 넣고 끓인 후 쪽파와 팽이버섯을 넣고 한 번 더 끓여 1에 부어준다.

3. 그 위에 하나가쓰오부시를 얹는다.

하나(はな)는 꽃이라는 뜻이니까 하나가쓰오부시는 꽃같이 잘게 썬 가쓰오부시를 말할 테지만, 어차피 가쓰오부시 자체가 없으니 그 부분은 패스.

나머지는 레시피대로 했지만 연두부를 너무 오래 튀겨서인지 자신이 만든 아게다시도후는 지철의 그것과는 너무나 달랐다. 한밤중에 주방을 엉망진창으로 어질러놓고 요리한 게 후회스러울 지경이었다.

그래도 활활 불타올랐던 식탐을 진압하는 데는 효과가 있었다. 공복의 갈증을 해소하고 레시피북 복사본을 바라보고 있자니 애써 묻어두었던 호기심이 되살아났다.

이 일기 속에 나오는 아기가 정말 야미의 주방장일까? 지철은 왜 더 이상 일기 번역은 필요 없다고 했을까?

진아는 그전 내용을 떠올리기 위해 마지막으로 번역했던 일기를 다시 찾아보았다. 그 일기는 노트의 중반쯤에 있었다.

라멘집 사장이 일할 때 성곤을 데리고 오는 것을 점점 싫어한다.

처음 일을 시작할 때 미리 양해를 구했고, 성곤도 이제 네 살이나 돼서 안 울고 혼자 잘 노는데 왜 그러는지 모르겠다.

전에 스시집을 했었다며 스시 만드는 법을 가르쳐 주겠다고 하더니 여자가 칼을 들고 있으면 무서워서 남자가 접근을 못 한다며 엉뚱한 핑계만 대고 가르쳐주지 않는다.

실망스럽다.

그다음 장은 한 달이나 더 지나서 쓰인 일기였다.

올해가 1971년.

한국에서 이곳에 온 지도 11년째다.

아버지가 북으로 넘어간 이후로 빨갱이 집안이라는 말이 듣기 싫어 이곳에 왔는데, 돈 많이 벌어 엄마와 오빠도 데려오겠다고 생각했었는데……. 현실은 너무나 버겁다.

성곤의 아빠는 이제 돌아올 것 같지도 않고, 이제 그만 고향으로 가고 싶다. 엄마가 끓여주었던 양태 미역국이 지독하게 그립다.

그런데.

엄마는 오빠가 북에서 넘어온 아버지의 친구와 만났다는 이유로 잡혀갔다며 절대 한국으로 돌아오지 말라고 편지를 보냈다.

죽어도 이곳에서 죽으라고…….

……그 말이 너무나 무섭다.

여자의 일기는 점점 더 우울해졌다.

중간중간 라멘집 사장에 대한 분노와 증오를 터뜨리기도 했다.

그에게 무슨 일을 당한 것 같았지만, 자세한 내용은 없었다. 그러다 한참 뒤에 눈물에 젖은 듯 번진 글씨체로 된 짧은 일기가 있었다.

내 자식이 보는 앞에서 어떻게 그런 짓을…….

여자로 태어난 게 한이다…….

진아는 그 글을 읽는 순간 자기도 모르게 울컥해졌다. 딱 두 문장만으로도 그녀가 무슨 일을 당했는지, 어떤 심정인지 짐작할 수 있었다.

이것이 여자의 직감인가.

진아는 가슴이 먹먹해지는 안타까움에 잠 못 이루고 남은 일기들을 마저 번역했다. 뒷부분은 성곤의 아빠가 쓴 것으로 글씨체도 앞부분과는 달랐다. 그런데 그 첫 번째 일기 내용이 좀 이상했다.

성곤의 엄마는 내가 잡아먹었다.

오늘부터 성곤은 아빠가 키운다.

자신이 번역을 잘못한 게 아닌지 다시 한 번 확인했지만 확실했다. 장난으로 쓴 표현인지는 모르겠지만, 이후로 아이의 엄마 이야기는 등장하지 않았다.

성곤의 아빠라는 사람은 스시집에 취직해 일을 배우며 자신의 스시집을 차릴 계획으로 희망에 차있었다. 성곤이 다른 아이들보다 성격이 거칠고 잘 싸우는 것이 그의 유일한 걱정거리였다.

레시피북 마지막 장에 쓰인 일기는 성곤이 초등학교에 들어갔다는 내용이었다. 성곤의 아버지는 일본에서 가장 훌륭한 스시집을 차리고 그것을 나중에 성곤에게 물려줄 것이라고 다짐했다.

진아는 밤새 번역한 그 내용들을 지철의 이메일 주소로 보냈다. 지철이 그것을 읽을지 안 읽을지는 알 수 없었지만, 진아는 그렇게라도 해야 할 것만 같았다. 아니, 꼭 읽어보기를 간절히 바라면서 '나는 너를 믿으니 꼭 전화 달라'는 메시지를 첨부했다.

다음 날 파출소에서 일을 하며 수시로 지철이 메일을 열어봤는지 체크했다. 그러다 오후 두 시경 지철이 메일을 열어 보았다는 표시가 떴다.

진아는 기뻤다. 헤어진 연인과 다시 만나기라도 한 듯 흥분되었다. 그래서 밖에 누가 자기를 찾는다는 말을 들었을 때 그 사람이 지철이라고 무작정 믿고 뛰어나갔다.

그런데 파출소 앞에 서 있는 사람은 하라였다.

하라는 진아를 보자마자 진아의 손에 들려있던 핸드폰을 낚아채 달아났다.

"뭐 하는 거야?"

"이거 돌려받고 싶으면 지철이 어디 있는지 말해!"

"뭐?"

"말하라고. 당장 도로에 던져 깨부숴 버리기 전에."

"지철을 왜 나한테 와서 찾는데? 네 남자 친구라며?"

"진짜 지철이 어디 있는지 몰라?"

"모른다고."

"이거 비밀번호 뭐야?"

"내가 왜 내 핸드폰 비밀번호를 너한테 말해?"

"지철이랑 통화했는지 안 했는지 확인해 봐야 네 말이 진짠지 아닌지 알 거 아냐?"

"내가 왜 그걸 너한테 확인해 줘야 되는데."

"지철이 어디다 숨겨놨어? 지철이 지금 네 집에 있지?"

"뭐?"

"아님 바로 핸드폰 까든가. 비밀번호 말해!"

"싫어!"

그 순간 하라의 손에 들려있던 핸드폰이 파출소 옥상을 향해 날아갔다. 포물선을 그리며 날아간 핸드폰이 어딘가에 툭 떨어지는 순간, 진아의 인내심도 마침표를 찍었다. 진아는 두 손끝에 힘을 주고 하라의 머리통을 움켜쥐었다.

그 순간, 하라가 닭똥 같은 눈물을 뚝뚝 흘렸다.

갑자기 이건 또 무슨 퍼포먼스?

진아가 다시 하라의 머리통을 쥐고 흔들려고 하자, 하라가 그대로 바닥에 주저앉으며 울먹였다.

"나 임신했어……. 그러니까 우리 아이 아빠……. 지철이 어딨는지 말해 줘!"

진아는 예상치 못한 충격에 멍해져서 힘없이 두 팔을 내렸다.

하라가 진아에게 가까이 다가와 진아의 다리를 붙잡고 애원했다.

"그러니까 지철이 돌려줘. 제발……."

진아는 하라의 눈에서 떨어져 내리는 눈물과 하라의 손에서 전해지는 끈적끈적한 기운이 늪처럼 자신의 다리를 잡아당기는 듯한 느낌에, 그 늪에 머리까지 빨려 들어갈 거 같은 섬뜩함에 하라의 몸에서 자기 다리를 빼냈다.

"나 진짜 지철이 어디 있는지 몰라……."

하라가 빤히 진아를 바라보다 울먹이며 말했다.

"핸드폰 까서 보여주기 전에는 안 믿어. 아니면 날 네 집에 데리고 가든가."

사다리를 동원해 파출소 옥상에 올라가 찾은 핸드폰은 나뭇잎의 그물맥처럼 액정이 깨진 상태였다.

진아는 쓰린 속을 부여잡고 비밀번호를 입력해 핸드폰을 열었다. 자신이 어젯밤 지철에게 걸었던 발신 기록과 연락 달라고 보낸 문자 메시지를 하라에게 보여주었다.

"이제 내가 지철을 숨겨놓지 않았다는 거 증명됐지?"

하라가 주먹으로 눈물을 쓱 훔치고 눈꼬리를 치켜세웠다.

"그래도 네가 내 생각대로 우리 지철이 꼬드기는 건 맞네?"

"뭐?"

"어쩐지, 지철이 너 같은 여자한테 관심 있을 애가 아닌데. 나이도 많은 게 왜 우리 지철이한테 껄떡거려! 내가 분명히 경고했잖아!"

"허……, 참……."

진아는 이제야 왜 역류성 식도염이 낫지 않는지를 알 것 같았다. 식탐이 원인이라고 생각했었는데 그게 아니고 원인은 하라였다. 하라만 만나면 숨이 턱 막혀오고 목구멍으로 쓴 물이 넘어왔다. 진아는 자신의 눈앞에 서 있는 스트레스 덩어리를 다시는 상대하지 않겠다는 생각으로 돌아섰다.

하라가 그 뒤에 대고 소리쳤다.

"일주일 전 갑자기, 갑자기 지철이 사라졌어! 방문도 열어놓고 아무것도 안 가지고."

진아는 걸음을 멈추지 않고 그대로 걸어갔다.

"그 새끼가……. 그 새끼가 지철이를 어떻게 한 거야."

그 말에 진아의 머릿속으로 지철을 향해 돌팔매질하던 주방장의 험악한 표정이 번뜩 떠올랐다. 진아가 발길을 멈추고 돌아보니 하라는 후드득후드득 눈물을 떨구며 몸을 잔뜩 움츠렸다.

"그 새끼가 이젠 날 죽일 거야. 무서워."

"그게 무슨 소리야?"

"지철이를 없앴으니까 이제는 날……. 날 묻어버릴 거야."

하라는 다리까지 후들후들 떨었다.

고래고래 악을 쓰고, 억센 손으로 자신의 머리채를 흔들어대던 사람과 같은 사람이라는 것이 믿기지 않을 만큼 하라는 너무나 작고 불쌍해 보였다.

진아는 하라에게 다가가 따뜻하게 달랬다.

"도대체 무슨 말이야? 천천히, 천천히 좀 얘기해 봐."

"지철이가 날 지켜 준다고 했는데……. 지철이가 날 지켜 준다고 했는데 그 새끼가 우리 지철이를 없애버렸어."

"그 새끼가 누군데? 주방장?"

하라는 세차게 고개를 저었다.

"그럼 누구?"

하라는 감히 말하는 것마저 두렵다는 표정으로 인상을 찡그리더니 불안한 표정으로 주위를 두리번거리다 진아의 등 뒤로 바짝 붙었다. 공포에 떠는 하라의 눈에서 떨어져 내리는 눈물이 진아의 등을 뜨겁게 적셨다.

진아는 더는 얘기하는 게 무리라는 생각에 하라를 순찰차에 태우고 야미로 향했다. 차를 타고 가면서도 오들오들 떨던 하라가 뜬금없이 '해피 버스데이 투 유'를 불러달라고 했다.

"너 오늘 생일이야?"

"아니. 그래도 불러줘. 그래야 진정이 될 것 같아."

"해피 버스데이 투 유. 해피 버스데이 투 유. 해피 버스데이 투?"

"하라야. 내 이름."

"해피 버스데이 투 하라……. 해피 버스데이 투 유."

"한 번 더."

진아가 두 번이나 더 '해피 버스데이 투 유'를 부르고 나서야 하라는 안정을 되찾고 몸을 떨지 않았다.

어느새 차는 야미에 도착해 있었다.

하라의 말로는 리모델링 때문에 휴업 중이라지만, 공사 자재나 인부들은 그 어디에도 보이지 않았다. 멈춰버린 기계처럼 야미는 썰렁하고 괴기스러울 만큼 조용했다.

하라는 그곳으로 잽싸게 들어가 2층의 가운데, 자기 방문을 열었다. 진아는 하라를 뒤따라 들어가며 방바닥에 놓인 전기 충격기와 야구방망이, 쇠망치 등등의 각종 무기들을 뜨악하게 바라봤다. 그중에는 지난번 자신에게 쏘았던 가스총도 있었다.

"이게 다 뭐야?"

"그 새끼한테서 나를 지켜야 하니까."

"그러니까 그 새끼가 누군데?"

하라는 누가 듣기라도 할세라 목소리를 죽이고 속삭였다.

"차 대표……."

"차 대표? 그 사람이 누군데?"

"연예 기획사 사장이야. 유명한 아이돌들도 많이 데리고 있고."

"근데?"

"몇 년 전에 가수가 되려고 거기 들어가서 연습생으로 있었어. 근데 차 대표 그 새끼 아주 악질이야. 연습생들 따먹고 다른 놈들이랑 자라고 시키고. 자기가 시키는 대로 안 하면 바로 산으로 끌고 가서 묻어버려."

"뭐?"

"내 친구도 그렇게 생매장당해 죽었어. 나도 그럴 뻔하다가 도망쳤고."

"말도 안 돼. 어떻게……."

"지철이도 그 새끼가 묻어버렸을 거야. 그렇지 않았으면 나한테 아무 말도 없이, 아무것도 안 가지고 사라질 리가 없어."

"아냐. 지철인 무사해."

"그걸 네가 어떻게 알아?"

"내가 메일 보냈는데 오늘 확인한 거 봤으니까."

"그 메일을 확인한 사람이 그 새끼면?"

"……."

진아가 대답을 못 하고 눈을 크게 뜨자 하라는 손으로 창문 쪽을 가리켰다. 원래 유리창이 있던 곳을 철판으로 완전히 막아놓은 것이 보였다.

"지철이 해준 거야. 그 새끼가 못 들어오게."

"차 대표인가 뭔가 하는 그 사람이 여기까지 왔었단 거야?"

"그래. 그 새끼 피해서 야미에 숨어 살았는데 그 새끼가 어떻게 알아내고 자물쇠까지 부수고 내 방에 들어와……."

하라는 두려움에 질린 표정으로 한쪽 벽 앞에 붙여놓은 신문지를 손끝으로만 잡아당겼다. 테이프로 고정해 놓았던 신문지가 툭 뜯어지며 붉은 피로 범벅된 벽이 보였다. 하라가 그 붉은 벽을 보자 식은땀을 흘리며 다시 오들오들 떨었다.

"이것도 그 사람이 그런 거야?"

"응……."

"그런데 경찰에 왜 신고 안 했어?"

"검찰총장도 해결 못 한 걸 경찰이 어떻게 해?"

"뭐?"

"그 아저씨도 그 새끼 못 막았다고. 결국 그 새끼한테 당해 뒈졌고."

"그게 무슨 말이야? 혹시 지난번에 죽은 검찰총장 말하는 거야?"

"그래."

"그 사람을 죽인 게 그러니까 그 차 대표라고?"

"그래! 내가 그 아저씨한테 그 새끼 잡아넣어 달라고 했더니 그 새끼가 먼저 선수 친 거야. 지철이 나를 지켜주니까 그 새끼가 지철이까지. 아악……! 이제 난 어떡해? 난 어떡해!"

하라가 히스테리를 부리며 좁은 방 안을 돌기 시작했다.

그 때문인지 진아의 머리도 빙빙 돌기 시작했다.

수십 개의 물음표가 뇌 속을 둥둥 떠다녔다. 뇌의 한 부분이 낚싯바늘 같은 그 물음표에 낚였는지 지끈지끈 편두통이 밀려왔다. 목에서는 쓴 물이 넘어왔다.

그때 옆방에서 무언가 쿵 하는 소리가 들려왔다.

하라가 걸음을 멈추고 바짝 긴장했다.

"지철이 방이야."

진아가 그 말에 황급히 밖으로 나가려 하자 하라가 겁에 질린 표정으로 진아의 옷자락을 붙잡았다.

"그 새끼일지도 몰라."

"넌 그럼 여기 있어. 내가 먼저 나가볼게."

진아가 방바닥에 놓여있던 야구방망이를 집어 들려고 하자 하라가 대신 전기 충격기를 건넸다.

"이게 더 나을 거야."

진아는 하라의 말대로 전기 충격기를 손에 쥐고 문을 열었다. 진아가 문밖으로 나가자마자 하라가 여러 개의 자물쇠로 안에서 문을 잠그는 소리가 들렸다. 복도에서 하라의 방 왼쪽 편 방문을 잡아당기자 문이 스르르 열렸다. 진아는 안으로 들어가지는 않고 밖에서 큰 소리로 외쳤다.

"안에 누구야? 지철이니?"

묵중한 발자국 소리가 들렸다. 진아는 전기 충격기의 작동 버튼에 손가락을 대고 문 옆에 바짝 붙어 섰다. 지철의 방에서 걸어 나와 문을 연 사람은 주방장이었다. 진아는 안도감에 전기 충격기를 치켜들고 있던 손을 내렸다.

"주방장님이 왜, 왜 여기 있어요? 남의 방에?"

"그러는 넌 왜 남의 가게에 있어?"

"저는……, 하라 때문에……. 지철이가 어디론가 없어졌다면서요?"

"미친년. 그래서 그놈 찾아달라고 경찰에 신고했어?"

"뭐 그런 셈이죠."

"그 새끼는 여기서 일하기 싫으니까 가버린 거야."

"아무 말도 없이 사라졌다는데요?"

"그런 놈들이 한둘인 줄 알아? 그만두고 싶으면 말 한마디 없이 사라지는 게 이 바닥이야. 싸가지 없는 새끼들."

성곤은 불만 가득한 표정으로 벽을 발로 툭툭 차댔다. 그제야 진아는 성곤이 신발을 신은 채 지철의 방을 돌아다니다 나온 것을 알게 되었다. 자기 방도 아니건만 불쾌했다.

"근데 지철이 방에서 뭐 하고 계셨어요?"

"뭐 하긴. 새로 올 사람 위해서 그만둔 새끼 짐 정리하고 있었지."

그 말이 무색하게 열린 문 사이로 보이는 지철의 방은 무언가를 찾아 헤집어놓은 듯 어지러웠다. 주방장은 아까부터 한 손을 뒤로 감춘 채였다. 진아는 의심스럽게 그 모습을 바라보다 그동안 궁금했던 것을 불쑥 물었다.

"주방장님, 혹시, 일본에서 산 적 있어요?"

순간, 성곤의 눈빛이 날카로워졌다.

"왜 그런 걸 물어?"

"그냥……, 여기가 일식집이니까. 일식 요리 배우려고 일본에 갔다 온 사람들도 꽤 있다고 하길래……."

성곤의 험악한 표정에 질려 진아는 자기도 모르게 거짓말을 둘러댔다.

성곤은 대답 대신 살벌한 눈빛으로 진아를 머리끝부터 발끝까지 훑어보았다. 그 순간, 성곤이 뒤로 감추고 있던 손에서 무언가가 툭 떨어졌다.

복도에 떨어진 건 사시미칼이었다. 그 어떤 것이든 베어버릴 듯한 길고 날카로운 사시미칼의 등장에 진아는 가슴이 철렁했다. 사진으로 보았던 미나모토아키타다가 떠오르며 이마에서는 식은땀이 죽 흘러내렸다.

"그거……, 혹시……, 그때 잃어버렸다던 그 사시미칼?"

성곤이 피식 비웃으며 바닥에 떨어진 칼을 주워들었다.

"이건 그거보다 훨씬 비싼 쇼긴이야, 쇼긴. 모든 요리사가 꿈꾸는 칼이지."

날카롭고 차가운 은빛 몸체와 성곤의 손이 합체되자 칼은 몇 배로 더 압도적인 기운과 살기를 내뿜었다.

진아는 본능적으로 손에 들고 있던 전기 충격기를 제대로 잡으려다 놓치고 말았다. 난감한 표정으로 성곤의 눈치를 살피며 진아가 전기 충격기를 집으려 하는 순간, 성곤이 비웃음을 지으며 진아 쪽으로 한 걸음 더 다가왔다. 전기 충격기를 신발로 짓밟고 손에 들고 있던 사시미칼을 치켜들었다.

진아는 하얗게 질려 한 마리 은빛 갈치처럼 허공을 가르는 사시미칼을 바라보았다. 창문으로 쏟아져 들어온 햇살이 칼에 잘려 산산조각으로 부서졌다. 그 조각 중 하나가 붉은빛을 띠었다.

소혜는 별채 쪽에서 차를 몰고 나오다 야미 앞에 세워진 경찰 순찰차를 보고 브레이크를 밟았다.

돌아보니 야미 출입문에서 황급히 뛰어나오는 고 순경이 보였다.

밖으로 나온 고 순경은 몸을 반으로 접은 채 몇 번 깊게 숨을 들이쉬고 나서야 야미를 뒤돌아봤다.

소혜는 그 모습을 바라보다 밟았던 브레이크 페달에서 발을 떼고 야미 뒤편에 있는 T골프장을 향해 차를 몰았다.

여현수가 고래산에서 죽은 이후, T골프장을 찾는 사람들이 부쩍 줄었다. 원래 호텔업자였던 골프장 소유주는 호텔 사업까지 적자가 나 부도 위기에 몰리자 골프장을 팔기로 마음먹고 매물로 내놓았다. 하지만 불경기에 천억이나 되는 골프장을 선뜻 사겠다는 사람은 나오지 않았다.

그래서 직접 구매자를 물색하던 골프장 소유주는 소혜가 여현수의 정부로 20여 년을 사는 동안 뒤로 챙긴 재산이 엄청날 것이라는 소문을 들었다.

그때부터 골프장 소유주는 집중적으로 소혜에게 골프장을 인수하라고 설득했다. 소혜가 반응이 없자 여현수 때문에 자기가 피해를 본 것이니 소혜가 책임을 지는 게 당연하다고 강하게 압박도 했다. 그래도 안 통하자 골프장이 야미와 가까우니 함께 묶어 운영하면 시너지 효과가 클 거라고 컨설팅 전문가까지 대동해 설득했다.

소혜는 생각 좀 해보겠다며 휴업 중인 골프장 사용을 허락받았다.

골퍼들이 라운딩하는 사이사이 쉬는 용도로 만들어진 그늘집에 청와대 민정수석인 K가 먼저 와 소혜를 기다리고 있었다.

소혜는 별채에서 직접 만들어 온 아이스커피를 K에게 건넸다. K가 바짝 긴장한 얼굴로 애써 미소를 지으며 말했다.

"여기 진짜 조용하고 좋군요."

"60만 평이나 되는 곳에 사람은 딱 두 사람뿐이니 그럴 수밖에요."

"진 사장이 이거 인수할 겁니까?"

"그럴까요? 뭐 수석님이 원하신다면."

K가 멈칫하고 소혜를 빤히 보았다.

소혜의 입에서 그런 이야기가 나올 줄은 전혀 예상하지 못한 K였다.

소혜는 여유롭게 아이스커피를 마시며 저수지 쪽의 전경을 둘러보았다. K는 어찌할까 갈등하다 고개를 떨구며 반성문을 읽는 아이처럼 진지하게 고백했다.

"진 사장, 그때 일은 미안했어요. 엄 회장님이랑 워낙 오래전부터 잘 알고 지내던 관계라서……."

"민경 언니 아버지가 민정수석님의 오랜 스폰서다? 지금 그 얘기 하시는 거예요? 겁 없이 이런 대낮에?"

"그게 아니라, 전 정말 여 선배를 위해서……. 뭐 그래서 검찰총장에도 추천한 건데, 이렇게 될 줄 알았더라면 하지 말 걸 그랬나……."

"본인이 법무부장관이 되려고 미리 포석하신 거잖아요."

본심을 들킨 K의 얼굴이 붉어졌다.

K는 그것을 감추려고 커피를 들이켜자, 컵 속에 있던 얼음 한 덩어리가 그의 목구멍으로 들어갔다. 다른 생각을 하던 K는 목에 느껴지는 갑작스러운 냉기에 놀라 컥 하며 얼음을 토해냈다.

"뭐 독도 아닌데 굳이……."

소혜가 가소롭다는 표정으로 핀잔을 주자 K는 손수건으로 입가를 닦아내며 민망스러운 웃음을 지었다.

"의사가 찬 것을 먹지 말라고 해서 말이죠."

"어머, 수석님! 병원에 다녀오셨나 보네. 어디 안 좋으세요?"

"뭐, 스트레스를 많이 받고 과로하다 보니……."

"그거야 청와대에서 일하시는 분들이라면 누구나 겪는 일인데."

청와대 수석은 길어봐야 5년. 대부분 2년을 못 채우고 교체됐다. 그 기간 안에 확실히 눈도장을 찍어 미래의 직책을 보장받는 것, 그것이 청와대에서 일하는 사람들의 공통 목표였고 K 역시 그랬다.

K가 검찰에서 정계로 옮긴 건 법무부장관이란 목표가 있었기 때문이었다. 그 목표를 위해 K는 수단과 방법을 가리지 않고 비서실장과 대통령의 신임을 얻어냈다. 자신이 추천해 검찰총장이 된 여현수가 청와대와 대립하기 전까지 K의 계획은 순조로웠고 목표 달성은 당연하게 보였다.

그런데 여현수가 그것을 망쳐버렸다. 누구보다 권력에 복종하며 살아온 여현수가 갑자기 정의의 사도로 돌변할 줄 K는 전혀 예상하지 못했다. 처음 진소혜를 정리하고 떳떳하게 살겠다고 했을 때부터 여현수의 변심을 의심했어야 했다. 그렇게 하지 못하고 여현수를 도운 것이 K의 실책이었다.

소혜가 K의 마음을 다 안다는 듯이 상체를 가까이 대며 속삭였다.

"지난번에 수석님이 야미에 와서 하셨던 말 기억나세요?"

"어떤?"

"케미로 보나 코드로 보나 저는 수석님이랑 더 잘 어울린다고 하셨잖아요?"

"당연히 기억나죠."

"지금도 그렇게 생각하세요?"

"네?"

"솔직히 저 혼자 이곳을 운영할 엄두가 안 나서요. 수석님이 도와주신다면 모를까. 아니면 다른 분을……."

엄민경과 엄 회장이라는 거물 스폰서를 잃고 법무부장관이란 목표에서도 멀어진 K는 소혜가 다른 말을 하기 전에 냉큼 고개를 끄덕였다. 소혜가 어느 정도의 재산을 가졌는지는 모르지만, 이 정도의 골프장을 쉽게 손에 넣을 수 있는 재력가라면 새로운 스폰서로 모시기에 충분했다. 게다가 소혜처럼 유능한 로비스트를 얻게 된다면 잃어버린 꿈을 되찾는 것도 시간문제였다.

"우리처럼 코드에 맞는 사람이 어디 그렇게 흔한가요? 하하하."

소혜는 그런 K를 보며 같이 웃어주다가 정색하고 질문했다.

"수석님은 로베스피에르가 왜 죽었다고 생각하세요?"

"네? 아, 프랑스 혁명을 주도한 로베스피에르 말인가요?"

"네."

"음, 너무 많은 사람들을 단두대에 올렸기 때문이겠지요. 루이 16세와 마리 앙투아네트, 그리고 1년 동안 일만 칠천 명이 넘는 사람들을 죽였으니까."

"그래서 흡혈귀라는 말을 듣지만, 또 반대편에서는 가난한 인민의 벗이라는 평가도 받고 있죠. 금전적, 도덕적으로 너무나 완벽해서 절대 부패하지 않을 유일한 사람이라는 칭송도 들었고……."

"그랬지요. 뭐, 세상에는 다양한 시각들과 평가가 있는 법이니까."

"수석님은 그중 어떤 시각과 평가가 마음에 드세요?"

"음."

"전 역사는 진실도 사실도 아니라고 생각해요. 그저 취향일 뿐."

"취향이라……."

"네. 기록하는 자들의 취향이자, 받아들이는 자들의 취향이 결합한 게 역사 아닐까요? 그것을 시각이니 관점이니 돌려 말하지만. 단도직입적으로 수석님은 어떤 취향이세요?"

"제 취향이라……."

K는 뒷말을 이으려다 멈칫하고 신중한 표정으로 소혜를 보았다.

"진 사장은 어떤 취향이신가요?"

"전 로베스피에르가 너무나 완벽해서 죽은 거라고 생각해요. 그가 무자비하게 사람들을 많이 죽여서가 아니라, 아무도 그의 도덕성과 완벽성을 넘어설 수 없다는 공포. 그 공포심이 로베스피에르를 단두대에 올렸다고……."

눈치 빠른 K가 소혜의 심중을 읽고 대답했다.

"역시 취향도 저랑 같으시군요. 이 세상은 깨끗하고 정의로운 사람들일수록 제명을 못 누리는 법이지요. 여 선배도 그렇고……."

소혜가 만족스러운 표정으로 고개를 끄덕였다.

진아는 파출소로 돌아오자마자 준명에게 전화를 걸어 조금 전 야미에서 있었던 일을 이야기했다. 하라는 차 대표라는 사람이 여현수 검찰총장과 지철을 죽였다고 생각하지만 자기는 주방장이 의심스럽다고.

"지철이한테 무슨 일이……. 지철이가 설마, 죽은 건 아니겠죠?"

—그렇게 걱정이 돼?

"그야 당연히……. 아니, 뭐 개인적인 감정이 있어서가 아니라 내가 알던 사람이 살해당했을지도 모르니까……."

—차 대표라는 사람은 내가 알아볼게.

준명은 진아와 통화를 끝내자마자 하라가 말한 차 대표라는 사람을 조사해보았지만 이렇다 할 혐의점은 찾을 수가 없었다. 차 대표는 한류 붐을 일으킨 엔터테인먼트의 주역으로 기획사 소속 가수들에게나, 주변 관계자들에게나 좋은 이야기만 들렸다.

직접 만나본 차 대표는 얼마 전에 세무조사까지 샅샅이 당했는데 그때도 아무 문제가 없었다며 도대체 검찰이 자기한테 왜 이러는지 내심 불쾌해했다.

진아는 진아대로 가만히 있을 수가 없어 홍 경사를 꾀어 다시 야미에 갔다. 야미가 휴업 중인 줄 모르고 야미에서 식사를 대접하겠다는 말에 홍 경사는 차에 탈 때부터 입맛을 쩝쩝 다셨다. 야미에 다 도착해서야 진아는 사실대로 털어놓았다.

"팀장님도 그 주방장 보셔서 아시잖아요. 사람 하나쯤 어떻게 해서 정원 어딘가에 묻어 버렸을지도 몰라요."

홍 경사가 붉으락푸르락한 얼굴로 진아를 쏘아보다 차창 밖을 흘끔 보고는 헛웃음을 지었다.

"고 순경 수고할까 봐 포클레인이 미리 땅 다 파놓았나 보네?"

"네?"

그제야 진아도 시선을 돌려 밖을 보았다. 야미의 정원 곳곳이 포클레인과 중장비들로 파헤쳐진 상태였다. 진아와 홍 경사가 차 밖으로 나가자 한쪽에서 포클레인 기사와 이야기하던 주방장이 돌아보았다. 홍 경사는 흘끔 주방장을 일별하고 진아에게 퉁명스레 말했다.

"뭐 해? 얼른 시체 안 찾아보고?"

진아는 주방장이 그 말을 들을까 봐 간이 오그라들었다. 다행히 주방장은 별다른 반응을 보이지 않고 다가왔다.

"이번에는 또 무슨 일로."

"그게 우리 고 순경이……."

진아는 잽싸게 홍 경사의 입을 막았다.

"우리 팀장님이 그때 그 우동이 너무 맛있었다고 그래서……. 그래서 지나가는 길에……. 휴업 중인 걸 깜빡했어요."

그때 주방장한테서 예상외의 대답이 나왔다.

"여기까지 왔는데 먹고 가. 우동 정도는 할 수 있으니까."

"네?"

진아가 둘러댈 말을 찾는 사이 홍 경사가 잽싸게 대답했다.

"고맙수. 근데 무슨 공사하는 모양이네?"

"정원수도 좀 바꾸고 리모델링을 좀 하느라고요. 그땐 바빠서 제대로 대접도 못 했는데 오늘은 한가하니까 술도 한잔하고 가세요."

"업무 중에 술은 무슨."

그렇게 말하면서도 홍 경사는 싱글벙글 입이 귀에까지 걸려 주방장을 따라 야미로 들어가며 소리쳤다.

"뭐 해, 안 오고?"

"전 괜찮아요."

"그럼 나야 더 땡큐고. 천천히 먹고 나올 테니까 그럼 고 순경은 열심히……."

진아는 잔뜩 긴장해 홍 경사의 입을 바라보며 제발 쓸데없는 말은 하지 말아 달라는 눈짓을 보냈다. 홍 경사가 그런 진아를 놀리듯이 히죽거렸다.

"열심히……, 놀고 있어."

진아는 야미로 들어가는 홍 경사를 불안하게 지켜보다가 파헤쳐진 흙덩이 사이를 여기저기 살펴보았다. 해가 지기 시작하자 커다란 나무가 뽑힌 우묵한 구덩이 속은 시커멓고 음산해 보였다. 그들 사이로 희끗한 무언가가 보이는 구덩이 하나가 있었다.

진아는 그게 무엇인지 보려고 가까이 다가가다 구덩이 속에 누워있는 것이 사람임을 알고 헉 숨이 막혔다. 짧은 반바지를 입은 채 똑바로 누워있는 사람은 하라였다.

심장이 쿵 하는 충격에 진아는 제대로 비명도 지르지 못하고 가위에 눌린 사람처럼 간신히 중얼거렸다.

"티, 팀……, 팀장님! 여기 사, 사람, 하라가 주, 죽어있어요."

"나 안 죽었어."

구덩이 속에서 들려오는 소리에 진아의 심장이 다시 쿵 떨어지고 머리칼이 쭈뼛해졌다. 너무 놀라 중심을 잃은 진아는 구덩이 속으로 빠질 듯 휘청거리다가 간신히 균형을 잡았다. 하라가 눈을 뜨고 벌떡 일어나 앉았다.

"뭐야! 깜짝 놀랐잖아. 너 거기서 뭐 해?"

"이렇게 땅속에 있으면 기분이 어떤가 궁금해서 한 번 해본 거야."

"난 정말 너 죽은 줄 알고……. 아우, 간 떨어질 뻔했잖아. 빨리 나와."

하라가 일어나 흙을 털고 구덩이 밖으로 나왔다.

"어젯밤 꿈속에 지철이가 나왔어. 내 친구가 묻힌 그 야산에 묻혀있으니 자기를 좀 꺼내달라고 막 애원했어."

"거기가 어딘데?"

"안양 석수동 뒤편."

"그럼 나랑 같이 거기 가보자."

"싫어. 난 죽어도 거기 안 가. 못 가."

"네가 안 가면 찾을 수가 없잖아."

"거기 야산에 무덤 다섯 개가 쪼르르 있는 곳이 있어. 바로 그 옆이야. 그 아래에는 밤나무밭이 있고."

진아는 야미에서 돌아오는 길에 하라에게 들은 이야기를 홍 경사에게 했지만, 주방장으로부터 숭어 어란에 술까지 한잔 얻어먹고 나온 홍 경사는 진아의 말은 귓등으로도 듣지 않았다.

"그 시다, 실종된 게 아니고 주방장한테 잘린 거야."

"네?"

"주방장한테 들어보니까 그 시다 놈이 아주 상습적인 악질 절도범이야. 이번에도 천만 원이 넘는 칼이 사라진 걸 그 시다 방에서 찾아냈다잖아. 그때 고 순경도 봤다며 쇼긴인가 뭔가 하는 칼?"

진아는 생각하는 것만으로도 서늘해지는 은빛 사시미칼을 떠올렸다.

"그래서 그놈 버릇 고쳐주려고 검찰에 가서 저기 야산에서 나온 사시미칼이 자기가 잃어버린 사시미칼이라고까지 했었다는군."

"그럼 그게 사실이 아니란 거예요?"

"그래. 그러니까 고 순경, 너도 이제 야미엔 신경 꺼. 주방장 그 사람 인상이 험악해서 그렇지, 생각했던 것보다 괜찮아. 요리 솜씨도 좋고……."

파출소로 돌아온 진아는 혼자 야산을 수색할 엄두가 나지 않아 준명에게 전화를 걸어 같이 가자고 부탁했다. 준명은 차라리 지철을 실종 신고하고 공개적으로 수사하는 것이 바람직하다고 충고했다. 하지만 진아가 지철의 가족이 아니기에 실종 신고는 애초에 불가능했다. 검사인 준명이 그 사실을 알면서도 왜 그런 말을 하는지 진아는 이상했다.

"같이 가기 싫으면 싫다고 하세요."

"그게 아니라 가봤자 우리 두 사람이 야산을 다 파볼 수도 없는 거고……."

"그렇다고 뭐 다른 수도 없잖아요?"

"있긴 있는데."

"그게 뭔데요?"

"살인 용의자로 박지철을 공개 수배하는 것."

"공개 수배한다고요? 지철이 살인 용의자라는 증거도 없는데 어떻게 그래요?"

"지금 중요한 건 박지철의 생사를 확인하는 거잖아. 그러니까 그런 방법으로라도……."

진아는 꺼림칙했지만 결국 준명에게 설득당해 함께 수사본부가 차려진 양평경찰서를 찾았다. 하지만 그곳은 지철의 이야기를 꺼낼 만한 상황이 아니었다.

수사본부는 평창동 여현수 이웃집 차량의 블랙박스를 조회해 사건이 벌어지기 며칠 전부터 여현수의 집 주변을 서성거리는 한 남자가 있었음을, 그가 바로 여현수 살인사건의 용의자 중 하나인 육구파 두목 설 회장임을 알아내고 한껏 들떠있었다.

목포 출신으로 '식스 나인'이라는 전국적 룸살롱 체인을 차려 성공한 설 회장은 자신은 조폭이 아니라고 일관성 있게 항변했다.

20여 년 전 자신의 출세를 위해 한 집안의 기둥이자, 명문대 대학생이었던 자기 형에게 간첩 누명을 씌워 죽게 만든 것에 대한 사과를 요구하자 여현수가 자신의 룸살롱 이름을 따 육구파라는 있지도 않은 조폭을 만들어내고, 그곳에서 일하는 자기 직원들을 조직원으로, 자기를 조폭 두목으로 매도했다며 핏대를 세웠다.

그런 인간은 죽어도 싸다며, 자기 손으로 죽이지 못한 것이 한이라고 고함을 치다 쓰러졌다. 하필 준명과 진아가 수사본부를 찾아갔던 그날에.

뇌출혈. 머리뼈를 잘라내고 터진 혈관을 클립으로 묶는 뇌수술이 진행되는 동안 경찰들은 설 회장의 집을 압수 수색해 정치인들에게 준 뇌물 장부를 찾아냈다. 그중에는 여현수와 대립각을 세웠던 정치인들도 포함되어 있었다. 언론은 육구파 두목 설 회장이 정치인들을 매수해 여현수를 공격하다 실패하자 자신이 결국 죽인 것이라고 추측성 보도를 쏟아냈다.

설 회장은 뇌수술을 받고 나온 지 하루 만에 혈관이 쪼그라들고 뇌압이 상승해 2차 수술을 했고, 그 후 의식이 돌아오지 않았다. 그에 반해 설 회장에게 불리한 증거들은 계속해서 나왔다.

그의 지인들은 설 회장이 평소 공개적으로 여현수에 대한 복수를 다짐했었다고 증언했다. 그와 이혼하고 재산 분쟁 중인 전처는 남편이 조폭인 줄 모르고 사기 결혼을 당했고, 여현수의 살해 현장에서 발견된 그 사시미칼이 자기 집에 있던 칼이 맞다고 주장했다. 자기도 그 칼에 찔려 죽을 뻔해 확실히 기억한다고.

다시 그의 집을 수색한 끝에 경찰들은 거실 장식장에서 사시미칼 하나를 찾아냈다. 미즈노탄렌조 쇼긴. 시가 천만 원이 넘는 칼로 살해 현장에서 발견된 미나모토아키타다와는 같은 제조사의 제품이었다. 쇼긴의 칼에는 붉은 얼룩이 묻어있었다. 조사 결과 여현수의 피인 것으로 밝혀졌다.

수사본부는 설 회장이 여현수를 쇼긴으로 살해하고 수사에 혼선을 주기 위해 칼을 바꿔치기했다고 추정했다. 여현수의 살인 용의자로 설 회장을 확정하고, 설 회장의 의식이 돌아오면 바로 구속 수사하겠다고 발표했다.

준명은 윗선에서 설 회장을 범인으로 사건을 종결시키려는 계획임을 직감했다. 그럴수록 설 회장이 진짜 범인이 아니라는 확신이 강해졌다. 준명은 시간이 날 때마다 설 회장이 입원해 있는 병원에 들러 설 회장의 의식이 빨리 돌아오기를 바랐다.

진아는 혼자라도 지철을 찾아봐야 한다는 생각에 휴일을 이용해 하라가 말했던 야산으로 갔다. 하라의 2년 전 기억에 의존해 그 장소를 찾아보았지만, 곳곳에 무덤들이 너무 많았다. 쪼르르 늘어선 다섯 개의 무덤들도 여러 개였다.

그렇다고 무작정 파볼 수도 없어 하라가 말했던 밤나무밭을 찾아 헤매고 있을 때 전화벨이 울렸다. 전화기를 통해 흘러나오는 목소리가 지철임을 알고 진아는 혼비백산해 그 자리에 털썩 주저앉았다.

"너 진짜 지철이야? 지철이 너 살아있는 거야?"

—그게 무슨 말이에요?

"난 너 어떻게 된 줄 알고……. 나 지금 네 시체 찾아 헤매고 있었다고. 너 지금 어디야?"

—내가 전화한 건 그 일기 때문에 물어볼 게 있어서예요.

"우선 만나. 만나서 얘기해. 나 진짜 너 어떻게 된 줄 알고 걱정 많이 했단 말이야! 네가 지금 전화 안 했으면 산 하나를 다 파헤쳤을지도 몰라."

진아는 자기도 모르게 울먹였다.

—알았어요.

"고마워. 진짜 고마워."

—뭐가요?

"어? 그야 살아있어 줘서……. 삽질 안 하게 해줘서……."

진아는 양평 두물머리 근처에서 지철과 만나기로 약속을 정하고 곧바로 준명에게도 그 사실을 알렸다. 준명은 약속 시간보다 일찍 나타났다.

"아니라더니 고 순경 진짜 박지철 좋아하나 보네. 평소보다 화장도 예쁘게 하고."

"그런 거 아니라니까요."

"피, 지금 목소리도 얼마나 들떠있는데. 박지철 만나는 게 그렇게 좋아? 설레?"

"그거야……. 하루 종일 혼자 시체 찾아 야산 헤매봐요. 그 사람이 살아있다는 것만으로도 얼마나 감격스러운지."

"질투 나네."

"예?"

"질투 난다고. 나는 사라져도 고 순경처럼 애타게 찾아줄 사람도 없는데……."

이성으로서 전혀 호감을 가져본 적 없는데도 준명의 입에서 튀어나온 질투라는 말이 진아는 기분 나쁘지 않았다. 옷만 좀 제대로 입고 다니면 그럭저럭 준명도 괜찮은 외모라는 생각도 들었다.

"여자들은 옷 깔끔하게 입는 남자 좋아해요. 그러니까 검사님도 여자 친구 만들고 싶으면……."

"속은 얼마나 더럽고 악질이든 옷만 그럴싸하게 입으면 된다는 거야?"

"네?"

진아는 갑자기 날 선 준명의 반응이 당황스러웠다.

"패션도 전략이고 무기다, 난 그런 말 마음에 안 들어. 도대체 왜 모든 관계가 싸워 이겨야 되는 적인 거지?"

"그건, 꼭 그렇다기보다 남들한테 좋은 이미지를 주면 좋잖아요."

"난 그게 싫다는 거야. 내 속은 곪아 썩었는데 화려하고 멋진 포장지로 감싸 그렇지 않게 보이는 건 사기니까."

진아는 준명의 솔직한 말이 의외였다. 자신의 단점은 최대한 감추고 장점을 부각하라는 건 꼭 자기소개서를 쓸 때만 중요한 팁이 아니었다. 사회생활 역시 그런 것이라고, 다들 그렇게 산다고 생각했는데 준명은 예외인 것 같았다.

지철은 주변이 깜깜하게 어두워지고 나서야 나타났다.

준명은 지철의 그림자가 보이자 나무 뒤편으로 가서 숨었다.

"그동안 어디 있었어?"

"여기저기 찜질방에……."

"왜?"

"……."

"하라는 너 차 대표한테 어떻게 됐다고 울고불고……."

"차 대표 얘기는 신경 쓰지 않아도 돼요."

"응?"

지철은 그 부분에 대해서는 더 이상 말하지 않고 손에 들고 온 레시피북을 바라보았다.

"내가 여기 온 건, 일기. 그 일기에 관해 묻고 싶어서예요. 여기 진짜 그렇게 쓰여 있었어요? 성곤의 엄마를 내가 잡아먹었다고?"

"아, 나도 읽으면서 좀 이상하게 생각했던 부분이야."

진아는 지철을 가로등 아래로 데리고 가 지철이 가지고 온 레시피북을 펼쳐 문제의 일기를 찾았다.

"성곤노 오카상오 와따시가 쓰카마에데 타베따[星坤の 母さんを 私が つかまえて 食べた]. 그대로 직역하면 성곤의 엄마를 내가 잡아서 먹었다는 뜻이야. 일본어에서는 잡아먹는다는 표현을 잘 쓰지 않고 그냥

먹는다(食)라고만 하는데, 여기서는 잡을 포(捕) 자에 해당하는 쓰카마에데라는 말을 일부러 덧붙였어."

지철의 눈빛이 흔들렸다.

진아는 그 순간을 노리고 지철의 손을 잡았다.

"지철아, 난 너를 돕고 싶어. 그러니까 나한테는 솔직하게 말해 줄래? 여기 성곤이 누구야? 야미 주방장이야?"

지철은 물끄러미 진아를 바라보다 고개를 끄덕였다.

"그런데 이건 왜 네가 가지고 있어? 주방장 방에서 훔친, 아니 가지고 온 거야?"

지철은 고개를 저었다.

"그럼? 그럼 왜 몰래 야미를 떠나 숨어있는데?"

"……."

"하라가 네 아이 가진 것 알아?"

"절대 아니에요."

가슴 속에 있던 돌덩어리 하나가 사라진 듯 진아의 마음이 가벼워졌다. 지철의 손을 쥐고 있는 손에 더 힘이 들어갔다.

"지철아, 난 네 편이야. 그러니까 사실대로 나한테 다 말해 주면 안 돼?"

지철이 대답하지 않고 다시 떠나가려 했다.

나무 뒤에 숨어있던 준명이 나와 지철을 가로막았다.

지철은 당혹스러운 듯 진아와 준명을 번갈아 보다 진아의 손을 뿌리치고 달리기 시작했다. 준명이 잽싸게 지철을 뒤쫓았지만 준명보다 다리가 훨씬 긴 지철은 단번에 준명을 앞서 달렸다.

진아는 주차해 놓은 자동차를 타고 지철을 쫓아가 앞을 막아섰다.

지철은 영화처럼 진아의 차를 밟고 뛰어넘으려다 보닛을 밟고 미끄러지면서 뒤로 넘어졌다. 진아는 놀라 급브레이크를 밟았지만 지철이 차 밑에 깔렸다. 진아는 황급히 차에서 뛰어내려 지철의 몸을 살폈다.

"괜찮아?"

다행히 지철의 몸은 바퀴에 끼지는 않았다.

그사이 준명이 다가와 차를 후진시키려는 진아를 제지하고 지철에게 말했다.

"우린 너한테 얘기를 듣고 싶은 거야. 그러니까 도망치지 않겠다고 먼저 약속해."

"무슨 얘기요?"

"야미에 대해서."

"야미에서 일어나는 일들은 모두 비밀이에요. 아무에게도 말하지 않는다고 약속했어요."

"다른 사람이 억울한 누명을 쓰고 쓰러졌어. 그 사람은 지금 의식이 없어서 자기변명도 못 해."

준명의 말에 지철이 무거운 표정으로 고개를 돌렸다.

진아가 차로 들어가 후진하는 사이 준명이 지철을 일으켰다.

지철은 순순히 진아의 차에 타고, 그 옆에 준명이 탔다.

"모든 걸 얘기하기 전에……, 먼저 알고 싶은 게 있어요."

"뭔데?"

지철은 손에 꼭 쥐고 있던 레시피북과 진아를 번갈아 보고 이야기했다.

"여기 일기 속 아이의 엄마와 아빠에 대해 알고 싶어요."

준명이 무슨 소리냐는 표정으로 진아를 보았다.

진아가 고개를 돌려 지철과 눈을 맞춘다.
"성곤의 엄마와 아버지?"
"네."
진아가 난감한 표정을 지었다.
"도대체 무슨 얘기야? 일기는 뭐고?"
준명이 답답해하며 끼어들었다.
"야미 주방장의 부모에 대해 지철이 알고 싶대요."
준명이 의아하다는 표정으로 진아와 지철을 번갈아 보며 말했다.
"그거야 마성곤의 호적을 찾아보면 간단하잖아."

준명의 생각처럼 쉽지는 않았다.
성곤의 아버지는 1933년생 요시다 마요라는 사람으로 1984년 한국으로 건너와 귀화해 마요신이라는 이름으로 살다 1990년 죽었다. 그런데 성곤의 엄마에 대한 기록은 전혀 없었다. 일본에 있는 탐정을 통해 요시다 마요라는 사람의 기록을 찾아봐 달라 했지만 별 소식이 없었다.
그제야 진아가 그럴 줄 알았다는 듯이 핀잔을 줬다.
"내가 쉽지 않을 거라고 했잖아요."
"그 레시피북 이야기 왜 나한테는 말 안 했어?"
"그거야 지철과 나 사이의 약속이니까."
"후! 둘만의 비밀이다?"
"뭐……, 그렇죠."
"이거 또 질투심 자극되는데."
진아는 준명의 입에서 또 다시 튀어나온 질투라는 말이 반가웠다.

지철과 준명 두 남자에게 사랑을 받고 있는 것처럼 기분이 으쓱해지기도 했다. 그래서 이제는 지철과 별 사이 아니라고 잡아떼는 대신 준명이 계속 질투할 수 있게 놔두기로 했다.

"내가 박지철이 알고 싶어 하는 거 알아오면 고 순경은 나한테 뭐 해줄 거야?"

"네?"

이 남자가 원하는 게 설마 뽀뽀? 키스?

진아가 그런 생각을 하고 있을 찰나, 준명의 목소리가 진아의 상상을 싹둑 잘랐다.

"그 일기 나도 보여주기."

뭐야, 이 실망감은.

"그건 안 되죠. 지철의 허락도 없이 남의 사생활을 어떻게……."

"정확히 말해 그건 박지철의 사생활이 아니라 마성곤의 사생활이잖아?"

"그거야 그렇지만……."

"그럼 딜은 끝. 쾅쾅쾅."

준명은 진아가 이의를 제기할 틈도 주지 않고 자리를 떠나 성곤의 아버지가 죽을 때까지 살았던 마산을 찾아갔다.

그 당시 마요신이 살았던 곳은 마산시 오동동이었다. 80년대까지 수많은 요정과 술집으로 흥청거렸던 동네는 지금은 많이 쇠락했지만, 여전히 자리를 지키고 있는 가게들도 몇 있었다. 그들로부터 성곤의 아버지, 마 씨에 대한 이야기를 들을 수 있었다.

마 씨는 일본인치고 한국말을 아주 잘하는 편이었다고 한다. 그 이유를 알고 보니 아내가 한국인이었고, 죽은 아내에 대한 사랑도 지극해 해마다 아내의 고향인 여수를 찾아 그 가족들의 벌초를 거르지 않았다고 한다. 하지만 그곳이 여수 어디인지, 그 아내의 이름이 무엇인지까지는 알지 못했다.

마 씨는 운영하던 일식집에 불이 나 1990년 불타 죽고, 그 시신은 아들이 화장해 일본 고향에 묻어 주겠다며 가져갔다고 했다. 이제는 노인이 된 마 씨의 그 당시 이웃들은 그 이야기를 하면서 콧방귀를 뀌었다.

"일본은 무슨. 아무 바다에나 털썩 버렸겠지. 그 아들놈, 지 애비를 위해 그런 효도를 할 놈이 아녀."

"오죽하믄 지 애비 자는 집에 불을 지른 놈이 그 아들이란 소문이 돌았을까……."

"경찰에서 조사했을 거 아니에요?"

"경찰에 안 걸리게 교묘하게 했겠지. 그놈이 경찰서에서 풀려나왔어도 우리는 그놈이 불을 질러 지 아버지를 죽였다고 생각해."

"왜요?"

"왜긴 왜야? 아들놈이라는 게 허구한 날 지 애비한테 대들고, 칼 가지고 죽인다고 칼부림이나 하고 그랬으니까 그러지……."

의뢰한 지 일주일 만에 일본의 탐정으로부터 요시다 마요의 부인에 대한 자료가 넘어왔다.

1933년생 박은이는 1960년 일본에 넘어가 요시다 마요와 결혼, 1972년까지 규슈 지역에서 살다가 행방불명이 됐다.

준명이 알아낸 사실들을 이야기해 주자 지철이 진아가 번역해 준 일기들을 뒤져 무언가를 계산해 보더니 얼굴이 하얗게 질려 혼잣말을 했다.

"나쁜 피……."
"응?"
"아니에요."
"이제 네가 이야기해 줄 차례인 거 같은데?"
하지만 지철은 입이 달라붙은 사람처럼 좀처럼 열지 않았다.
진아가 재촉했다.
"야미에서 무슨 일이 있었는지, 사시미칼 도난 사건이 있던 날 그 칼을 가져간 사람이 누구인지부터."
지철이 진아의 말을 자르며 입을 열었다.
"내가 여현수 검찰총장을 죽였어요."
진아는 믿기지 않아 할 말을 잃어버렸다.
준명이 진아를 대신해 다음 질문을 했다.
"왜?"
"……."
"여현수 검찰총장의 혼외 자식, 네가 진짜 총장님의 아들이니? 그래서 그런 거야?"
지철의 눈에 순간 핑그르르 눈물이 맺혔다.
오랜 시간 동안 묵히고 삭인 서러움과 고통이 가득 담긴 그 눈물에 진아는 가슴이 싸해졌다. 그 아픔이 명치를 짓누르고 독처럼 온몸에 퍼져나갔다.
그제야 진아는 자신이 지철을 좋아한다는 걸 깨달았다. 하필 지철이 스스로 살인자라 고백하는 이 순간에.
진아는 지철이 이제라도 아니라고 부인해 주기를 간절히 빌었다.
하지만 지철이 확인 사살을 하듯 다시 고개를 끄덕였다.

"네, 그래요. 그래서 내가 아버지를 죽였어요."

쥐라도 난 것처럼 진아의 온몸이 저려 왔다.

준명이 고개를 갸웃하며 지철에게 다시 물었다.

"그럼 엄민경은? 엄민경의 교통사고는?"

"그건 아로와나 때문에……."

"응?"

"아로와나를 죽인 건 주방장이에요."

영문을 알 수 없는 이야기에 진아와 준명은 빤히 지철의 입만 바라보았다.

"주방장이 아로와나를 요리했어요. 김모라는 사람이 친구들을 데리고 와 그걸 먹었고요."

금빛으로 빛나던 아로와나를 뜯어 먹는 사람들을 떠올리는 순간 진아의 비위가 뒤틀렸다. 몸속에서 뜨거운 무언가가 쏟아져 나올 것만 같아 진아는 준명과 지철을 뒤로하고 강가로 뛰어갔다.

몸속에 들어있던 것을 강물에 다 토해냈다. 그러고 나자 자기도 모르게 울음이 쏟아져 나왔다. 갑자기 왜 이러는지, 스스로도 영문을 알 수 없다고 생각했지만 울음은 멈춰지지 않았다.

그렇게 하염없이 울고 있는 진아의 등을 누군가 다가와 살며시 쓸어주었다.

천천히 칼로 살을 한 점 한 점 베어내 죽이는 능지형은
이 세상의 형벌 중에서도 가장 잔혹해 능지처참이라는 말이 생겼다.
죄가 클수록 죄수의 살을 베어내는 칼의 횟수는 높아지고……
아버지의 죄는 그보다 더 큰 형벌을 받는 것이 마땅했다.
칼을 들 때마다 아버지의 살이 한 점 한 점 잘려 나왔다.

5. 성곤

청와대에서 온 손님들은 급한 일이 생겼다며 매운탕도 먹지 않고 가버렸다.

소혜가 그들을 배웅하러 나가고, 시다도 룸의 그릇들을 가지러 간 틈을 타 성곤은 참돔의 서덜을 살폈다. 시간이 지나 명을 다한 참돔은 더 이상 파닥거리지 않고 뼈를 드러낸 채 얌전히 누워있었다.

성곤은 주위를 다시 한 번 살펴보고 참돔의 아가리에서 빨간 앵두 같은 것을 꺼냈다. 성곤이 통사시미 된 생선 아가리 속에 숨겨놓은 소형 녹음기였다.

처음엔 소혜에게 껄떡거리는 놈들이 있는지 알아보려고 시작한 일이었는데, 몇 번 녹음해 듣다 보니 재미있어 날마다 하게 되었다. 통사시미 되어 살아 숨 쉬는 도미와 우럭, 농어, 민어, 방어의 아가리에 그런 것이 들어있는 줄 모르는 사람들은 주저 없이 자신의 본심을 드러내고 자기들끼리만 아는 비밀을 털어놓았다.

그들을 통해 듣는 세상은 성곤이 그 전에 알고 있던 세상과도, 아버지가 말했던 세상하고도 백팔십도 달랐다. 세상은 애초부터 강자들만을 위한 것이고, 법이란 게 원래 가진 자를 보호하기 위해 만들어진 것이라 했다. 돈 많은 재벌들이 수십 명의 변호사를 끼고 사는 데 반해 대부분의 서민들은 평생 변호사 한 번 보지 않고 살아가는 것이 그 증거라 했다.

민주주의나 정의라는 말은 그것을 감추기 위해 만들어진 속임수에 불과하고, 수단과 방법을 가리지 않고 이기는 승자만이 이 세상을 지배한다고 그들은 말했다.

그중 여당의 원내 대표를 지내고 법무부장관까지 지냈던 한 사람은 자신이 세 명의 대통령을 만든 킹메이커라 자임하며 자신이 어떤 식으로 여론을 조작해 선거에서 이겼는지 신이 나서 떠들어댔다. 그것이 들통 나 위기에 몰렸을 때 어떻게 빠져나왔는지를 모험담처럼 흥미진진하게 들려주었다. 신문이나 티브이 뉴스를 통해 읽고 보았던 것과는 완전히 다른 내용이었다.

성곤은 그제야 일반인들에게 알려지는 이야기들은 축소, 왜곡, 편집된 것들이고, 그 뒤에 숨어있는 진실의 실체는 전혀 다르다는 것을 알게 되었다. 그들이 입에 달고 사는 국가와 국민은 속이 텅 빈 껍데기일 뿐이었던 것이다.

그들이 보여주는 성적 변태성도 가관이었다. 누가 누가 더 색다른 경험을 해봤는지, 강간과 성폭행의 수위를 넘나드는 짓거리들을 서로서로 자랑하고 부러워했다.

그러다 대중에 발각돼 망신을 당하는 동료가 나오면 인간의 탈을 쓰고 어찌 그럴 수가 있느냐고, 정신적으로 문제가 있다고 공개적으로 비난하면서도 야미에 모이면 별것도 아닌 거로 호들갑 떠는 대중과 언론을 욕했다. 그러다 순간적으로 욱한 누군가는 극단적인 제안을 하기도 했다.

'우리나라에서는 상위 10%가 전체 재산의 70%를 소유하고 세금도 그만큼 많이 내고 있다. 그런데 왜 우리가 90%의 떨거지들한테 간섭받고 비난받고 살아야 되느냐. 우리끼리 상위 10%만의 나라를 만들어 자유롭게 살자.'

동의하는 사람도 있었지만 반대하는 사람이 더 많았다. 상위 1%에 속하는 사람들은 상위 10%의 사람들과 같은 부류에 엮이고 싶지 않아 반대했고, 다른 사람들은 장애물 없는 게임은 스릴이 없고, 재미도 없다는 논리로 반대했다. 자신들의 욕망을 가로막는 장애물, 그 90%의 대중을 속이고 이겨 목표에 도달하는 순간 맛볼 수 있는 짜릿한 쾌감을 절대 포기할 수 없다는 것이다.

성곤은 10년 동안 그들의 이야기를 엿들으면서 차라리 원시시대가 낫다는 생각을 했다. 그래도 그때는 제 몸뚱어리가 가진 힘만으로 싸웠지, 이렇게 야비하게 남을 속이고 이용하다 버리고, 뻔뻔하게 위선을 떨지는 않았을 테니까.

그런데 이 세상은 나쁜 놈들일수록 성공했고, 여현수는 그중에서도 최고였다. 여현수에게 무언가 부탁하기 위해 야미를 찾아오는 사람들은 수천만 원에서 몇 억대의 현금을 가지고 왔다. 그들이 가져온 돈의 액수에 따라 여현수의 응답은 달라졌다. 돈만 많이 가져오면 아무리 큰 죄를 저질렀어도 무사히 풀려났던 것이다.

그것만이라면 그저 다른 놈들과 같은 놈이라고 치부해 버릴 수도 있었을 것이다. 하지만 여현수는 돈으로 풀려나간 놈의 자리를 돈 없고 백 없는 누군가가 반드시 채우게 했다. 여현수는 그걸 죄수 총량의 법칙이라고 했다. 언제 어떤 상황이든 일정한 수의 죄수들이 있어야 국민들이 긴장하고 자기 같은 사람들의 권위가 높아진다는 것.

그렇게 해서 이 나라의 우두머리가 되는 게 여현수의 꿈이었다. 성곤은 자신과 1대 1로 붙으면 5분도 안 돼 나가떨어질 게 분명한 여현수가 그런 꿈을 가지고 있다는 것 자체가 말이 안 된다고 생각했다. 성곤이 생각하는 우두머리인 수컷은 가장 힘이 세고 겁이 없는 놈이어야 하고, 그런 점에서 보면 당연히 자신이 진짜 우두머리였다.

세상이 알아주든 말든 그런 건 상관없었다. 이 세상 최고의 여자인 소혜만 알아주면 되니까.

그런데 오늘 소혜는 자신을 실망시켰다.

눈엣가시처럼 구는 시다 새끼를 내쫓으려고 사시미칼을 잃어버렸다고 호들갑을 떨고 경찰들까지 불러들이는 연극을 했는데, 소혜는 맞장구를 쳐주기는커녕 찬물을 끼얹었다.

"됐습니다. 신고는 없던 일로 할 테니 돌아가 주세요."

"사장님!"

"주방장님, 저 좀 봐요."

화가 난 표정으로 밖으로 나간 소혜는 정원의 파라솔 아래 자리를 잡고 앉으며 손에 들고 있던 신문을 내밀었다.

성곤이 아침에 볼펜으로 낙서해 놓은 신문이었다.

성곤은 빨갛게 칠해진 여현수의 사진을 바라보다 소혜의 눈치를 살피며 잡아뗐다.

"그건 제가 한 게 아니라……, 저 시다 새끼가……. 맞아요. 내 아까 보니까……."

소혜가 거짓말인 줄 다 안다는 표정으로 빤히 바라보다 용무늬 문신이 새겨진 성곤의 팔뚝 위에 자신의 하얀 손을 얹었다. 성난 짐승을 달래듯 부드러운 손길로 용머리 부분을 쓰다듬어 주었다. 성곤은 간질간질 온몸에 번져가는 나른한 행복감에 기분이 좋아졌다. 거칠었던 호흡도 단번에 가라앉았다.

그런데 그때 소혜의 입에서 분위기를 확 깨는 말이 흘러나왔다.

"오늘 중요한 손님들이 오시는 날이에요."

성곤은 그제야 그 손님들이 검찰총장 후보로 거론되고 있는 여현수와 관련 있다는 것을 깨달았다.

"칼은 제가 더 좋은 거로 사드릴 테니까 주방장님은 VIP 손님 준비나 잘해주세요."

그 순간, 소혜의 부드러운 손길에 잠들어있던 용의 머리가 불룩 용솟음쳤다. 성곤은 자신의 입속에 뱀독보다 더 치명적인 침이 고이는 것을 느꼈다.

일식집에서 실장으로 일하던 성곤을 스카우트한 건 소혜였다. 그때부터 10여 년, 성곤은 소혜와 머리를 맞대며 야미의 모든 것을 만들었다. 자신이 가진 모든 레시피를 동원해 다른 집에서는 맛볼 수 없는 메뉴를 만들었고, 사시미칼의 고수들만이 보여줄 수 있는 칼 맛을 날마다 선보였다.

소혜가 여현수의 정부란 것을 알았지만 개의치 않았다. 일주일에 두세 번 들렀다 가는 여현수보다는 24시간, 365일 함께 있는 자신이 소혜의 남자라고 생각했다. 자신은 소혜와 진정한 한 팀이라고 믿었다.

그런데 소혜는 그 믿음을 깨고 자신을 일개 주방장 취급한 것이다.

성곤은 그것이 슬펐다.

다른 사람들처럼 눈에 보이는 껍데기에 넘어가, 검찰총장이라는 권력 앞에 굴복해, 자신에게 상처를 준 소혜가 실망스러웠다.

그럴수록 자신이 여현수보다 훨씬 더 뛰어난 수컷임을 보여주고 말겠다는 오기가 치밀었다. 이제 온 세상이 알 수 있게 자신의 능력을 드러내리라고 이를 악물었다.

그러기 위해서는 오늘 온 청와대 손님들과 소혜 사이에 무슨 이야기가 오갔는지를 먼저 알아야 한다.

성곤은 뒷설거지를 시다에게 맡기고 서둘러 자기 방으로 올라갔다.

도어록을 해제하기 위해 0715라는 비밀번호를 누를 때마다 성곤의 머릿속엔 생일날마다 먹었던 양태 미역국이 떠올랐다. 여름이 제철인 양태는 쫄깃하고 담백해 회로도 맛있지만, 성곤은 미역과 함께 끓인 양태 미역국을 최고로 좋아했다. 넓적한 머리를 넣고 푹 끓인 미역국에서 양태의 볼살을 발라 먹을 때마다 겨울에 태어났더라면 이것을 못 먹을 뻔했다고 얼마나 아쉬워했던지…….

생일이라서가 아니라 양태 미역국을 먹을 수 있다는 생각에 7월 15일을 손꼽아 기다리기도 했었다. 그래서 잊을 수가 없는 날짜. 하지만 그때마다 자기와 함께 양태 미역국을 먹은 사람이 누구인지는 잊어버렸다. 아니, 일부러 지워버렸다.

그러고 보니 스물세 살 이후부터 이십사 년 동안 한 번도 양태 미역국을 먹어본 적이 없었다. 성곤은 뜬금없이 이번 생일에는 자기 손으로라도 양태 미역국을 끓여 먹어야겠다는 생각을 하며 방으로 들어갔다.

의자에 아무렇게나 쌓인 옷들을 방바닥으로 떨어뜨리고 소형 녹음기 속의 녹음 파일을 컴퓨터에 옮겨 저장했다. 다른 날과는 다른 긴장감으로 녹음 파일을 재생시켰다.

참돔 통사시미가 룸으로 들어가면서부터 녹음된 대화라 앞부분의 내용은 알 수 없었지만 별 내용은 아닐 것이다. 지금까지 녹음 파일을 들어본 경험으로는 대부분의 본론은 주요리인 통사시미가 나간 후부터 진행됐으니까.

헤드폰 속으로 노가리처럼 마른 K의 목소리가 제일 먼저 튀어나왔다.

—얘도 술을 보니까 입맛을 다시네. 참돔도 우리 정무수석님처럼 술을 좋아하나 보네.

—꼬리를 바르르 떠는 건 민정수석이랑 똑같구먼.

—어머, 민정수석님이 그래요?

—두고 보쇼. 곧 특기가 나올 테니까.

두꺼비 O의 말대로 노가리는 한껏 신사적인 척하면서도 소혜에게 잘 보이려고 뒤로는 쉴 새 없이 꼬리를 흔들어댔다. 두꺼비가 노가리의 아부성 멘트를 중간중간 자를 때마다 성곤은 통쾌했다.

—민정수석, 당신이 여현수 지검장을 검찰총장으로 추천했다는 얘기는 도대체 몇 번을 하는 거야?

—아니, 그만큼 좋아하고 능력 있는 분이시니까요.

—당신 같은 사람들이 자꾸 그렇게 치켜세워 주니까 그 인간이 정신 못 차리고…….

두꺼비는 뒷말을 내뱉지 않고 삼켰지만 성곤은 두꺼비가 여현수를 못마땅하게 여긴다는 것을 알 수 있었다.

성곤은 종이를 찾아 그 사실을 메모했다.

두꺼비가 자리를 비운 사이 노가리의 목소리는 더 질척해졌다.

—진 사장. 난, 순수한 사랑이 있다고 생각합니다.

—민정수석님이 대통령님을 모시는 마음, 그 마음도 순수한 사랑이지요.

—뭐, 물론 그것도 그렇지만, 내가 얘기하고 싶은 것은 지금 내 가슴을 가득 채운 이 감정에 대해서요.

성곤은 그 말끝에 노가리가 어떤 눈빛으로 소혜를 바라보았는지를 상상하고 주먹을 꽉 움켜쥐었다.

개새끼!

성곤이 그러거나 말거나 노가리의 수작질은 계속되었다.

—이까짓 건 하나도 안 아파. 왠 줄 알아? 당신한테 거절당한 내 가슴이, 이 심장이 아픈 거에 비하면 이까짓 거는 아무것도 아니니까.

그래, 심장이 터져 팍 뒈져버려라.

성곤이 그런 욕을 하고 있을 때 전화벨 소리가 났다. 노가리는 전화를 받기 위해 밖으로 나간 모양이었고, 나지막한 소혜의 목소리가 오늘 녹음된 내용의 마지막이었다.

—휴……, 이젠 이 짓도 끝이다.

성곤은 그 말에 가슴이 철렁했다.

도대체 뭐가 끝이란 이야기인지, 여현수가 검찰총장이 되면 뭐가 달라진다는 것인지 알 수가 없었다.

설마 야미를 닫겠다는?

그건 절대 있을 수 없는 일이다.

성곤은 소혜를 위해 야미를 성공시켰고, 난생처음으로 틀에 맞춰 살았다. 그 어떤 업소에서도 석 달을 버틴 적이 없던 성곤이 십 년이 넘도록 반복적인 이 지긋지긋한 일상을 감내했었다.

그것이 얼마나 고통스러운 일인지 남들은 모른다. 순간순간 모든 것을 다 부수고 나가 이유 없이 아무하고나 한판 붙어버리고 싶은 야성을 억누르느라 몸속엔 사리가 쌓였다. 밤마다 실오라기 하나 걸치지 않은 소혜를 훔쳐보는 낙이 없었다면, 저 여자가 내 것이라는 만족감이 없었다면 견딜 수 없는 시간들이었다.

그마저 그 시다 새끼가 나타나 초를 쳤지만.

요리사 생활 이십오 년 동안 지금까지 데리고 있던 시다들이 수십 명이고, 그 어느 놈들한테도 잘해준 적이 없는 성곤이지만, 시다한테 이렇게 심한 증오심을 가져본 적은 없었다. 아니, 그렇게 느낄 새도 없이 시다들은 성곤을 못 견디고 떠났다.

그런데 지철은 그놈들하고는 달랐다.

자신이 아무리 욕하고 폭행해도 꿈쩍도 하지 않았다. 처음엔 아프다고 비명이라도 지르더니 나중엔 그것마저 하지 않았다.

성곤은 그래서 더 지철이 싫었다.

비폭력 무저항, 그게 상대방을 얼마나 돌아버리게 만드는지 사람들은 모른다.

네가 무슨 짓을 해도 나는 너한테 지지 않는다는 오기.

네가 하는 대로 다 당해 주겠다는 거만함.

그건 성곤이 이 세상에서 가장 증오하는 아버지의 성격이었다.

성곤의 아버지는 요시다 마요. 일본인이다.

아버지의 얼굴은 지워 버렸지만, 항상 칼을 갈고 있던 실루엣까지는 지워버리지 못했다. 그 실루엣 사이로 보이는 날카롭고 거울처럼 반짝이는 칼.

아버지가 칼을 갈고 있을 때면 성곤은 말을 시키거나 가까이 다가가서는 안 되었다. 아버지는 칼을 바라보며 종종 말했다.

"칼을 갈 때는 절대 다른 생각을 하면 안 돼. 잠깐이라도 정신을 팔면, 칼은 바로 피 맛을 찾아 가장 가까이에 있는 살을 파고들어. 칼은 절대 주인을 섬기지 않는다."

성곤은 그 점이 마음에 들었다. 정에 이끌리거나, 주인이라고 봐주는 법이 없다는 칼. 그래서 초등학교에 들어가기 전부터 아버지에게 칼 가는 법을 배웠다. 아버지는 그런 성곤을 기특해하면서도 또 한편으론 걱정했다.

"너는 타고난 칼잡이다. 이렇게 요리로 풀지 않으면 야쿠자나 살인자가 될지 모르니, 한눈팔지 말고 요리만 열심히 해라."

성곤은 아버지의 말대로 했다. 사실 공부보다는 채소를 다듬고 우동 국물을 뽑는 일이 좋았다. 매번 밥을 할 때마다 점점 맛있어진다며 머리를 쓰다듬어 주던 아버지의 손길도 좋았다. 아버지는 다른 아버지들보다 왜소했지만, 칼을 쥐고 있는 순간만큼은 누구보다도 강했다. 아무도 그런 아버지에게 대들거나 덤비지 못했다. 성곤은 그런 아버지가 자랑스러웠다.

그랬던 성곤이 아버지와 멀어지게 된 것은 열 살 무렵이었다.

남들보다 뒤늦게 일본어를 읽고 쓸 줄 알게 된 성곤은 우연히 아버지의 레시피북을 보다가 충격을 받았다. 아버지는 엄마가 자신을 낳다가 죽었다고 했는데, 그 레시피북에는 엄마의 일기가 있었다. 일기 속 엄마는 성곤이 다섯 살 때까지 살아있었고, 집을 나간 아버지가 돌아오면서 사라졌다.

그제야 성곤은 어린 시절 자신을 업고 다니며 자장가를 불러주었던 엄마가 떠올랐다. 미역국에 들어있는 양태를 호호 불어 입에 넣어준 최초의 사람도 아버지가 아니라 엄마였다는 것을 깨달았다.

지금까지 아버지가 한 말은 모두 거짓이었다. 진실은 그 일기 속에 있었다.

성곤의 엄마는 내가 잡아먹었다.

아버지가 엄마를 죽였고, 엄마의 레시피도 빼앗았다.

그날부터 성곤은 아버지에게서 엇나갔다. 아버지가 바라는 것과는 반대되는 짓만 했고, 아버지가 하지 말라는 짓만 했다. 더 이상 요리도 배우지 않았다.

성곤의 아버지는 그러거나 말거나 계속해서 성곤에게 칼을 쥐여주고 밥을 짓게 했다. 성곤이 안 하겠다고 도망치려 하면 주방문을 잠가 못 나오게 가뒀다. 성곤이 그 안에서 자신이 시킨 요리를 제대로 만들 때까지 내보내지 않았다.

성곤은 아버지에 대한 분노와 증오심으로 요리를 했다. 물고기를 회 치면서 아버지의 몸이라 생각했다. 그러다 고대 중국에서는 물고기를 포 뜨는 것과 똑같은 형벌을 사람에게 가했다는 것을 알고 전율했다.

천천히 칼로 살을 한 점 한 점 베어내 죽이는 능지형은 이 세상의 형벌 중에서도 가장 잔혹해 능지처참(陵遲處斬)이라는 말이 생겼다. 죄가 클수록 죄수의 살을 베어내는 칼의 횟수는 높아지고 명나라 때는 3,600도, 4,200도까지 난도질을 하게 했다는 기록이 있다.

아버지의 죄는 그보다 더 큰 형벌을 받는 게 마땅했다. 도마 위에 있는 건 물고기였지만 성곤의 마음에서 포 떠지는 건 아버지였다. 칼질할 때마다 아버지의 살이 한 점 한 점 베어져 나왔다.

그렇게 수천 점, 마지막 한 점의 살이 다 베어질 때까지 고통받게 하려면, 갈기갈기 잘리는 자신의 몸을 두 눈으로 지켜보며 비참한 최후를 맛보게 하려면 마지막 순간까지 살아있게 해야 했다.

그래서 통사시미 기술을 익혔다. 어떻게 하면 난도질 된 채 1초라도 더 살아있게 할 수 있을까 연구하고, 기술을 가진 사람들을 찾아가 배웠다.

모든 생명은 타살의 위험 앞에서는 반항하게 되어있다. 그 반항을 줄이고 순순히 자신의 운명을 받아들이도록 하는 것이 그 기술의 핵심이었다. 그것이 끝나고 나면 생명과 직접 연결되는 내장은 건드리지 않으면서 최대한의 살을 발라내기만 하면 되었다.

물고기마다 살고 싶어 몸부림치고, 죽음에 저항하는 정도가 다 달랐다. 광어나 가자미가 눈만 가려주면 큰 저항 없이 그저 몸을 포르르 떠는 것에 비해 도미나 농어는 목에 칼이 박혀도, 이미 심장이 터진 후에도 격렬하게 몸부림을 쳤다. 5킬로가 넘는 대물 한 마리를 상대하고 나면 진이 다 빠질 정도였다.

그렇게 수천, 수만 마리를 도륙한 끝에 침으로 신경을 차단해 근육을 마비시키고 살만 도려내는 통사시미 기술을 습득했다. 성곤이 통사시미한 물고기들은 평균 한 시간, 어떤 것은 두 시간까지도 살아있었다.

몇 년간의 노력 끝에 이룬 쾌거였다. 그런데 성곤은 전혀 기쁘지가 않았다. 그동안 능지형으로 수천 번, 수만 번 처형시킨 아버지가 멀쩡히 눈앞에 살아있다는 것이 끔찍하고 허무했다. 자신이 어떤 마음으로 통사시미 기술을 익혔는지도 모르고 요리사로서의 성장을 축하해 주는 아버지가 증오스럽고, 그에게 사기라도 당한 듯 기분이 나빴다.

성곤은 그 길로 집을 나갔다. 다시는 요리하지 않고 아무렇게나 살겠다는 생각이었다. 집에서 나올 때 유일하게 가지고 나온 사시미 칼을 휘둘러 남의 음식을 뺏어 먹고, 닥치는 대로 싸웠다.

그럴 때마다 어떻게 알고 왔는지 아버지가 나타났다. 아무 말도 없이 안타까움과 깊은 슬픔이 가득한 눈길로 자신을 지그시 바라봤다. 성곤은 그 눈빛이 끔찍하게 싫었다. 엄마를 죽인 살인자 주제에 누구를 비난하느냐는 반감이 솟구쳤다. 자기 인생이니까 상관하지 말라고 고함을 지르고 더 멀리 달아났다.

하지만 아무리 멀리 가도, 아무리 깊이 숨어도 아버지의 그 눈빛은 기필코 성곤을 찾아냈다

야쿠자 패거리에 들어가 파친코 주인인 조선인을 개 패듯이 패다가 조선인 무리들에게 붙잡혀 묵사발이 됐을 때도 그랬다. 머리에 몽둥이를 맞고 의식을 잃었다 깨어났을 때 성곤이 제일 먼저 본 것은 아버지의 그 눈빛이었다. 그 뒤로 검은 바다가 출렁거렸다. 뒤늦게야 자신이 엄청 큰 배 위에 있다는 것을 깨달았다. 아버지는 성곤을 야쿠자에서 빼내기 위해 한국행을 선택했다고 말했다.

왜 자기 멋대로 내 인생을 결정하느냐고 화를 냈지만, 성곤은 내심 엄마의 나라가 궁금했다. 야쿠자로 사는 생활도 지겨웠던 터에 다시 요리하는 것도 재밌었다. 물고기 한 마리를 죽여 포 뜰 때마다 몸속에 부글부글 끓던 살의(殺意)들이 줄어드는 것 같아 미친 듯이 아버지가 차린 일식집에서 물고기를 잡았다.

아버지가 한국인으로 귀화하면서 성곤도 자연스레 요시다 성곤에서 마성곤이 되었다. 성곤은 일본에서 있었던 기억을 모두 지우고 한국에서 새로운 삶을 살고자 했다. 아버지도 용서하려 했다.

아버지가 자신을 엄마의 고향에 데리고 가지만 않았더라면 그렇게 살 수 있었을 것이다. 하지만 엄마를 잡아먹은 아버지는 뻔뻔하게도 외할머니와 외삼촌의 무덤 앞에 앉아 엄마의 이야기를 하고 절했다. 엄마가 그립다며 눈물을 글썽였다.

성곤은 가증스러운 아버지를 더는 지켜볼 수가 없었다. 그래서 아버지의 모든 것이 담긴 일식집에 아버지를 가둬놓고 불을 질렀다. 그때가 1990년. 성곤의 나이 스물세 살 때였다.

아버지가 죽으면서 항상 자신을 따라다니던 아버지의 그 눈빛도 사라졌다.

그런데 지철이 시다로 들어오면서 다시 또 그 눈빛을 보게 된 것이다. 쥐뿔 아무것도 모르는 놈이 안타깝고 깊은 슬픔이 담긴 그 눈빛으로 자신을 바라볼 때마다 성곤은 아버지에게서 느꼈던 살의를 다시 또 느끼게 되었다. 이대로 그냥 두었다간 자신이 언젠가 아버지처럼 그놈도 죽여 버릴지 모른다는 생각에 사시미칼을 핑계 삼아 그놈을 쫓아내려고 한 것이다. 그런데 일이 꼬여 그것도 실패했다.

이제 어떻게 되건 모든 건 그 자식의 운명이었다.

"지지리 재수도 없는 새끼. 하필 그 인간의 눈빛을 닮아……."

성곤은 혼잣말을 하다가 지금은 시다 따위를 생각하고 있을 때가 아니라는 것이 퍼뜩 떠올랐다. 성곤은 듣고 있던 녹음 파일을 정리하고 밖으로 나갔다. 소혜가 도대체 무슨 생각을 하고 있는지 알아내야 했다.

성곤은 지철에게 들켜 훔쳐보기를 그만둘 때까지 항상 애용하던 가죽나무 위로 올라갔다. 별채가 가장 잘 들여다보이는 장소였다.

창문으로 두 여자가 보였다. 한 여자는 소혜, 그리고 한 여자는 ……. 뒤늦게 티브이에서 보았던 아침 프로그램이 떠올랐다. 여현수와 함께 나왔던 여현수의 아내였다.

현모양처이자 내조의 여왕이라는 사회자의 칭찬에 성곤은 티브이를 보며, 남편이 이십여 년 동안 정부를 두고 사는지도 모르는 바보 같은 년이라 비웃었었다.

그런데 어떻게 된 일인지 그 바보 같은 년은 의기양양 당당하고, 점점 이 세상 최고의 여자인 소혜의 얼굴이 초췌해졌다.

여현수의 아내가 나가자 소혜는 진이 다 빠진 듯 침대에 엎어져 일어날 줄 몰랐다.

그사이 여현수의 아내는 화려한 머플러를 휘날리며 별채 앞에 세워두었던 하얀 벤틀리를 타고 떠났다.

성곤은 그 차의 번호를 머릿속에 입력해 두었다.

잠시 후, 죽은 듯이 누워있던 소혜가 침대보를 두 손으로 움켜쥐며 일어났다. 소혜가 별채에서 나와 야미로 가는 것을 보며 성곤도 나무에서 내려왔다.

야미로 들어가니 뒷설거지를 막 끝낸 시다와 하라가 회식 준비를 하고 있었다. 소혜는 모처럼 거한 파티를 벌여보자며 목소리를 높였다. 전화를 걸어 아는 연예인들까지 불러들이고 술 창고를 개방했다. 전혀 기쁜 얼굴이 아닌데 애써 즐거운 척 위장하는 것이 역력했다. 오늘이 마지막인 사람처럼 굴었다.

성곤은 파티 내내 무언가 아슬아슬하고 불안 불안했다. 파티가 끝날 무렵 소혜가 폭탄선언을 할지도 모른다는 생각에 술도 취하지 않았다.

하지만 예상과 달리 소혜는 아무 말이 없었다.

자기만큼이나 실망스럽고 외로운 얼굴로 노래를 부르다가 눈물을 흘렸다.

"목이 메어와 가슴이 아파도 사랑이 지나가면……."

그제야 성곤은 무슨 일이 벌어졌는지 감이 왔다.

갑자기 여현수의 아내가 등장해 여현수의 짐을 챙겨가고, 소혜는 이별 노래를 부르며 눈물을 흘린다? 이건 소혜와 여현수의 관계가 끝났다는 신호였다.

성곤에겐 결코 나쁜 소식이 아니었다. 아니, 환호성을 지르며 팔짝팔짝 뛸 만큼 기쁜 소식이었다. 하지만 성곤은 자신의 본심을 드러내지 않으려고 노력했다. 소혜를 자기 여자로 만들기 위해서는 좀 더 지능적으로 굴 필요가 있었다.

비장한 소혜가 탐색의 눈길로 다가왔다.

성곤은 자신의 능력을 아직 깨닫지 못하고, 자신이 여현수와 한패가 아닐까 의심까지 하는 소혜가 안타까웠다. 키는 똥자루만 해서 내세울 수 있는 것이라고는 검찰이라는 직업밖에 없는 여현수한테 차이고 슬퍼하는 소혜가 불쌍했다.

연포탕을 만들어 소혜의 쓰린 속을 풀어주려고 주방으로 들어가자 젊은 청년 하나가 따라 들어왔다. 자기 이름은 김모라며 엉뚱한 질문을 했다.

"저기 밖에 있는 아로와나를 먹고 싶은데 얼마면 돼요?"

"뭐?"

"저 금색 물고기요. 얼마 내면 저거 요리해 줄 수 있냐고요?"

짜장면 한 그릇을 시키듯 태평한 김모에게서 성곤은 익숙한 피비린내를 맡았다.

엄마를 잡아먹은 아버지와 아버지를 잡아먹은 자신처럼 나쁜 피를 가진 포식(捕食)자들에게서만 풍겨 나오는 비릿한 광기.

흡연자가 다른 사람의 담배 냄새에 더 신경질적인 반응을 보이듯이 성곤은 오랜만에 타인에게서 느낀 살기에 인상을 찡그리며 퉁명스레 내뱉었다.

"저 물고기가 얼마나 귀한 건데, 1억도 넘는 거야."

"그럼 2억 주면 되겠네."

성곤은 빤히 김모를 들여다보았다.

"3억도 좋고 4억도 좋고, 돈은 얼마든지 줄 수 있어요."

한 번 이빨을 박아 넣으면 좀처럼 벌리지 않는 장어처럼 김모는 집요했다. 몸뚱이를 잘라내고 빠시통(생선의 대가리나 가시를 잘라 버리는 통의 속어)에 버려도 장어 대가리는 죽지 않고 이빨을 치켜세운다. 생명이 다 빠져나갈 때까지 제 습성을 버리지 않는 장어처럼 이놈도 끈질기게 아로와나를 향해 이빨을 들이밀 거라는 예감이 성곤을 짜증나게 했다.

그러다 한순간, 김모를 잘만 이용하면 실연의 고통 속에 빠져있는 소혜에게 큰 선물을 해줄 수 있겠다는 생각이 들었다. 성곤은 들고 있던 낙지의 대가리를 훌러덩 뒤집으며 단호하게 말했다.

"저건 돈으로 사 먹을 수 있는 게 아니야."

"그럼?"

성곤은 낙지 대가리에서 떼어낸 먹물주머니를 칼로 꾹 찔러 흘러내린 먹물로 아까 기억해 둔 하얀 벤틀리의 차량 번호를 썼다.

김모가 무슨 뜻인지 알 수 없다는 듯 도마 위에 쓰인 검은 숫자들을 바라보았다. 그러다 초점이 제대로 맞지 않는 듯 눈을 몇 번 깜빡깜빡하더니 비로소 자기에게 딱 들어맞는 안경을 쓴 것처럼 한순간, 선명해진 눈빛으로 성곤을 응시했다.

17일 후, 4월 23일 엄민경은 고속도로에서 즉사했다.

다음 날로 예정되었던 여현수의 검찰총장 취임식은 장례식 후로 연기되었다. 이제 엄민경의 자리에 소혜가 들어갈 거라는 소문이 돌면서 야미에는 소혜에게 보내는 사람들의 선물들이 속속 도착했다.

야미에 예약을 원하는 손님들의 전화도 끝없이 밀려들었다. 하루에 한 팀밖에 받지 않는다는 말에 한없이 기다릴 수 없는 손님들은 그럼 점심때도 열라고 성화였다.

소혜는 내키지 않아 했지만 성곤은 소혜를 설득했다. 지금까지 여현수를 위해 야미를 운영했다면 이제부터는 소혜와 자신을 위해 여현수를 이용할 차례였다.

남을 속이는 것처럼 찝찝하고 불편해하던 소혜도 점점 늘어나는 선물과 인기에 행복해했다. 그런 소혜를 보며 성곤은 뿌듯했다. 소혜에게 이런 선물을 해줄 수 있는 사람은 이 세상에 오직 자신뿐이라는 우쭐함에 점심, 저녁으로 일하면서도 콧노래가 저절로 나왔다.

하지만 다른 사람들은 달랐다. 지철은 그래도 군말 없이 일하는데, 하라가 입을 쭉 내밀고 노골적으로 불만을 터뜨렸다.

"잠도 못 자고 이게 뭐야?"
"사장님이 월급 두 배로 올려 주신다잖아!"
"그래도 난 싫다고! 훤한 대낮에 이젠 아줌마들까지 와서 나를 홀 서빙 취급하잖아!"
"네가 홀 서빙 아니고 그럼 뭔데?"
"치……, 그러는 똘주방은 자기가 뭐라고 사장 편을 들어? 자기가 그 여자 기둥서방이라도 돼?"
"그 여자? 이게 어디서 사장님한테 감히!"
성곤은 하라가 들고 있던 쟁반을 빼앗아 하라의 머리통을 내려쳤다. 그 바람에 머리핀이 부서지며 하라의 머리가 산발이 됐다.
하라가 눈에 쌍심지를 켜고 대들었다.
"씨발, 진짜 사장이 별거야? 그래 봤자 끈 떨어진 지가 언젠데."
"뭐?"
하라는 더 이상 말을 하지 않고 씩씩거리며 머리를 수습했다.
"두고 봐. 씨, 내가 사장되면 당장 똘주방부터 잘라버릴 테니까."
"저년을 그냥 오늘……."
성곤은 한 대 더 쥐어박을까 하다가 하라의 눈에서 뿜어져 나오는 심상치 않은 독기에 멈칫했다. 그러고 보니 뭔가 수상했다. 잠자다 하루 한두 번씩은 하라의 잠꼬대나 비명 소리에 깨기 마련인데 요새 며칠 동안은 그런 일 없이 푹 잤다. 옆방에 사람이 없는 것처럼 조용했고, 하라는 밤에 잠 안 자고 뭘 했는지 하루 종일 하품을 해대며 틈만 나면 졸았다.

그날 밤, 일이 끝나고 2층으로 올라가자마자 성곤은 녹음기 내용을 듣지도 않고 옆방에 귀를 기울였다. 얇은 벽을 통해 하라의 샤워 소리가 들려오고 전화벨 소리도 들렸다. 그리고 얼마 후, 문을 열고 밖으로 나가는 소리.

성곤은 조심스레 문을 열고 하라를 미행했다. 야미로 들어오는 길목 입구에 많이 본 자동차 한 대가 세워져 있었다. 하라가 총총 뛰어가 타자 자동차는 출발했다. 성곤은 정원 한쪽에 세워둔 오토바이를 가지고 나와 그 자동차를 뒤쫓았다.

자동차는 지평면 삼거리를 지나 남한강 모텔촌을 향해 달려가고 있었다. 거리를 두고 따라가니 두 사람이 탄 차가 신축된 듯 보이는 무인 모텔 앞에서 멈췄다. 설마 했는데 역시나 운전석에서 여현수가 내려 하라와 함께 모텔로 들어갔다.

성곤은 밤새 잠도 자지 않고 하라가 방에 언제 들어오는지를 살폈다. 새벽 여섯 시쯤 돼서야 옆 방문이 열리는 소리가 났다.

저러니 잠잘 시간이 없지.

성곤은 모텔로 들어가는 여현수와 하라의 뒷모습을 찍은 사진을 보며 소혜에게 이 사실을 알리는 것이 좋을지 말지 골똘히 생각했다. 그러다 좀 더 지켜보기로 했다.

시간이 지날수록 손님들의 예약 전화가 시들해지고 소혜에게 오는 선물들도 줄어들었다. 여현수가 야미에 발길을 끊고 소혜와는 모든 관계를 끝냈다는 소문이 퍼져나갔다.

야미는 다시 원래대로 돌아가 해가 지고 나서야 영업을 시작했다. 예약 취소 전화가 오거나 예약했던 손님들이 아무 말 없이 오지 않기도 했다. 소혜는 구멍 난 풍선처럼 점점 기운이 없어지고, 하라는 신나서 콧노래를 불렀다. 자신이 사장이라도 되는 듯이 굴었다.

"이제야 야미답네. 그러게 왜 함부로 건드려, 건드리길."

성곤은 이제 제물을 바칠 때가 되었다고 생각했다.

김모가 친구들과 함께 오겠다고 예약한 날 새벽, 성곤은 아로와나가 있는 탱크 수족관의 뚜껑을 열었다. 아로와나는 점프 본능이 있어 먹이를 발견하면 몇 미터 위까지 뛰어오른다. 그래서 점프사로 죽지 않게 항상 뚜껑을 닫아두어야 하는데, 성곤은 그 뚜껑을 열고 미꾸라지를 낚싯대에 매달아 공중에 드리웠다.

소혜의 분신인 금용이 공중에 있는 미꾸라지를 향해 힘차게 뛰어올랐다가 대리석 바닥으로 추락했다. 성곤은 그 멋진 광경을 핸드폰 동영상에 담고 유유히 자기 방으로 올라갔다.

성곤의 예상대로 한 시간 후, 지철이 대리석 바닥에 떨어져 죽어있는 아로와나를 처음 발견했다. 지철은 소혜가 아끼는 금용이 죽어있는 광경에 놀라 별채로 뛰어갔다.

피를 흘리며 바닥에 죽어있는 금용을 본 소혜는 하얗게 질렸다. 성곤은 그런 소혜를 살짝 룸으로 불러 전에 모텔 앞에서 찍어두었던 여현수와 하라의 사진을 보여주었다.

"사장님 아시면 기분 안 좋으실 것 같아서 그동안은 그냥 저 혼자 알고 있었는데, 이런 일까지 생기고 말았네요."

"나도 어느 정도 예상은 하고 있었어요."

"네?"

"이런 식으로 도발해 올 줄은 몰랐지만……."

소혜가 참담한 표정으로 죽어있는 아로와나 쪽을 보다가 이마를 찡그렸다.

"오늘은 좀 쉴게요. 주방장님이 알아서 좀 해주세요."

그렇게 별채로 들어간 소혜는 밤새 나오지 않았다.

성곤은 하라와 지철에게 밖에서 시간을 좀 보내고 오라는 특별 휴가를 주고 홀로 주방에서 아로와나를 요리했다.

얼마 후, 검은 포르쉐와 국산 차 두 대가 야미로 들어왔다. 차에서 내린 김모 일행은 성곤이 만든 거대한 아로와나찜을 보고 환호성을 질렀다. 김모가 전보다 더 반짝거리는 눈빛으로 존경을 담아 성곤을 바라보았다.

"형님을 저의 멘토로 모시고 싶습니다."

그날 이후, 아로와나가 죽은 그 빈자리를 하라가 대신했다.

하라가 여현수의 새 정부라는 소문이 어떻게 퍼져 나갔는지 소혜에게 선물을 보냈던 사람들이 하라에게 선물을 보내기 시작했다. 하라를 보기 위해 야미를 찾아와 소혜 대신 하라가 옆에 있어 주기를 바라는 손님도 있었다.

검찰총장에 취임한 여현수가 고위 권력자들의 부정부패를 척결하면서 국민 총장으로 인기를 얻어갈수록 하라의 위세도 강해졌다.

소혜가 별채로 성곤을 부른 것은 그 무렵이었다.

소혜는 오동나무로 된 칼집 하나를 성곤에게 내밀었다.

"진작 드리고 싶었는데 이제야 완성돼서……."

성곤은 별 기대 없이 칼집을 열어보다 너무 놀라 입이 쩍 벌어졌다.

오동나무 안에 들어있는 것은 미즈노탄렌조 쇼긴!

천만 원이 훌쩍 넘는 가격도 가격이지만 14주 동안 여섯 명의 장인이 직접 손으로 만들어야 해서 6개월 전에 주문하지 않으면 가질 수 없는 명품 중의 명품 칼이었다.

손잡이까지 순은으로 제작된 쇼긴은 압도적인 카리스마를 내뿜었다. 연마 기술자에 의해 날이 잘 갈린 채 출시된 쇼긴은 당장에라도 피 맛을 찾아 돌진할 것처럼 매서웠다.

"저에게 왜 이런 귀한 칼을……."

"제가 이 세상에 믿을 사람은, 아니 믿는 사람은 주방장님뿐이니까요."

그 말이 성곤의 가슴에 쌓여있던 섭섭함과 실망감을 산산조각 내버렸다. 성곤은 감동에 젖어 소혜를 바라보았다.

"요즘 야미 분위기가 엉망이죠? 정말 창피해서 주방장님 앞에 얼굴을 못 들겠네요."

"무슨 그런 말을, 우리끼리……."

'우리'라는 말에 소혜가 쌍꺼풀을 크게 접으며 바라봤다.

"걱정 마십쇼. 모든 건 제가 다 돌려놓을 테니……."

"네? 주방장님이 어떻게?"

성곤은 대답 대신 큰 손으로 소혜의 작은 손을 꼭 움켜쥐었다. 기습적으로 당한 포획에 소혜의 손이 긴장해 움찔했다. 성곤은 작은 새 같은 소혜의 손을 더 힘주어 움켜쥐고, 소혜의 나머지 한 손마저 집어다가 자신의 용무늬 문신 팔뚝 위에 올려놓았다.

"그냥 날 믿는다고만 말해요."

소혜가 빤히 바라보다 성곤이 시키는 대로 했다.

"주방장님을 믿어요."

"당신을 믿어요, 라고."

마지막 고비 앞에서 소혜가 쉽게 무릎 꿇지 않겠다는 기세로 팽팽한 눈길을 보냈다.

"말해요, 어서."

"……."

"당신이 받은 모욕과 수치심, 당신 안에 있는 증오와 상처 내가 다 갚아줄 테니까."

소혜가 마침내 입술을 달싹였다.

"당신을 믿어요."

팔뚝에 새겨진 용이 몸속으로 파고든 듯 성곤은 몸을 부르르 떨었다. 용의 꼬리가 몸의 중심부를 강타하며 꿈틀 발기했다. 성곤은 몸이 시키는 대로 소혜를 끌어당겨 입을 맞췄다.

소혜가 최면 상태에서 깨어나기라도 한 듯 정색하고 성곤의 뺨을 때리려 했다. 성곤은 잽싸게 그 손목을 잡으며 뜨거운 눈빛으로 말했다.

"이제부터 우린 하나니까."

소혜가 노려보다 어쩔 수 없다는 듯이 눈을 감았다.

성곤은 당장 소혜를 품에 안고 여현수가 벌거벗고 있던 침대 위로 가고 싶은 마음을 간신히 억누르며 소혜를 자기 품에 꼭 안았다.

"이제부터 당신은 내 여자야."

"당신에게 그 정도의 능력이 있는지 증명된다면."

"그야 물론."

성곤이 별채에서 야미로 돌아오는 데는 1분도 안 걸렸다. 온몸에 솟구치는 에너지를 주체하지 못해 성곤은 날아가듯 정원을 가로지르고 고래산이 떠나가라 포효했다. 피부에서 용의 비늘이 솟아나기라도 하는 것처럼 전신이 딱딱해지고 강해진 것 같았다.

이제 정말로 소혜와 한 팀이 되었다.

꿈인지 확인해 보기 위해 꼬집어볼 필요도 없었다. 자기 손에 들린 쇼긴이 그 증거품이었으므로.

성곤은 그날 비로소 옷장 위에 놓아두었던 미즈노탄렌조 미나모토 아키타다가 사라졌다는 것을 알았다. 하지만 이미 잃어버렸다고 했던 칼을 또다시 잃어버렸다고 할 수도 없었고, 이미 그것보다 더 좋은 칼을 얻었기에 그냥 넘어가기로 했다.

이제는 그깟 사시미칼 하나 가지고 호들갑을 떠는 대신 소혜와 세상 사람들에게 자신이 누군지를 보여줄 차례였다.

사람들이 영웅으로 떠받드는 여현수보다 자신이 더 상위층에 있는 포식자임을 보여주는 방법은 딱 하나, 바로 자신이 여현수를 잡아먹는 것이다!

성곤은 그 전에 먼저 여현수의 간첩인 하라부터 정리하기로 했다. 버릇없고 예의도 모르고 앞뒤, 위아래 분간 못 하는 하라는 그래서 더 만만치 않은 상대이기도 했다. 딱딱한 등껍질에 집게발을 치켜들고 고래도 상어도 두려워하지 않는, 여차하면 제 동료와 가족도 물어버리는 게 같은 아이였다.

어떤 방법으로 하라의 사나운 집게발을 잘라내야 하나 궁리하는데 하라가 직접 힌트를 던져줬다.

소혜 없이 성곤이 지철, 하라와 함께 홀에서 저녁을 먹으며 티브이를 보고 있을 때였다.

음악 프로그램이 시작되고 아이돌 가수가 나오자 하라가 얼른 다른 채널로 돌리려 했다.

"놔둬."

"싫어요. 보고 싶으면 똘주방 방에 가서 봐요."

"너나 보기 싫으면 네 방으로 기어들어가!"

성곤은 하라가 들고 있는 리모컨을 빼앗아 다시 음악 프로그램이 나오는 채널에 맞췄다. 신나는 노래가 나오는데 하라의 얼굴은 점점 울상이 되어갔다. 그러다 신경질적으로 소리쳤다.

"듣기 싫다고, 새꺄!"

성곤이 기가 차서 주먹을 내지르려는 찰나 시다가 끼어들었다.

"주방장님, 하라가 전에 안 좋은 경험이 있어서 그러는 거니까 이해해 주세요."

"뭔 경험?"

"여기 오기 전 저 가수들 기획사에서, 크게 상처받았었나 봐요."

"미친년. 가수는 무슨, 노래도 못하는 게."

"씨팔, 똘주방 너도 차 대표랑 똑같은 새끼야!"

"뭐?"

"이 세상에서 없어져야 할 악마라고! 이 개새끼야!"

성곤은 더는 못 참고 자리에서 일어나는 하라를 향해 밥그릇을 집어 던졌다. 그런데 지철이 몸을 날려 대신 맞았다. 그 틈을 이용해 하라는 쪼르르 2층으로 올라가 버렸다.

"이 시다 새끼, 어디서 끼어들어! 안 비켜?"

귀싸대기를 한 대 올려붙였는데도 시다는 그 자리에 우뚝 서서 피하지 않았다. 그리고 안타까움과 깊은 슬픔이 담긴 그 눈길로 자신을 바라보았다.

성곤은 그 눈빛에 이성을 잃고 식탁 위에 있던 온갖 그릇들을 시다에게 내던졌다. 시다는 벙어리처럼 말 한마디 없이 그대로 맞고만 있었다. 그럴수록 죽여 버리고 싶었다. 성곤은 하라를 처치한 다음엔 네 차례라고 우두둑 이를 갈며 지철을 쏘아보았다.

그날 손님들이 돌아가고 하라가 여현수를 만나러 나가자 성곤은 하라의 방문 자물쇠를 부수고 들어가 저녁때 받아놓은 뱀장어 피를 벽에 뿌려 놓고 차 대표가 운영하는 기획사의 엠블럼을 인쇄한 종이에 경고문을 적어 붙여 놓았다.

오하라, 넌 이제 죽었다.

하라는 새벽 다섯 시쯤 들어왔다. 문이 열리고 2초 후 하라의 비명소리가 들려오자 성곤은 자기 방에서 흡족한 미소를 지었다.

며칠 후, 하라가 밤 외출을 하지 않은 날을 골라 성곤은 복면을 쓰고 창문으로 나가 하라의 방 창문에 매달렸다. 자다가 깬 하라가 창문에 매달린 그림자를 보고 다시 또 비명을 질렀다. 성곤은 창문을 부수고 들어갈 것처럼 두드렸다. 하라는 겁에 질려 질질 짜며 무릎을 꿇었다.

그런데 갑자기 하라의 방에 불이 켜지며 그 눈이 나타났다. 안타까움과 깊은 슬픔이 담긴 그 눈빛. 또 시다 새끼였다.

성곤은 잽싸게 창문에서 뛰어내렸다. 자신임을 들키지 않으려고 야미의 정원으로 도망쳐 밖으로 뛰어나갔다가 한참 후에야 자기 방으로 돌아왔다.

성곤은 자신의 아버지처럼 사사건건 자기 일을 방해하는 시다가 재수 없고 분해, 지철까지 한꺼번에 처리할 수 있는 방법을 궁리했다.

그러던 어느 날, 지철이 야식을 만들었다고 성곤의 방문을 노크했다. 지철이 들고 온 건 니꼬고리였다. 니꼬고리는 복어 껍질이나 도미

껍질처럼 젤라틴 성분이 많은 것을 끓여 그 안에 생선 사시미를 넣고 굳히는데, 시다가 가져온 니꼬고리엔 사시미 대신 도미의 눈알이 박혀있었다.

아버지가 개발한, 아니 엄마가 레시피북 속에 써놓은 바로 그 레시피대로 만든 요리였다.

성곤은 당혹스러움을 감추며 젤리 속에 박혀있는 도미의 눈알과 시다의 눈을 번갈아 보았다.

"네가 이걸 어떻게……."

"도미의 눈에는 비타민 비 원이 많이 들어있대요."

그것 역시 레시피북에 쓰여있는 말이었다.

성곤이 아버지의 일식집에 불을 지르고 나오면서 유일하게 가지고 나온 물건. 그 레시피북은 여수에 있는 계집의 집에 있을 터였다.

불에 타죽은 성곤의 아버지는 사업 실패를 비관한 자살로 처리되었다. 아버지의 시체를 화장해 들고, 성곤은 엄마의 고향인 여수로 갔다. 외할머니와 외삼촌의 무덤 앞에 아버지의 뼛가루를 놓아두고 자신이 엄마의 복수를 했노라고 자랑스럽게 말했다. 그 후 그 뼛가루를 버리려고 그 마을 앞 바닷가에 갔다가 만난 게 그 계집, 벙어리 해순이었다.

해순은 말이 안 통해서 좋았다. 맛있는 밥도 해주고, 따뜻하게 안아도 주고, 그러면서 아무 말도 하지 않는 해순과 함께 있는 것은 성곤이 난생처음 맛보는 평화였다. 아버지를 대신해 늘 처형당해야 했던 물고기들과 바닷속을 같이 헤엄치면서 성곤은 천국에 있는 듯한 기분도 들었다. 행복했다. 해순의 임신을 알기 전까지는.

아내를 잡아먹은 남편, 아버지를 잡아먹은 아들의 나쁜 피를 누군가에게 물려주고 싶지 않아 성곤은 아이를 지우라고 부탁했다.

해순은 거절했다.

성곤은 아이를 키우고 싶으면 입양을 하자고 진지하게 설득했다.

그래도 해순은 말을 듣지 않았다.

그런 해순과 싸우다가 결국 해순을 죽일 뻔했다. 해순은 자신에게 목이 졸려 숨이 넘어갈 뻔한 순간에 온 힘을 다해 손가락으로 거울에 글씨를 썼다.

네 애가 아니야.

살기 위해 거짓말을 하는지도 모른다고 생각했지만, 성곤은 아내를 잡아먹은 아버지와 똑같이 되고 싶지 않아 그날로 해순을 떠났다. 뒤늦게 레시피북을 해순의 집에 두고 나온 것을 알았지만, 다시 돌아갈 수는 없었다.

이 시다 새끼가 그때 그 벙어리 계집의 배 속에 있던?

갑자기 몸살이 오는 것처럼 온몸에서 오한이 느껴졌다.

성곤은 지철이 가져온 도미 니꼬고리를 집어 던졌다.

"이런 건 안 먹으니까 너나 처먹어!"

지철이 다음 날에는 박대묵을 가져왔다.

박대라는 생선의 껍질을 말린 후 물에 불려 만드는 박대묵은 일본에서는 먹지 않는 한국의 토속 음식이다. 하지만 성곤의 아버지는 그 박대묵을 좋아해서 일본에서도 자주 만들어 먹었었다. 해순 역시 좋아했었다.

머릿속에 저장된 기억들은 쉽게 사라지지만, 몸에 스며든 맛은 쉽게 잊히지 않는다. 검은빛을 띠면서도 투명한 박대묵을 보자 성곤의 감각들이 갑자기 활개 치며 성곤의 의지를 압도했다.

차가우면서도 말랑말랑한 그 맛을 기억하고 있던 혀가 반가움에 솟구치고, 귀에는 박대묵을 맛나게도 먹던 아버지의 찰박찰박한 소리, 해순의 호로록 꿀꺽하는 소리가 파도처럼 밀려오며 알 수 없는 그리움과 슬픔에 눈물이 차올랐다.

성곤은 그 모든 것들을 떼어내듯 차갑게 소리쳤다.

"이 멍청아. 이건 겨울에만 먹는 거야. 여름엔 녹아버려서 맛이 없다고!"

그릇을 통째로 엎어 버렸지만, 저 새끼가 다음 날 또 아무렇지 않다는 표정으로 무언가를 들고 올지 모른다는 불길한 예감에 성곤은 속이 울렁거렸다.

"네 이름이 뭐라고?"

"지철이요. 박지철."

"몇 살이나 먹었어?"

"스물셋입니다."

스물셋이면……. 이십삼 년 전이면, 자신이 해순과 살았던 바로 그 시절이다. 성곤도 그때 꼭 스물세 살이었다.

"이런 건 누구한테서 배웠냐?"

"레시피북 보고……."

"그거 가져와 봐."

"지금은 없어요."

"어디 있는데?"

"……."

"왜 말 못 해?"

"엄마의 유언이라……."

유언? 그럼 그 벙어리 계집이 죽었다는 얘기?

"무슨 유언인데?"

"……."

지철은 제 어미처럼 벙어리가 된 듯 더 이상 말하지 않았다. 그럴수록 성곤은 머릿속이 뜨거워졌다.

그 벙어리 계집은 도대체 이놈에게 무슨 말을 했을까? 제 마누라를 잡아먹고, 제 아버지를 죽이는 나쁜 피를 이어받았으니 너도 널 버린 네 아비를 찾아가 죽이라고 한 것인가? 그래서 그렇게 때리고 구박해도 이놈이 야미를 떠나지 않고 버틴 것인가?

힘으로는 지철을 이길 자신이 있지만 이건 힘으로 결정되는 것이 아니라 운명이 정해준 승패였다. 조금 전까지만 해도 자신이 지철을 죽여 버릴 거라는 예감이 한순간에 지철에게 잡아먹힐지 모른다는 두려움으로 바뀌었다.

성곤은 본능적으로 한 발 뒤로 물러서며 머릿속으로 재빠르게 계산했다.

아직은 이놈이 나의 핏줄인지는 확실하지 않다. 설사 그렇다 해도 이놈은 1년이 다 되도록 그저 나를 바라보기만 했다. 그렇다면 이놈에게 운명의 칼을 맞기 전에 내게도 기회가 있을지 모른다. 그때까지 최대한 시간을 벌어야 한다.

성곤은 표정을 누그러뜨리고 툭 내뱉듯이, 최대한 자연스럽게 말했다.

"칼도 못 가는 놈이 무슨 요리를 한다고. 지철이 너, 내가 가르쳐줄 테니 기본부터 제대로 배워."

지철의 눈이 휘둥그레졌다.

자신의 이름을 처음으로 불러줬다는 것만으로도 감격한 듯 눈꺼풀이 바르르 떨렸다.

성곤은 아버지가 자신에게 그랬듯이 지철에게 칼 가는 법부터 가르쳤다.

"오른손으로 칼자루를 잡고 둘째손가락을 칼등에 대고 칼을 숫돌에 수평으로 놔. 왼손 가운데 세 손가락을 갈고 싶은 부위에 얹어 누르고, 오른손과 왼손이 동시에 당겼다 밀었다 반복하는 거야. 칼날이 자기 쪽을 향해 갈 때는 밀 때 힘을 주고, 칼날이 바깥쪽일 때는 잡아당길 때 힘을 줘."

칼날과 숫돌에 반반씩 얹은 지철의 손가락에서 피가 흘러나왔다.

"칼 하나 내 것으로 만들려면 그 정도 피는 아무것도 아니야. 지문이 없어질 때까지 갈아야 돼."

지철은 성곤이 가르쳐준 대로 불평 한마디 없이 배웠다.

"칼은 또 하나의 손이라고 했는데 이따위로 망쳐놓으면 어떡해!"

"죄송합니다. 다시 할게요."

"손가락 놓는 위치가 잘못됐어. 거기가 아니고 좀 더 아래 여기. 그래. 손을 이렇게 놓고 부드럽게 칼을 그네 태우듯 숫돌에 태우란 말이야."

성곤이 직접 지철의 손을 잡고 시범을 보여주자 하라가 그 모습을 발견하고 눈을 동그랗게 떴다.

"똘주방, 암 걸렸어? 갑자기 왜 그래?"

소혜 역시 지철을 쫓아내려고 안달하던 성곤이 지철에게 주방 일을 세심하게 가르치자 이상하게 여겼다. 그러다 그게 계속 맘에 걸려 못 참겠다는 듯 어느 날 밤, 성곤을 별채로 불렀다.

"갑자기 시다한테 왜 그렇게 잘해주세요?"

"그게 그럴 만한 사정이 좀 있어서……."

"그 사정이란 게 혹시, 지철의 핏줄?"

성곤은 들키고 싶지 않은 비밀을 들킨 사람처럼 움찔했다.

소혜가 그 모습을 보고 자신의 직감이 맞았다는 표정으로 목소리에 힘을 주었다.

"여현수가 광주지검 순천지청에 발령받은 게 1990년이니까 그때 생긴 혼외 자식이라면 지철의 나이쯤 됐겠다 싶었어요."

"여현수의 혼외 자식이요?"

"네. 주방장님도 그래서 시다에게 신경 쓰는 거 아니에요?"

"그게……."

그동안 엉망으로 엉킨 실타래 같았던 성곤의 뇌 속으로 한 줄기 시원한 바람이 불어왔다. 성곤은 그 바람을 한껏 들이마시며 여유롭게 말했다.

"아직 정확한 게 아니라서 말할 수는 없지만, 그냥 평범한 시다는 아닌 것 같아서요."

"내 생각도 그래요. 쭉 여수에 살았었다는 애가 어떻게 우리 야미를 알았을 것이며, 혹 알았다 한들 특별한 사연이 없고서는 달랑 명함 한 장 들고 찾아오진 않았겠죠. 다들 한두 달을 넘기기 힘든 이곳에서 1년을 넘기지도 않았을 것이고."

소혜는 말을 마치면서 지철을 괴롭혔던 성곤의 주먹을 흘끔 보았다.

"그런데 지철이 여현수의 혼외 자식이라고 의심할 만한 또 다른 이유라도?"

"여현수는 힘든 일이 있을 때마다 혼자 여수에 다녀오곤 했었어요. 가서 누굴 보고 오는지는 일절 말하지 않았고."

소혜가 한쪽 구석에서 비닐봉지 하나를 내밀었다.

"유전자 검사를 해보면 확실하겠죠. 여현수가 엄민경을 시켜 자기 물건을 챙겨가고 여기 남아있는 지문까지 없애게 했지만, 이것까지 가져가진 못했죠."

투명한 비닐봉지 속에는 칫솔 하나와 담배꽁초 여러 개가 보였다. 성곤은 비닐봉지를 받아 주머니에 넣으며 생각지 못한 보너스를 받은 듯 기분이 들떴다. 지철이 자신의 아들이라고, 나쁜 피의 저주에 갇혔노라고 지레짐작했었던 자신이 우스웠다.

야미로 들어가니 그 시간까지도 지철은 주방에서 칼을 갈고 있었다.

성곤은 그 칼을 보며 칭찬했다.

"풍천도는 제대로 길들이기가 어려워 악마의 칼이라고 불리는 칼인데 이 정도면 잘했다."

지철이 처음 받은 칭찬에 감격스러운 표정을 지었다.

"이제 그만 올라가서 좀 쉬어."

지철이 정리하려고 하자 성곤이 막아섰다.

"나머지는 내가 할 테니까 그만 올라가."

"그래도……."

"내일부터는 본격적으로 요리를 가르쳐줄 거니까 일찍 쉬는 게 좋을 거야."

지철이 고개를 꾸벅하고 주방을 나가자 성곤은 지철이 칼을 갈다 흘린 피가 묻어있는 휴지를 챙겨 여현수의 칫솔과 면도기가 들어있는 봉지에 넣었다.

유전자 검사 결과가 나오는 데 이틀이 걸렸다.

성곤은 그 결과를 소혜에게 알렸고, 소혜는 정무수석 O를 야미로 초대했다. 차기 대권 주자인 황 의원이 나중에 자신들을 해코지 못하도록 살짝 겁만 주려던 자신들의 계획을 어기고 본격적으로 황 의원의 비리를 잡아 절벽으로 몰아붙이고 있는 여현수 때문에 골치가 아팠던 O는 여현수에게 혼외 자식이 있다는 소혜의 말에 얼굴이 환해졌다.

다음 날부터 정의의 사도인 양 부패 척결에 앞장서고 있는 여현수에게 혼외 자식이 있다는 소문이 급속도로 퍼져 나갔다. 물심양면으로 여현수를 그 자리에 올려놓았지만, 갑자기 돌변한 여현수 때문에 떡고물 하나 얻어먹지 못하고 불만만 쌓여갔던 자들은 얼씨구나 하고 그 소문에 살을 붙였다.

"23년 동안 자기 아들을 내버려두고 한 번도 찾아보지 않은 비정한 아버지가 무슨 정의를 말해?"

여현수의 혼외 자식 스캔들이 신문 기사에 실리고 티브이에까지 보도되자 여현수는 사실무근의 음해성 소문이라고 기자 회견을 자청했다. 자신의 뇌성마비 딸을 대동해 딸 앞에서 자신의 결백을 맹세했다. 그 딸은 고개를 삐딱하게 기울이고 어눌한 발음으로 아빠를 믿는다고 화답했다.

그래도 소문이 가라앉지 않자 여현수는 지라시에서 자신의 혼외 아들이라고 지목한 청년과 유전자 검사를 하겠다고 선언했다.

소혜는 그런 여현수를 보며 혀를 내둘렀다.

"저렇게 뻔뻔할 줄은 몰랐는데……. 지철이 저 모습을 보면 상처받겠네요."

"당연히 그렇겠죠."

성곤은 아무것도 모르고 수족관의 우럭이 새끼를 낳았다며 잔뜩 흥분해 있는 지철을 물끄러미 보았다.

"주방장님, 이것 좀 보세요. 되게 많죠? 우럭 새끼는 처음 봐요. 어쩜 이렇게 투명하고 작은 물고기들이 자라 그렇게 무시무시한 등지느러미를 가진 우럭이 될까?"

"뜰채로 싹 걷어내고 다시 청소해!"

"네? 애들을 그냥 죽이라고요?"

"어차피 죽어. 그냥 놔두면 수족관만 오염된다고!"

"그래도 아직 살아있는데……."

"그래서 뭐? 그래서 살아있는 물고기는 어떻게 잡을래?"

"얘들은 새끼잖아요. 방금 태어난……."

성곤은 처음으로 지철이 짠하게 느껴졌다.

우럭의 새끼들을 건져 다른 대야로 옮기는 지철을 보며 무덤덤하게 말했다.

"널 내 제자로 삼고 싶은데, 네 생각은 어떠냐?"

"네? 왜 갑자기 저를……."

"그냥 불쌍해서."

"네?"

"내 제자 할래, 말래?"

지철이 성곤의 진심이 무엇인지 모르겠다는 표정으로 눈알만 굴렸다.

"그럼 오늘부터 넌 내 제자다. 이건 그 징표로 너에게 주는 거고."

성곤은 소혜에게 선물 받은 미즈노탄렌죠 쇼긴을 내밀었다.

칼을 본 지철의 눈빛이 출렁거렸다.

"이걸 정말, 정말 저에게 주시는 거예요?"

"그래. 내 첫 제자이자 마지막 제자니까."

파도처럼 출렁거리던 지철의 눈빛이 촉촉해지며 눈물을 글썽거렸다. 성곤은 그 눈을 바라보며 쐐기를 박았다.

"사제지간이 된 기념으로 이번 휴일에 같이 바다낚시나 가자."

"낚시를요?"

"여수가 낚시하기엔 참 좋은 곳이지. 여수 가봤냐?"

"그야 당연하죠. 그곳에서 쭉 살았으니까요."

"그래? 그럼 잘됐네."

성곤은 해순을 떠나 서울로 온 지 이십여 년 만에 처음으로 여수를 찾았다.

인적이 드문 갯바위에 자리를 잡고 원투낚시(원거리 투척)대를 바위에 고정시켰다. 지철은 갑자기 자신을 대하는 태도가 백팔십도 달라진 성곤에게 적응이 되지 않는 듯 거리를 두고 앉았다.

"지철이 너, 낚시해 본 적 있냐?"

"아뇨."

"그럼 잘 배워둬. 나중에 너한테도 아들이 생기면 가르쳐줄 수 있어야지."

지철이 복잡한 표정으로 성곤을 보았다.

"주방장님도 아버지한테 배우셨어요?"

"응. 그렇지만 우리 아버진 낚시를 잘하지 못했어. 항상 고기도 내가 더 많이 잡았고. 지금 생각해 보니까 아버지는 그냥 사람들을 피하기 위해 쉬는 날 낚시를 다닌 게 아닌가 싶어."

"왜요?"

"들킬까 봐."

"뭘요?"

"나쁜 피."

"네?"

"아버지한테도 나한테도 나쁜 피가 흐르거든. 세상 사람들이 알면 기겁할 만큼 나쁜 피."

지철이 무슨 말인지 모르겠다는 표정으로 바라보았다.

"넌 그런 피를 물려받지 않은 걸 감사해라."

지철이 어찌 대답해야 할지 곤란한 얼굴로, 말해야 할지 말아야 할지 갈등 어린 표정으로 성곤을 빤히 보았다.

그때 초릿대가 흔들리기 시작했다. 성곤이 능숙하게 낚싯줄을 감아올리자 작은 감성돔이 올라왔다.

"내가 잠깐 살던 마산에선 이런 놈을 똥감시라 불렀다. 작아서 먹을 게 별로 없는 놈들이지."

성곤이 잡은 감성돔 새끼를 다시 바닷속으로 내던졌다.

얼마 안 돼 다시 찌가 바닷속으로 쑥 들어갔다. 대물이 걸렸는지 낚싯대가 휘는 힘이 대단했다. 성곤은 바닷속으로 미끼를 물고 들어가려는 물고기를 챔질하며 소리를 질렀다.

"어……, 어……, 이놈이……, 지철아!"

지철이 옆에 다가와 성곤을 거들었다. 덕분에 40센티미터가 훌쩍 넘는 감성돔을 낚을 수 있었다. 은빛 갑옷을 입은 듯 멋진 감성돔의 자태와 우람한 덩치에 지철도 흥분해 소리를 질렀다.

"와, 엄청나게 크네요!"

"이 정도 크기면 대부분이 암놈이다."

"왜요?"

"감성돔은 어렸을 땐 수놈으로 살다가 4, 5년 지나면 대부분 암놈으로 바뀌거든."

"성이 바뀐다고요?"

"그래. 물고기들 중엔 그런 놈들이 많아. 수놈들이 암놈으로 바뀌기도 하고 암놈이 수놈으로 바뀌기도 하고."

"왜요?"

"그걸 나한테 물어보면 어떡해? 이놈한테 한번 물어봐라."

성곤이 들고 있던 감성돔을 지철 쪽으로 던지는 바람에 지철은 화들짝 놀라 뒷걸음질 쳤다. 우럭의 등지느러미에 찔리고 느꼈던 고통이 생생하게 다시 떠올랐다.

"사내자식이 쫄기는. 이놈은 독이 없어."

성곤은 낚시 올 때 챙겨서 온 칼집에서 사시미칼을 꺼내 순식간에 감성돔을 회 쳤다.

"요놈은 여기 목덜미 살이 가장 맛있는 부위다."

성곤은 직접 베어낸 감성돔의 목덜미 살을 지철의 입에 넣어주었다. 자상한 아비가 제 자식에게 넣어주듯.

꿀꺽 회를 삼킨 지철이 목멘 소리로 입을 열었다.

"사실은……."

성곤은 못 들은 척 다시 낚싯대를 향해 걸어갔다.

"또 걸렸다!"

성곤은 연이어 올라오는 물고기들을 바로바로 이케시메(신경차단술)했다. 뾰족한 송곳으로 물고기의 눈과 눈 사이 쏙 들어간 부위를 찌르고 가느다란 철사를 그곳에 집어넣어 연거푸 쑤셔댔다. 지철은 잔인해서 못 보겠다는 듯이 고개를 돌렸다.

"잡자마자 척수를 쑤셔 신경을 마비시키고 피를 빼놓아야 오랫동안 선도가 유지돼."

신경이 죽어 더 이상 파닥거리지 않는 감성돔의 아가미 옆으로 칼을 넣자 붉은 피가 쏟아져 나왔다. 성곤의 손도 붉게 물들었다.

"다음 건 네가 해봐."

"네? 제가요?"

"통사시미 기술도 이것과 별 차이 없어. 신경을 죽인 상태에서 살을 베어내는 거니까."

"……."

"특별히 제자인 너에게만 가르쳐주는 거니까 잔말 말고 시키는 대로 해."

한나절 만에 열 마리가 넘는 물고기가 잡혔다. 놀래기, 볼락, 감성돔. 성곤은 그것을 가지고 지철에게 이케시메하는 법을 가르쳤다. 살려고 버둥거리는 물고기들을 붙잡고 제 위치에 송곳을 찌르기는 쉽지 않았다. 지철이 제대로 하지 못하자 성곤은 화가 나 지철이 들고 있던 송곳을 빼앗아 들고 지철을 노려보았다.

"너 같은 놈을 제자로 삼겠다고 한 내가 미친놈이지."

"사실 전 제자가 되려고 야미에 온 게 아니라……."

성곤은 버럭 큰 소리로 지철의 입을 막았다.

"알고 있어. 네 아버지를 찾아왔다는 거!"

지철이 바짝 긴장한 표정으로 침을 삼켰다.

"네 아버지가 여현수라는 것도."

"네?"

"국민 총장으로 유명한, 온 국민이 칭송하는 그 양반이 네 아버지라고."

지철이 벼락이라도 맞은 사람처럼 멍하니 바라보자 성곤은 주머니 속에 챙겨 온 유전자 검사서를 지철에게 내밀었다.

두 검사자의 유전자를 분석한 결과 99.9% 부자지간임이 확실하다는 문장을 지철은 뚫어지라 바라보았다.

그사이 성곤은 조용히 송곳을 집어 들고 지철의 등을 향해 다가갔다.

빳빳하게 굳은 채 고개를 숙이고 있는 지철의 하얀 목덜미가 햇빛을 받아 눈부시게 빛났다. 거기 머리 바로 아래쪽 움푹 들어간 지점을 찌르면 뇌로 들어가는 척수였다.

성곤이 손에 들고 있는 송곳을 힘주어 잡고 치켜드는 찰나, 지철이 고개를 돌렸다.

안타까움과 깊은 슬픔이 가득 담긴 눈길, 성곤은 다시 또 그 눈빛에 갇히고 말았다.

6. 사건 Ⅲ

윤곽은 보이지 않았다.

애초에 인간의 눈으로 지각할 수 있는 형체와 덩치도 아니었다.

밤에만 나타났다 아침이 되면 흔적도 남기지 않고 사라지는 어둠. 그 짐승이 시큼한 냄새를 내뿜으며 7월의 열대야를 가득 채우고 있었고, 그 짐승의 눈이라도 되는 듯 옥탑방 두 개의 창문이 노란 불빛을 내뿜고 있다.

그 안에서 진아와 준명, 지철이 숨 막히는 질문을 주고받았다.

"그러니까 주방장이 아로와나를 미끼로 김모를 끌어들이고 엄민경을 죽게 했다?"

"네."

"넌 그걸 어떻게 알았어?"

"어느 날 주방장이 핸드폰을 주방에 두고 간 적이 있었는데 거기 동영상이 있었어요. 금용이 추락하는 것과 그걸 찜으로 만들어 같이 먹는……. 그 동영상 속에서 주방장이 한 남자에게 이게 그 여자 목숨 값보다 훨씬 비싼 거라고 하니까 그 남자가 그럼 나머지는 다음에 갚겠다고 하더라고요."

"그 사람이 김모네!"

진아가 흥분해 끼어들었다.

"그 사람이 김모예요. 다음에 갚겠다고 한 게 바로 여현수 검찰총장 살인사건인 거고……. 그러니까 그 두 사람이 이 모든 사건을 저지르고, 그래, 그런 거야. 그렇지?"

진아가 간절한 표정으로 지철을 보았다.

"아니에요. 여현수 검찰총장은 제가 죽였어요."

도돌이표. 다시 또 제자리였다.

진아가 지철의 변호사라도 되는 양 지철이 여현수의 살인범이 아님을 증명하려고 모든 이야기에서 단서를 찾아 눈을 빛낼 때마다 지철은 무거운 목소리로 진아의 수고를 무용지물로 만들었다. 진아는 맥이 빠져 한숨을 내쉬었다.

"어떻게 죽였는지 그럼 그 이야기를 자세히 해봐."

"4월 6일. 주방장이 잃어버렸다고 했던 칼은 하라의 말대로 주방장 방에 있었어요. 일부러 그런 자작극을 벌여 날 내쫓으려고 한 짓에 화가 나 그 칼을 가지고 나와 제 방에 숨겨두었다가 6월 30일 야산에서 여현수 검찰총장을……."

"야산까진 어떻게 유인했지?"

"그건……, 그건 전화로……."

"전화? 네가 전화 건 기록은 없는데?"

"하라의 핸드폰을 몰래 썼어요."

"그럼 하루 전날인 6월 29일, 총장님의 집에 찾아간 이유는?"

"집에 가서 어떻게 해볼까 하는 생각에 칼을 가방에 넣어서 찾아갔는데 집에 없어서……."

"그날 넌 가방을 들고 있지 않았어."

"네?"

"총장님 집 앞 CCTV에 찍힌 넌 아무것도 들고 있지 않았다고."

"그건……, 다른 쪽에……, 주차된 다른 차 밑에 잠깐 숨겨두고 가서……. 그래서 그런 거예요."

"그 칼이 미나모토아키타다였다고?"

"네."

"그럼 쇼긴은? 왜 그 칼에서도 총장님의 피가 검출됐지?"

쇼긴이라는 말에 지철의 얼굴이 하얗게 질렸다.

"그 칼을, 그 칼을……, 찾았나요?"

"그래 설 회장의 집에서."

"네?"

"지난번에 여현수 검찰총장의 살해 용의자로 조사를 받다가 쓰러졌다고 말했던 사람이야. 그 사람의 집에서 그 칼을 찾았다고."

갑자기 전원이 차단돼 꺼지는 컴퓨터처럼 지철이 굳게 입을 다물고 눈만 불안하게 끔뻑거렸다.

"그 칼은 그럼 어떻게 된 거지?"

"……."

지철이 아무 말도 하지 않고 고개를 젓자 진아가 다시 끼어들었다.

"너무 몰아붙이지 말고 천천히 해요. 지철아, 물 좀 한 잔 마셔. 그리고 천천히, 천천히 얘기해. 억지로 네가 모르는 것까지 얘기할 필요 없어."

"고 순경이 박지철 변호사야? 뭐야, 아까부터."

"검사님이 검사 역할 하니까 제가 변호사 역할을 해야 공평하죠."

지철이 물을 다 마시자 진아가 레시피북을 지철의 앞으로 밀어 넣으며 물었다.

"지철아, 이 레시피북은 뭐야? 이건 왜 가지고 있었고, 여기 나오는 사람들에 대해서는 왜 궁금해한 건데?"

"그건 엄마의 유언이에요. 아버지에게 전해주라고 해서……."

"아버지? 네 아버지가 누군데?"

"처음엔 주방장인 줄 알았어요. 제가 오해했던 거죠."

"그런데 알고 보니 여현수 검찰총장이 네 아버지였다?"

"네."

"이 레시피북에 여현수 검찰총장과 관련된 건 아무것도 없었던 거 같은데. 그럼 왜 네 엄마는 이걸 여현수 검찰총장에게 전해주라고 했을까?"

"그건 저도 모르겠어요. 어쨌든 그 사람이 제 아버지인 건 확실하니까."

"그래서 죽였어? 널 버렸다는 이유만으로?"

"그 이유만은 아니고……."

"그럼?"

"처음엔 그분이 엄청나게 훌륭한 줄 알았어요. 힘센 사람들의 압력에도 굴하지 않고 정의를 실현하는 걸 보면서 저분을 내 아버지로 삼아야겠다, 그래서 잠깐이지만 그분을 나 혼자 아버지로 생각하기도 했었어요. 그 사람에 관한 신문 기사도 스크랩하고, 그 사람이 쓴 책도 사서 읽고……. 그런데 그 사람의 실체는 그게 아니었어요. 나와 세상 사람들이 속은 거였죠."

"그걸 어떻게 알았어?"

"녹음 파일. 하라가 주방장 방에서 복사한 걸 들었거든요."

"하라가? 왜?"

"그건 저도 모르지만, 우리끼리 녹음된 목소리의 주인공이 누구인지 알아맞히는 놀이를 했었어요. 녹음된 내용은 상상했던 이미지하고는 전혀 달랐지만, 대부분 그 사람들은 티브이에도 나오는 유명인들이었거든요. 하라는 홀 서빙을 하면서 얼굴도 한 번씩 봤기 때문에 쉽게 알아봤어요."

"그걸 하려고 하라가 주방장 방에 몰래 들어가 그것을 복사해서 나왔단 말이야?"

"그건 저도 잘……. 근데 어쨌든 그 녹음 파일은 쇼킹했어요. 그 얘기들을 듣고 나니까 여현수 검찰총장이라는 사람, 참 많이 실망스럽더라고요. 그런 사람을 잠깐이나마 아버지로 생각했던 게 후회스럽기도 했고……."

"그 사람이 네 친아버지란 걸 알게 된 건 그럼 언젠데?"

"지난달 낚시터에서……. 주방장이 저를 제자로 삼아 주겠다며 데리고 갔었어요. 난, 나를 아들인 줄 알아봐서 그러는 줄 알았는데 아니었더라고요. 주방장이 거기 갯바위에서 유전자 검사서를 보여줬어요. 거기에 여현수 검찰총장과 나는 99.9% 부자지간이 확실하다고 쓰여 있었고……."

"그걸 보여주면서 주방장은 뭐라고 했어?"

"그냥 감사하라고."

"뭘?"
"자기처럼 나쁜 피를 물려받지 않은 걸……."
"나쁜 피?"
지철은 또다시 입을 닫았다. 고개를 푹 숙이고 있어 무언가를 생각하는 줄만 알았는데 조금 후에 보니 고개를 끄덕끄덕, 지철은 졸고 있었다.
진아는 오랫동안 제대로 잠을 못 잔 듯 초췌한 지철이 안쓰러워 이부자리를 깔아주었다.
"지철아, 여기 누워서 자."
지철이 그곳에 눕자마자 잠이 들었다.
진아는 불을 꺼주고 준명과 함께 방 밖으로 나갔다.
"이제 어떡해요?"
"어떡하긴. 날이 밝는 대로 경찰서에 데려가야지. 스스로 살인자라고 자백했으니까."
"그렇지만 뭔가 이상하다는 거 검사님도 아시잖아요? 제가 좀 더 데리고 있으면서 알아볼게요."
"그건 안 되겠는데."
"검사님, 부탁드려요. 딱 하루만이라도."
"하루가 아니라 단 몇 시간만이라도 만리장성을 쌓는 게 남녀 사이란 말이야."
"네?"
"그 점에선 박지철보다 고 순경이 더 걱정스럽고."
진아는 얼굴이 붉게 달아올랐다.
어쩌면 아까 두물머리에서 갑자기 울음을 터뜨린 이유를 자기보다 더 잘 알고 있는 사람이 준명일지도 몰랐다. 그래서 그렇게 등을 쓸어 주며 위로해 준 건지도.

"내가 감시자로 같이 있는 조건이라면 몰라도……."

"그거야, 좋아요."

다음 날, 국립과학수사연구소는 여현수가 고래산에서 사체로 발견된 지 한 달 만에 정밀 부검 결과를 발표했다.

흉복부의 절창에 의한 경동맥 및 정맥 절단이 1차 사인이고, 그로 인한 과다 출혈성 심장 쇼크사가 2차 사인. 특이한 점은 피해자가 쓰러져 누워있는 상태에서 범인이 칼을 댔다는 것. 하지만 피해자가 둔기로 맞은 흔적이나 크게 저항한 흔적은 발견되지 않는 것으로 보아 전기 충격기를 사용해 피해자를 쓰러뜨리고 범행을 저지른 것으로 추정했다.

진아는 뉴스를 보며 하라의 방에서 보았던 전기 충격기를 기억해 냈다. 그 사실을 근거로 하라가 지철의 공범인지를 추궁하자 지철은 강하게 부인했다.

"걔는 아무 상관없어요. 전기 충격기는 제가 개인적으로 사서 쓰고 버렸어요."

"어디에?"

"그건……. 쓰레기 봉지에, 그날 바로 봉지에 담아 버렸어요."

준명이 이제는 지철을 수사본부에 넘겨야겠다는 생각을 하고 있을 때 여현수의 딸, 여울로부터 전화가 왔다.

어눌한 목소리의 웅얼거림. 그래서 도대체 무슨 말을 하는지 처음에는 잘 알아들을 수 없었지만, 몇 번이나 반복해 들은 끝에 여울이

하는 말을 준명은 이해했다. 여현수가 사고당하기 그 전날 밤, 집에 들어오지 않았다는 것.

"그런데 왜 그 이야기를 이제야 하는 거니?"

— 아빠가……, 아빠가 나가면서 아무한테도 말하지 말라고 그랬어요. 아빠를 찾는 사람들이 있으면 집에서 잔다고 하라고.

"그때가 몇 시였어?"

— 오후 일곱 시 좀 넘었었어요.

6월 29일 저녁에 집을 나간 여현수는 6월 30일 오후 한 시쯤 시체로 발견됐다. 만약 여현수가 6월 30일이 아니라 6월 29일 죽은 것이라면 지철의 이야기는 거짓이다. 하지만 국립과학수사연구소는 여현수가 30일 오전 열 시쯤 죽은 것이 확실하다고 했다. 준명은 다시 한 번 확인해 보기 위해 국립과학수사연구소로 갔다.

여현수의 담당 부검의는 언론에 발표한 것이 전부라며 준명을 피했다. 함께 부검했던 세 명의 조사관들도 일절 말을 하지 않았다. 준명은 그것이 이상했다. 무언가 숨기는 것이 없다면 그렇게까지 자신을 경계하지는 않을 것이라는 직감이 들었다.

그러다 복도에서 낯익은 얼굴을 발견했다. 청와대 정무수석 O였다. O는 담당 부검의와 무언가 밀담을 나누고 빠르게 연구소를 빠져나갔다.

부검의는 심각한 표정으로 조사관들을 불러들였다. 준명은 그들이 회의를 마치고 나오기를 기다리다 조사관 중 한 사람의 뒤를 쫓아가 그의 차에 무작정 올라탔다. 조사관이 황당한 표정으로 화를 냈다.

"지금 뭐 하시는 거예요?"

"언론에 발표된 것 말고 뭔가 또 있죠?"

순간적으로 조사관의 눈빛이 흔들렸다. 준명이 그 눈빛을 보며 밀어붙였다.

"그게 뭡니까?"

"그런 거, 그런 거 없습니다."

"아무리 전기 충격기에 당해 기절했다고 해도 사람이 이십 센티미터가 넘게 살이 잘리는데 모를 수가 있어요? 어디에 묶여있던 것도 아닌데?"

"그거야, 어떤 전기 충격기는 몇 시간씩 기절시키기도 하니까."

"그래서 저항도 못 하고 방어흔도 남지 않았다? 진짜로 그렇게 믿어요?"

"네."

"여현수 총장이 집을 나간 건 29일 저녁입니다. 그리고 30일 오전에 피살된 것으로 밝혀졌어요. 하룻밤의 공백, 이상하지 않아요?"

"그건 당신들이 밝힐 일이죠. 우리는 시신만 담당합니다."

"그 시신에 대한 것도 사실대로 밝히고 있지 않잖아요!"

"……."

"당신의 침묵이 국가와 국민을 위하는 거라고 생각하십니까?"

"……."

"아뇨. 당신은 오로지 당신 자신의 이익을 위해 침묵하려는 겁니다. 당신의 양심을 방치하지 마세요."

준명은 자기 명함을 콘솔 위에 올려두고 차 밖으로 나왔다.

자동차는 그대로 출발해 몇 미터 가다가 멈췄다. 준명이 기대감을 가지고 달려가자 자동차는 약 올리듯이 그냥 가버렸다.

어디선가 여현수의 비웃음 소리가 들려오는 것 같았다.

검사 시보로 처음 여현수를 만났을 때 여현수는 준명에게 말했다.

"검사로 살려면 그 누구에 대해서도 헛된 환상을 품지 마. 착하고 정의로운 인간은 없어. 우리는 모두 잠재적인 범죄자일 뿐이야."

"그럼 검사님도?"

"그야 당연하지. 너 역시 마찬가지고."

"저는 아닙니다."

"그럼 검사 노릇 하기 힘들겠네."

"네?"

"검사는 말이야. 누구보다도 범죄자의 심정에 충분히 공감하고, 나라면 어떻게 했을까 상상할 수 있어야 되거든. 근데 넌 싹수를 보니 글렀어. 보나 마나 무능력한 검사가 될 거야."

준명은 괜히 애꿎은 가로등을 향해 발길질하다가 설 회장의 병실로 발길을 돌렸다. 국과수는 설 회장의 집에서 나온 쇼긴이 여현수의 흉복부 절상을 만들어낸 것이 확실하다고 밝혔다. 가슴 양쪽으로 잘린 여현수의 근육은 종이처럼 깨끗하게 베인 상태라고 설명했다.

중환자실에 입원한 설 회장은 아직까지 의식이 돌아오지 않은 채였고, 설 회장을 찾아오는 방문객들도 없었다. 담당 경찰도 자리를 비운 채 보이지 않았다.

준명은 산소호흡기를 끼고 누워있는 설 회장을 보며 마음이 복잡해졌다. 만약 지철이 여현수를 죽인 것이라면 설 회장은 아무 죄도 없이 피의자가 되고 결국 이런 상황에까지 처하게 된 것이다. 그리고 이젠 자신의 무죄가 밝혀져도 기뻐할 수도 이곳을 걸어 나갈 수도 없다.

그 책임은 누구에게 있을까? 지철? 아니, 지철이 범인이든 아니든 설 회장을 이렇게 만든 자들은 따로 있었다.

착잡한 마음으로 준명이 설 회장을 면회하고 나오는데 저쪽에서 걸어오는 소혜가 보였다.

야미의 사장이 여긴 왜?

준명은 소혜가 설 회장을 만나고 나오길 기다렸다가 기습적으로 다가갔다. 소혜의 얼굴에 당혹스러움이 번졌다.

"여긴 어쩐 일로?"

"제가 설 회장님한테 빚진 게 있어서……."

"무슨?"

"제가 사랑하는 사람 대신 설 회장님의 형님이 간첩 혐의를 뒤집어쓰고 구속됐다 돌아가셨다는 것을 최근에 알았어요. 진작 알았더라면 야미에 오셨을 때 사과라도 했을 텐데……."

"야미의 고객들에 대해서는 철저한 비밀을 지킨다고 말씀하신 분이 너무 쉽게 비밀을 누설하시는 거 아닌가요?"

소혜가 불쾌한 표정으로 빤히 준명을 보다가 미소를 지으며 말했다.

"송 검사님, 저랑 커피 한잔 하시죠?"

진아는 준명이 없는 사이, 지철이 자신에게만이라도 진실을 말해주길 바라며 조심스레 말했다.

"전에 하라를 데려다주러 야미에 갔다가 주방장이 네 방을 뒤지는 걸 봤어. 그때 주방장이 칼 한 자루를 들고나오더라. 쇼긴이라고 하면서. 난 지난번 설 회장의 집에서 발견된 쇼긴이 그거 아닐까 싶어. 붉은 얼룩이 있던 위치도 똑같고……."

"주방장이 그 칼을 내 방에서 가져갔다고요?"

"응. 네가 자기 칼을 훔쳐간 거라고……."

순간, 지철의 얼굴에 경련이 스쳤다.

지철은 갑자기 식은땀을 흘리며 안절부절못했다. 그러더니 소리를 버럭 지르며 화를 냈다.

"왜 나를 경찰서로 데려가지 않는 거예요? 내가 여현수 검찰총장을 죽였다니까요!"

"지철아."

"내가, 내가 죽였다고요. 맞아요. 그 칼로, 그 쇼긴으로……. 그래서 그 칼을 내 방에 숨겨둔 건데……. 주방장이……, 주방장이 그 칼을 찾아서 그 사람 집에 갖다놓은 거예요."

"주방장이 왜?"

"그래야 나를 죽일 수 있으니까!"

"뭐라고?"

"내가 감옥에 갇혀있으면 나를 어떻게 할 수가 없잖아요. 그래서, 그래서 그런 거라고요!"

"그게 도대체 무슨 소리야? 주방장이 왜 너를 죽이려고 하는데?"

"그냥, 그냥 나를 감옥에 가둬줘요. 제발……!"

지철은 빌기라도 할 것처럼 무릎을 꿇고 절규했다.

진아는 그런 지철을 꼭 안아주었다. 지철이 거칠게 숨을 내쉬었다.

"그 사람이 나를 죽일 거예요."

"아냐. 그런 일은 절대 일어나지 않아. 걱정하지 마. 내가 지켜줄 거니까."

"고 순경님이 왜요?"

"어? 그게……, 그게 내 일이니까."

진아는 이 자리에 준명이 없다는 게 다행이라는 생각이 들었다. 만약 준명이 있었다면 너무 뻔한 거짓말에 코웃음을 쳤을 테니까.

그러면서 또 한편, 이런 자신이 신기하다는 생각을 했다. 지금까지 연애하면서 상대방이 주는 것 이상으로 사랑을 줘본 적이 없는 진아였다. 하물며 짝사랑은, 그것은 도저히 자존심이 용납하지 않아 할 수 없다고 단언했었는데 지철에게만큼은 그 모든 것이 예외였다.

왜 그럴까?

그것은 진아도 알 수 없었다. 분명한 것은, 자신은 야미에 처음 간 그날부터 지철을 좋아했다는 것이다. 그래서 그렇게 선선히 지철의 부탁을 들어주었고, 지철이 레시피북 복사본을 가지고 파출소로 찾아왔을 때 남몰래 미소를 지었던 것이다. 그러면서도 그것을 인정하지 않으려 했던 자신이 후회스러웠다.

진아는 준명이 자기에게 해주었던 것처럼 오랫동안 지철의 등을 가만히 쓸어주었다.

지철은 곧 진정되었다.

그 시각, 준명은 소혜와 함께 병원 내 커피숍에 마주 앉아있었다. 소혜가 커피를 한 모금 마시자마자 단도직입적으로 물었다.

"검사님은 누가 여현수 검찰총장을 죽인 범인이길 바라나요?"

"네?"

"누가 죽였는가가 아니라 누가 범인으로 단죄받길 바라느냐는 말이에요."

"……."

소혜의 질문은 준명의 가슴속 깊은 곳의 생각을 꼭 집어냈다. 지철이 여현수를 죽였다고 말했지만 준명은 믿고 싶지 않았다. 분명 야미의 네 사람 중 한 사람이 범인이라 생각했지만 지철만은 아니길 바랐다. 차라리 여사장이나 주방장이기를…….

"왜 대답 못 해요? 설마 내가 범인이길 바라는 거예요?"

"백 퍼센트 아니라고는 말 못 하겠네요."

"음, 검사님은 사랑은 없다고 생각하시는 타입이구나?"

"네?"

"그런 사람들은 이십여 년을 내연의 관계로 살아온 두 남녀의 종말이 비극이기를 바라지요. 사랑은 시간이 지날수록 변질되고 부패해 결국 서로를 죽여 버리고 싶은 증오가 된다고 믿고 싶어 하고. 그래야 그런 사랑 한 번 못 해본 자신들의 인생이 견딜 만해지고 위로가 되니까."

준명은 급소를 찔린 사람처럼 해쓱해졌다.

십 년을 넘게 사랑했던 연인과 헤어지고 준명은 이 세상에 사랑 따위는 없다고 단정 내렸다. 오로지 자신에게 상처를 주고 떠난 그 여자에게 복수하기 위해서 죽어라 살았고, 사법고시에 합격하고, 검사가 되었다. 그것만으로도 별 볼 것 없는 남자와 결혼한 그녀에게 복수가 되었을 것이라고 생각했다. 그래서 더 큰 출세나 성공은 바라보지도 않았다. 여현수는 그것도 못마땅해 했다.

"왜 악하고 나쁜 놈들이 이 세상을 지배하는지 알아? 좀 더 착하고 정의로운 놈들은 권력 의지가 없기 때문이야. 그래놓고 세상은 더럽다 부패했다고 저만치 떨어져서 비판만 해대지. 그건 누가 못 해? 진짜 어렵고 가치 있는 건 그 더러운 세상 속에 뛰어들어 어떻게든 싸워 이기려고 하는 거지."

"뭘 위해서요?"

"위해서는 뭘 위해서야? 그게 인생이고 본능에 충실한 삶이니까 그런 거지."

"그게 본능이라고요?"

"그래. 싸우고 이겨 남을 지배하고자 하는 건 모든 동물의 본능이야. 그 본능에 충실하지 못한 건, 너 같은 놈들이고."

준명은 씁쓸한 마음으로 커피를 한 모금 마시고 소혜에게 반격했다.

"그럼 진 사장님은 어떤 타입이시죠? 누가 범인이길 바라십니까?"

"그야……, 저는 경찰의 발표를 신뢰하는 타입이니까 설 회장이겠지요. 그래서 여기까지 왔고."

"미즈노탄렌조 쇼긴을 주문 제작하는 업체에 알아봤는데, 고객 명단에 설 회장은 없더군요. 대신 진 사장님 이름이 있던데, 그것도 얼마 전에 물건이 발송됐고."

"그게 뭐 어때서요? 쇼긴은 보통 선물용으로 많이 주문하는 칼이에요. 설 회장도 누군가한테서 선물 받았겠죠."

"그럼 진 사장님도 그 칼을 다른 사람에게 선물하셨나요?"

"네."

"그게 누구죠?"

"우리 주방장님에게 선물했어요. 전에 사시미칼을 잃어버린 일이 있었는데, 그때 제가 보상해 드린다고 약속했었거든요."

"그럼 그 주방장이 지금도 쇼긴을 가지고 있겠네요."

"그거야……, 저는 모르죠."

"만약 주방장에게 그 칼이 없다면, 주방장이 그 칼로 여현수를 살해하고 그 칼을 설 회장의 집에 가져다 둔 것이라면, 그 이유는 뭘까요?"

"엉뚱한 사람을 범인으로 몰고 자신의 혐의를 없애려는 것이겠죠."

"그럼 여현수 검찰총장을 죽인 이유는?"

"꼭 이유가 있어야 하나요? 어떤 사람들에겐 그게 그냥 본능일 뿐이에요."

"본능이라."

"원시시대에 살았던 인류의 화석들을 살펴보면 대다수가 타살된 흔적을 가지고 있다고 하더군요. 그 당시에는 나이 들어 자연적으로 죽는 사람들이 거의 없었던 것이지요. 내가 먹고살고 종족 번식을 하기 위해서 남을 죽이는 게 당연했던 사회, 한마디로 말해 우리의 역사는 타살의 역사인 거예요. 그것을 종식하고 자연사의 권리를 찾기 위해 인류는 문명이란 걸 만들어냈어요. 국가, 법, 과학, 경제, 무역, 윤리, 철학, 종교, 예술, 그 모든 것이 타살의 역사를 끝내기 위한 노력이었지요. 그렇게 수 천 년이 흘렀는데, 그럼 지금은 얼마나 달라졌느냐? 검사님은 어떻게 생각하세요? 정말 타살의 역사는 끝났을까요?"

"……."

"그렇게 오랜 기간 갖은 방법으로 없애려 노력했는데도 없어지지 않았다면 그건 인간이 가진 본능으로 봐야 하지 않을까요?"

"그래서 인간들은 타살 본능을 가지고 있다?"

소혜가 고개를 끄덕이고 말을 이었다.

"인간들은 타살의 역사를 끝내기 위해 만들어낸 문명을 이용해 더 교묘하고 은밀하게 타살 본능을 진화시켰어요. 굳이 자기 손에 피를 묻히지 않아도 얼마든지 법과 제도, 돈을 이용하면 본능을 충족시킬 수 있는 시대. 똑똑한 사람들은 그 사실을 진작 알아챘고 잘

활용해왔지요. 여현수도 그중 한 사람이고…….”

“주방장도 그렇다?”

“아뇨. 우리 주방장은 그런 부류가 아니라 이 사회가 거세시키는 데 실패한 인간형일 거예요. 흔히들 그런 사람들을 사이코패스라고 부르는데, 그들은 정신병에 걸린 게 아니라 거세되지 않은 야성과 본능을 가지고 있을 뿐이라는 게 제 생각이에요.”

“그럼 주방장은 그저 본능으로 살인을 저질렀다?”

“검사님의 가정대로 주방장이 여현수 검찰총장을 살해했다면, 그럴 수 있다는 거죠.”

“누구에게나 잠재되어 있는 본능이라면 왜 진 사장님 본인에게는 없을까요?”

“흐흐, 안타깝게도 대부분의 사람들은 뭐가 뭔지도 모르는 상태에서 제도권에 들어가 기나긴 교육을 받으며 세뇌당하지요. 그 결과 야성이 뭔지도 모른 채 평생을 살아가게 되고. 저나 검사님처럼.”

“…….”

“그래서 우리는 우리와 달리 야성을 간직한 사람에게 매력을 느끼는 것 아닐까요?”

“그 야성을 간직한 사람들 속에 야미의 다른 세 사람도 들어갈까요?”

“음, 생각해 보니 저만 빼고는 다 그러네요.”

“그럼 오하라와 박지철도 주방장 같은 타살 본능을 가지고 있다?”

“뭐 확언할 수는 없지만.”

그때 소혜의 핸드폰이 울렸다. 액정을 확인한 소혜가 서둘러 일어났다.

"약속이 있어서 이만 가 봐야겠네요."

소혜가 커피숍을 나간 뒤에도 한참 동안 준명은 자리에서 일어나지 않고 본능에 대해 생각했다.

여현수가 말했던 본능과 소혜가 말했던 본능은 분명 색깔이 다르지만 일맥상통하는 부분이 있었다. 남을 짓밟고 지배자가 되려는 욕망과 남을 죽이고 자신이 더 높은 층의 포식자가 되려는 욕망의 근원은 같은 것이므로.

그리고 두 사람 다 공통으로 지적한 건 그런 본능이 준명에겐 없다는 것이다. 무색무취, 큰 야망도 큰 범죄와도 거리가 먼 인간. 그것이 교육을 받은 자들만이 획득한 세련된 교양이고 상식이라고 생각해왔던 준명은 갑자기 뒤집힌 점수에 충격을 받았다.

내가 나도 모르는 사이 거세된 것이라고?

세상 대다수는 전부 자기와 같은 사람들이라고 애써 스스로를 위로했지만 불쾌한 마음은 사라지지 않았다.

준명은 자신 안에도 야성이 있다는 걸 애써 보여주기라도 하려는 듯 와이셔츠의 단추를 하나 더 풀고 삐딱하게 걸으며 길거리로 나왔다. 그러다 스스로가 한심하다는 생각이 들었다. 야성이라고 하면 겨우 셔츠 단추나 몇 개 풀고, 티브이에 나왔던 거친 캐릭터를 흉내 내는 것밖에 상상하지 못하니 자신은 세뇌되어도 아주 철저하게 세뇌된 모양이라고 스스로를 비웃었다.

단추를 다시 잠그고 택시를 타기 위해 손을 흔들다가 병원에서 나오는 소혜의 검은 벤츠를 발견했다. 소혜의 차 뒤로 자동차 한 대가 뒤따르는 게 보였다. 운전자는 뉴스에서 종종 보았던 얼굴, 청와대 민정수석 K였다.

준명은 그제야 소혜가 주방장의 본능을 가지진 않았지만, 여현수의 본능은 가지고 있음을 확신할 수 있었다. 거세된 척하지만 전혀 거세되지 않은 여자……. 그녀를 포함한 야미의 네 사람 뒤에는 K나 O 같은 사람들이 숨어있다. 아니, 그보다 훨씬 더 많은 사람들이 야미의 어둠 속에 감춰져 있는지도 모른다.

진아는 기운이 다 소진해 보이는 지철을 위해 갱시기국을 끓였다.

"먹어봐. 감기 걸리거나 기운 없을 땐 이거 먹으면 직빵이야."

지철은 별로 내키지 않는다는 표정으로 보면서도 숟가락을 들었다. 그러다 국물을 한 입 먹어보고는 눈을 동그랗게 떴다.

"시원하지?"

"어떻게 끓인 거예요?"

"멸치 육수 만들어서 거기다 콩나물이랑 김치랑 밥을 넣고 푹 끓인 거야. 우리 경상도 사람들은 이걸 갱시기국이라 그래."

"고향이 경상도예요?"

"어. 마산."

"마산?"

"그래. 주방장이 주방장 아버지랑 일식집을 했었다는 오동동에서 멀지 않은 곳이 내 고향이야. 지금도 부모님은 거기 살고 계시고."

"집에 자주 가요?"

"아니. 집에서 벗어나려고 일부러 서울에 있는 대학에 왔는걸."

"왜요?"

"부모한테 신경 쓰고 간섭받고 좀 피곤하잖아."

"시끄럽죠."

"그래. 그렇기도 하고."

"그래도 깜깜한 밤이 되면 눈은 안 아프니까 좋았어요."

"응?"

"우리 엄마는 수화를 통해 이야기했거든요. 그러니까 깜깜한 밤에는 얘기를 못 해요."

"아, 그렇구나."

"대신 소리는 더 크게 냈지만."

"무슨 소리?"

"아아으이으그!"

"응?"

"사랑한다는 뜻이에요. 우리 엄마와 나 사이에서만 통하는."

"아아으이으그?"

"입이 아니라 온몸으로 내야 그 소리가 나와요."

"……."

"어렸을 때는 친구들 앞에서 엄마가 수화하는 게 창피해서 친구들이 보이면 얼른 무거운 물건을 가져다 엄마의 손에 쥐여 주곤 했었어요. 그럼 엄마가 손을 못 쓰니까, 그렇게 엄마의 입을 막은 거죠. 그런데 친구들이 가고 나서 엄마가 그러더라고요. 아아으이으그! 근데 신기한 게 그런 소리를 처음 들었는데도 무슨 뜻인지 금방 알 수 있었어요. 나도 모르게 가슴이 울컥해 그 자리에서 엉엉 울어 버렸었지요."

지철이 그 당시의 감정이 떠오르는지 눈물이 글썽해졌다.

"엄마가 널 정말 많이 사랑했나 보다."

"더 사랑하는 사람과 바꾼 거니까."

"응?"

"우리 엄마가 그랬어요. 나를 얻기 위해 가장 사랑했던 사람을 잃었다고."

"그 사람이 누군데? 네 아버지?"

"글쎄요, 그건 저도 모르겠어요."

"어쨌든 부럽다."

"뭐가요?"

"넌 출생부터가 뜨겁고, 극적이잖아. 엄마한테 사랑도 많이 받고. 근데 난 너무 평범하거든. 남자 여자가 열렬히 사랑해 태어난 것도 아니고, 지금까지 부모님한테 사랑한다는 말도 못 들어봤어. 너의 엄마처럼 말을 못하는 사람들도 아닌데……."

"말이 아닌 다른 것으로 표현한 게 아닐까요?"

"응?"

"우리 엄마가 수화 대신 몸의 소리로 사랑을 내게 알린 것처럼, 고 순경님의 부모님도 말 대신 고 순경님만이 알아볼 수 있는 무언가로……."

"그렇게 애정 가득한 사람들이 아니라니까."

진아가 쓸쓸한 표정으로 빈 그릇들을 정리했다. 지철이 설거지는 자기가 하겠다며 밥상을 드는 바람에 마주 보고 있던 진아의 이마와 부딪쳤다. 아주 짧은 순간이었지만 뜨거운 무언가가 진아의 몸을 관통했다. 부싯돌끼리 부딪친 것처럼, 성냥이 마찰돼 불붙은 것처럼.

진아는 뚫어질 듯 지철의 이마를 바라보았다. 반짝거리는 눈도 아니고, 시원하게 뻗은 코도 아닌 평범한 이마가 너무나 특별하게 느껴졌다. 저 하얀 이마에 살짝 입 맞추고 싶다는 강렬한 욕망에 침이

고였다. 그 침을 꿀꺽 삼키는 순간, 핸드폰 벨이 요란하게 울렸다.

진아가 뜨거워진 얼굴을 쓸어내리며 통화 버튼을 누르자마자 다급한 하라의 목소리가 들려왔다.

—차 대표, 차 대표 그 새끼가 또 왔어. 어떡해. 나 좀 살려줘!

"하라야!"

—쉿! 쉿! 아무 말 하지 마…….

진아가 어쩔 줄 모르고 난감해하며 지철을 돌아보았다.

"차 대표가 나타났대."

지철이 설거지를 멈추고 다가와 진아의 손에서 전화기를 빼앗아 들었다. 숨죽여 울고 있는 하라의 불규칙한 호흡이 전화기를 통해 들려왔다. 지철은 전화기에 대고 작게 속삭였다.

"하라야, 나야."

—지철이?

"그래……."

—이 나쁜 새끼! 날 지켜준데 놓고……. 아악!

하라의 전화는 비명 소리와 함께 툭 끊겼다.

"가봐야 할 거 같아요."

지철이 일어서자 진아도 같이 일어섰다.

"어떡하지? 본서에 지원 요청해야 하나? 검사님한테 먼저……."

진아가 허둥지둥 준명에게 전화를 거는 틈에 지철이 먼저 밖으로 나가버렸다.

"지철아, 같이 가! 검사님, 저예요. 지금 지철이가……. 설명할 시간 없고요. 우린 지금 야미로 가니까 그쪽으로 오세요!"

밤의 야미는 낮에 왔을 때와는 전혀 달랐다.

초록의 아름다운 정원은 검고 더 검은 밀도들로만 구분됐고, 불을 밝히지 않아 시커멓게만 보이는 야미의 건물은 그중에서도 가장 검게 보였다.

진아가 조심스레 야미의 문을 열고 들어가자마자 가스총에서 뿜어져 나온 것이 분명한 매캐하고 역한 냄새가 코를 찔렀다. 지철이 홀 한쪽에 있는 스위치를 올렸지만, 전원이 차단되었는지 불은 들어오지 않았다.

진아는 핸드폰의 플래시를 작동시킨 후 지철과 함께 2층으로 살금살금 올라갔다. 하라의 방은 문짝이 떨어져 나간 채 난장판으로 어질러져 있었고 하라는 보이지 않았다. 지철은 황급히 옆에 있는 주방장의 방문을 열었다. 성곤 또한 보이지 않았다.

"주방장이에요."

"뭐가?"

"차 대표의 실체."

"그게 무슨 말이야?"

"주방장이 차 대표인 척 쇼를 하는 거라고요."

지철이 하라를 찾아다니며 큰 소리로 불렀다.

"하라야! 오하라!"

하지만 2층에서는 아무 대답이 들려오지 않았다.

"저는 밖에 나가서 찾아볼게요."

지철이 하라의 방에 있던 야구방망이를 들고 계단으로 내려가자 진아도 따라 내려가 1층을 뒤졌다. 그러다 주방에서 검은 그림자와 마주쳤다. 주방장이었다.

"여긴 또 왜 왔어?"

진아는 자기도 모르게 한 걸음 뒤로 물러서며 핸드폰 불빛을 주방장을 향해 비췄다.

"하라는? 하라는 어디 있어요?"

"그걸 왜 나한테 물어?"

성곤이 진아를 향해 프라이팬을 내려치려는 순간, 진아는 잽싸게 몸을 피해 밖으로 도망쳤다. 성곤이 진아를 따라 홀로 나가자 문 옆에 숨어있던 지철이 야구방망이를 휘둘렀다. 뻑 소리와 함께 성곤이 비틀거리다 지철을 알아보고 송곳니를 드러내며 살벌하게 으르렁거렸다.

"그때 갯바위에서 네놈을 없앴어야 했는데……."

말을 마치는 것과 동시에 바닥으로 쓰러질 듯 보였던 성곤이 지철에게 달려들었다. 지철이 성곤의 몸무게를 견디지 못하고 그대로 바닥에 쓰러지자 성곤은 그런 지철을 올라타고 주먹을 날렸다.

밖으로 뛰어나갔다 들어온 진아가 성곤에게 달라붙어 팔뚝을 물어뜯었지만, 성곤은 한 손으로 진아의 목덜미를 잡아채 던져버렸다. 다시 달려드는 진아를 향해 성곤이 바닥에 떨어져 있던 야구방망이를 들고 휘둘렀다. 진아가 배를 움켜쥐고 바닥에 쓰러지자 성곤은 깔고 앉은 지철의 목을 조였다.

"오늘은 네놈의 숨통을 끊어주겠어."

숨을 쉬지 못하는 지철의 눈이 툭 튀어나왔다.

진아가 필사적으로 기어가며 애원했다.

"그만해!"

"어차피 이놈과 나, 둘 중 하나가 죽어야만 끝나는 싸움이야."

"지철이를 놔주라고!"

진아가 온 힘을 다해 바닥에 있던 프라이팬을 집어 들고 성곤을 향해 던졌다.

프라이팬이 성곤에게 닿기도 전에 갑자기 성곤이 부르르 몸을 떨다 지철의 몸 위로 푹 엎어졌다.

진아는 그제야 성곤의 옆에 서 있는 검은 실루엣을 발견했다.

"검사님?"

"그래. 고 순경, 괜찮아?"

"저는 괜찮아요. 지철이부터."

준명이 전기 충격기를 호주머니에 집어넣고 기절해 고꾸라진 성곤을 들치고 밑에 깔린 지철을 끌어냈다. 지철은 죽은 듯이 꼼짝도 하지 않았다.

진아가 가슴 철렁한 표정으로 지철을 안고 흔들었다.

"지철아! 지철아!"

"……."

간절한 표정으로 지철의 얼굴을 어루만지는 진아의 손끝에 무언가 뜨거운 것이 와 닿았다. 그 액체를 따라 올라가자 파르르 떨리는 눈꺼풀이 만져졌다. 지철이 살아있다는 안도감에 진아는 자기도 모르게 지철의 이마에 입을 맞췄다. 지철의 입에서 작은 소리가 새어 나왔다.

"고 순경님 괜찮아요?"

"응. 난 괜찮아."

진아의 눈에서 흘러내린 눈물이 지철의 얼굴로 떨어졌다.

"내 이래서 하루 종일 불안하더라니……. 둘이 벌써 만리장성 쌓은 거야?"

진아가 쑥스러운 표정으로 눈물을 닦으며 준명을 돌아보았다.

"전기 충격기는 어디서 났어요?"

준명이 탱크 수족관 쪽으로 진아의 핸드폰 플래시를 비췄다.

둥근 빛 속에서 하라가 오들오들 떨고 있었다.

진아가 반갑게 그곳으로 다가갔다.

"하라야, 무사했구나!"

갑자기 찰싹 소리가 나며 진아의 볼에서 불이 났다.

"나쁜 년, 나한테 그렇게 아니라고 하더니!"

"하라야."

"지철이는 내 거야. 내 아이의 아빠라고!"

준명은 폭행 상해죄로 성곤을 입건, 검찰청 구치소에 수감하고 미즈노탄렌죠 쇼긴의 행방을 물었다.

성곤은 어디로 갔는지 모르겠다며 잡아뗐다.

"그 시다 새끼가 또 훔쳐간 게 분명하다니까."

"그래서 박지철을 목 졸라 죽이려고 했어? 칼 한 자루 때문에?"

"그게 보통 칼인 줄 알아? 미즈노탄렌죠 쇼긴, 명품 중의 명품으로 그 새끼보다 더 값어치가 나가는 거야!"

"아무리 그래도 사람이 칼 한 자루보다 못할까."

"흥! 그건 당신 생각이고."

"어제 한 말은 뭐지? 박지철과 당신 둘 중 한 사람이 죽어야 끝난다는 말."

"그건 그 새끼랑 나의 개인적인 문제니까 당신은 알 거 없어!"

"그럼 김모는? 어떻게 김모가 그 시간에, 그 산에 나타나 여현수 검찰총장의 시체를 발견할 수 있었을까?"

"그걸 왜 나한테 물어?"

준명은 지철에게서 받은 동영상을 보여주었다.

아로와나가 성곤이 드리운 낚싯대의 미꾸라지를 보고 힘차게 뛰어 올랐다가 대리석 바닥으로 떨어지는 장면이 찍혀있었다. 그 옆에서 감탄하는 성곤의 목소리도 함께 흘렀다.

—역시 본능은 살아있어!

성곤이 잡아먹을 듯한 시선으로 준명을 노려봤다.

"이것도 그 자식이 내 핸드폰에서 훔친 거지? 그놈이 나를 잡아먹으려고 다 수 쓰는 거야."

"왜? 박지철이 왜 그렇게까지."

"그놈의 몸엔 나쁜 피가 흐르니까!"

지철은 성곤의 이야기를 전해 듣고 절망스러운 표정을 지었다. 한참을 멍하니 허공을 바라보다 고개를 푹 떨구며 인정했다.

"맞아요. 내 몸에는 나쁜 피가 흘러요. 그 사람한테 물려받은……."

"그게 무슨 말이야?"

지철은 범죄자라도 되는 양 고개를 떨구고 입술을 열었지만, 깊은 우물 속에 잠긴 듯 축축하게 젖은 목소리는 제대로 된 단어를 만들어내지 못하고 툭툭 끊겼다.

"우리 엄……, 엄마가……, 죽으면서……."

안타까운 마음으로 그 모습을 지켜보던 진아가 종이와 볼펜을 내밀었다.

지철이 물끄러미 그것들을 바라보고 있다가 볼펜을 손에 쥐었다.

그러고는 한참 동안을 써내려갔다. 그렇게 두어 시간이 지난 후에야 지철은 빼곡하게 쓴 종이 몇 장을 내밀었다.

엄마는 돌아가시면서 유언을 남겼어요.

네 아버지를 찾아가 이 레시피북을 전해주라는.

한 번도 아버지를 본 적이 없는데, 어떻게 아버지를 찾느냐고 물으니 엄마가 명함을 한 장 줬어요. 야미의 명함이었지요.

이 명함과 레시피북만 있으면 네 아버지를 찾을 수 있다고 했어요.

엄마가 돌아가시고 야미를 찾아갔어요. 야미에 있는 남자는 주방장뿐이니까 당연히 그가 내 아버지인가 보다 생각했어요.

그러면서도 진짜 그가 내 아버지가 맞는지 확인하고 싶지는 않았어요. 지금까지 아버지 없이 살아왔는데, 그때그때 내 마음에 드는 아버지를 선택해서 살아왔는데 갑자기 아버지가 생긴다는 게, 마음에 안 든다고 바꿀 수도 없는 아버지를 받아들인다는 게 내키지 않았어요.

그래서 그냥그냥 시간만 보내고 있었는데, 그 사건이 일어난 거예요. 사시미칼 도난 사건.

주방장이 잃어버렸다던 사시미칼이 주방장 방에 있는 걸 보는 순간 너무 화가 나고 실망스러웠어요. 어떻게 자기 자식이 옆에 있는데도 알아보지도 못하고 도둑놈이라는 누명까지 씌워 쫓아내려고 할까? 이런 사람을 아버지로 왜 받아들여야 하나…….

그날 밤 나를 칼 도둑으로 몰았던 것에 대한 복수로 그 미나모토아키타다를 훔쳐서 제 방에 숨겨 두었어요.

그러다 총장님의 사모님이 돌아가시고 야미는 엄청나게 바빠졌죠. 그동안 저를 괴롭히던 주방장이 그때부터는 하라를 괴롭히기 시작하더라고요. 그러고는 아로와나가 죽었어요.

사장님은 하라가 수족관의 뚜껑을 열어 죽게 한 것으로 의심했고, 저도 그럴지도 모른다고 생각했어요. 사실 주방장은 사장님만큼이나 금용을 아끼고 떠받들었으니까. 그런 짓을 저지를 사람은 하라밖에 없다고 의심했었죠.

그런데 며칠 후에 주방장의 핸드폰을 통해 그 동영상을 봤어요. 그제야 아로와나를 죽인 게 주방장이란 것을 알았어요. 더 충격적인 건 아로와나를 미끼로 여현수 총장의 사모님을 죽게 했다는 거였고.

그런 사람이 나의 아버지라는 게 너무 끔찍했어요. 엄마의 유언을 무시하고 야미를 떠날까도 고민했지만, 그래도 한 번 더 기회를 주고 싶었어요.

그래서 내가 누구인지 힌트를 주려고 엄마한테 받은 레시피북의 요리들을 만들어 주방장에게 가져갔어요.

주방장은 그 요리를 보고 내가 누구인지 금방 알아챈 것 같더군요.

그때부터 태도가 완전히 바뀌었어요.

더 이상 때리지도 않고, 칼 가는 것도 가르쳐주고.

이런 게 아버지의 사랑이란 거구나. 전혀 그렇게 안 보이던 이 사람한테도 부성애라는 게 있었구나.

주방장이 나를 제자로 받아 주겠다며 쇼긴까지 선물로 주었을 땐 감동해서 눈물이 날 뻔했어요.

그리고 같이 낚시를 갔어요. 그것도 나의 고향인 여수로. 그런데 그곳에서 전혀 생각지도 못한 얘기를 들었어요.

나의 아버지는 여현수 검찰총장이라고.

나와 여현수 검찰총장이 99.9% 부자지간이 확실하다는 유전자 검사서까지 보여주더군요. 그걸 보자마자 조작된 거라는 것을 알았어요. 엄마가 아버지한테 전해주라는 레시피북은 여현수 검찰총장, 그 사람과 아무런 관계가 없었으니까.

그래도 혹시나 해서 사장님한테 여현수 검찰총장의 생일이 언제인지 물어봤는데 7월 15일도 아니었어요. 그래도 또 모른다는 생각에 주방장의 칫솔을 훔쳐다 제 것과 같이 유전자 검사를 맡겼어요. 주방장이 저에게 보여주었던 유전자 검사서와 아주 똑같은 결과가 나오더라고요.

그것을 여현수 검찰총장과 나의 것으로 위조했다는 사실을 알고 너무 슬펐어요. 어떻게 자기 자식을 다른 사람의 자식으로 만들 생각마저 했을까. 세상에 그런 아버지가 어디 있을까.

그런데 주방장은 너무나 태연하더군요. 자기는 정말 나와 아무 상관없는 사람이라는 듯이.

그때 난 아버지한테 두 번 버려졌다는 걸 알았어요. 어렸을 때 한 번, 지금 한 번.

그런 아버지는 차라리 없는 게 낫다는 생각이 들었어요. 나도 당신을 내 아버지로 인정하지 않겠다고 결심했죠.

그래서 6월 29일 여현수 검찰총장을 찾아갔어요. 주방장이 당신의 아내도 죽게 하고, 당신이랑 나랑 부자지간이라고 헛소문을 퍼뜨리고 검사서를 조작했다는 것을 모두 털어놓을 생각이었지요. 그런데 그 사람은 집에 없었어요.

그날 밤, 주방에서 일하고 있는데 앞의 야산으로 올라가는 불빛 두 개가 보였어요. 주방장은 어디로 갔는지 보이지도 않았고. 그러다 한 삼십 분 쯤 후에 주방장이 나타나더군요.

일이 끝나고 새벽에 궁금해서 그 야산 위로 올라갔어요.

거기 그 사람이 누워 있었어요.

여현수 검찰총장.

그땐 칼자국도 보이지 않았고 눈도 뜨고 있었어요. 하지만 의식이 없는지 왜 여기 있느냐고 물어도 대답을 못 하더라고요. 이상한 소리만 들렸어요. 입이 아니라 몸에서 나오는 소리. 그게 무슨 뜻인지 알았어요.

살고 싶어. 살려줘…….

경찰에 신고하려고 했는데 그 옆에 피 묻은 칼 한 자루가 보였어요.

주방장이 저에게 선물로 주었던 쇼긴, 제 지문이 묻어있는 칼, 그게 거기 있었어요.

그 순간, 주방장이 여현수 검찰총장을 죽이고 나를 살인범으로 만들려고 한다는 것을 알았어요. 더 이상 당신을 용서할 수 없다는 분노가 가슴에 치솟았죠.

그래서 신고하는 대신 그 칼을 들고 내려왔어요. 그 칼을 방 안에 숨겨놓고, 주방장의 지문이 묻어있는 미나모토아키타다를 가지고 다시 산에 올라가 그 옆에 대신 놓아두었어요.

그때까지도 여현수 검찰총장은 살아있었어요. 아까보다 더 간절하게 온몸으로 절규하고 있었죠.

제발 살려줘…….

하지만 저는 또 외면했어요.

그래야 주방장에게 복수할 수 있으니까.

그래야 주방장이 저지른 죄가 가벼워지지 않으니까.

그런데 시간이 지나도 그 사람의 절규가 잊히지 않았어요. 뒤늦게야 내가 그 사람을 죽였다는 걸 깨달았어요.

나는 두 번이나 기회가 있었는데 그 사람을 살리지도 않고 죽인 거예요. 결국 나도 같은 살인자였던 거죠. 아무리 내가 그 사람을 아버지로 인정하지 않고 받아들이지 않아도 내 몸속에 흐르는 나쁜 피는 어쩔 수가 없었던 거예요.

그분에게 너무너무 죄송해요.

살인을 저지른 저에게 벌을 내려주세요. 그리고 그 사람에게도.

종이 곳곳이 지철이 흘린 눈물로 젖어있었다.

준명이 그 글을 성곤에게 보여주자 성곤은 99프로는 거짓말이라고 반박했다. 맞는 건 1프로, 지철이 여현수를 죽였다는 것뿐이라고.

"당신, 아들한테 너무 심한 거 아니야?"

"그 자식은 내 아들 아니야. 나한텐 아들 같은 건 없어!"

"유전자 검사를 해보면 누구 말이 맞는지 금방 알게 될 텐데?"

"해 보라고!"

성곤은 당장 피를 뽑아가라는 듯이 팔뚝을 내밀었다. 그곳에 문신된 용이 땀에 젖어 번들거렸다. 준명은 진득하고도 비릿한 냄새에 인상을 찡그렸다.

준명은 끝까지 부인하는 성곤을 무릎 꿇리기 위해서라도 유전자 검사를 다시 받아보자고 지철에게 제안했지만 지철은 고개를 저었다. 모든 것을 다 받아들이고 사형대 의자에 앉은 사형수처럼 담담한 표정으로 입을 열었다.

"그냥 그 사람 말이 맞는 것으로 해주세요."

진아가 놀라 휘둥그레 눈을 뜨고 지철의 팔을 잡아당겼다.

"너 왜 이래? 얘가 정말 큰일 나려고……."

"다시 또 유전자 검사를 한다 해도 그 사람이 바뀔 거라 생각하지 않아요. 하지만 만약 내가 그 사람 대신 사형을 받는다면……. 그렇게 된다면 그 사람이 아무리 나쁜 인간이더라도, 잠깐 동안은, 단 1분이라도, 아버지로서 괴로워하지 않을까요?"

준명은 붉게 충혈된 지철의 눈자위가 촉촉이 젖어드는 것을 바라보며 성곤에 대한 분노가 치밀어 올라 큰 소리로 외쳤다.

"걱정 마. 네가 그렇게 목숨 걸지 않아도 내가 그 인간 입에서 진실이 쏟아져 나오게 할 테니까!"

준명은 낯설게 바라보는 진아를 향해 주먹까지 불끈 쥐어 보이고 밖으로 나갔다. 그리고 그대로 국과수를 향해 차를 몰았다.

더 이상 부자지간의 감정으로 성곤에게 호소하는 대신 성곤을 옴짝달싹 못 하게 만들 과학적 증거를 찾기 위해서.

하지만 여현수를 부검한 부검의와 조사관들은 성곤보다 더 뻔뻔한 표정을 지으며 준명의 호소를 무시했다. 실망해 돌아 나오는 길, 준명은 이대로 물러설 수 없다는 생각에 지난번 보았던 조사관의 차를 들이받았다. 바쁘다며 준명을 피하던 조사관이 5분 만에 달려 나와 자신의 찌그러진 자동차를 발견하고는 준명을 향해 눈을 부라렸다.

"당신 일부러 이런 거지?"

준명은 최대한 능글맞은 표정을 지으며 대꾸했다.

"무슨 소리예요. 차를 빼다가 실수한 건데, 그게 하필 조사관님 차였네요."

그 말에 조사관이 더 열 뻗친다는 표정으로 언성을 높였다.

"웃기는 소리 하지 마. 당신은 이곳에 차를 주차해놓지도 않았었어. 일부러 내 차를 찾아 이렇게 만든 거라고!"

조사관은 그 증거라는 듯이 자신의 자동차 옆을 꽉 채우고 있는 차들을 손가락으로 가리키며 준명을 노려보았다. 준명은 얼굴에 웃음기를 거두고 진지한 표정으로 조사관의 눈을 마주 보았다.

"지금 당신이 느끼는 그 마음, 그게 바로 내 심정입니다. 진실은 그게 아니라는 것을 다 알고 있는데 눈앞에 있는 사람이 뻔뻔하게 거짓말만 해댈 때 속에서 부글부글 끓어오르는 분노, 적의, 슬픔!"

준명의 말에 조사관의 날 선 눈빛이 한풀 꺾였다. 준명은 그를 향해 바짝 다가서며 간절하게 애원했다.

"자동차를 망가뜨린 것과는 차원이 다른 문제입니다. 사람이 죽었고, 엉뚱한 사람들이 살인범으로 몰리고 있어요. 진짜 범인은 아무렇지도 않게 이 상황을 즐기고 있고요."

조사관은 준명을 물끄러미 바라보다 돌아서며 짧게 내뱉었다.

"차는 내 단골 정비소에 맡겨놓을 테니까 보험회사에 연락하세요."

준명은 맥이 쭉 빠졌다. 사람의 진심이 다른 사람의 마음을 움직일 수 있다고 믿었던 스스로가 바보 같았다. 돌아가 지철과 진아의 얼굴을 볼 면목이 없어 하릴없이 식당에 죽치고 앉아 낮술을 마셨다. 검사가 된 이후 처음으로 자신의 무능력이 부끄러웠다. 만약 여현수라면 어떻게 했을까? 여현수라면 조사관의 사생활을 샅샅이 뒤지고 약점을 찾아내 자신이 원하는 것을 손에 넣었을 것이다. 여현수는 항상 말했었다. 옳지 못한 것보다 더 나쁜 건 패배하는 거라고. 준명은 흔들렸다. 자기도 여현수처럼 해야 하는 것인가.

그때, 조사관으로부터 연락이 왔다. 자동차 정비소에서 견적이 나왔는데 삼백만 원이 넘는다고. 준명은 안 그래도 못마땅한 조사관이 더 괘씸해져 직접 정비소로 찾아가겠다고 쏘아붙였다.

준명이 정비소에 도착했을 때 조사관은 보이지 않았다. 준명은 다짜고짜 정비소 사장을 불러 자동차가 조금 찌그러진 거로 무슨 견적을 수백만 원 뽑느냐고, 이런 식으로 바가지를 씌우면 사기죄로 입건하겠다고 검사라는 직업까지 들먹이며 으름장을 놓았다. 준명의 말이 다 끝나자 정비소 사장이 황당한 표정으로 준명을 바라보았다.

"저 차 아직 견적 안 나왔는데 무슨 소리 하시는 거예요?"

"에? 아까 분명 그 조사관이……."

정비소 사장은 한심하다는 표정으로 준명을 바라보다 돌아서며 구시렁거렸다.

"술을 처먹으려면 곱게 처먹지. 것도 검사라는 인간이, 에이!"

준명은 이번에도 조사관이 자신을 가지고 놀았다는 생각에 울화가 치밀어 조사관의 자동차 문짝을 발로 찼다. 그 바람에 제대로 닫혀있지 않던 차 문이 열리며 쓰레기봉투 하나가 툭 떨어졌다. 준명은 분이 안 풀려 그 쓰레기봉투를 걷어차려다가 멈칫하고 쓰레기봉투를 살폈다. 살짝 구겨진 서류 몇 장이 그 안에 들어있었다. 준명은 여현수식으로라도 조사관을 자기 앞에 무릎 꿇리고 말겠다고 다짐했던 조금 전의 자신이 부끄러웠다.

다음 날, 준명은 출근하자마자 지철을 먼저 만났다.

"이크티오톡신이 뭔지 알아?"

"아뇨."

"내가 찾아보니까 뱀장어 피에 있는 독이라던데."

"아, 맞아요. 그래서 뱀장어는 회로 먹지 않아요."

"여현수 검찰총장의 몸에서 그 이크티오톡신이 발견됐어. 뒷목에 작은 송곳 구멍과……."

지철이 놀라 입을 쩍 벌렸다.

"뱀장어 껍질을 벗기기 위해 머리에 박는 송곳이 있어요. 그럼 그것으로……."

"응?"

"낚시 가서 주방장이 하는 것을 봤어요. 물고기의 선도 유지를 위해서 하는 방법으로 이케시메라고 하는데……."

척수를 송곳으로 찔러 신경을 마비시키는 이케시메 기법에 대한 지철의 설명을 들으면서 준명은 배가 사르르 아파 왔다. 과도한 스트레스를 받을 때마다 오는 신호였다. 화장실에 앉아 있으면서도 그런 짓을 사람에게 했다는 게 믿기지 않아 준명은 몇 번이나 심호흡을 했다.

일부러 오랫동안 손을 씻으며 시간을 번 준명은 마음을 다잡고 성곤이 있는 조사실로 들어갔다.

"알리바이를 만들기 위해 당신, 그런 짓을 한 거야?"

성곤이 웬 뚱딴지같은 소리냐는 표정으로 멀뚱멀뚱 보았다.

"당신은 29일 밤, 여현수 검찰총장의 뒷목에 송곳을 찔러 넣어 뇌척수와 신경을 망가뜨려 서서히 죽어가게 했어. 쇼긴에 묻어있던 피는 그때 나온 피고."

성곤의 팔뚝에서 번들거렸던 용이 움츠러들었다.

"그놈 짓이야. 내가 낚시 가서 이케시메하는 방법을 가르쳐 줬더니 그놈이……."

"물고기와 사람은 달라!"

"척수를 쑤시면 신경이 마비돼 뒈지는 건 똑같아!"

"박지철이 정말 그런 짓을 능숙하게 할 수 있다고 생각해?"

"당연하지. 그놈이 어떤 놈인데!"

"당신 아들이니까?"

"아니야."

"오하라의 방에 뱀장어 피를 바른 사람도, 그날 밤 뱀장어의 머리에 박았던 송곳을 가지고 야산으로 올라 간 사람도 당신이야."

"난 그런 적 없어. 그놈이 그년이랑 짜고 쇼한 거야. 여기 종이에도 쓰여 있잖아. 그놈이 나한테 복수하려고 했다고!"

"당신은 이게 다 거짓이라며?"

"그래 다 거짓이야. 그놈이 나를 골탕 먹이려고 내 칼을 들고 간 것만 진짜야! 그게 아니면 여현수의 뱃가죽에 누가 칼자국을 만들었겠느냐고!"

"여현수 총장이 칼에 베여 피를 쏟은 건 박지철이 야산에서 내려오고 몇 시간 후야. 박지철이 범인이라면 왜 굳이 그 자리에서 죽이지 않고 다시 올라갔겠어?"

"고통스럽게 죽이고 싶었나 보지. 그럴만한 사연도 있는 것 같고."

성곤의 얼굴에 비릿한 미소가 걸리는 것을 보며 준명은 지철이 성곤에게 느낀 절망감을 이해할 수 있을 것 같았다. 성곤은 애써 참고 있는 준명을 도발시키려는 듯 휘파람까지 불며 준명을 비웃었다.

"나이도 먹을 만큼 먹은 사람이 하라 그년이랑 시다 그놈한테 당하다니 쪽팔리지도 않아?"

"내가 당했다고?"

"그래. 여현수를 야산까지 유인하고 그런 짓을 저지른 건 바로 두

연놈이야. 그래놓고 그 모든 걸 나한테 뒤집어씌우려는 거라고!"

하라는 담담하게 말했다.
"내가 29일 여현수 검찰총장한테 전화를 걸어 야산으로 오라고 한 건 맞아요."
"왜?"
"차 대표, 그 새끼가 시켰으니까."
"차 대표?"
"네. 그 새끼가 안 그럼 죽여 버리겠다고 그래서 그랬어요. 그렇지만 난 전기 충격기로 기절만 시키고 바로 내려왔어요."
하라는 그동안 자신을 협박하고 괴롭힌 사람이 차 대표가 아니라 주방장이라고 해도 믿지 않았다.
"똘주방한테 그런 일을 시킨 놈이 차 대표겠죠."
"차 대표는 그런 일을 시킨 적이 없어. 넌 그 회사에서 연습생으로 있었던 적도 없고."
"누가 그래? 그 개새끼가? 당연히 그러겠지. 그래야 그 새끼가 내 친구 생매장시킨 것도 감출 수 있으니까!"
"그런 일은 없었어. 아무도 그 친구에 대해서 알지 못하고."
"그렇게 믿고 싶으면 그렇게 믿어! 당신들은 얼마든지 자기들 편하자고 그렇게 생각하고 살아갈 수 있는 인간들이니까. 너희들은 죽은 사람도 살았다고, 산 사람도 죽었다고 얼마든지 바꿔치기할 수 있는 인간들이니까!"
하라가 사납게 울부짖으며 책상 위에 있던 물건들을 집어 던졌다.
준명이 하라를 진정시키려고 할 때 전화벨이 울렸다. 진아였다.

진아는 지철과 함께 하라가 말했던 안양의 야산에 갔다고 했다. 하라가 말해 준 장소를 파보았는데 하라의 말대로 누군가가 묻혀 있었다고 전했다.

준명은 흥분한 진아의 목소리에 귀를 맡긴 채 눈으로는 하라를 보았다.

하라는 물건을 집어 던지다 뒤늦게 정신이 든 듯 들고 있던 물건을 내려놓고 자신의 아랫배를 쓰다듬었다.

"미안, 미안. 아가야. 엄마가 미안……."

준명이 진아와의 통화를 끝내고 입을 열려고 하자 하라가 먼저 손가락을 입에 대며 작게 속삭였다.

"우리 아기 자니까 쉿!"

너의 중심과 나의 중심이 만나면,

나의 날숨이 너의 들숨이 되고,

너의 귀 속엔 나의 쾌락이,

나의 눈 속엔 너의 황홀이,

우리의 사지(四肢)는 날개가 되어 날아간다. 훨훨.

7. 하라

통사시미 되어 룸으로 들어가는 물고기의 아가리에 빨간 앵두가 들어있고, 그것의 정체가 녹음기라는 것을 하라가 알게 된 건 일 년 전쯤 어느 날 새벽이었다.

하라는 자기 잠꼬대 소리에 깨서 눈도 못 뜨고 화장실에 가서 팬티를 내리다가 옆방에서 들려오는 여러 남자들의 목소리에 화들짝 놀라 눈을 떴다. 정신을 차리고 옆방에 귀를 기울여보니 그 목소리의 주인공들은 그날 야미에 왔던 손님들이었고, 대화 내용도 저녁때 룸에서 들었던 이야기들과 똑같았다. 주방장은 그 내용들을 반복해 들으며 낄낄거리기도 하고 욕을 내지르기도 했다.

그 후 하라는 손님들이 뻐끔거리는 물고기의 입에 술을 붓거나 젓가락으로 쑤시는 장난을 치려 할 때마다 녹음기가 고장 날까 봐 하지 못하게 했다. 성곤의 독특한 취미를 도와주고 싶어서가 아니라 언젠가 자신에게도 그 내용들이 필요할지 모른다는 예감 때문이었다.

그리고 그 예감은 적중했다.

한 달 전쯤 단골손님에게 디저트를 주려고 게스트룸에 갔을 때 갑자기 손님이 바뀌어 있었다. 디저트를 먹고 갈 때마다 넉넉하게 팁을 주고 가던 국장 대신 하라를 기다리고 있는 사람은 가끔 별채에 들렀다 가기만 해 얼굴만 알고 있던 여현수였다.

여현수는 하라에게 별채의 열쇠를 주며 소혜의 비밀 장부를 찾아달라고 부탁했다. 고객들의 명단이나 뇌물의 액수가 적힌 수첩, 혹은 파일이 분명 어딘가에 있을 거라고. 그것을 찾아주면 하라를 야미의 사장으로 앉혀 주겠다고 했다.

하라는 사장이라는 말에 침을 꿀꺽 삼켰다. 사실 가슴도 자기보다 작고 엉덩이도 처진 소혜가 자신보다 더 나은 것이라고는 사장이라는 이름밖에 없었고, 그 때문에 주방장과 시다가 자신은 무시하면서도 소혜는 우러러보는 거라고 그동안 생각해 왔기 때문이다.

주방장이야 그렇다 쳐도 자기 또래인 지철이 넋을 놓고 소혜를 바라보며 아름답다고 칭찬할 때마다 질투심이 부글부글 끓고 배까지 아팠다.

"젊은 게 왜 노땅을 좋아해?"

"우리 사장님 멋지잖아."

"멋지긴 개뿔. 그거 다 비싼 옷이랑 화장품으로 처발라 그런 거야."

"내가 멋지다고 한 건 그런 외면적인 게 아냐. 눈에 보이지 않는 내면을 말한 거지."

하라는 항상 꼰대들처럼 말하는 지철이 못마땅했다.

얼굴도 잘생기고 몸매도 괜찮은 애가 왜 말은 그 모양인지.

그래도 지철에게 무식하다는 말은 듣고 싶지 않아 지철 몰래 인터넷으로 말의 뜻을 찾아봤다.

"외면은 껍데기고, 내면은 속이라는 거잖아? 바보, 내가 사장보다 얼마나 속이 꽉 찼는데."

하라는 자신의 풍만한 가슴을 만져보며 지철도 언젠가는 자신의 내면에 깜빡 죽을 것이라고 자신했다. 거기다 소혜보다 더 비싼 화장품과 옷으로 치장하면 외면까지도 완벽해질 것이다. 소혜의 의자에 거만하게 앉아있는 자신에게 '사장님, 사장님' 하며 굽실거리는 성곤과 지철의 모습을 상상하니 짜릿했다.

그래서 여현수에게 날름 열쇠를 받았다. 소혜가 외출할 때나 룸에서 손님을 상대하고 있을 때를 노려 별채로 들어가 여현수가 말한 물건을 찾아보았다. 침대 밑과 옷장, 노트북까지 샅샅이 뒤졌지만, 고객 명단이나 장부는 보이지 않았다.

혹시 몰라 소혜의 옷을 걸쳐 입고 호주머니까지 탈탈 털어보고, 가방과 보석함까지 뒤졌지만 나오는 건 자신의 입에서 흘러나오는 군침뿐이었다. 소혜가 가진 것을 보고 나자 더 사장이 되고 싶었다.

혹시 한 군데라도 빠뜨린 곳이 없는지 확인하고 또 확인한 후 여현수에게 결과를 보고했다.

그러자 여현수는 입꼬리를 올리며 안도의 한숨을 내쉬었다.

"그런 게 없다면 다행이고."

"그럼 내 사장 자리는 어떻게 되는 거예요?"

"아무것도 못 찾았잖아."

"그래서 땡이라고? 사장 몰래 뒤지느라 얼마나 진땀을 뺐는데. 시키는 대로 하면 충분한 보상을 해준다고 했잖아."

악을 쓰는 하라의 얼굴로 여현수의 손이 날아와 빰을 때렸다.

하라는 볼 한쪽이 떨어져 나간 것처럼 화끈거렸다.
"버르장머리 없이 어디서 소리를 질러? 너 내가 누군 줄 몰라?"
"알아. 우리 사장 정부!"
"뭐?"
"우리 사장 기둥서방이라고. 그게 뭐? 그게 뭐 대단한 데!"
하라는 아까보다 목소리를 더 높이며 여현수에게 달려들었다. 하라의 날카로운 손톱에 목을 긁힌 여현수는 목에 핏대를 세우며 하라의 머리칼을 붙잡아 벽에 패대기쳤다. 하라가 쓰러지자 발길질을 하고 배에 올라타 다시 뺨을 때렸다.
"뭐? 기둥서방? 너 이년, 다시 한 번 말해 봐."
하라는 분해서 여현수를 향해 침을 뱉으며 쏘아붙였다.
"네가 찾는 거 사장한텐 없지만 똘주방한테는 있거든!"
그 말에 여현수의 움직임이 멈췄다.
여현수는 잔뜩 긴장한 표정으로 물었다.
"그게 무슨 소리야?"
"듣고 싶으면 먼저 빌어, 이 개새끼야!"
여현수가 잠시 고민하다가 하라의 몸에서 내려왔다.
"때린 건 미안하다. 이제 말해 봐."
"그게 비는 거야?"
"……."
"듣기 싫으면 관둬. 나도 사장한테 네가 시킨 짓 다 말해 버릴 테니까."
하라가 나가려 하자 여현수가 어정쩡하게 무릎을 꿇었다.
"이렇게 하면 되는 거지? 한 번도 빌어본 적 없어서."

하라는 가소롭다는 표정으로 여현수를 보다가 여현수가 그랬듯이 있는 힘을 다해 뺨을 때렸다.

여현수가 금방이라도 폭발할 듯 붉게 달아오른 얼굴로 하라를 쏘아봤다. 그것에 대한 벌이라는 듯 하라는 여현수의 머리통을 발로 밀어 버렸다. 여현수가 뒤로 '꽝' 하고 넘어지자 여현수가 자신한테 했던 것처럼 배를 타고 올라앉았다. 여현수는 하라처럼 침을 뱉지는 않고 이를 악물며 신음 소리를 냈다.

"공, 이제 말해 봐."

"항복한 거지?"

"그래……."

"그럼 여기다 키스해."

하라는 여현수의 입 쪽으로 자기 발을 내밀었다.

여현수가 굳은 얼굴로 하라의 발가락을 노려봤다.

"듣기 싫어? 그럼 관두고."

하라가 발을 빼려 하자 여현수가 얼른 하라의 발가락에 입을 맞췄다. 하라는 그제야 만족한 미소를 지으며 빨간 앵두에 대한 이야기를 했다. 하라의 이야기가 다 끝나자마자 여현수가 다급히 내뱉었다.

"그러니까 그 주방장 놈이 날마다 녹음을 했다 이거야?"

"아마도."

"언제부터?"

"내가 야미에 들어오기 훨씬 전부터 그랬겠지."

여현수가 입이 마른 듯 입술에 침을 발랐다.

"그 사실 소혜도 알아?"

"그랬으면 똘주방 진작 잘렸겠지."

"그거 나한테 가져와."

하라는 여현수를 약 올릴 셈으로 말꼬리를 올리며 어깃장을 놓았다.

"내가? 왜?"

"사장, 야미 사장 시켜줄게."

"그건 이미 전에 약속받았고."

"좋아. 그럼 네가 원하는 거 뭐든 해줄게."

"진짜야?"

"그래."

"내가 아저씨를 어떻게 믿어? 아까처럼 또 쌩 깔 텐데."

"각서라도 쓰지. 대신 최대한 빨리, 그놈이 가지고 있는 걸 모조리 가져와야 해. 분명히 컴퓨터나 유에스비 그런 데 저장해 놨을 테니까 그것을 통째로 가져오든가, 아님 복사해 오고 원본은 싹 지워버려. 알았어?"

하라는 마지못해 해준다는 듯이 거만하게 까딱, 고개를 끄덕였다.

"그놈 방에는 어떻게 들어갈 건데?"

"그런 건 내가 알아서 할 테니까 신경 꺼. 누가 꼰대 아니랄까 봐 재수 없게……."

하라가 여현수에게 큰소리친 건 믿는 구석이 있었기 때문이다.

그 믿는 구석이란 바로 지철. 하라는 전에 지철이 성곤의 방에서 몰래 나오는 모습을 본 적이 있었다. 그것을 빌미로 지철에게 비밀번호를 말하라고 협박해 볼까도 했지만, 지철이 그런다고 말을 해줄까가 걱정스러웠다.

도대체 성곤과 무슨 관계인지, 왜 그런 인간한테 맞고도 그냥 있는

지 수십 번, 수백 번 같은 질문을 했지만 그때마다 벙어리처럼 입을 꾹 다물어 버리던 지철이었다.

그렇다면 지철이 성곤의 방에 들어갈 때를 기다려 비밀번호를 알아내는 수밖에 없었다.

하지만 지철은 하라의 뜻대로 움직여주지 않았다. 성곤의 방에 들어가는 순간을 포착하려고 일주일 내내 지철의 주변을 서성거렸지만, 매번 지철은 하라를 실망시켰다.

그러다 사시미칼 도난 사건이 벌어졌다. 처음엔 잠을 깨우는 게 짜증이 나 지철에게 신경질을 부렸지만, 곧 기가 막힌 생각이 하라의 머리에 떠올랐다.

지철이 제 발로 성곤의 방에 들어가지 않는다면 내가 지철을 들어가게 만들면 되는 것이다!

주방장이 지철을 사시미칼 도둑으로 몰아가자 하라는 지철을 안쓰럽게 보며 바람을 넣었다.

"그 칼 똘주방 방에 있을 거야."

"그게 무슨 소리야?"

"똘주방이 잃어버렸다고 쇼한 거라고."

"왜?"

"시다, 너 바보야?"

"……."

"당근 너를 쫓아내려고 그런 거지. 주방장이 너를 못 잡아먹어서 난린데 그것도 몰랐어?"

지철의 눈빛이 흔들렸다.

그 모습을 보며 하라는 쐐기를 박았다.

"내 장담한다. 똘주방이 잃어버렸다는 그 사시미칼, 분명 저 위에 있다는 거."

하얗게 굳어버린 지철의 얼굴을 보자 분명 오늘 밤 안에 자신의 말을 확인하기 위해 성곤의 방에 들어갈 것이라는 느낌이 왔다. 그렇다면 그때는 통사시미가 나가고 잠깐의 짬이 있을 때, 그때일 확률이 가장 높았다.

하라는 통사시미 접시를 들고 룸으로 걸어가다 물고기의 눈과 마주쳤다. 물고기의 눈에서 기쁨이나 슬픔, 원망, 분노의 감정을 감지하는 사람은 아무도 없다. 오로지 신선한가, 아닌가만 판별하기 위해 필요한 눈. 하라는 사람들의 눈빛도 그렇게 구분했다. 세상에는 맛이 간 인간과 맛이 안 간 인간만이 있을 뿐이다.

미닫이문을 열자마자 맛이 간 두꺼비의 눈이 탁구공처럼 튀어나와 하라를 반겼다. 하라는 접시만 내려놓고 바로 나가 성곤의 방과 마주 보고 있는 게스트룸에 숨어 지철이 오기를 기다릴 계획이었다.

그런데 소혜가 선수를 쳤다. 자기가 먼저 자리에서 일어서며 하라에게 두 수석들의 수발을 들라고 한 것이다.

왜 하필 지금 순간에.

사장이랍시고 언제나 제 맘대로인 소혜가 못마땅해 하라는 입을 삐죽 내밀었다. 손님들이 가져오는 돈은 날름날름 다 받아먹으면서 그들이 주는 술은 자신한테 대신 먹게 하고, 맛이 간 인간들만 골라 하라에게 떠맡기는 것도 재수 없었다. 게다가 손님들을 상대하느라 지친 하라 대신 지철이 룸의 그릇들이라도 치워주려고 하면 소혜는 하지 못하게 막았다.

"네가 있을 곳은 주방이야. 룸은 하라 담당이니까 하라가 하게 내버려둬."

'이런 썅! 그럼 네 담당은 뭔데? 고상하게 앉아서 웃기지도 않은 이야기나 지껄이는 게 네 일이야?'

열두 번도 더 이런 말을 하고 싶었지만 하라는 그때마다 참았다. 처음 들어올 때 사장이 시키는 대로 다 하겠다고 약속했으니 어쩔 수 없다고 생각했다.

하지만 자신이 사장이 되면 상황은 달라진다. 하라는 빨리 사장이 되고 싶었다. 사장이 되자마자 소혜를 잘라 버려야겠다고 다짐했다. 그러려면 빨리 성곤의 방 비밀번호를 알아내야 하고, 지금이 바로 그 기회였다.

하라의 맘이 얼마나 급한지도 모르고 O가 자꾸 엉겨 붙어 하라를 놓아주지 않았다. 술을 질질 흘리면서도 자꾸만 따라 건넸다.

남자들은 왜들 그리 여자한테 술 먹이는 걸 좋아하는지.

전에 손님 하나한테 하라가 그 이유를 물었더니 희한한 대답이 돌아왔다.

"원래 씨 뿌리기 전에는 밭에 물을 뿌려야 하는 거거든."

그게 무슨 말인지 하라는 이해하지 못했는데 다른 사람들은 재밌다는 듯이 낄낄거렸다. 누군가가 덧붙였다.

"난 씨를 뿌린 다음에 물을 주는 거로 알고 있는데."

"그럼 더 좋고."

"난 물 안 주고도 씨 뿌리는데?"

"어떻게? 땅이 너무 딱딱해서 안 들어갈 텐데?"

"들어갈 때까지 좆나게 박는 거지."

"하하하! 완전 상남자, 네가 갑이다!"

지철은 그들이 하는 말이 음담패설이라고 했다.

"음담패설? 그게 뭔데?"

"음탕하고 상스러운 이야기라고."

"음탕한 게 뭐야?"

"음란하고 난잡한 거."

"그러니까 그게 뭔데?"

"어, 그러니까 그게……."

지철은 대답하지 못하고 얼굴만 빨개져 하라가 너무 무식하다고 타박했다. 하라는 인정할 수가 없었다. 하라가 보기엔 자기가 무식한 게 아니라 사람들이 너무 유식한 게 문제였다. 사는 데 꼭 필요한 말은 몇 가지 안 되고, 꼭 알아야 될 것들도 많지 않은데 정작 그것들은 알지도 못하고, 하지도 않으면서 온갖 잡소리와 쓸데없는 지식만 늘어놓는 인간들이 한심했다.

두꺼비가 준 세 번째의 술을 하라가 목구멍으로 넘기는 사이 두꺼비의 손이 하라의 치마 속으로 쑥 들어왔다. K는 누군가와 카톡질을 하느라 두꺼비가 뭘 하는지 마는지 관심도 없었다.

카톡카톡 답장이 한 번 올 때마다 O의 손은 더 깊숙이 들어와 하라의 속살을 헤집었다. 그러면서도 연신 술을 따라 하라에게 건네고 상추쌈을 싸서 먹었다. 그 손으로 다시 하라의 몸을 만졌다.

"더럽게 손도 안 씻고 뭐야?"

하라는 몰래 손가락에 쌈장을 묻히고 두꺼비 때문에 아랫도리가 쌈장 범벅이 되었다며 신경질을 냈다. 화장실에 다녀온다고 나와 황급히 2층으로 올라갔다. 다행히 아직 지철은 성곤의 방에 들어가지 않은 것 같았다.

하라는 게스트룸으로 들어가 복도 쪽 창문 아래로 테이블을 옮기고 그 위에 올라가 지철이 나타나기를 기다렸다. 얼마 후, 지철이 뚜벅뚜벅 걸어와 성곤의 방문 앞에 섰다. 하라는 높은 위치에서 지철 쪽을 내려다보며 혹시라도 놓칠까 봐 핸드폰 동영상으로 지철이 도어록의 비밀번호를 누르는 장면을 찍었다.

0715. 지철이 문을 열고 들어갔다. 그리고 오 분 후, 사시미칼을 든 지철이 방에서 나왔다. 다른 꿍꿍이로 꾸며댄 말이었는데 진짜로 똘주방의 칼이 방에 있었던 모양이었다.

지철이 사시미칼을 가지고 자기 방에 들어가는 모습을 보고 밖으로 나가려 하는데 복도 끝에서 방해꾼이 나타났다. 또 소혜였다. 하라는 얼른 게스트룸으로 다시 들어가 숨을 죽였다.

"주방장님, 주방장님!"

사람도 없는 빈방을 몇 번이나 노크하고 소혜가 지철을 따라 1층으로 내려갔다. 이제 드디어 자신이 성곤의 방에 들어가 녹음 파일을 찾을 차례. 테이블을 제자리에 돌려놓고 살금살금 문을 열고 나가려는데 엉뚱한 놈이 등장했다. 자신을 기다리다 지쳐 눈이 벌겋게 달아오른 두꺼비였다.

O는 게스트룸에서 나오는 하라를 보고는 입이 헤벌쭉해져서 소리쳤다.

"먼저 와서 오빠 기다리고 있었던 거야?"

"졸라, 아니거든!"

"아니기는……."

"비켜. 나 지금 나가봐야 된단 말이야!"

"가긴 어딜 가! 디저트 기다리느라 죽는 줄 알았는데……."

O가 있는 힘껏 하라의 가슴을 움켜쥐고 게스트룸 쪽으로 밀어붙였다. 하라는 아픔과 함께 짜증이 치밀어 올랐다. 줄 수만 있다면 빨리 줘서 떨궈버리고 싶었지만, 요새 하도 여현수에게 시달려 O에게 줄 수 있는 디저트는 한 방울도 없었다.

그런 줄도 모른 채 O는 막무가내로 계속 보챘다. 그때 O의 전화가 울린 건 정말 다행이었다.

각하인지 뭔지 진짜 땡큐다.

O는 황급히 옷을 입고 나가며 아쉬운 듯 칭얼거렸다.

"다음엔 두 배로 먹을 거야앙."

하라는 O가 1층으로 내려가자마자 곧바로 성곤의 방 앞으로 가 0715를 누르고 안으로 들어갔다. 컴퓨터를 켜고 날짜별로 저장된 녹음 파일들을 찾아내 유에스비에 옮겨 담았다. 몇 년 동안 쌓인 분량은 꽤 많았다. 하라는 그것이 복사되는 동안 두 주먹을 불끈 쥐었다.

이것을 여현수에게 전해주고 무엇을 요구할지는 이미 생각해 두었다.

그건 차가운 산속에 매장되어 버린 친구 지윤의 복수를 하는 것.

하라의 이 세상 가장 끔찍한 첫 기억은 아빠의 책에 낙서했다가 혼이 난 것이다. 하라의 아빠는 하라보다 책이 더 소중하다는 듯이 화를 냈고, 그때부터 하라는 책이 싫었다. 책가방을 들고 학교에 가는 것도, 공부하는 것도 다 싫었다.

아빠는 그런 하라에게 너는 사랑의 결실이 아니라 하룻밤 실수의 죗값이라고 했다. 간호사였던 하라의 엄마가 의사인 자신과 결혼하기 위해 의도적으로 하라를 임신했고, 그 때문에 자신은 재수 없게 너의 아빠가 되었다고.

하라는 그런 아빠보다, 날마다 모욕을 당하면서도 아빠와 함께 사는 엄마를 이해할 수 없었다.

"그 인간이랑 살기 싫어도 너 때문에 참는 거야. 너 때문에!"

"그게 왜 나 때문이야?"

"의사 딸은 아무나 되는 줄 알아?"

"난 싫어. 그러니까 나를 위한다면 제발 이혼하라고!"

그래도 엄마는 이혼하지 않고 허구한 날 아빠와 싸웠다.

하라의 생일날이면 두 사람의 싸움은 더 커졌다.

"네가 임신으로 내 발목을 잡지만 않았으면 나 이렇게 안 살았어!"

"나도 하라 임신해서 많은 것을 포기했어!"

도저히 견딜 수가 없어 열여섯 번째 생일날, 하라는 집을 나왔다.

가출한 친구들과 어울려 알바도 하고 술도 마시고 편의점에서 도둑질도 했다. 그러다 경찰서에 끌려갔을 때 연락을 받고 찾아온 하라의 아빠는 맛이 간 물고기처럼 흐리멍덩한 눈으로 말했다.

"너 같은 건 내 자식이 아니다."

하라의 엄마는 매서운 손바닥으로 하라의 등짝을 내리치며 울부짖었다.

"난 너 때문에 내 인생을 전부 바쳤는데 네가 나한테 어떻게 이럴 수 있어? 너 정말 엄마 죽는 꼴 보고 싶어?"

하라는 엄마가 죽는 걸 보고 싶지 않아 집으로 돌아갔지만, 다시 또 가출했다. 보고 싶지도 않은 책을 하루 종일 보고 있어야 하는 학교도, 맛이 간 두 사람의 눈을 날마다 확인해야 하는 집도 마음에 들지 않았다. 그럼 네가 원하는 건 도대체 뭐냐고 물어주는 사람도 없었다.

하라가 원하는 건 단순했다.

다른 사람들처럼 생일날이면 부부 싸움 대신 생일 축하 노래를 듣고 싶다는 것.

가출해서 맞은 열아홉 번째의 생일날, 하라는 마침내 그 소원을 이루었다.

인터넷 채팅을 통해 알게 된 차 대표는 하라에게 생일 케이크를 사주며 해피 버스데이 투 유를 불러주었다. 그 노래를 들으면서 하라는 눈물을 흘렸다. 세상에 태어나 처음 들어보는 생일 축하였다. 단 한 사람만이라도 자신이 태어난 걸 기뻐해 준다는 사실이 너무나 감격스러웠다.

차 대표는 그런 하라에게 자신이 하라를 스타로 만들어줄 거라고 했다.

"스타요? 난 연예인 되고 싶은 생각 없는데."

"넌 사람들한테 사랑받고 싶잖아. 스타가 되면 엄청나게 많은 사람들이 널 사랑해 주는데 그래도 싫어?"

"내가 스타가 되면 우리 엄마, 아빠도 날 사랑해 줄까요?"

"당연하지! 이 세상에 스타를 미워하는 사람들은 아무도 없어. 네가 스타가 되면 네 부모가 엄청나게 좋아할 거야."

그 말에 하라는 스타가 되겠다고 결심했다. 자신이 스타가 되면 더 이상 엄마, 아빠도 자기가 태어난 것을 원망하지 않고, 서로 싸우지도 않을 것 같았다.

차 대표는 회사로 데려가 정식 연습생이 되기 전에 하라가 거쳐야

할 코스가 있다고 했다.

"스타가 되려면 춤과 노래보다 먼저 익혀야 하는 게 섹시함이야."

"왜요?"

"많은 사람들이 자고 싶어 해야 스타니까. 예를 들어 만 명의 남자들이 너랑 자고 싶어 한다, 그럼 넌 뜬 거야. 근데 백만 명이 너랑 자고 싶어 한다? 그럼 넌 세계적인 스타가 된 거지."

차 대표가 요구하는 섹시한 눈빛과 뇌쇄적인 표정은 어려웠다.

"눈만 희번덕거린다고 섹시한 게 아니야. 진짜로 상대방과 섹스하고 싶다는 마음으로 유혹해야 섹시한 분위기도 풍기고 팬들도 넘어오는 거야. 나를 스파링 파트너라고 생각하고 들어와 봐. 어서. 컴 온!"

무수한 연습과 훈련 끝에 하라는 차 대표의 테스트에 통과했다. 차 대표는 그로기 상태로 하라의 배 위에서 나동그라지며 엄지손가락을 치켜들었다.

"넌 다른 애들보다 흡수력이 진짜 빨라. 완벽해!"

차 대표의 말대로 이제는 길거리를 그냥 걸어가기만 해도 무수한 남자들이 갈망의 눈길로 하라를 바라보았다. 어떻게든 한 번 만져보려고 온갖 수작을 걸어왔다. 하라가 불쾌해하며 그들로부터 몸을 빼려 하자 차 대표가 말렸다.

"다 너를 사랑하는 팬들이야. 그들을 대할 때는 엄마가 아기한테 사랑을 주듯 그렇게 해야 되고."

"엄마가 아기한테 사랑을 주는 게 어떤 건데요?"

"무슨 짓을 하든 무조건 받아주는 거. 그렇게 할 수 있어야 진짜 스타야."

하라는 진짜 스타가 되기 위해 팬들이 무슨 짓을 하든 받아주었다.

가끔은 이상한 체위나, 기괴한 도구를 이용하는 변태 같은 팬들도 있었지만 그래도 불평하지 않았다. 차 대표는 하라를 기특하다고 칭찬했다.

"넌 이 세상에 단 하나뿐인 특별한 여자야! 아주 완벽한 스타야!"

하라는 으쓱했다.

지윤과 친구가 된 것은 그 무렵이었다.

24시간 김밥집에서 알바를 하고 있는 지윤은 하라가 팬 서비스를 마치고 지친 몰골로 돌아오자 차 대표를 욕했다.

"나쁜 새끼, 어떻게 애를 이 지경으로 돌려?"

"날 원하는 팬들이 많아서 그래."

"팬은 무슨. 차 대표 그 새끼, 너 데리고 포주 짓 하면서 연예인 시켜준다고 사기 치는 거야!"

"포주? 그게 뭔데?"

"남자들한테 네 몸 팔고, 그 새끼가 돈 받는 거라고!"

"아냐. 차 대표가 이제 곧 음반 녹음할 거라고 했어. 그럼 바로 난 스타가 된다고."

"미친년. 정신 차려! 넌 스타가 아니라 걸레야, 걸레!"

하라는 충격을 받고 지윤에게 들은 이야기를 차 대표에게 전했다.

"대표님, 지윤의 말이 사실이에요? 날 속인 거예요?"

"말도 안 돼. 그 계집애가 샘나서 너한테 거짓말한 거야. 그러니까 믿지 마. 그런 계집애랑은 아예 상종도 하지 마."

하지만 지윤의 말은 사실이었다. 하라가 감기에 걸려 제대로 팬 서비스를 못 하게 됐던 날, 아저씨 팬 하나가 화가 나서 하라에게 욕을 했다.

"예비 연예인이라고 20만 원이나 받아 처먹더니 이게 뭐야? 에이씨, 그 새끼 구라에 완전히 낚였잖아."

지윤은 하라에게 경찰서에 가서 차 대표를 신고하라고 했다. 하라도 그럴 생각이었다. 하지만 차 대표가 한발 먼저 나타났다.

그날, 차 대표가 휘두른 전기 충격기에 정신을 잃었다 깨어나 보니 야산이었다. 옆에서는 차 대표가 구덩이에 지윤을 묻고 있었다.

하라는 필사적으로 도망쳐 집으로 갔다. 엄마, 아빠에게 자초지종을 털어놓고 지윤을 살려달라고 애원했다. 그러나 하라의 부모는 하라를 쫓아내며 일갈했다.

"우린 너 죽었다고 생각하고 산 지 오래야."

"나 안 죽었어! 이렇게 살아있잖아!"

"우리 딸은 이미 죽었어!"

하라는 그 말을 들으면서 혼란스러웠다.

정말 자기도 지윤과 함께 야산에 묻혀 죽고 영혼만 집을 찾아온 건 아닌지 헷갈렸다. 하지만 찢어진 발가락에서 붉은 피가 흐르는 걸 보면 그건 아니었다.

하라는 차 대표가 찾을 수 없는 곳으로 숨었다.

그곳이 야미였다.

야미에서 있었던 2년 동안 하라는 차 대표가 이곳까지 쳐들어올지 모른다는 두려움에 떨었다. 지윤을 두고 혼자 도망쳤다는 죄책감에 밤마다 악몽을 꾸었다. 누군가 이 지옥 속에서 자신을 구원해 주기를 간절히 바랐다. 그런데 드디어 구원자가 나타난 것이다.

하라는 이 녹음 파일을 여현수에게 건네주고 차 대표를 잡아넣으라고 할 생각이었다. 여현수는 검찰총장이니까 차 대표를 잡아넣는 것

쯤은 식은 죽 먹기일 테고, 이 불안 불안한 휴전 상태도 곧 끝날 것이라고 생각했다.

하라가 녹음 파일을 복사한 유에스비를 자신의 방에 숨겨놓고 1층으로 내려가자 소혜가 갑자기 회식을 하자고 했다. 맘껏 마시라고 술 창고까지 개방하고 한물간 연예인까지 불러들였다.

하라는 그들 틈에서 모처럼 마음의 짐을 내려놓고 신나게 놀고 큰 소리로 웃었다. 그러다 소혜의 날카로운 눈길과 마주쳤다. 하라는 이제 당신의 시대도 끝났다는 표정으로 윙크를 했다. 그것을 본 성곤이 불만스러운 표정으로 노려보았다.

하라는 자신이 이 휴전 음식점 야미의 사장이 되면, 소혜와 함께 똘주방도 쫓아 버려야겠다고 생각했다. 아니, 더 좋은 생각이 떠올랐다. 두 사람을 내쫓지 말고 소혜에게는 홀 서빙을, 성곤에게는 지철의 시다를 시키면 재밌겠다는.

푸하하! 주체할 수 없는 웃음이 쏟아져 나왔다.

하라는 흥에 겨워 소혜의 책상 위로 뛰어올라가 춤을 췄다. 사람들의 열광적인 환호 소리를 들으니 무대에라도 선 듯 흥분됐다. 그들에게 보답하기 위해 옷을 벗어 던지다 소혜의 책장에 꽂힌 책들까지 꺼내 집어 던졌다. 글자가 빼곡한 두꺼운 책을 찢어발기면서 하라는 오줌을 쌀 것 같았다. 지철이라면 그걸 카타르시스라고 했을 것이다. 필름은 거기서 끊겼다.

그 이후 무슨 일이 있었는지, 어떻게 잠이 들었는지는 기억나지 않았다.

눈을 뜨니 게스트룸에 누워있었다. 옆에는 처음 보는 남자가 자고 있었다.

하라가 고개를 갸웃하고 일어나자 남자가 잠꼬대인지 아닌지 알 수 없는 투로 이야기했다.

"난 천국이 싫어."

"뭔 소리야?"

"지루하고 무료해서 미칠 것 같아. 죽고 싶어도 또 천국에 갈까 봐 죽지도 못해."

"그럼 안 가면 되잖아. 나쁜 짓 하고 지옥 가!"

"지옥에 가면 그 인간이랑 또 만날 것 같아 싫어."

"그 인간이 누군데?"

"있어. 난 어쩌면 좋지? 너라면 어떻게 할래?"

"지옥이랑 천국이랑 다 부숴버려. 그럼 되잖아!"

남자가 감탄의 눈빛으로 하라를 보았다. 한눈에 딱 봐도 맛이 간 남자였다. 하라는 성곤의 칼을 가져다 남자의 썩은 눈을 한 꺼풀 벗기고 레몬을 톡 떨어뜨려 주고 싶은 충동이 일었지만 참았다.

그 남자의 이름이 김모라는 건 나중에서야 알았다.

야미의 사장이 되고, 소혜에게 홀 서빙을 시켜야겠다는 하라의 꿈은 엄민경의 죽음과 함께 물 건너간 것처럼 보였다.

사람들은 소혜가 이제 여현수의 정식 부인이 될 거라고 예상했고, 미리부터 소혜에게 점수를 따려고 값비싼 선물들을 보내왔다.

하라는 성곤의 방에서 복사해 온 녹음 파일을 여현수에게 건네주지도 못했다. 엄민경의 장례식과 검찰총장 취임식으로 여현수는 정신이 없었고, 하라는 야미가 점심 영업까지 하게 되면서 두 배로 바빠졌다.

여현수가 근처의 무인 모텔로 오랜만에 하라를 불러낸 것은 그 무렵이었다. 하라는 방에 숨겨놓았던 유에스비를 가지고 반갑게 여현수를 만나러 갔지만, 여현수는 혼자 술에 취해 이미 이성을 잃어버린 후였다.

여현수는 잡자마자 냉동된 참치 같은 눈으로 허공을 노려보며 혼잣말을 중얼거렸다.

"쉽게 떨어지지 않을 줄은 알았어. 그렇다고 내가 질 것 같아!"

"도대체 무슨 말을 하는 거야?"

"모라토리엄."

"뭐?"

"나한테 그동안 진 빚을 갚으라고 몰려드는 빚쟁이들한테 난 이제 모라토리엄을 선포할 거야."

"그게 뭔데?"

"빚 안 갚을 거니까 배 째라고 드러눕는 거지."

"왜?"

"그래야 내가 그것들이 시키는 대로 휘둘리지 않을 수 있으니까. 그래야 내가 빚쟁이들의 꼭두각시로 전락하지 않을 수 있으니까."

"아저씨 빚이 그렇게 많아?"

"많지. 여기까지 올라오느라고 여기저기 빚 좀 많이 졌지. 그중 하나가 소혜고."

"우리 사장한테?"

"그래. 그렇다고 이런 식으로 나를 협박할 줄은 몰랐어. 나도 피해자야. 이십 년 동안 소혜한테 감쪽같이 속았고 배신당했다고……."

"사장이 어떻게 아저씨를 속였는데?"

"나 몰래 그놈과 내통하고 있었어."

"내통?"

"여기 이 포르노 시집이 바로 그 증거야. 나의 중심과 너의 중심은 항상 맞닿아있다……."

"그게 왜 포르노야?"

"남자와 여자의 중심과 중심이 만나는 게 뭐야? 섹스잖아, 섹스! 그다음 장에도 마찬가지야. 우리가 함께했던 삼합을 떠올릴 때마다 그리움이 밀려온다……. 여기서 말하는 삼합은 홍어와 돼지고기, 김치가 아니라 그것들끼리의 암호야. 입술은 입술끼리, 몸의 중심은 중심끼리, 눈빛은 눈빛끼리 얽혀 나뒹구는 걸 삼합이라고 하는 거라고!"

머리카락은 잔뜩 헝클어진 채 손가락에 침을 묻혀 정신없이 시집을 넘기는 여현수는 미친 사람 같았다.

"이렇게 네가 먼저 날 배신해 놓고 이제 와서 내 뒤통수를 쳐? 그래, 한번 해보자고! 진소혜 네가 이기나, 내가 이기나 해보자고!"

여현수가 자신을 구원해 줄 거라 믿었던 하라는 예상치 못한 여현수의 모습에 실망했다. 뿌옇게 얼어붙은 참치 눈깔을 갈아 만든 눈물주처럼 미끈거리면서도 차가운 기운이 입안에 가득 찼다. 차 대표는 고사하고 사장하고 싸워봤자 여현수는 이기지 못할 것 같았다.

그래서 하라는 성곤의 방에서 복사해 온 녹음 파일을 여현수에게 건네지 않았다. 여현수와 소혜, 두 사람의 싸움이 결판날 때까지는 기다리는 게 좋을 것 같았다.

여현수는 이해할 수 없는 말들을 잔뜩 쏟아놓고 하라의 품속으로 파고들었다. 하라의 젖가슴에 얼굴을 파묻고 아이처럼 엉엉 울었다.

하라는 양복을 입고 카리스마 넘치는 모습으로 티브이에 나오는 사람과 자기 품속에서 울고 있는 사람이 같은 사람이라는 게 믿기지 않았다.

여현수는 그렇게 한참을 울고 나서야 술이 깬 듯 무덤덤한 목소리로 말했다.

"내연의 관계에서 왜 비극이 많이 일어나는지 알아?"

"왜?"

"브레이크가 없기 때문이야. 결혼한 사람들은 이혼이라는 브레이크가 있으니까 원하지 않으면 끝낼 수가 있는데, 사랑만 믿고 가는 내연의 관계엔 그게 없어. 그래서 둘 중 한 사람이 그 차에서 내리고자 한다면 상대방을 파괴시켜 멈출 수밖에 없는 거지."

"그럼 그 차에서 안 내리고 계속 가면 되잖아?"

"그래. 그럼 되지만, 연료처럼 사랑도 언젠가는 고갈돼. 소혜가 너 같은 가슴만 가지고 있었어도 내 사랑이 식지는 않았을 텐데."

여현수는 회한 가득한 눈길로 하라의 가슴을 움켜쥐었다.

"우리 사장 가슴은 어떤데?"

"네가 과즙이 꽉 찬 오렌지라면 소혜의 가슴은 식어서 쪼그라든 찐빵이라고나 할까."

하라는 그 말을 듣는 순간 너무나 통쾌했다.

이걸 녹음해 지철에게 들려주지 못하는 게 안타까웠다.

"네가 멋지다고 했던 사장의 내면에 뭐가 있는 줄 알아?"

"지성, 위트?"

"웃기네. 팥이야, 팥."

"뭐?"

"사장의 속을 채우고 있는 건 차갑게 식어버린 팥이라고. 그것도 쪼끔."

지철이 무슨 말인지 모르겠다는 표정으로 하라를 보았다.

하라는 일부러 사 가지고 온 찐빵을 소혜의 책상 위에 올려두었다. 소혜가 의아한 표정으로 하라를 보았다.

"이게 뭐야?"

"사장님 드시라고 제가 사 왔어요."

"고맙긴 한데, 난 찐빵 별로 안 좋아하는데."

"안 좋아하는데 왜 몸에 달고 살아요?"

하라는 소혜의 빈약한 가슴을 바라보며 웃음을 터뜨리느라 소혜의 얼굴이 찐빵처럼 하얗게 굳는 걸 알지 못했다.

지철이 소혜의 안색을 살피며 하라를 주방으로 끌고 갔다.

"너 무슨 짓이야? 이제 곧 총장님 사모님이 되실 분한테."

"절대 그런 일은 없을걸."

"그게 무슨 소리야? 다들 그렇게 얘기하고 여기저기서 사장님한테 선물도 엄청 많이 보내는데."

"그렇게 되나, 안 되나 내기할래?"

"무슨 내기?"

"만약 네 말대로 되면 내가 너 해달라는 거 해주고, 내 말대로 되면 네가 나 해달라는 거 해주고."

지철이 대답하기도 전에 하라는 다시 못을 박았다.

"쾅쾅쾅! 그럼 약속한 거다."

"난 하겠다고도 안 했는데……."

"이미 도장 찍었으니까 끝이야."

지철이 어이없다는 표정을 지었지만, 하라는 내기에서 이길 자신이 있었다.

여현수가 하라를 찾아오는 횟수는 점점 더 많아졌고, 여현수는 하라의 품이 아니면 잠을 잘 수 없다고 칭얼거렸다.

“날마다 너랑 자고 싶다. 너 이제부터 내 정부 할래?”

“우리 사장은 아저씨 마누라 되고?”

“아니, 그런 일은 없을 거야.”

여현수가 일식을 끊고 소혜와도 끝났다는 소문이 퍼지면서 야미의 손님들이 줄어들기 시작했다. 예약 취소 전화도 줄을 이었다.

하라는 의기양양하게 지철에게 말했다.

“내 말이 맞았지?”

“근데 그 소문이 진짜야? 그럼 우리 사장님 어떻게 되는 거야?”

“어떻게 되긴 쫑 난 거지. 어쨌든 내가 내기에서 이겼으니까 오늘 밤 나랑 같이 자.”

“뭐?”

“나 너랑 자고 싶다고.”

“말도 안 돼.”

“왜? 고 순경인가 뭔가 그 계집애 때문에?”

“그런 게 아니고…….”

“아니긴 뭐가 아냐? 네가 똘주방 몰래 요리해서 그 계집애한테 갖다 바치는 거 내가 모를 줄 알아?”

“그건…….”

하라는 다짜고짜 지철의 품에 뛰어들었다. 탱탱하고 꽉 찬 자신의 가슴을 느낀 이상 지철 역시 다른 남자들처럼 거부할 수 없을 것이라고 자신했다. 하지만 예상과 달리 지철은 하라의 몸을 밀어냈다. 그 때문에 하라는 상처받았다. 너는 내 딸이 아니라고 자신을 밀어내던 아빠의 모습이 떠올랐다.

"너 도대체 뭐야? 찐빵 같은 가슴 달린 사장이랑 못생긴 순경은 좋아하면서 왜 날 밀어내는 건데? 왜 나만 싫어하는 건데?"

"널 싫어하진 않아!"

"그럼 같이 자!"

"그건 아냐."

"뭐가 아닌데! 아닌데, 아니면서 그럼 왜 나한테 잘해주는 건데! 왜 똘주방이 때릴 때 나 대신 맞아준 건데!"

"그건……, 그건 네가 괴로워하는 게 안타까워서……. 네가 아플까 봐……."

"그게 사랑이잖아! 우리 엄마와 아빠는 한 번도 내가 아플까 봐 너처럼 대신 맞아준 적도 걱정해 준 적도 없어. 그 사람들보다 네가 더 나한테 해피 버스데이 투 유도 많이 불러줬다고!"

"……."

"사랑하는 거 아니면 너도 우리 엄마와 아빠처럼 내가 죽었다고 생각해. 그럼 너한테 난 죽은 거니까."

"하라야."

"나도 이제 널 죽었다고 생각할 거니까."

하라는 그날부터 지철이 보이지 않는 것처럼 행동했다. 지철이 말을 걸어도 대답하지 않았다.

지윤의 옆에 묻히는 악몽을 꾸다 지철의 노래에 깼지만, 티를 안 내려고 계속 꿈을 꾸며 자는 척했다. 지철이 신선한 눈을 반짝이며 계속 자신을 바라보는 게 거슬려 선글라스를 쓰고 지철의 눈을 외면했다.

아로와나가 바닥에 떨어져 죽은 채 발견된 날, 지철은 더 이상 못 견디겠다는 듯이 양평 읍내로 나가는 하라의 뒤를 졸졸 따라왔다.

"하라야, 아직도 화났니?"

"누가 화났대?"

"네가."

"뭐?"

"네 얼굴, 네 손, 네 발, 네 온몸이 나한테 화났다고 말하고 있잖아."

"……."

"네 맘 아프게 했다면 미안해."

"그 말 하러 여기까지 따라온 거야?"

"사장님은 탱크 수족관의 뚜껑을 열어둔 사람이 너라고 생각하시는 거 같아."

하라는 그 말에 실망해 차갑게 쏘아붙였다.

"그래서, 그래서 그거 물어보러 여기까지 온 거야?"

"진짜 네가 그랬니?"

하라는 탱크 수족관 근처에도 가지 않았지만, 자신이 금용을 죽였다고 의심하는 지철 때문에 화가 나 쏘아붙였다.

"그래, 내가 그랬다!"

"왜?"

"너 때문에, 너 때문에 기분 나빠서!"

"뭐?"

"너 때문에 화가 나서 대신 금용을 죽였다고. 됐어?"

지철의 눈이 차갑게 변해 돌아섰다.

하라는 그런 지철을 보며 다시 한 번 상처받았다.

왜 세상에 나를 믿어주는 사람은 아무도 없는 거지?

그래도 지철은 다른 사람들과 다르다고 생각했었는데, 그것이 착각이었다는 사실에 가슴이 아팠다.

그래서 자신이 사장이 되면 지철도 잘라 버려야겠다고 결심했다. 자신이 금용을 죽였다고 의심하는 사장과 주방장, 지철까지 모두 다 내쫓아 버리고 자신의 마음에 드는 사람들을 뽑아 새로운 야미를 만들겠다고.

이제 기댈 곳은 여현수밖에 없었다.

하라는 그동안 간직하고 있던 녹음 파일을 여현수에게 건네주며 차 대표와 지윤에 대한 이야기를 털어놓았다.

"복수 꼭 해줄 거지?"

"걱정 마라. 내 별명이 국민 총장이야, 국민 총장. 그렇게 나쁜 놈들은 깡그리 다 잡아넣을 거니까 이제 맘 푹 놓고 살아도 돼."

"사장은 언제 시켜줄 거야?"

"그건 조금만 더 기다려."

하라는 손님들에게 은근슬쩍 여현수와 자신의 관계를 드러냈다. 자신이 이제 곧 야미의 사장이 될 거라고.

처음에는 농담인 줄 알고 비웃던 사람들이 시간이 지날수록 달라졌다. 분위기 파악 못 하고 함부로 자기 몸에 손대려던 대기업 전무를 향해 하라는 멍게가 담긴 접시를 집어 던졌다. 전무는 길길이 날뛰고 소혜는 손님한테 무릎 꿇고 사과하라고 명령했지만 하라는 무시했다. 대신 여현수에게 전화를 걸어 그날 있었던 일을 고자질했다. 전무는 다음 날 꽃다발을 들고 찾아와 손이 발이 되도록 빌었다. 하라는 입을 쩍 벌리고 그 광경을 바라보던 성곤과 지철, 소혜의 표정을 잊을 수가 없다. 하라는 금용처럼 도도하고 우아하게 그들 사이를 헤엄쳤다.

소혜한테 오던 선물들이 이제는 하라에게 왔다. 야미에 찾아온 손님들도 소혜보다 하라가 옆에 더 오래 있어주기를 바랐다. 하라는 더 이상 유니폼을 입지 않았다. 소혜가 단골로 이용하는 디자이너 숍에서 옷을 맞추고 여현수 앞으로 달아놓았다.

금빛 스팽글이 반짝거리는 새 옷을 입고 신이 나서 돌아오던 날, 지철이 하라를 기다리고 있다가 고개를 숙이고 사과했다.

"하라야, 미안해. 내가 잘못했어."

"너도 이제야 돌아가는 판을 제대로 읽은 모양인데, 그래 봤자 이미 늦었어."

"응?"

"내가 사장이 되면 너도 바로 이거라고!"

하라는 자신의 손을 지철의 목에 가져다 댔다.

"그런 건 상관없어."

"뭐? 그럼 왜 사과하는데?"

"아로와나를 죽인 게 누구인지 알았으니까. 아무 죄 없는 너를 의심해서 미안했어."

"의심하든 말든 난 신경도 안 썼거든! 너 따위는 이제 보이지도 않는다고!"

하라는 속이 후련했다.

아무것도 모르고 사장만 바라보다 꼴좋게 됐다고 맘껏 지철을 비웃었다.

콧노래를 부르며 방에 올라가 옷을 갈아입으려다 하라는 낯선 비린내에 멈칫했다. 고개를 돌려보니 맞은편 벽 하나가 붉은 피로 도배되어 있었다. 그리고 그곳에 붙어있는 차 대표의 편지.

하라는 그 자리에서 굳어버렸다.

제대로 숨도 쉬지 못하고 헉헉거리다 정신을 차리고 여현수한테 전화를 걸었다.

"차 대표, 차 대표 그 새끼가 내가 있는 곳을 알아냈어."

—걱정 마라. 내가 다 알아서 할 테니.

하지만 여현수로부터 다른 소식은 들려오지 않았다. 하라가 전화를 해도 받지 않았다.

이럴 때를 대비해 녹음 파일 원본을 간직하고 있던 하라였다. 하라는 그 사실을 문자로 알렸다.

여현수는 성난 목소리로 전화를 걸어왔다.

—이게 날 가지고 놀아?

"아저씨가 먼저 약속 어겼잖아! 차 대표 잡아준다며? 그런 놈은 가만 안 놔두겠다며?"

—그놈한테 잡혀 죽기 싫으면 원본 가지고 와, 이 사이코 년아!

구원자는 갑자기 적으로 돌변하고, 하라의 야무진 계획은 와르르 무너졌다.

며칠 후, 차 대표의 2차 공격이 벌어졌다.

잠결에 창문에 붙어있는 검은 그림자를 보고 하라는 기겁해 훌쩍거렸다. 옆방에서 지철이 무슨 일이냐고 소리쳤다.

하라는 이를 악물고 자신의 비참한 상황을 들키지 않으려고 애썼다.

"하라야, 괜찮아? 문 좀 열어봐."

하라는 귀를 막고 스스로를 향해 외쳤다.

"내가 살아있기를 바라는 사람은 아무도 없어. 그러니까 난 이미 죽었어. 한 번 죽었는데 두 번 죽는 게 뭐가 무서워? 난 하나도 안 무서워!"

창문이 와장창 소리를 내며 깨졌다. 지철은 문 앞에서 문을 열라고 소리를 쳤다.

하지만 하라는 그 자리에서 움직이지 않았다.

검은 그림자가 깨진 창문으로 들어오려는 순간, 문이 부서지고 지철이 들어왔다. 검은 그림자는 지철을 보고 도망쳤다.

하라는 원망스럽게 지철을 바라보았다.

"난 이미 죽었으니까 상관 말랬잖아!"

"넌 살아있어, 하라야. 난 네가 살아있는 게 좋아. 내가 널 지켜줄 거야."

공포로 굳어버렸던 동공이 풀리며 하라의 눈에서 눈물이 흘렀다.

지철이 그런 하라의 눈물을 닦아주었다.

하라는 와락 지철의 품에 안겼다.

지철은 움찔했지만 하라를 내치지 않았다. 하라는 지철의 품속으로 파고들며 지철의 입술을 찾았다. 지철의 입에서 흘러나오는 날숨을 온몸으로 빨아들였다. 레몬처럼, 식초처럼 지철의 몸에서는 신맛이 났다.

하라는 찌르르 뇌 속에서 시작된 짜릿함이 가슴을 부풀게 하는 것을 느끼며 지철의 몸속에 자신의 뜨거운 숨결을 불어넣었다. 여현수가 모텔에서 읽어주었던 시가 떠올랐다.

너의 중심과 나의 중심이 만나면,
나의 날숨이 너의 들숨이 되고,
너의 귀 속엔 나의 쾌락이,
나의 눈 속엔 너의 황홀이,
우리의 사지(四肢)는 날개가 되어 날아간다. 훨훨.

그날 밤, 하라는 지철과 한 몸이 되어 바람개비처럼 하늘로 날아올랐다. 처음으로 악몽도 꾸지 않았다.

아침에 눈을 뜨니 다시 태어난 것처럼 상쾌하고 개운했다.

지철만 있으면 뭐든 할 수 있다는 자신감이 생겼다.

다시는 여현수와 만나지 않겠다고 결심하고 하라는 여현수에게 넘겨주지 않은 원본 파일을 들어보았다. 목소리의 주인이 누구인지만 알아내면 꽤 돈이 될 만한 내용들이 많았다.

하라는 이것만 있으면 여현수의 도움 없이도 야미의 사장이 될 수 있겠다고 생각했다. 소혜와 성곤을 쫓아내고 지철과 함께 야미의 주인이 되고 말겠다는 야심으로 목소리의 주인이 누구인지를 찾아나갔다. 수수께끼 놀이라고 속여 지철의 도움도 받았다.

지철은 하라가 생각했던 것보다 훨씬 더 유용했다. 목소리만 듣고도 누구인지 금방 알아챘다.

"이 사람은 지난번 100분 토론할 때 나왔던 교수님이고, 이 사람은 의사다. 건강 프로그램에서 봤어."

"넌 어떻게 그것을 다 기억해?"

"어렸을 때부터 티브이를 많이 봤으니까."

"왜?"
"그건……."
"너 내가 쇼킹한 비밀 얘기해 줄 테니까 너도 나한테 네 비밀 하나 알려줘야 해."
지철이 대답하기도 전에 하라는 차 대표가 지윤을 안양의 야산에 생매장시키고 자신까지 묻으려고 했던 일을 이야기해 주었다.
지철은 놀라서 입이 쩍 벌어졌다.
"이젠 네 차례야."
지철은 망설이다가 입을 열었다.
"아로와나를 죽게 한 것도, 차 대표인 척 네 방에 뱀장어 피를 바르고 창문을 깨부순 사람도 주방장이야."
"응?"
"그리고 그 사람이 내 아버지이고."
하라는 그제야 지철이 왜 성곤에게 얻어맞으면서도 이곳에서 버텼는지, 왜 성곤 몰래 성곤의 방에 드나들었는지 이해했다.
지철은 그런 사람이 자신의 아버지라는 것 때문에 괴로워했다. 하라는 동병상련의 심정으로 지철을 위로해 주었다.
"그런 부모 따윈 필요 없어. 우리도 죽었다고 생각하면 돼!"
그래도 지철은 말을 듣지 않았다.
주방장이 자기를 제자로 받아줬다며 기뻐했다.
"교수 아버지의 말이 맞았어. 주방장도 나쁜 사람만은 아니었어."
하지만 하라는 그런 주방장이 오히려 수상했다.
엄마도 아빠도, 차 대표도, 여현수도, 자신을 실망시키지 않은 어른들은 이 세상에는 하나도 없었다.

그러던 어느 날, O가 혼자 야미에 왔다.

소혜는 하라를 일절 룸에 들어오지 못하게 했다. 화장실에 다녀오는 O를 게스트룸에서 기다리고 있겠다고 꼬드겼지만, O는 바쁘다며 회피했다. 맛이 간 O의 눈이 초롱초롱한 게 더 기괴하고, 수상했다.

하라는 O를 태우러 오는 운전사를 노렸다.

"수석님이 차에서 기다리고 있으라고 했어요."

운전사는 의심하지 않고 하라를 차에 태웠다.

O는 아무 생각 없이 차에 타다 하라를 보고 놀랐다. 하라는 얼른 O의 팔을 잡아 차 안으로 끌어당기며 O의 손을 자신의 가슴에 얹었다. O가 꿀꺽 침을 삼키며 차 문을 닫았다.

하라는 여현수와 만났던 무인 모텔로 O를 안내했다.

O는 방으로 들어서자마자 하라의 젖가슴을 향해 입술을 들이댔다.

"아저씨, 디저트는 그렇게 먹는 게 아냐."

"그럼 어떻게?"

하라는 웃옷을 벗고 가슴을 드러냈다. 탱탱하고 풍만한 가슴 위로 분홍색 유두가 발기된 모습을 보자 O의 눈에 감탄이 가득 찼다.

"이게 진짜 자연산이야?"

"직접 만져보면 알지."

O가 손을 내밀려 하자 하라는 한 발짝 뒤로 물러났다.

"먼저, 알고 싶은 게 있어."

O가 감질나 죽겠다는 표정으로 인상을 찌푸렸다.

"뭔데?"

"오늘 사장이랑 무슨 얘기했어?"

"그건 극비라 말할 수 없어."

하라는 자신의 가슴을 손끝으로 어루만졌다.

"아저씨, 유방과 가슴의 차이가 뭔 줄 알아?"

"글쎄. 같은 거 아닌가?"

"아니, 완전 달라. 나도 어떤 아저씨한테 들은 건데, 가슴은 아무 여자나 다 있지만 유방은 아니래."

"어떻게 다른데?"

"디저트를 주고 싶은 사람을 보면, 요기 요 머리 중간에서 찌르르 신호가 와. 그게 이렇게 머리를 타고 내려가 요기에서 고이는 거지."

하라가 자기 가슴을 살짝 쥐자 분홍빛 꽃봉오리에서 우윳빛 액체가 흘러나왔다.

O의 눈이 휘둥그레졌다.

"진짜네. 진짜로 젖이 나와!"

"날마다 먹을 수 있는 건 아닌데, 아저씨는 재수가 좋네."

O가 도저히 못 참겠다는 표정으로 소혜와 나눈 이야기를 털어놓고 하라의 젖꼭지를 입에 물었다. 그러고는 디저트를 처음 먹은 남자들처럼 똑같은 말을 했다.

"그런데 어떻게 젖이 나올 수가 있지? 넌 애도 안 낳았잖아?"

"난 특별하니까."

하라의 가슴에서 젖이 나온 건 지윤이 야산에 묻힌 후부터였다. 처음엔 하라도 놀라 인터넷을 뒤져보았다. 그랬더니 하라처럼 젖이 나오는 처녀들이 꽤 있었다. 호르몬의 이상이니 병원에 가보라는 친절한 댓글도 달려있었다.

하지만 하라는 병원에 가지 않았다. 의사들이란 죄다 아빠처럼 맛이 간 눈을 가지고 있을 것 같아 보기가 싫었고, 찌르르 젖이 도는 느낌도 좋았다. 어른인 척 갖은 무게를 잡는 남자들이 자기 젖을 무는 순간 아기처럼 순해지는 것도 신기했다.

그중에서도 여현수는 중독이라고 할 정도로 하라의 젖을 찾았다. 몸에 한 방울의 젖이 남아나지 않을 때까지 빨아댔다. 그래선지 여현수를 만난 이후부터 젖이 줄기 시작했다. 여현수는 그걸 하라 탓으로 돌리며 짜증을 냈다.

"너 소혜의 간첩이지?"

"뭐?"

"가짜 젖으로 날 꼬드겨 정보를 빼내려고 했던 거 아니야? 그런 게 아니면 왜 전에는 잘 나오던 젖이 갑자기 안 나와!"

자신의 가슴에서 계속 젖이 나왔으면 여현수는 그렇게 돌변하지도, 사이코라고 욕하지도 않았을 것이다. 하지만 아무리 주무르고 우유를 많이 마셔도 젖은 나오지 않았다. 그랬던 젖이 지철로 인해 다시 돌기 시작했을 때, 하라는 감격스러웠다. 지철의 아이를 가지고 싶다는 생각이 든 것도 그때였다.

O는 다른 남자들처럼 감탄하며 하라의 유방을 만져보고 손으로 무게를 재보기도 했다.

"실리콘을 넣은 가짜 가슴이나 속이 텅 빈 가슴하고는 완전 차원이 달라. 냄새도 좋고."

"그걸 누구는 엄마 냄새라고 하던데? 그래서 잠이 잘 온다고."

여현수가 한 말이었다.

이상한 말도 덧붙였다.

남자는 섹스를 좋아하는 아기에 불과하다. 그래서 항상 엄마와 여자가 합쳐진 존재를 갈망하는데 그것을 하라가 충족시켜주니 남자들이 하라한테 끌리는 거라고.

O가 디저트의 대가로 하라에게 들려준 이야기는 전혀 생각지 못한 내용이었다.

"진 사장이 미친 총장을 멈추게 할 수 있는 방법을 찾아냈어. 소문이 사실이었더라고."

"무슨 소문?"

"여현수 총장한테 혼외 자식이 있다는 소문이 예전부터 있었거든."

"혼외 자식?"

"그래. 본처와의 사이에 뇌성마비 딸 하나밖에 없는 여현수 총장이 멀쩡한 자식을 갖고 싶어 하는 건 어쩌면 당연한 거지. 그게 수컷의 본능이니까."

"우리 사장이 그 혼외 자식을 찾았대?"

"그래. 진 사장 일하는 게 아주 깔끔해. 유전자 검사까지 이미 마쳤더라고."

곧 여현수의 혼외 자식 스캔들이 터졌고, 지철이 여현수의 혼외 자식으로 둔갑했다. 하라는 차라리 잘된 일이라고 생각했다. 성곤보다는 여현수를 아버지로 받아들이는 것이 지철에게도 더 좋을 것 같았다.

그런데 여현수는 자신의 아들로 거론되는 청년과 유전자 검사를 받겠다고 공개적으로 선언했다. 사태는 전혀 예측할 수 없는 방향으로 흘러갔다. 혼외 자식 스캔들을 조작한 사람들이 여현수가 유전자 검사를 받아 진실이 탄로 나기 전에 여현수와 지철 둘 중 한 사람을 없앨지도 모른다는 생각이 들었다.

하라는 O를 통해 알게 된 사실을 지철에게 말할까 하다가 그만두었다. 지철이 더 상처받을까 봐 걱정스러웠다.

대신 성곤과 함께 낚시를 간다는 지철을 말렸다. 지철은 하라의 말을 듣지 않았다. 하라의 말보다 자신이 아버지로 모셨던 인간들의 말을 믿었다.

“부모는 자식의 미래라고 했어. 우리는 그들을 부정하지만, 우리도 결국 그들과 같은 길을 간다는 거지.”

하라는 화가 나 지철이 들고 있는 책을 빼앗아 집어 던졌다.

“이런 건 개나 줘버려!”

지철은 무사히 낚시에서 돌아왔지만 갈 때와는 달리 절망스런 눈빛을 하고 있었다.

“주방장이 나를 죽일지도 몰라.”

“것 봐! 내가 그랬잖아!”

“그래. 네 말이 맞았어.”

그날 밤, 지철은 그동안 소중하게 간직해 온 아버지들의 책과 비디오를 태워버렸다. 하라는 빈손으로 들어오는 지철의 손을 꼭 잡아주었다.

“그따위 꼰대들 없이도 우리끼리 잘할 수 있어.”

지철은 그래도 미련이 남은 눈길로 다 타버린 아버지의 유물들을 돌아보았다.

하라는 성곤이 또다시 지철을 공격하기 전에 여현수를 제물로 바칠 궁리를 하다가 옆방의 성곤이 들을 수 있게 큰 소리로 여현수와 통화를 했다.

“원본 파일 줄 테니까 내일 저녁에 요 앞 야산으로 와.”

6월 29일, 여현수가 기다리고 있는 고래산으로 올라가면서 하라는 누군가 자기 뒤를 따라오는 기척을 느꼈다. 성곤일 거라 생각했다.

양복을 입은 여현수는 티브이로 볼 때처럼 낯설고 무서워 보였다. 아무 말도 없이 차갑게 하라를 바라보며 손만 내밀었다.

하라는 그런 여현수를 보며 용기를 내어 말했다.

"나 이제 다시 디저트 줄 수 있는데."

여현수가 빤히 하라의 얼굴을 보다가 시선을 내렸다. 그 시선이 어디에서 멈췄는지 하라는 보지 않고도 알 수 있었다. 여현수가 한 발 다가서며 하라의 가슴으로 손을 뻗었다. 손안에 가득 차는 팽팽한 탄력을 느끼며 여현수가 손끝을 움켜쥐자 젖이 새어 나오며 하라의 옷이 젖어들었다. 여현수는 흡족한 미소를 지으며 습관적으로 젖가슴을 향해 고개를 숙였다.

그 순간, 하라는 여현수의 목에 전기 충격기를 가져다 댔다.

여현수가 그대로 하라의 품속으로 고꾸라졌다.

그다음부터는 뒤따라온 성곤이 처리할 거라 믿고 하라는 왔던 길과는 다른 길로 서둘러 내려갔다.

그런데 새벽, 야산에서 피 묻은 칼을 들고 내려오는 사람은 성곤이 아니라 지철이었다.

하라는 뒤늦게야 자기 방이 지철과 성곤, 딱 가운데 있다는 것을, 자기가 여현수에게 한 이야기를 성곤뿐만 아니라 지철도 들을 수 있다는 것을 깨달았다.

지철은 자신이 여현수를 죽였노라고 고백했다.

"왜 그랬어?"

"그래야 더 이상 아버지한테 미련을 갖지 않을 것 같아서."

"잘했어. 이제 우리한테 아버지는 없어. 우리가 그들을 묻어버린 거야."

"그래. 그런 건 개나 줘버려."

지철은 더 이상 꼰대 같은 말을 쓰지 않았다.

하라는 지철이 더 사랑스러워졌다.

그래서 무슨 짓을 하든 자신이 지철을 지켜 주겠다고 마음먹었다.

8. 사건 Ⅳ

하라가 여현수를 데려오라고 지시받았다는 편지는 실제로 차 대표가 운영하는 연예 엔터테인먼트 소속 가수들의 사진이 있는 엽서였다. 그와 똑같은 엽서들이 성곤의 방에서 발견되었다. 하지만 성곤은 그 모든 게 하라의 조작이라고 주장했다.

"그 계집애는 사이코라니까! 하는 말마다 다 거짓말이라고!"

준명은 성곤의 말이 자기 혐의를 벗기 위한 변명이라고 무시할 수만은 없었다. 하라의 친구가 묻혀있다는 야산에서 진아가 발견한 사람은 하라 또래의 여자아이가 아니라 갓난아기의 유골이었기 때문이다. 그 갓난아기의 유골은 사진엽서에 있던 아이돌 팬클럽의 수건으로 둘러싸여 있었다.

하라는 자기 친구 지윤이 땅속에 묻혀 아기로 변한 거라고 우겼다.

"지윤이가 젖을 못 먹어서, 그게 한이 돼서 아기가 된 거야. 이게 다 차 대표 그 새끼 때문이라고!"

난감한 상황이었지만, 해답의 실마리는 하라의 부모에게서 찾을 수 있었다. 그들은 만삭이 된 하라가 2년 전 찾아왔었다는 사실을 털어놓았다.

"어디서 어떤 놈의 씨를 배고 왔는지, 그 꼴이 말이 아니어서 쫓아냈어요."

진아는 그 말을 듣자 화가 났다.

"그냥 쫓아내면 어떡해요? 그래도 딸인데."

"우린 그 아이가 죽었다고 생각한 지 오래예요."

준명은 그제야 하라가 했던 말이 무슨 뜻인지 깨달았다. 왜 하라가 그렇게 분개했는지.

"그렇게 믿고 싶으면 그렇게 믿어! 당신들은 얼마든지 자기들 편하자고 그렇게 생각하고 살아갈 수 있는 인간들이니까. 너희들은 죽은 사람도 살았다고, 산 사람도 죽었다고 얼마든지 바꿔치기할 수 있는 인간들이니까!"

영아 살해 및 유기죄로 하라는 입건되어 조사를 받았다. 하지만 담당 검사는 곧 사건을 기각했다. 준명은 그를 통해 자초지종을 들을 수 있었다.

"2년 전 군자역 화장실에서 갓난아이를 출산한 여자아이를 발견한 사건이 있었어. 발견자는 군자역 역무원이었는데, 한밤중에 어디선가 이상한 소리가 들려 화장실에 가봤더니 피비린내가 진동했다더군. 보니까 화장실에서 한 여자아이가 갓난아기를 수건에 싸서 끌어안고 울고 있는데, 역무원이 놀라 다가가 보니 아기가 죽어 있었다더군. 그 여자아이는 그것도 모르고 아기가 젖을 안 먹는다고 억지로 아기 입에 젖을 물리면서 제발 젖을 먹으라고 울고 있었고……."

"그 여자아이가 오하라인가?"

"그래. 그 역무원이 119에 신고해 둘을 병원으로 보냈는데 오하라가 자기 아기는 안 죽었다며 안고 가버렸대. 그 아이를 데리고 가서 그 산에 묻었나 봐."

"그런데 왜 친구라고 거짓말을 했을까?"

"공상 허언증."

"응?"

"오하라를 만나 본 정신과 의사가 진단을 내린 거야. 갓 스무 살짜리가 화장실에서 혼자 아이를 낳고, 혼자 아이를 묻고 얼마나 끔찍했겠어? 그러니까 자신을 스스로 보호하려고 그런 거짓말을 만들어내고 나중엔 진짜로 믿게 된 거지."

하라는 정신과 의사의 진단에 발끈했다.

"당신도 우리 아빠랑 똑같아. 나를 비정상으로 만들어놓고 으스대는 꼬라지가 똑같다고! 다 내가 꾸며낸 망상이라면 어떻게 내가 지윤이의 얼굴, 목소리, 냄새, 그 모든 것을 기억하고 있는 건데? 어젯밤 꿈에도 지윤이 나왔다고!"

그 후 하라의 꿈속에서 지윤은 더 이상 울지 않았다. 하라에게 자신을 세상 밖으로 나가게 해줘 고맙다며 아주 빨갛고 예쁜 사과 하나를 하라의 손에 쥐여 주고 떠났다.

하라는 본능적으로 그것이 태몽이라는 것을 알았다. 자기 배 속에 있는 아이가 사과처럼 예쁜 딸이라는 것을. 그래서 자신을 억지로 정신병원에 감금시키려는 부모의 손을 뿌리치고 달아났다.

그날, 서울의 한 대형교회에서 불이 났다. 김모 아버지가 목사로 있는 교회였다. 다행히 한밤중이라 교회에는 철야 기도를 하던 김모의 아버지, 김 목사밖에 없었지만 김 목사는 화재로 중상을 입었다.

경찰의 조사 결과 누군가 교회 곳곳에 휘발유를 뿌려놓고 밖에서 문을 잠근 후 창문을 통해 불씨를 던져 넣은 것으로 밝혀졌다. 김 목사가 성추행했다며 고소했던 여신도들이 피의자로 조사를 받았다.

준명은 그 뉴스를 보며 마산에 갔다가 들었던 성곤 아버지의 죽음이 떠올랐다. 휘발유와 밖에서 잠긴 문. 그때의 일식집 화재도 지금과 똑같은 방식이었다.

오랜만에 고향 집에 간다는 진아에게 준명은 그 사건에 대해 알아봐 달라고 부탁했다. 지철이 함께 가고 싶다며 진아를 따라나섰다.

진아는 지철을 데리고 마산의 오래된 상가 한쪽에 있는 기사 식당으로 갔다.

"배 안 고픈데."

"여기가 우리 집이야."

지철은 놀라 걸음을 멈칫했다.

"왜 부모님이 요리사라는 이야기를 한 번도 안 했어요?"

"요리사라고 생각해 본 적이 없으니까."

"네?"

"그냥 음식 장사꾼이야. 그렇게 맛있지도 않고. 돈 없고 배고픈 사람들이 끼니 때우려고 먹는 거지."

"부모님이 들으시면 섭섭하겠다."

"섭섭하긴 뭘. 자식한테 평생 집 밥 한 번 차려준 적 없는데."

"네?"

"식당에서 아침 먹고, 식당 반찬으로 도시락 싸서 가고, 저녁도 식당에 와서 먹었다고. 나만을 위한 음식, 요리, 그런 건 먹어본 적이 없어."

지철은 그제야 진아가 자신이 만들어 간 요리에 과하게 감탄했던 이유를 알 것 같았다.

진아는 지철을 데리고 식당으로 들어가 인사도 없이 손님처럼 자리에 앉았다.

"여기 김치찌개 2인분이요."

진아와 닮은 통통한 아줌마가 물 잔을 가져다주고는 아무 말 없이 주방으로 들어갔다.

"진짜 부모님 맞아요?"

진아는 피식 웃고 금방 나온 김치찌개만 먹었다.

지철이 예상했던 것보다 음식은 훨씬 더 맛있었다.

"맛있는데요."

"다 조미료 맛이야!"

"요샌 조미료 안 넣어, 이년아!"

진아와 닮은 아줌마의 걸쭉한 목소리가 주방에서 날아왔다.

"이젠 딸내미도 속일라 그래?"

"아이고, 딸이었어? 하도 얼굴을 안 보여줘서 난 또 그냥 손님인 줄 알았지!"

"피! 돼지고기 듬뿍 넣은 거 보니까 아니구먼, 뭘."

"그거 다 비계야. 버리는 것도 돈 들어서 그냥 쏟아부은 거야."

"엄마! 안 그래도 살쪄서 죽겠는데."

"애써 봤자 넌 나 닮아서 살찌게 돼 있어. 그러니까 괜히 다이어트다 뭐다 헛고생 말고 먹고 싶은 거나 잔뜩 먹고살아."

"그런 체질 물려줘서 미안하단 말은 못 하고 어쩜……. 진짜 너무해."

"미안하긴, 내가 왜 미안해. 나도 우리 엄마한테 물려받은 건데. 억울하면 조상들한테 따지든가!"

"무슨 엄마가 저렇게 뻔뻔해? 그래서 내가 자식을 안 낳는 거야. 엄마처럼 자식한테 피해 줄까 봐."

"미친년. 남자가 없으니까 못 낳는 거지, 무슨."

"엄마!"

꼭 빼닮은 진아 모녀의 옥신각신 대화를 들으며 지철은 부러움이 밀려왔다. 두 사람 사이의 핏줄을 통해 전해지는 유전자는 푸근하면서도 따뜻했다.

"집으로 사내놈을 다 데려오고 근데 어쩐 일이래?"

그 말에 진아의 얼굴이 빨개졌다.

"여기가 식당이지, 집이야? 그냥 밥 먹으러 온 거야!"

"다른 때랑 달리 깔짝깔짝 먹는 꼬라지 보니 아니구먼, 뭘."

"엄마!"

진아는 눈을 흘기고 서둘러 일어났다.

"밥값 안 내?"

"누가 떼어먹을까 봐."

진아는 가방에서 준비해 온 봉투를 꺼내 내밀었다.

진아 엄마가 봉투를 들여다보고는 만 원짜리 두 장만 꺼내고 다시 진아에게 돌려줬다.

"순경 월급 얼마나 된다고. 잘 모아 놨다 시집갈 때 써."

"세탁기 새로 사야 된다며. 이걸로 보태."

"됐어, 이년아."

진아는 기어코 봉투를 식당에 놔두고 도망치듯 나왔다. 지철은 식당 앞에서 그런 진아를 오랫동안 바라보는 진아의 엄마를 돌아보다가 엄마 생각이 나 가슴이 찡해졌다.

성곤 아버지, 마 씨의 일식집이 있던 자리는 핸드폰 가게로 바뀌어 있었다. 20년도 더 지난 화재사건의 기록은 남아있지 않았다. 준명이 전에 와서 만나고 갔던 상가의 노인들한테서도 새로운 사실은 들을 수 없었다. 그나마 다행인 건 진아의 아버지 소개로 은퇴한 파출소장을 만날 수 있었다는 것이다.

"문이 밖에서 잠겨 있었으니까 우리도 그날 밤 사라진 아들을 방화범으로 의심하긴 했는데, 나중에 보니 유서가 있었어."

"유서요?"

"응. 불에 싹 타버리고 남은 건 금고뿐이었는데, 그 금고 안에 주인이 쓴 유서가 있더라니까. 그래서 방화가 아니라 스스로 밖에서 문을 잠그고 창문으로 들어가 불을 지르고 자살한 거라 결론 내렸지."

"왜 그랬을까요? 자살이라면 그냥 안에서 문을 잠그고 불을 질러도 됐을 텐데."

"그거야 모르지. 중간에 살고 싶은 마음이 들어 문을 열고 나갈까 봐 그랬는지."

"그 유서에는 뭐라고 쓰여 있었어요?"

"장사도 안되고, 살맛도 안 난다고. 이렇게 가서 아들한테 미안하다고."

"일식집 주인의 글씨가 확실했어요?"

"그럼. 그것도 쓴 지 얼마 안 됐는지 잉크도 선명하고 지문까지 종이에 묻어있어 조금 전에 쓴 것으로 보였는걸."

지철이 혼란스러운 표정으로 끼어들었다.

"그 아들한테도 그 유서를 보여줬어요?"

"아니었을걸. 자살로 사건 처리가 끝난 다음에 그 아들이 나타나 장례 치르고 어디론가 휙 가버려서 그럴 틈도 없었을 거야."

지철은 노 경찰관과 헤어지며 고개를 갸웃했다.

"이상해요. 주방장은 분명 자신이 아버지를 잡아먹는 나쁜 피를 가졌다고 했는데."

"그렇다면 유서는 뭐야? 주방장이 조작한 거 같진 않고."

"아들이 불을 지르고 갔을 때 그 안에서 그 아버지가 쓴……."

갑자기 진아는 다시 은퇴한 파출소장에게로 뛰어가 물었다.

"그때 그 일식집 주인이 발견된 곳은 어디였어요? 혹시 금고 근처 아니었어요?"

"그걸 어떻게 알아?"

진아와 지철은 서로를 마주 본 채 아무 말도 하지 못했다.

자기를 죽이려고 불을 지르고 도망간 아들의 완전범죄를 위해 불길 속에서 유서를 작성하고 금고 속에 집어넣는 한 노인의 모습을 떠올리자 가슴이 먹먹해졌다.

아내를 죽인 남편이지만 자식에 대한 사랑은 지극했던 것일까.

아니, 아내를 자기 손으로 죽였기 때문에 자식에게 미안해서 그런 것일까.

지철은 진아와 함께 서울로 돌아가는 대신 여수로 향했다. 진아의 엄마를 만난 탓인지 엄마가 무척이나 보고 싶었다. 격렬한 손짓과 표정으로 수화를 하던 엄마가 눈물 나게 그리웠다. 지철은 오랜만에 엄마의 무덤을 찾았다.

지철이 살았던 동네와 꽤 떨어진 이곳에 묻어달라고 한 건 엄마였다. 엄마의 무덤 위로 두 개의 무덤이 더 있었다. 그 무덤의 주인들이 누구인지, 엄마와 무슨 상관이 있는지는 알지 못했다. 엄마는 이 산의 주인 할머니에게 허락받았다고만 했다.

지철은 엄마가 좋아하는 막걸리를 무덤에 부어주었다. 막걸리를 마시고 크하 크아 흥겨운 소리를 내며 춤을 추듯 수화를 하던 해순이 눈에 선했다. 그럴 때마다 앞에 놓여있던 문어숙회.

지철이 성질을 부릴 때마다 해순은 무로 지철의 엉덩이를 때리며 손가락으로 말하곤 했다.

'문어도 이 무로 두드렸다 삶으면 엄청 부드러워지는디 어째 니놈은 그래 무로 맞아도 성질이 안 죽나 모르겠당게!'

엄마의 무덤에 기대 바다를 바라보며 지철은 엄마에게 물었다.

"왜 그런 유언을 남겼어? 안 그랬으면 그 사람을 만나 실망도 안 했을 거고, 이렇게 괴롭지도 않았을 텐데……."

"뭘 혼자 그리 중얼거려 싸?"

지철은 갑자기 들려오는 목소리에 움찔해 고개를 돌렸다.

꼬부랑 노파 하나가 지팡이를 쥐고 위에서 내려오고 있었다. 지철은 엄마를 이곳에 묻을 때 보았던 산 주인 할머니인 것을 알아보고 얼른 일어나 인사했다.

"안녕하세요."

노파는 인사는 받는 둥 마는 둥 지철 옆에 털썩 앉으며 손수 막걸리를 한 잔 따라 쭉 들이켰다.

"니 에미만 챙기지 말고 니 증조할미랑 삼촌도 좀 챙겨라, 이놈아!"

"네?"

노파가 지팡이로 해순의 무덤 위 두 구의 무덤을 가리키며 말했다.

"은이 신랑이 살아있을 때만 해도 꼬박꼬박 와서 벌초도 하고 술도 부어줬는디……."

"저 무덤들이 저의 증조할머니랑 삼촌 거라고요?"

노파는 귀가 들리지 않는지 지철의 질문에는 답하지 않고 자기 말만 했다.

"처음엔 은이인 줄 알았어. 어쩜 그렇게 은이랑 닮았던지. 그래서 일본에 가 돈 많이 벌어왔느냐고 물었제. 그랬더니 빙긋이 웃는데 영락없이 은이더랑게. 가 에미가 살아있을 때 물설고 낯선 일본에서 혼자 어찌 애를 키우고 살까 을매나 애달파 했는디……. 그랴도 여기 있었으믄 지 오빠처럼 만날 경찰서에 끌려 댕기다 죽었을 텐디, 그랴도 일본에 가 있어서 살은 긴가……."

지철은 노파가 말하는 '은이'라는 여자가 레시피북 일기에 나오는 아기 엄마임을 깨달았다.

"근디 지 아들놈을 내세우며 은이 신랑입니다, 그려서 깜짝 놀랐지. 어떻게 그리 닮을 수가 있당가? 사내처럼 하고 있어도, 암만 생각혀도 은이였당게."

지철은 순간 머리끝이 쭈뼛해졌다.

레시피북의 일기를 쓴 사람은 성곤의 엄마와 아버지, 그들이 모두 한 사람이라면, 성곤의 엄마가 성곤의 아버지가 된 것이라면…….

지철은 엄마가 레시피북을 아버지에게 전해주라고 한 이유는 거기에 있을지 모른다는 생각이 들었다.

"혹시 우리 엄마한테도 그 얘기하셨어요?"

"했지. 암에 걸려 얼마 못 산다고 이 산에 묏자리 얻으러 왔을 때 내가 그 얘길 해줬더니 갑자기 여기서 펑펑 울대. 그래서 왜 우느냐고 물었더니 대답도 안 허고."

막걸리를 다 마신 노파가 가고 나서도 지철은 그 자리에서 떠나지 못했다. 빛이 바랜 레시피북을 꺼내 보고 또 봤다. 앞부분과 뒷부분의 일본어 일기는 글씨체가 달랐다. 하지만 그 위에 있는 한글 레시피만큼은 글씨체가 똑같았다.

노트 맨 뒷장의 마지막 레시피는 용치놀래기 튀김. 지철은 핸드폰으로 용치놀래기를 검색해 보고는 온몸으로 느껴지는 소름에 돌처럼 굳고 말았다. 갑자기 눈에서 눈물이 쏟아졌다. 엄마가 죽었을 때도 나오지 않던 통곡이 입에서 마구 쏟아져 나왔다.

준명은 진아와 함께 김모를 찾아가 지철에게 받은 동영상을 보여주었다. 성곤과 함께 아로와나를 먹는 김모의 모습을 보여주며 강하게 압박했다.

"넌 고의적으로 엄민경을 죽였어. 그 대가로 아로와나를 얻고."

"물고기 한 마리 먹자고 그런 수고를 한다는 게 상식적으로 말이 돼요?"

"상식적으로는 말이 안 되는 그 지점을 노린 거지. 사고로 위장된 무수한 살인사건들처럼."

김모가 재밌다는 표정으로 준명을 쏘아보았다.

"그게 진짜 사고인지, 의도적인 타살인지 검사님이 어떻게 알아요?"

"넌 마성곤의 꼬붕이니까."

"뭐라고요?"

"넌 마성곤이 아버지의 일식집에 불을 지른 그 수법을 그대로 따라 네 아버지의 교회에 불을 질렀어!"

김모는 싸늘한 표정으로 부인했다.

"내가 했다는 증거 있어? 증거 있냐고?"

"네 아버지. 네 아버지가 증인이야."

흔들림 없던 김모의 눈이 김 목사가 의식을 찾았다는 말에 조금씩 흔들리기 시작했다.

"교회에 불이 나자 창문으로 나오려는 자신을 네가 못 나오게 밀어 넣었다고 하더군."

"그 인간이 받아야 할 벌을 내가 대신 준 것뿐이야!"

"벌?"

"내가 데려온 친구한테 그 인간은 더러운 짓을 했어. 그 애가 임신중절수술을 받는 동안 나는 갈기갈기 찢겼다고! 그런데……, 그런데 그 인간이 뭐라고 했는지 알아? 내 친구가 자신을 유혹하기 위해 온 꽃뱀이었대."

"그럼 그런 짓을 하기 전에 경찰서를 찾아갔어야지."

"하나님만이 자신을 심판할 수 있다잖아! 그래서 빨리 심판받게 해주려고 그런 거야."

"그럼 여현수 검찰총장은? 엄민경은 왜 죽였지?"

"지긋지긋하게 무료했으니까."

"뭐?"

"그렇게 볼 거 없어. 돈 벌기 위해 아등바등하는 것밖에 모르는 너희들도 그 목적이 사라지면 나와 똑같아질 테니까."

진아가 발끈해 끼어들었다.

"말도 안 돼. 그렇다고 물고기의 목숨과 사람 목숨을 서로 맞바꾸진 않아. 당신 같은 괴물이 아니라면."

"괴물은 태어나는 거야. 내가 괴물이 되고 싶어 괴물이 된 게 아니라고!"

김모가 악을 쓰며 진아에게 다가서자 준명이 그 앞을 막아섰다.

"그것도 마성곤이 한 말인가?"

"그래. 잘못은 괴물로 태어난 우리한테 있는 것이 아니라 괴물을 낳은 그 인간들에게 있다고 그랬어."

준명은 안타깝고 짠한 마음으로 김모를 보았다.

"마성곤은 완전범죄로 성공했고, 너는 그러지 못했어. 그 차이가 뭔 줄 알아?"

"……."

"네 아버지는 살기 위해 창문을 부쉈지만, 마성곤의 아버지는 아들을 위해 유서를 썼어. 완전범죄는 마성곤이 아니라 마성곤의 아버지가 만든 거였어."

김모는 이상하다는 듯이 눈을 치켜떴다.

"나쁜 피를 물려준 악마가 왜?"

"나쁜 피 같은 건 애초에 없었으니까."

지철, 역시 성곤을 면회하며 같은 말을 하고 있었다.

"나쁜 피 같은 건 애초에 없었어요."

"뭔 소리야?"

"불타버린 일식집에 유서가 있었대요. 그래서 경찰들이 그 화재를 자살로 결론을 내린 거예요."

성곤이 의아한 표정으로 지철을 보았다.

"용치놀래기는 수컷이 죽고 나면 암컷 중의 하나가 수컷으로 성전환해서 무리를 지킨대요."

"누가 그걸 몰라?"

지철은 레시피북을 성곤 앞으로 내밀었다.

성곤이 원망 가득한 눈빛으로 레시피북을 쏘아보았다.

지철이 노트를 넘겨 가운데 부분을 폈다.

"성곤의 엄마는 내가 잡아먹었다. 오늘부터 성곤은 아빠가 지킨다. 이 일기 속의 여자도 아들을 지키기 위해서 용치놀래기처럼 그렇게 성전환을 했을지도……."

"뭐?"

성곤이 말도 안 된다는 표정으로 지철을 노려보았다. 그러다 푸하하하, 면회실이 떠나가라 웃어댔다.

"진실은 아버지가 아실 거예요."

지철의 입에서 나온 '아버지'라는 말에 성곤의 표정이 굳었다.

"그 당시 여자에서 남자로 성전환했던 사람들은 가슴을 잘라내느라 흉터가 남아 있었대요. 평생 호르몬제를 먹어야 했고요."

갑자기 어디선가 독가시치 한 마리가 나타나 자신을 찌르고 달아난 것처럼 묵직한 통증이 성곤의 심장에서 전해졌다. 성곤은 눈에 보이지 않는 독가시치를 죽이기라도 하려는 듯이 벌떡 일어나 의자를 집어 들고 허공을 향해 내리쳤다. 그럴수록 심장에서 시작된 통증은 핏줄을 타고 온몸으로 구석구석 퍼져나갔다.

아버지의 가슴에 있던 흉터는 싸우다 생긴 칼자국이라고만 생각했었다. 아버지가 날마다 먹는 약은 혈압약인 줄만 알았었다. 생일날마다 언제나 똑같은 맛의 양태 미역국을 먹었던 건 아버지가 엄마의 레시피를 훔쳤기 때문이라고 여겼었다.

이제야 양태의 볼살을 떼어내 호호 불어주던 얼굴이 떠올랐다. 자신을 등에 업고 자장가를 불러주던 엄마의 얼굴은, 회초리를 때려가며 칼 가는 법을 가르쳐주던 아버지의 얼굴.

성곤은 폭포처럼 쏟아져 내리는 눈물을 닦아내지도 않고 펑펑 울며 자기 머리를 벽에 짓찧었다. 말리는 사람들을 향해 주먹을 내지르며 발광했다.

낯선 땅에서 어린 자식을 지키기 위해 남자로 성전환해야 했던 한 여자가 불쌍해서, 그 자식이 자기를 죽이려고 불을 질렀는데도 그 자식을 위해 유서를 쓰고 있던 한 아버지가 가여워서 성곤은 울부짖었다.

대여섯 명의 사람들이 달려들어 수갑을 채우고 포박하고 나서야 성곤의 몸부림은 멈췄지만 성곤의 몸에서는 기괴한 소리가 났다.

"끄억꺽꺽꺽 끄억꺽꺽꺽!"

지철은 그 소리를 전에도 들어본 적이 있었다. 아버지 같은 건 필요없다고, 엄마가 죽어도 혼자 잘살 수 있다고 지철이 말했을 때 해순의 몸에서도 같은 소리가 났었다. 엄마의 무덤을 찾아갔던 며칠 전 자신의 몸에서도 같은 소리가 났었다. 안타까움과 깊은 슬픔이 몸에 부딪혀 내는 소리.

"끄억꺽꺽꺽 끄억꺽꺽꺽!"

준명은 성곤에게 담배를 권하며 마주 앉았다. 이제는 성곤이 진실을 말해줄 거라는 예감이 들었다.

"6월 29일 밤 아홉 시경 야산에 올라가 전기 충격기에 쓰러져있는 여현수 검찰총장의 척수를 뱀장어 송곳으로 찌른 후 칼을 두고 내려왔죠? 그때 쓴 칼이 박지철의 지문이 묻어있는 쇼긴이고."

성곤이 고개를 끄덕였다.

"왜 그 자리에서 여현수 검찰총장을 죽이지 않았습니까?"

"알리바이를 만들 시간이 필요했으니까."

"그래서 김모를 이용했다, 김모가 순순히 받아들이던가요?"

"그래. 실감이 안 난다고 그랬어."

"무슨 실감이죠?"

"엄민경이 탄 차가 뒤집히는 걸 봤는데 전혀 사람을 죽였다는 실감이 나지 않는다고. 그래서 내가 제대로 느끼려면 칼을 직접 잡아봐야 한다고 그랬지."

"그래서 6월 30일 오전 열 시경 김모가 그 자리에 가서 여현수 검찰총장을 옆에 놓여있던 칼로 베었다? 그런데 왜 하필 그 시간이었습니까?"

"신경을 마비시켜 경직된 근육과 사후경직을 알아채기 어렵게 하려면 그 시간이 적당했으니까."

"박지철이 새벽 세 시경 칼을 바꿔치기한 건 몰랐습니까?"

"몰랐어."

"그 사실을 안 건 언제죠?"

"고 순경이 사진을 들고 야미에 왔었을 때. 지철이 그 자식이 나를 살인범으로 만들려고 칼을 바꿔 놓았다는 걸 알았지. 빗물에 씻겨 내려가지 않았으면 그 칼엔 분명 내 지문이 남아있었을 거야."

"그래서 박지철을 죽이려고 한 겁니까?"

성곤은 고개를 푹 떨구고 자책하듯 자기 머리를 책상에 박았다.

"그 자식 때문에 우리의 계획이 어그러졌으니까."

"우리라면? 진소혜?"

성곤은 작게 고개를 끄덕였다.

하지만 소혜는 성곤이 저지른 일은 자기와 상관없는 일이라고 반박했다. 자신은 진짜 지철이 여현수의 아들인 줄 알았고, 엄민경을 죽이라고 한 적도, 여현수를 죽이라고 한 적도 없다고 주장했다. 성곤도 소혜가 그런 말을 한 적은 없다고 인정했다.

"하지만 난 그 여자의 마음을 느낄 수 있었어. 무엇을 원하는지, 그 여자가 내게 왜 쇼긴을 주었는지."

성곤은 자기 팔뚝에 새겨진 용의 문신을 바라보았다. 그 위에 놓였던 소혜의 손길을 떠올리며 용의 머리를 어루만졌다.

준명은 살인 교사 및 살인 공모 혐의로 소혜를 입건하려 했지만, 윗선에서 조직적으로 방해했다. 그래도 준명이 굴복하지 않자 준명의 상사들은 다른 방법으로 소혜를 기소할 수 있다고 달랬다. 소혜가 야미 옆의 골프장을 인수한다면서 수백억을 불법 대출받았다는 것이다.

준명이 이런 식으로 죄를 거래할 순 없다고 항변하자 검찰은 준명을 부산지검으로 발령 냈다. 여현수 피살 사건은 설 회장의 지시를 받은 성곤과 김모의 공동 범행으로 결론, 사건은 종결되었다.

죽은 지 두 달 만에 치러지는 여현수의 장례식을 앞두고 병상에 있던 엄 회장이 눈을 감았다.

졸지에 여현수의 딸, 여울은 두 사람의 공동 장례식을 치르게 되었다. 검사라는 직업에 회의를 느끼고 사표를 낸 준명이 혼자서는 몸을 제대로 가누지 못하는 여울을 대신해 상주 노릇을 했다. 사람들은 준명이 어마어마한 유산을 받게 된 여울에게 흑심을 품은 거라고 의심했다. 그래서 검찰에 미련 없이 사표를 던진 것이라고 수군거렸다.

지철은 장례식장에 찾아가 여현수의 영정 앞에 무릎을 꿇었다.

법적으로는 지철이 여현수를 죽인 건 아니지만, 지철은 자기 때문에 여현수가 죽었다고, 자기 역시 여현수를 죽인 살인범 중의 하나라고 생각하기에 죄스러운 마음으로 참회했다.

여울은 그런 지철을 유심히 바라보다가 준명에게 물었다.

"저 사람이 그 소문 속 우리 아버지의 아들……, 맞죠?"

"그래. 근데 다 헛소문이야."

"저 사람 고향은 어디예요?"

"여수."

그 말에 여울이 눈을 더 크게 뜨고 망설이다 말했다.

"검사님. 우리 아버지가 여수에 자주 갔었던 이유 알아요?"

준명은 여현수와 함께 여수를 가던 길에 그 사연을 들은 적이 있었다.

유능한 공안검사로 인정을 받다가 하루아침에 몰매를 맞고 광주지검 순천지청으로 쫓겨 갔을 때 여현수는 억울했고 했다. 조사를 받다 자살해 죽은 피의자는 분명 간첩이 분명한데, 죽었다는 이유만으로 피해자가 되고 자신은 가해자가 되는 현실을 받아들일 수 없었다고 했다. 그래서 홧술을 마시고 자신도 죽어 그놈과 맞서겠다며 여수 바다에 뛰어들었는데, 한 여자가 자신을 구해주었다고.

왜 날 죽게 내버려두지 않았느냐고 따지는 자신에게 아무 말도 없이 정성스럽게 밥상을 차려주었던 여자. 모락모락 김이 피어오르던 그 밥을 먹고 나자 죽고 싶다는 생각도 억울한 감정도 다 사라졌다고 했다. 꼭 천국의 밥상 같았다고. 힘들 때마다, 골치가 아플 때마다 그 밥상을 생각한다고 했다.

그런데 정작 여현수가 여수에 도착해 준명을 데리고 간 곳은 여수 시장통의 복잡한 식당이었다. 주인 여자는 여현수를 알아보지 못했다. 준명이 의아해하며 고개를 갸웃하자 여현수는 불퉁하게 쏘아붙였다.

"사람은 달라도 맛은 똑같아."

"그럼 겨우 이거 먹으러 여기까지 오신 거예요?"

"이것만 먹어? 공기도 먹고 추억도 먹고 냄새도 먹고……. 여수에 오면 그 여자 냄새가 나."

그 말을 하며 눈을 지그시 감고 숨을 깊게 들이쉬는 여현수는 평소와 달리 순수해 보이기까지 했다.

준명은 그때를 떠올리며 여울에게 말했다.

"그 여자랑 박지철은 상관없어."

여울이 눈빛에 힘을 주며 되물었다.

"그 여자가 누군데요?"

"어? 아, 네 아버지 구해준 은인."

준명은 별거 아니라는 표정으로 대답하고 다른 곳으로 갔다. 하지만 여울은 오랫동안 준명이 한 말을 곱씹다가 자기 가방을 뒤져 사진 하나를 꺼냈다. 여현수의 지갑 속에 있던 사진. 그 사진 속에는 바다를 배경으로 서로 마주 보고 있는 한 여자와 소년의 모습이 있었다.

이 여자가 준명이 말한 그 여자인가? 아버지를 구해줬다는 은인?

그렇다고 해도 그 이유만으로 아버지가 자기 지갑 속에 이 사진을 넣고 다니지는 않았을 것 같았다.

여울은 힘겹게 몸을 일으켜 조문을 마치고 나가는 지철을 향해 걸어갔다. 지철이 여울을 알아보고 깊이 고개를 숙였다. 여울은 그 앞으로 사진을 내밀었다. 사진을 바라보던 지철의 눈빛에 의아함이 떠오르던 순간, 여울은 그 사진 속 소년이 지철이란 걸 알아챘다.

여현수의 장례식은 성대하게 치러졌다.

국민 총장으로 온 국민의 사랑을 받았던 사람답게 여현수의 장례식은 생중계되다시피 보도되고, 많은 사람들이 고인을 존경하고 사랑한다고 눈물을 글썽였다.

소혜는 검찰들이 특별히 마련해 준 호텔에서 티브이를 통해 그 광경을 지켜보았다. 그 많던 적들이 갑자기 동지로 돌아서는 대반전의 클라이맥스였다. 그런 소혜는 여현수를 위해 이 모든 것을 준비했으면서도 쓸쓸했다. 자신만이 사랑했던 사람을 이제는 수많은 사람들과 공유해야 한다는 허전함이 밀려왔다. 여현수는 떠났지만, 자신은 아직 여현수를 사랑하고 있으므로 결국 패배자는 자신이었다.

그로부터 얼마 후, 소혜는 골프장을 인수하기 위해 K에게 뇌물을 주고 불법 대출 및 사기 계약을 한 혐의로 2년 형을 선고받았다. 재판을 위해 소혜가 가진 재산들을 면밀하게 조사하던 검찰은 소혜가 가진 재산이라고는 야미밖에 없다는 것을 알고 놀라움을 감추지 못했다. 그마저도 은행에 저당 잡혀 경매에 넘어갈 예정이었다.

혹시 다른 사람의 명의로 재산을 은닉해 놓은 것은 아닌지 추궁했지만, 별다른 성과는 없었다. 평생을 사랑, 그것 하나만 보고 살아온 여자의 마지막은 가난하고 쓸쓸했다. 면회 오는 사람이라고는 방배동 조 선생밖에 없었다.

그러던 어느 날, 소혜의 첫사랑 선배가 찾아왔다. 그는 파업 주동 혐의로 본인도 구치소에 갇혔다 풀려난 지 며칠 되지 않았다고 했다.

소혜는 그와의 관계를 핑계로 자신을 정리하던 여현수가 떠올라 씁쓸해졌다.

"나 참 바보 같지? 그런 사람을 사랑하느라 인생을 다 허비하고."

그가 붉게 상기된 표정으로 소혜의 눈을 마주 보았다.

"내 시를 제대로 읽은 사람이 있었네."

"그게 무슨 소리야?"

"여현수 총장 말이 맞아. 난 항상 너를 생각했어."

"뭐?"

"너한테는 쪽팔리지 않으려고 항상 너를 의식하면서 살았다고. 지금까지."

소혜는 그가 돌아가고 난 후 그의 시집을 오랫동안 읽었다.

어쩌면 여현수도 자신을 사랑했을지 모른다는 생각이 들었다. 진심으로 자신이 불러주는 노래에 감동해 눈물을 흘렸을지도 모른다고.

가슴에 뭉쳐있던 무언가가 스르르 녹기 시작했다.

소혜는 여현수가 좋아하던 이문세의 노래를 낮게 읊조렸다.

사랑이란 게 지겨울 때가 있지
내 맘에 고독이 너무 흘러넘쳐
눈 녹은 봄날 푸르른 잎새 위에
옛사랑 그대 모습 영원 속에 있네

성곤과 소혜가 구속되고 야미에 남은 사람은 지철과 하라였다.

리모델링 공사를 하다 중단된 야미는 을씨년스러운 분위기를 풍겼다. 손님들의 발길이 끊긴 지도 몇 달째였다.

하라는 지철에게 다시 야미를 열자고 했다.

"내가 사장하고 네가 주방장 하면 되잖아?"

"우리끼리 어떻게? 누가 오기나 하고?"

하라는 다 생각이 있다며 비어있던 탱크 수족관에 물을 채우고 작은 베타 한 마리를 사다 놓았다. 왕관 같은 꼬리지느러미를 하고 있어 '크라운'이라고 불리는 관상어였다.

"혼자 있으면 외로울 거 같은데 다른 것도 하나 사다 넣을까?"

"베타는 탱크메이트를 필요로 하지 않는 물고기야."

"탱크메이트?"

"친구가 필요 없는 애라고."

"그렇구나."

지철은 그대로 밖으로 나왔다.

가방은 이미 챙겨 밖에 가져다 놓은 상태였다.

하라에게 인사를 하고 떠날까 많이 고민했지만 그렇게 말하면 하라가 놓아주지 않을 것 같아 그냥 가기로 했다.

지철은 가방을 둘러메고 야미를 돌아보며 손을 흔들었다.

그런 줄 모른 채 하라는 큰 탱크 수족관을 혼자 차지하고 유유히 헤엄치는 베타를 바라보며 새로운 야미의 계획을 세웠다.

하라는 녹음 파일 원본을 미끼로 단골들을 다시 야미로 불러 모을 생각이었다. 자신들이 한 말이 세상 밖으로 나가면 어떤 치명상을 입게 될지 뻔히 아는 사람들은 하라의 초대를 거절할 수 없을 것이다.

지철은 가방을 메고 지평파출소를 향해 갔다.

진아는 지철에게 어디로 갈 거냐고 물었다.

지철은 자기도 모르겠다고 했다. 우선은 일기장에 쓰여 있는 대로 할아버지, 아니 할머니의 발자취를 좇아가 볼 생각이라고 했다.

진아는 아쉬운 마음으로 고개를 끄덕였다.

지철이 가방에서 도시락을 꺼내 내밀었다.

"마지막 레시피북에 있던 용치놀래기 튀김이에요."

"그럼 수컷?"

"전체적으로 붉은색이니까 암컷이에요."

"고마워. 잘 먹을게."

"안녕히 계세요."

"다시 올 거지?"

지철은 대답 없이 손만 흔들었다.

지철의 모습이 보이지 않자 진아는 허전한 마음으로 도시락 뚜껑을 열었다.

작은 물고기 한 마리가 하얀 튀김옷을 입고 누워있었다.

“꼭 수의 입고 관 속에 누워있는 거 같지 않아요?”

진아가 술에 취해 혀 꼬부라진 소리로 말했다.

준명은 수십 번이나 들은 그 얘기를 더 이상 듣고 싶지 않아 용치놀래기를 집어 들고 덥석 한입 물었다.

진아가 발끈 화를 냈다.

“아, 먹으면 어떡해요! 계속 간직하려고 그랬는데.”

“먹어서 몸속에 간직하면 되잖아.”

“뭐라고요…….”

“머리에 저장된 기억은 잊히지만, 몸에 스며든 맛은 잊히지 않는대.”

“누가 그래요?”

“마성곤.”

“주방장은 이제 어찌 되는 거예요?”

“한 이십 년 감옥에서 살아야 되겠지.”

성곤은 어떤 중벌이 내려져도 달갑게 받겠다고 했다. 오히려 감옥에 있는 지금이 마음 가볍고 편하다고.

지철도 같은 말을 했다.

“아버지가 감옥에 있어도, 살인자의 아들이라는 멍에를 쓰고 있어도 다행이란 생각이 들어요.”

“뭐가?”

“우리의 피에 흐르고 있는 건 포식자의 피가 아니라 사랑이라는 것을 알게 됐으니까.”

“그래. 아주아주 원시시대에도 말이야. 한 사람이 다른 사람을 공격한 건 먹이와 종족 번식의 본능 때문만은 아니었을 거야. 자기 가족들을 지켜야 한다는 사명, 그 사랑이 가장 원초적인 본능, 모든 본능들의 씨앗인 거지."

준명은 지철과 나눈 대화를 진아에게 들려주었다.

"사랑 본능? 그런데 왜 검사님한테는 그런 본능이 없어요?"

"왜 이래? 내가 얼마나 본능적인 사람인데. 그리고 이제 나 검사 아냐."

"그러네. 그럼 이제 변호사님이라고 불러야 되나?"

"아니. 변호사는 안 할 거야."

"그럼 뭐 하게요?"

"글쎄. 요리나 배울까?"

"에?"

"고 순경 요리 잘하는 남자 좋아하잖아?"

"피, 요리도 타고나는 거예요. 아무나 잘할 수 있는지 아나."

"내가 타고났는지 아닌지 고 순경은 모르잖아."

"왜 몰라요? 딱 보면 알지."

진아가 용치놀래기를 한입 물어뜯었다.

"맛있다. 이게 진짜 요리지."

"이거 내가 만든 건데?"

"에? 거짓말!"

"진짜야. 지철이한테 배워서 내가 한 거야."

진아가 믿기지 않는다는 듯이 다시 용치놀래기를 한입 베어 물었다.

준명은 흐뭇하게 그 모습을 보며 자기 잔에 담긴 술을 홀짝 마셨다.

준명이 진아에게 호감을 가지고 있다는 것을 먼저 알아챈 사람은 지철이었다. 그러면서도 적극적으로 구애하지 않는 준명을 지철은 안타까워했다.

"검사님이 대장 증후군을 달고 사는 건 스트레스 때문이에요."

"그건 나도 알아."

"그 스트레스의 원인도요?"

"그거야 뭐, 사는 게 다 스트레스지."

지철이 고개를 저었다.

"수족관에서 태어난 우럭 새끼들이 있었어요. 주방장, 우리 아버지는 그 우럭 새끼들을 버리라고 했지만 나는 키우고 싶어서 다른 곳으로 옮겨놓았지요. 사료도 주고 바닷물도 갈아주고 온 마음을 다해 보살피면 잘 키울 수 있을 줄 알았거든요. 그런데 며칠 만에 다 죽어버렸어요. 그리고 나중에서야 그 이유를 알았어요."

"그게 뭔데?"

"깊이와 온도."

"응?"

"아무리 먹이가 풍부하고 좋은 환경을 만들어줘도 자기에게 맞는 수심과 온도가 아니면 스트레스를 받는 거예요. 그래서 죽은 거고. 사람들도 똑같지 않을까요?"

"내게 맞는 수심과 온도라……, 그런데 그걸 어떻게 찾아내지?"

"검사님의 본능에 귀 기울여 보세요."

"내 본능?"

"네. 그럼 검사님의 행복한 깊이와 온도를 찾을 수 있을 거예요."

한 번도 자신의 본능에 귀 기울여본 적 없는 준명이었다. 뒤늦게야 자신이 있는 곳이 자기 주제에는 너무나 맞지 않는 심해(深海)라는 생각이 들었다. 따뜻한 햇볕을 찾아 올라가기로 결심하고 준명은 사표를 냈다.

그런 준명에게 지철은 고 순경을 감동시킬 수 있는 팁도 주었다.

"고 순경님은 음식보다는 요리를 좋아하시더라고요."

지철은 일본으로 떠나기 직전 성곤을 면회했다.

해쓱해진 성곤은 눈빛마저 달라져 다른 사람처럼 보였다.

지철은 성곤을 위해 준비한 보온병을 열었다.

성곤이 코를 바짝 들이밀며 눈을 크게 떴다.

"이건 양태 미역국……."

"네. 아버지 생일은 지났지만 한번 끓여드리고 싶었어요. 아버지가 가장 좋아하시는 거라고 엄마한테 들었었거든요."

성곤은 뭉클한 표정으로 양태 미역국을 바라보았다.

"그래. 나도 가장 좋아하고, 우리 아버지……. 엄마도 가장 좋아하는 거였지."

"저도 가장 좋아해요, 아버지."

성곤은 물끄러미 지철을 보았다.

지철이 자신을 아버지라고 부를 때마다 해순과 함께 수영하던 여름 바다처럼 온몸이 간질간질해지고 세상이 바닷물처럼 부드럽게 느껴지는 게 신기했다. 그리고 그런 순간에는 정말 자신이 지철의 아버지가 아닐까 싶어졌다.

지철에게 보여주었던 유전자 검사서는 조작한 것이 아니었다. 여현수의 담배꽁초와 지철의 피가 묻은 휴지를 맡기고 받은 결과 그대로였다.

그땐 지철이 자기 아들이 아니라는 사실에 안도하면서도 자기보다 더 악질인 여현수의 피를 물려받은 주제에 자신을 불쌍하게 바라보는 지철을 용서할 수 없다고 생각했었다. 자신에게 씌워진 운명의 저주——아비를 잡아먹는 아들——를 여현수의 아들인 이놈에게도 덮어씌우고야 말겠다고 다짐했었다.

그런데 그런 자신을 지철은 아버지라고 여겼고 지금도 그렇게 믿고 있었다. 그리고 더 이상한 건 자기 역시 더 이상 부인하고 싶지 않다는 것이다.

유전자 검사는 틀렸다.

아니 유전자와 상관없이 지철은 자신의 아들이었다.

성곤은 자신에게 아들을 보내준 해순에게, 그리고 운명에게 감사했다.

"고맙다, 아들아."

하라는 지철이 떠나고도 야미를 지켰다.

언젠가는 지철이 야미에 돌아오리라고 굳게 믿었다. 그동안 자기 혼자서 야미를 운영하려고 했지만 중단된 리모델링 공사를 마치려면 돈이 필요했다.

엎친 데 덮친 격으로 집행관들이 들이닥쳐 곳곳에 빨간 딱지를 붙였다.

야미에서 유일하게 빨간 딱지가 붙지 않은 것은 하라와 탱크 수족관 속의 베타뿐이었다. 하라는 그래도 포기하지 않았다.

소혜가 앉았던 의자에 앉아 새로운 야미를 구상했다.

그 사이 겨울이 오고 첫눈이 내렸다.

그 눈이 다 녹고 다시 폭설이 내린 어느 날 밤, 택시 한 대가 야미로 들어왔다.

냉동실에 남아있던 음식들까지 모두 먹어 치우고 며칠째 굶고 있던 하라가 퀭한 눈으로 손님을 맞았다.

힘들게 택시에서 내린 사람은 여현수의 딸, 여울이었다.

여울은 하라가 보낸 편지 봉투를 손에 꼭 쥐고 있었다.

하라는 친한 사이라도 되는 양 스스럼없이 여울을 반겼다.

"어서 와."

여울이 손에 들고 있는 편지를 내밀었다.

"정말 나 여기서 살아도 돼요?"

"그럼 우린 한 가족인데."

"오빠는요?"

"여행 갔는데 곧 돌아올 거야."

여울이 미심쩍어하자 하라는 여울의 손을 자신의 볼록한 배 위에 얹었다. 여울이 하라의 배에서 느껴지는 태동에 눈을 동그랗게 뜨고 바라보았다.

"지철의 아이야. 그러니까 네 핏줄이지."

"그럼 내 조카?"

하라가 힘주어 고개를 끄덕이고 여울을 부축해 야미로 들어갔다.

칠흑 같은 어둠도 하얗게 얼어버린 세상을 덮어씌우진 못했다.

시간이 지날수록 짙어진 어둠이 승자인 듯 보였지만 다시 쏟아지기 시작한 눈은 낮과 밤의 경계를 무너뜨리며 설국이란 새로운 세상을 만들었다.

그 속의 한 점,

야미.

검은 밤이든, 하얀 밤이든,

야미의 시간은 곧 다시 올 것이다.

〈끝〉

야미

1판 1쇄 발행 2015년 7월 15일

지은이 류현재

발행인 박광운
편집인 박재은

발행처 도서출판 손안의책
출판등록 2002년 10월 7일 (제25100-2011-000040호)
주소 서울 강북구 도봉로 101길 33-11, 303호 (수유동, 현대쉐르빌)
전화 02-325-2375 팩스 02-6499-2375
카페 http://cafe.naver.com/bookinhand
이메일 bookinhand@hanmail.net

ISBN 979-11-86572-01-6 03810

* 이 도서의 국립중앙도서관 출판예정도서목록(CIP)은 서지정보유통지원시스템 홈페이지
(http://seoji.nl.go.kr)와 국가자료공동목록시스템(http://www.nl.go.kr/kolisnet)에서 이용하실 수 있
습니다.(CIP제어번호: CIP2015014370)